Jürgen Seibold

Lindner und das schwarze Schaf

Jürgen Seibold

Lindner und das schwarze Schaf

Ein Baden-Württemberg-Krimi

Silberburg-Verlag

Jürgen Seibold, 1960 in Stuttgart geboren, ist gelernter Journalist und arbeitet als freier Autor. Er hat Musikerbiographien und andere Sachbücher sowie Thriller und andere Romane für verschiedene Verlage (Heyne, Moewig, Knaur, Piper) mit einer Gesamtauflage von weit über einer Million Exemplaren verfasst. Beim Silberburg-Verlag hat er bisher Kriminal- und Unterhaltungsromane, einen historischen Roman sowie Sachbücher veröffentlicht. Jürgen Seibold lebt mit Frau und Kindern im Rems-Murr-Kreis und macht Musik – wenn er mal Zeit dafür findet.

1. Auflage 2016

Lektorat: Michael Raffel, Tübingen.
Umschlaggestaltung: Christoph Wöhler, Tübingen.
Coverfoto: © Bergringfoto – Fotolia.com
Druck: CPI books, Leck.
Printed in Germany.

ISBN 978-3-8425-1483-6

Besuchen Sie uns im Internet
und entdecken Sie die Vielfalt unseres Verlagsprogramms:
www.silberburg.de

Dienstag, 2. Mai

Jo Meißner jagte den alten Geländewagen den Berg hinauf, und dass die Karre dabei in den tief ausgewaschenen Fahrspuren ächzte und über Schlaglöcher und Steine rumpelte, zauberte ihm ein Lächeln ins Gesicht. Die Landschaft lag noch in tiefer Dämmerung, doch die Scheinwerfer hatte er schon im dem Moment ausgeschaltet, in dem er von der Hauptstraße abgebogen war. Inzwischen war er fast oben, und der Feldweg führte ihn ein Stück eben am Hang entlang. Er ließ in flottem Tempo eine mit einer alten Bahnschranke abgesperrte Zufahrt links liegen, das dahinterstehende Holzhaus mit der Wetterhexe auf dem Kamin konnte er bei diesen Lichtverhältnissen allenfalls erahnen. Wenig später, vor dem letzten schmalen Waldstück, das ihn von der Herde trennte, riss er das Lenkrad nach rechts, ließ den Wagen vom Feldweg auf die Wiese rollen, hörte einen tief hängenden Ast über das Dach seines Jeeps streifen und brachte ein paar Meter weiter den Wagen ruppig zum Stehen.

Dann stieg er aus, drückte die Fahrertür zu und sog die würzige Morgenluft ein. Um halb fünf war er zuhause in Neidlingen losgefahren. In Gruibingen hatte erst in ein paar Häusern das Licht gebrannt. Hier oben war von der Umgebung um diese Zeit noch nicht allzu viel zu erkennen. Die Lastzüge, die unablässig über das steinerne Band der Autobahn in Richtung Stuttgart oder Ulm donnerten, füllten die Luft so weit oben auf dem Kornberg nur noch mit einem leisen, dumpfen Rauschen.

Die grelle Beleuchtung der Raststätte und die Gruibinger Straßenlaternen, die gegen die nachlassende Dunkelheit ankämpften, waren von hier aus nicht mehr zu sehen. Auch die Lichter im Westen, wo Tag und Nacht der Schimmer von Stuttgart, Wendlingen und Kirchheim über dem Land lag, oder der Blick nach Göppingen im Norden waren seinem Blick verborgen. Jo schloss die Augen und drehte sich langsam um die eigene Achse. Er wusste auch so, wo sich alles um ihn herum befand. Der Segelflugplatz jenseits der Landstraße nach Dürnau. Die Kornberghütte, die nach dem gestrigen Ansturm der Maiwanderer jetzt wieder still und geschlossen aufs nächste Wochenende wartete. Die Herde, die keine hundert Meter den Hang hinauf auf dem Plateau stand. Sein Vater.

Jo räusperte sich, fuhr sich mit der schwieligen Hand übers Gesicht und öffnete die Augen.

Sein Vater war einer der Gründe dafür, dass er mit dem Geländewagen selten direkt bis zu den Schafen fuhr. Die Karre war so laut, dass der Alte davon geweckt würde – und Jo genoss es, die Tiere zu sehen, zu riechen und ihnen über die verfilzte Wolle zu streicheln, bevor ihn sein Vater wieder mit seinen geknurrten Befehlen hierhin und dorthin scheuchen konnte. Sogar der ältere der beiden Hütehunde beäugte ihn stets misstrauisch und hatte ihn auch schon manches Mal verbellt oder angeknurrt. Jo war überzeugt, dass der Alte ihn darauf abgerichtet hatte. Das mit dem Hund würde sich bald erledigen: Er war nicht mehr der Jüngste, sah schon schlecht und lahmte an besonders kalten Tagen. Der Vater dagegen war erst neunundsechzig, ihn musste er wohl noch eine Weile aushalten.

Die Schritte hinauf zur Weide, das Stapfen der Stiefel, das Knirschen des Untergrunds übertönten den Geräuschpegel der Autobahn. Sonst war nichts zu hören. Nicht einmal, als er das letzte Stück am Waldrand entlangmarschierte und nur noch zwanzig, dreißig Meter von der Herde entfernt war. Jo blieb stehen und horchte: Alles war ruhig. Auch der alte Köter ließ sich nicht hören, obwohl selbst dieses altersschwache Vieh seine Anwesenheit in der Nähe der Schafe hätte bemerken müssen.

Hier stimmte etwas nicht.

* * *

Das Bett war eng, aber junge Liebe braucht nicht viel Platz. Als sich Stefan Lindner umdrehen wollte, stieß er mit der Schulter gegen Marias weichen Körper. Sie grunzte kurz und drehte sich zur Wand, danach war gleich wieder ihr ruhiges, tiefes Atmen zu hören.

Lindner dagegen rollte sich ganz vorsichtig wieder zurück in die bisherige Lage. Schon die kleine Bewegung hatte genügt, ihm einen Besuch in der Praxis seines alten Schulfreunds Dr. Thomas Bruch nahezulegen. Seine Oberschenkel und die Waden schmerzten und brannten wie die Hölle, und es dauerte eine Weile, bis er seine Gliedmaßen wieder so auf die Matratze gebettet hatte, dass es auszuhalten war.

Offenbar hatte er sich mit der gestrigen Maiwanderung übernommen. Maria hatte ihn den Berg hinaufgescheucht, dass es nur so geknackt hatte in seinen Gelenken – und nun musste er dafür büßen. Vokabeln wie Fraktur und Distension gingen ihm durch den Sinn, und als er die Augen schloss, tauchten Bilder auf von Beinen, die von gewaltigen Ödemen verunstaltet waren. Besorgt legte er seine Stirn in Falten, und einen Augenblick lang dachte er daran, das alte Medizinlexikon aus seinem Versteck hinter dem Kleiderschrank hervorzuholen, um dank der dortigen Einträge wenigstens die ärgsten, lebensbedrohlichen Krankheitsbilder auszuschließen.

Darüber nickte er ein und fiel in einen unruhigen Schlaf.

* * *

Allmählich schälten sich auf dem Kornberg einige Konturen aus der Dämmerung. Der Schäferkarren stand inmitten der Weide, und er sah selbst bei diesem schwachen Licht alt und klapprig aus. Die Schafe drängten sich am entferntesten Eck des umzäunten Geländes zusammen. Hinter Jo Meißner lag nun das Waldstück, das die Geräusche aus dem Tal vollends abhielt. Die Stille hier oben war gespenstisch, und der junge Schäfer kniff die Augen zusammen, um aus den Schatten und Umrissen, die er vor sich auf der Wiese nur schemenhaft ausmachen konnte, schlau zu werden.

Mehrere dunkle Flecken waren auf dem Gras zwischen dem Karren und ihm verteilt. Sie waren von unterschiedlicher Größe, wirkten aber alle wie ... wie kleine Haufen, reglos, leblos, wie Weggeworfenes. Langsam trat er an den Elektrozaun, in den hier eine Art Tor eingelassen war. Das Tor stand sperrangelweit offen, was Jo Meißner nicht überraschte: Sein Vater vergaß gern mal, den Zaun zu schließen, wenn er im nahen Wald austrat – vor allem, wenn er zu diesem Zeitpunkt schon den einen oder anderen Schnaps intus hatte. Neben dem Durchlass stand die Batterie auf dem Boden, die die Drähte unter Spannung setzte.

Der junge Meißner betrat die Weide und näherte sich langsam den dunklen Haufen auf der Wiese. Die ersten drei stellten sich als tote Schafe heraus. Sie lagen auf der Seite, mit blutigen Kehlen und aufgerissenen Bäuchen. Der vierte war der alte Köter, ebenso zugerichtet. Und der fünfte schließlich ...

Jo blieb stehen, schluckte und musste sehr mit sich kämpfen, dass er sich nicht sofort übergab. Dann spürte er, wie er den Kampf verlor, und er rannte ein paar Schritte zur Seite, bückte sich, stützte sich schwer atmend mit beiden Händen auf seinen Oberschenkeln ab. Er keuchte und schnaufte, er schmeckte die bittere Flüssigkeit, die seine Speiseröhre rau werden ließ, und er schluckte mehrmals schnell den Speichel hinunter, der ihm in den Mund schoss. Doch es half alles nichts, und als er dem Würgen nachgegeben hatte, war er weniger erleichtert als erschlagen. Langsam sank er auf die Knie und schluchzte haltlos.

Einen Streit mit Ernst Meißner, dem alten Schäfer von Neidlingen, weithin bekannt und bei den allerwenigsten beliebt, musste er nun nicht mehr fürchten. Das Bild des Vaters, wie er drüben vor dem Schäferkarren lag, blutig und ausgeweidet wie ein gerissenes Tier, sah er noch mit geschlossenen Augen. Es ließ ihm den Puls gegen die Schläfen hämmern, und es dauerte eine Weile, bis er die Kraft fand, sich aufzurappeln und nach seinem Handy zu greifen.

* * *

Das Martinshorn wurde nur ganz kurz eingeschaltet, aber Stefan Lindner war aus alter Gewohnheit sofort hellwach. Er setzte sich auf, ignorierte die Schmerzen in seinen Beinen, so gut es ging, und horchte. Ein Wagen fuhr mit hoher Geschwindigkeit am Lindner'schen Bauernhof vorbei, und dem sich schnell entfernenden Motorgeräusch nach zu urteilen, ging die flotte Fahrt die Gruibinger Straße hinauf. Bald war nichts mehr von dem Wagen zu hören, und Lindner ließ sich wieder auf sein Kissen sinken. Er dachte einen Moment darüber nach, weswegen die Kollegen vom Boller Polizeiposten wohl hatten ausrücken müssen, aber als er sich zu Maria hindrehte und bemerkte, dass sie ihn lauernd beobachtete, zwang er sich zu einem unverfänglichen Lächeln und schloss schnell wieder die Augen.

»Du hast Urlaub, Stefan«, hatte ihm Marias Blick unmissverständlich gesagt. Und sie hatte ja recht, nur … wenn er womöglich gebraucht wurde? Wo er Maria wegen seiner Schmerzen doch ohnehin schonend beibringen musste, dass zumindest heute nichts mit dem Aufbruch in die geplante Wanderwoche werden würde?

Egal. Er würde das nachher mit seinem Schulfreund besprechen, seinem Hausarzt Dr. Thomas Bruch, in dessen Praxis er sich gleich nach dem Frühstück begeben würde. Und falls etwas Schlimmes passiert sein sollte, würde Thomas ihm sicher davon berichten können, weil er als Arzt zu Hilfe gerufen worden war – oder im ärgsten Fall den Tod eines Menschen hatte feststellen müssen. Und weniger Schlimmes würde er im Polizeiposten erfahren, wo er – ganz zufällig natürlich – vorbeischauen könnte, wenn er sich bei Metzger Aichele mit Proviant eindeckte. Die paar hundert Meter Umweg würde er schon schaffen, vielleicht würde er wegen der Schmerzen auch das Auto nehmen. Und falls Maria nachfragte, konnte er ihr ja einfach erzählen, dass er »zum Aichele« gehe – denn so hieß nicht nur der Metzger, sondern auch der Boller Postenleiter.

Mit einem Lächeln schlief er ein.

* * *

Es war halb neun geworden, als Lisa Rummele den sichtlich leidenden Lindner ins leere Behandlungszimmer führte.

»Nehmen Sie doch schon mal Platz«, sagte sie und deutete auf den Stuhl vor dem Schreibtisch. »Er kommt gleich. Heute ist alles ein bisschen durcheinander, aber Sie müssen nicht lange warten, versprochen.«

Damit flitzte sie schon wieder aus dem Zimmer, und Lindner sah der jungen, hübschen Blondine nach.

»Na, na«, kam es von der anderen Tür, die die beiden Behandlungszimmer der Praxis miteinander verband. »Wenn deine Maria mitbekommt, dass du jungen Frauen auf den Hintern schaust …«

Thomas Bruch schlurfte in den Raum. Im Vorübergehen klatschte er Lindner freundschaftlich mit der Hand auf die Schultern, dann ging er um den Tisch herum und ließ sich mit einem tiefen Seufzen in seinen Chefsessel sinken.

»Was fehlt dir denn, Stefan?«

Bruch sah übernächtigt aus, und vermutlich hatte er kannenweise Kaffee getrunken, um trotz seiner Müdigkeit leidlich wach durch den Tag zu kommen. Lindner hatte ihn gestern mit einigen Kumpels getroffen, als sie gerade aus der Kornberghütte droben bei Gruibingen getreten waren. Maria hatte ihn den Berg hinaufgescheucht, wo er am frühen Nachmittag atemlos und mit weichen Knien wenig für die schöne Aussicht übrig gehabt hatte – ihm hatte der Sinn eher nach einem freien Sitzplatz gestanden. Ein Bier später war es ihm zwar wieder halbwegs ordentlich gegangen, aber Maria musste ihn fast aus der Hütte herauszerren, weil er kaum mehr hatte aufstehen und anfangs auch kaum mehr einen Fuß vor den anderen hatte setzen können. Bruch dagegen hatte mit seinem Mountainbike vor der Hütte angehalten, sich ein tiefen Schluck aus einer Plastikflasche gegönnt, die am Rahmen seines Fahrrads angebracht war, und hatte sich mit einem fröhlichen Gruß zu Maria und einem mitleidigen Grinsen zu Lindner wieder in der Sattel geschwungen. Sie hatte dem durchtrainierten Hausarzt hinterhergeschaut, bis er im Pulk mit seinen Freunden außer Sichtweite geradelt war – und wenn er sich Thomas' knackenge Radlerhose in Erinnerung rief, durfte er ja wohl auch mal der hübschen Lisa auf den Kittel schauen.

»Sehr müde?«, fragte Lindner und fuhr mit den Fingern unter den Augen entlang, wo sich in Bruchs Gesicht tiefe Ringe eingegraben hatten.

»Schon. Ist spät geworden, gestern mit den Kumpels. Wir waren nach dem Radeln noch auf einen Absacker im Hirschen. Aber jetzt sag schon, was dir fehlt! Ich hab das Wartezimmer voll, und mir hat heute früh ein Toter droben auf dem Kornberg meinen ganzen Terminplan über den Haufen geworfen. Also?«

.»Ein Toter?«

Schon hatte Lindner seine schmerzenden Beine für den Moment vergessen.

»Was für ein Toter?«

Bruch lehnte sich im Sessel zurück und rollte genervt mit den Augen.

»Ist deshalb heute früh ein Streifenwagen mit Martinshorn bei mir am Haus vorbeigefahren?«

»Der Fritz hat echt das Martinshorn eingeschaltet?«, knurrte Bruch. »Der wurde doch nur dazugerufen, damit er bei den Absperrungen hilft.«

»Ich hab's nur einmal ganz kurz gehört.«

»Wie auch immer: Den alten Schäfer aus Neidlingen hat's erwischt. Meißner. Kanntest du den?«

Lindner schüttelte den Kopf.

»Eigentlich wollte die Polizei meinen Gruibinger Kollegen rufen, aber der hat diese Woche Urlaub, und ich vertrete ihn. Aber es hat dann doch ganz gut gepasst: Sein Sohn ist einer meiner Patienten.«

»Ach, der wohnt hier in Boll?«

»Nein, auch in Neidlingen. Aber er hatte vor ein paar Jahren mal eine ... Sache, mit der er nicht zur örtlichen Hausärztin wollte, und da ...«

Bruch unterbrach sich, grinste Lindner an und schüttelte amüsiert den Kopf.

»Andere zum Quatschen zu bringen, hast du echt drauf, Stefan. Aber das geht dich nichts an, sorry.«

»Schon gut, ich will's ja auch gar nicht wissen. Aber der alte Schäfer – woran ist er denn gestorben?«

Bruch setzte sich auf, kniff die Lippen zusammen, trommelte mit den Fingern auf die Tischplatte und dachte nach.

»Na, egal«, sagte er schließlich. »Du wirst es eh erfahren – also kann genauso gut ich derjenige sein, der es dir erzählt.«

Lindner nickte und wartete gespannt.

»So wie es ausschaut«, begann Bruch nach einer weiteren Pause, »wurde der alte Meißner von Wölfen getötet.«

»Von – Wölfen?«

»Die Obduktion steht natürlich noch aus, und ich bin nicht gerade Experte für einen so speziellen Fall, aber der erste Eindruck geht in diese Richtung. Einer der beiden Hunde Meißners ist ebenfalls tot, und drei der Schafe.«

»Aber Wölfe? Hier bei uns?«

Bruch zuckte mit den Schultern.

»Von dem Jungtier, das bei Merklingen auf der A8 überfahren wurde, hast du ja sicher auch gehört. Vielleicht stammen die ... nun ja ... die ›Mörder‹ vom Kornberg aus demselben Rudel.«

»Und die greifen Menschen an? Ich dachte, das sei nur Panikmache von irgendwelchen Internet-Deppen.«

»Keine Ahnung. Wie gesagt: Ich bin nicht gerade ein Experte für Wölfe. Aber Jo Meißner, der Sohn des Toten, hat mir beschrieben, wie diese Tiere vorgehen: ein Biss in den Hals, dann wird der Bauch des Opfers aufgerissen, zuerst werden die Innereien gefressen, danach –«

»Bäh!«, unterbrach ihn Lindner und hob seine Hände abwehrend vor sich. »So genau will ich das gar nicht wissen.«

»Du hast gefragt, Stefan.«

Ein leichtes Grinsen spielte um Bruchs Mundwinkel.

»Und die Meißners«, fuhr er fort, »hatten schon einmal Probleme mit Wölfen. Im vergangenen September war das. Vier tote Schafe wurden damals der Versicherung gemeldet. Meißner junior meinte, dass die Tiere genauso ausgesehen hätten wie die Schafe und der Hund jetzt. Und ... wie der Vater.«

»Auch droben auf dem Kornberg?«

»Nein, das war bei Laichingen. Die Meißners sind mit ihren Schafen überall in der Gegend ums Lenninger Tal und Filstal unterwegs, die bewirtschaften sogar Weiden bis fast runter nach Blaubeuren. Die Sache mit den gerissenen Schafen ging damals durch alle Zeitungen, vor allem dieses große Boulevardblatt hat damit groß aufgemacht. Du müsstest das eigentlich auch mitbekommen haben.«

»Sensationsblätter sind nicht gerade meine Stammlektüre«, brummte Lindner. »Und Wölfe haben mich bisher nicht sonderlich interessiert.«

»Bisher?« Bruch grinste breiter. »Hat Maria gestern nicht erzählt, dass ihr in dieser Woche einen Wanderurlaub geplant habt? Machst du jetzt schon schlapp?«

»Pfff ...!«

Lindner fielen die Schmerzen wieder ein, und er beschrieb sie seinem Schulfreund so dramatisch er konnte. Bruch wiegte den Kopf nachdenklich hin und her, dann legte er die Stirn besorgt in Falten, und Lindner rutschte schon unruhig auf seinem Stuhl hin und her.

»Klare Sache«, sagte Bruch schließlich. »Und du musst jetzt ganz tapfer sein, Stefan.«

Lindner schluckte.

»Du hast … Muskelkater.«

Lindners Protest ging im schallenden Lachen Bruchs unter. Und während er aufstand und seinem Freund und Hausarzt die Stellen zeigte, an denen es ihn zwickte und zwackte, und ausführlich darzulegen begann, dass das niemals etwas so Banales wie ein Muskelkater sein könne, schob ihn Bruch vor sich her aus dem Behandlungszimmer.

»He«, schimpfte Lindner, als er sich im Vorraum wiederfand. »Das kannst du nicht machen! Ich bin dein Patient, und ich will, dass du meine Schmerzen ernst nimmst!«

Lisa Rummele stand hinter der ausladenden Empfangstheke, heftete Unterlagen ab und verkniff sich ihr Grinsen, so gut es ging.

»Du hast doch schon angebissen, dir gehen die Wölfe und ihre Opfer doch jetzt schon nicht mehr aus dem Kopf, richtig? Also bring Maria schonend bei, dass du wegen deines Muskelkaters eh nicht wandern kannst – und dann häng dich in diesen neuen Fall rein. Du wirst sehen: Deine *Schmerzen*« – er malte mit beiden Zeige- und Mittelfingern Anführungszeichen in die Luft – »wirst du ruckzuck vergessen.«

Er gab Lindner noch einen kleinen Schubs auf die Ausgangstür zu, und der machte sich ebenfalls kopfschüttelnd und mit betont steifem Gang auf den Weg. In der Tür drehte er sich noch einmal um.

»Eines Tages«, rief er dem grinsenden Arzt zu, »wirst du mich heimschicken, und daheim sterb ich dann an der Krankheit, deren Symptome du nicht erkennen wolltest!«

Bruch machte ein paar Schritte auf ihn zu, legte ihm eine Hand auf die linke Schulter, sah ihm tief in die Augen und versuchte, dabei ernst zu bleiben: »An diesem Muskelkater, Stefan, wirst du nicht sterben. Wir können ja um einen Wurstsalat von Chiara wetten: Wenn du morgen tot bist, geb ich dir im Hirschen einen aus, okay?«

Lachend wandte sich Bruch ab, und Lindner schlug die Tür hinter sich zu. Im Wartezimmer richteten sich neugierige Blicke auf den Arzt – die Patienten hatten kaum etwas von der Unterhaltung verstanden, dass da aber jemand die Praxis nicht im Guten verlassen hatte, war ihnen klar. Also trat Bruch ins volle Wartezimmer, sah die Anwesenden an und teilte ihnen mit: »Wieder einer, der mir nicht glauben wollte, dass Arbeit so manche Krankheit im Handumdrehen heilt.«

Er grinste zwei Männer in den Vierzigern an, die in den vergangenen Wochen schon alle Magazine im Wartezimmer durchgelesen hatten und ihm hinterher jedesmal nur sehr diffuse Symptome schildern konnten. Einer verschränkte die Arme und sah missmutig zur Wand hin. Der andere schleuderte die Zeitschrift zurück auf den Stapel, brummte ein »Unerhört!«, riss seine Jacke vom Haken und marschierte ohne ein weiteres Wort aus der Praxis. Bruch nickte in die Runde und machte sich auf den Weg in eines der Behandlungszimmer. Lisa Rummele prustete so leise, wie sie konnte, dann atmete sie ein paar Mal tief durch und rief die nächste Patientin auf.

* * *

Seinen Heimweg trat Lindner mit kleinen Schritten an, um sich nicht allzu große Schmerzen in den Beinen zuzumuten. Er war noch keine zwanzig Meter von Bruchs Praxis entfernt und eben von einem offensichtlich wütender Mann mit eiligen Schritten überholt worden, als sein Handy klingelte.

»Kollack hier«, bellte die Stimme seines Vorgesetzten aus dem Gerät.

Theodor Kollack war der Leiter der Abteilung im Landeskriminalamt, der Lindner angehörte. Er nannte sich selbst nur »Theo« Kollack, hatte den Schädel kahl rasiert, und damit auch wirklich jeder begriff, welcher Fernsehfigur er sich verwandt fühlte, ließ er gern den Stiel eines Lollis aus dem Mundwinkel ragen. Doch hinter seinem Rücken verglich ihn kaum einer mit dem knallharten und coolen TV-Polizisten Theo Kojak aus Manhattan, sondern eher mit dem Vice Questore aus Donna Leons Venedig-Krimis – denn wie diesen verband Kollack weder viel Ahnung noch viel Lust mit der täglichen Arbeit im LKA.

Sehr wichtig waren ihm dagegen seine Beziehungen zu berühmten oder wichtigen Leuten oder zu allen, die er dafür hielt. Und seit Lindner während seiner Ermittlungen zum »Keltengrab« bei Nürtingen seinem Chef zuliebe drei Krimiautoren zu einigen Recherchen mitgenommen hatte, behielt Kollack ihn wohlwollend im Blick. Das hielt Lindner für seine Ermittlungen einerseits den Rücken frei, ermöglichte ihm ungestörtes Arbeiten und würde ihm, wenn es mal nötig war, vermutlich auch mal die Unterstützung seines Vorgesetzten sichern. Andererseits musste er jederzeit damit rechnen, dass Kollack seinen Mitarbeiter für eines seiner eigenen Anliegen heranziehen würde – und Kollack hatte ständig irgendein eigenes Anliegen im Sinn, weil ihn seine eigentliche Arbeit ja nicht sonderlich beschäftigte.

»Haben Sie schon von dem Toten bei Gruibingen gehört?«, fragte Kollack, und natürlich meinte er es rhetorisch. »Sie wohnen da ja gleich ums Eck, gell? Also, Lindner …«

Lindner seufzte.

»Sie müssen Ihren Urlaub leider verschieben, wir brauchen Sie.«

Einen Moment lang wollte er schon aus purer Gewohnheit protestieren, aber dann fiel ihm Maria ein und ihre geplanten Wanderungen – für deren Absage er noch eine gute Ausrede brauchte. Kollack plapperte unterdessen weiter, schilderte einige Details der nächtlichen Ereignisse auf dem Kornberg und gab einige unsinnige Anweisungen, bevor er sich unterbrach und hinzusetzte: »Na, egal – Sie werden schon wissen, was zu tun ist, Lindner. Ich lasse die Kollegen von der zuständigen Kripo informieren, die werden Sie dann aufs Laufende bringen.«

»Ein bisschen was weiß ich bereits«, merkte Lindner an. »Aber Sie haben die Kripo Göppingen ja schon erwähnt, die zuständig ist und die Ermittlungen sicher gern ohne mich angehen würde – was genau wäre denn mein Job?«

»Nun ja …«

Kollack wand sich, und Lindner überlegte, welcher Bekannte oder Verwandte seines Chefs von diesem Fall betroffen sein konnte.

»Wölfe und so, Sie wissen schon«, setzte Kollack neu an. »Da wird sich die Presse sicher gleich draufstürzen. Und weil Sie doch an so seltsame Fälle gewöhnt sind, dachte ich … Also, da wäre einfach mehr Fingerspitzengefühl gefordert, als die Kripo gemeinhin …«

»So würde ich das den Kollegen gegenüber lieber nicht formulieren«, gab Lindner zu bedenken, und Kollack lachte gekünstelt.

»Sag ich doch, Lindner: Fingerspitzengefühl ist gefragt – Fingerspitzengefühl, wie Sie es haben, gell?«

Lindner wartete einen Moment. Er hatte das Gefühl, als wäre Kollack noch nicht alles losgeworden, das ihn umtrieb. Und wirklich …

»Vielleicht fragen Sie sich ja eh schon, warum ich so schnell über diesen Fall Bescheid weiß«, sagte Kollack. In seiner Stimme lag ein Zögern. »Ich wurde angerufen. Ein guter Bekannter im Ministerium bat mich, ob nicht einer meiner Leute ein Auge auf die Ermittlungen in diesem … heiklen Fall haben könnte.«

»Inwiefern heikel?«

»Nun … äh … mein Bekannter arbeitet im Ministerium für Ländlichen Raum und Verbraucherschutz, wissen Sie? Dort begrüßen viele die … äh … Rückkehr des Wolfes in unser schönes Land. Nur mein Bekannter, der … na ja, er ist mit dem Thema verantwortlich befasst, und er hatte schon viele Überstunden dafür zu leisten, dass das Ministerium

Tierhaltern Verhaltensregeln an die Hand gab und so weiter, Sie verstehen?«

Sein »Nein« hatte Lindner noch nicht ausgesprochen, als Kollack auch schon weiterredete.

»Und wenn sich die Journaille auf das Thema stürzt und blutrünstige Berichte verbreitet und sich dann die Leute sorgen, was da auf der Alb los ist und warum das die Regierung nicht im Griff ... äh ... ich ... Da könnte sich mein Bekannter ja gleich ein Bett im Büro aufstellen lassen, gell? Und das ... äh ... also wie gesagt: Vielleicht könnten Sie deshalb die Göppinger Kollegen ein bisschen im Blick behalten und ... sagen wir: gegensteuern, falls das nötig werden sollte. Und vor allem ...«

»Ja?«

»Vor allem sollen Sie mich natürlich auf dem Laufenden halten. Damit ich wiederum meinen Bekannten ... Sie verstehen?«

Nun war es raus: Kollack schickte einen seiner Beamten los, um seinem Bekannten einen möglichst pünktlichen Feierabend zu sichern. Lindner schüttelte den Kopf, aber letztlich konnte ihm der Grund gleichgültig sein, aus dem er in die Ermittlungen eingeschaltet wurde – er hatte seine Ausrede Maria gegenüber, und die Sache mit dem toten Schäfer auf dem Kornberg klang ja auch wirklich spannend.

»Natürlich«, sagte Lindner deshalb, »ich verstehe. Offiziell werde ich die Kripo Göppingen in ihrer Arbeit unterstützen, nehme ich an?«

»Genau, genau.«

»Dem Leiter der Ermittlungsgruppe, die ja sicher gebildet wird, bin ich aber nicht unterstellt, oder?«

»Nein, nein, natürlich nicht. Sie haben sich nur mir gegenüber zu verantworten. Sie sind in diesem Fall unmittelbar mir unterstellt. Ihrem direkten Vorgesetzten Kortz werde ich das gleich nachher noch mitteilen. Und da Sie ja eigentlich Urlaub hätten ...« Er hüstelte. »... muss Kortz Sie ja auch nicht von laufenden Ermittlungen abziehen, gell?«

Damit war das Telefonat beendet, und Lindner wappnete sich für zwei schwierige Gespräche, die ihm bevorstanden. Erst musste er Maria alles schonend beibringen, und dann stand das Zusammentreffen mit der Göppinger Kriminalpolizei an. Er hoffte nur, dass nicht ausgerechnet Wolfgang Roeder die Soko leiten würde – die Freundschaft zu seinem alten Kollegen hatte sich schon vor Jahren erledigt, als Lindner von der Kripo Göppingen zur Stuttgarter Kriminalpolizei gewechselt war. Und der Aufstieg, als den Roeder Lindners Wechsel zum LKA ansah, hatte ihre Beziehung nicht verbessert.

* * *

Maria nahm die Neuigkeit nicht gut auf. Und eine Dreiviertelstunde, nachdem sie türenknallend sein Jugendzimmer im elterlichen Bauernhof verlassen und sich zu Lindners Mutter in die Küche gesetzt hatte, saß er in Göppingen dem frisch berufenen Leiter der Soko Kornberg gegenüber: Wolfgang Roeder.

»Super«, knurrte Roeder und stierte Lindner finster an. »Du schon wieder!«

Er hatte seinen Gast in einem kleinen Besprechungsraum erst warten lassen und dann nicht im Traum daran gedacht, ihm etwas zu trinken anzubieten. Durch Maria, die ebenfalls für die Kripo Göppingen arbeitete, kannte Lindner einige andere Beamte der Dienststelle, dazu noch ein paar Altgediente aus seiner Zeit hier, und so hatte sich auch ohne Roeders Anweisung nach ein paar Minuten jemand erbarmt und Kaffee und Sprudel auf den Tisch zwischen den beiden Männern gestellt.

»Und warum sollst du uns ins Handwerk pfuschen?«

Eigentlich hätte Roeder inzwischen seinen Frieden mit Lindner machen können. Im Fall des Mannes, der tot auf der Streuobstwiese bei Eckwälden gefunden worden war, hatte

Lindner der Kripo durchaus helfen können. Und auch in den Ermittlungen um die Tote im Kurpark, die sich als viertes Opfer einer bizarr inszenierten Mordserie entpuppte, war er Roeder und seinen Leuten eine gute Unterstützung gewesen. Sein ehemaliger Freund, mit dem zusammen er seine Ausbildung in Göppingen begonnen hatte, musste mit Blick auf Lindners Werdegang vor Neid zerfressen sein, wenn er ihm trotzdem noch immer so feindselig gegenübertrat. Doch was konnte Lindner dafür? Auch Roeder war es nicht verboten, sich beim LKA zu bewerben oder in ein Kommissariat zu wechseln, das er für spannender hielt als das Göppinger.

»Weißt du, Wolfgang«, sagte Lindner ruhig, obwohl es in ihm kochte, »ich habe mich nicht um diesen Auftrag bemüht. Eigentlich hätte ich in dieser Woche Urlaub, aber mein Vorgesetzter …«

Er zuckte mit den Schultern.

»Also werde ich eure Ermittlungen beobachten, werde euch helfen, wo ich kann …«

Roeder versteifte sich, aber Lindner tat, als bemerkte er es nicht.

»… und werde meinem Vorgesetzten alles berichten, was er wissen will.«

Ruppig griff Roeder nach seiner Kaffeetasse und nahm einen Schluck.

»Und nur zu deiner Info: Eure Ermittlungen werden auch vom Ministerium genau verfolgt. Die wollen keinen Ärger wegen der Wölfe und keinen unnötigen Presserummel. Ihr werdet also … wie sagte mein Chef? Ihr werdet mit viel Fingerspitzengefühl an die Sache herangehen müssen. Aber das …«

»Ha! Fingerspitzengefühl! Da muss natürlich der feine Herr Lindner kommen, weil der Roeder, dieses Landei, das allein nicht hinbekommt, was?«

Roeder war laut geworden und hatte seine Tasse so heftig auf die Untertasse knallen lassen, dass etwas Kaffee übergeschwappt war. Lindner presste die Lippen aufeinander und schaute einen Moment zur Seite, bevor er antwortete.

»Ich wollte eigentlich sagen, dass du und deine Leute den Fall ohnehin mit Fingerspitzengefühl behandeln würden. Aber wenn du dich hier weiterhin aufführst wie ein beleidigter Zweitklässler, dann bin ich mir da nicht mehr ganz so sicher.«

Noch bevor Roeder etwas erwidern konnte, stand Lindner auf.

»Spar dir dieses Theater, Wolfgang. Du musst wohl oder übel mit mir zusammenarbeiten. Ich hab mir das auch nicht rausgesucht, das kannst du mir glauben.«

Roeder verschränkte die Arme vor der Brust und starrte auf die Tischplatte.

»Wann trifft sich deine Soko?«

»In ein paar Minuten.«

»Gut, dann sehen wir uns ja gleich wieder.«

»Ich freu mich schon«, brummte Roeder.

* * *

Die Sonderkommission Kornberg kam an diesem Vormittag pünktlich um zehn Uhr zum ersten Mal zusammen. Die Tische waren zu einem U zusammengestellt, und Lindner war ein Platz ganz am Ende der einen Tischreihe zugewiesen worden. Es kümmerte ihn nicht, zumal er direkt neben Fritz Aichele vom Polizeiposten Boll zu sitzen kam, den er von allen Anwesenden am meisten mochte.

»Tut mir leid, wenn ich dich heute morgen geweckt habe«, raunte ihm Aichele zu. »Aber der Typ mit seinem Transporter machte mir einfach keinen Platz, und ich wollte schnell zum Tatort. Da hab ich halt ganz kurz das Martinshorn eingeschaltet.«

Er sah sich kurz prüfend um, aber niemand achtete auf sie.

»Dabei ist das gar nicht mein Revier, wie du weißt – der Posten in Deggingen ist für Gruibingen zuständig, und wenn da niemand erreichbar ist, kommen die Kollegen vom Geislinger Revier. Aber als ich mitbekommen habe, was da oben los ist, habe ich angeboten, dass ich bei den Absperrungen mithelfe. Seit dem Toten auf der Obstwiese bei Eckwälden ist bei uns ja nichts Spannendes mehr passiert.«

»Zum Glück, oder?«, gab Lindner leise zurück.

»Ja, schon, aber ...«

Aichele grinste und machte eine entschuldigende Geste. Ein Räuspern von der Stirnseite der Tischgruppe ließ sie verstummen. Wolfgang Roeder saß dort, an der Wand hinter ihm war eine Leinwand für den Beamer und eine Magnettafel mit allerlei Notizen, Fotos und ähnlichen Materialien angebracht. Rechts neben ihm hatte Roman Hagenbeck Platz genommen, der in seiner Funktion als Staatsanwalt das Verfahren leitete – und privat ein langjähriger Angelfreund von Fritz Aichele war. Links von Roeder saß Harald Miller, ein eifriger Kommissar der Göppinger Kripo, der eher ehrgeizig als talentiert war und sich stets bemüht zeigte, seinem Vorgesetzten Roeder gefällig zu sein.

Lindner ließ seinen Blick über die anderen schweifen. Es gab für ihn neue Gesichter zu sehen – und bekannte wie die Pressesprecherin Sonja Reeber oder Roland Schopf, den Leiter der Kriminaltechnik. Beide waren früher in dieser Funktion für die Polizeidirektion Göppingen tätig gewesen und hatten im Zug der Polizeireform dieselben Rollen auf höherer Ebene – für das neu gebildete Polizeipräsidium Ulm – übernommen. Sie waren von zwei weiteren Ulmer Kollegen zur Soko-Besprechung begleitet worden, die ihm Sonja Reeber vor dem Treffen kurz vorgestellt hatte.

Ein letzter Nachzügler kam in den Raum, zog die Tür mit einem entschuldigenden Lächeln hinter sich zu und legte einige Unterlagen vor Roeder auf den Tisch. Dann machte er sich am Beamer zu schaffen, sah zu Roeder hin und schaltete das Gerät auf ein Nicken des Soko-Leiters hin ein.

Auf der Leinwand war eine Luftaufnahme zu sehen. Eine Wiese, augenscheinlich auf dem Plateau eines Berges oder Hügels, an allen Seiten von unterschiedlich dichtem Wald begrenzt. Das Bild war an den Rändern mit Linealen und in einem Eck mit einer Windrose versehen, sodass Lindner Entfernungen abschätzen konnte: Die Wiese maß im vorderen, südlichen Teil ungefähr hundert Meter in der Breite und etwa fünfundzwanzig in der Länge. Daran schloss sich in Richtung Norden ein schmaleres Stück Wiese an, vielleicht noch vierzig Meter breit, das sich – soweit das aus dieser Perspektive zu erkennen war – noch gut zwanzig Meter weit eben und danach noch ein Stück abschüssig erstreckte. Von Süden nach Nordost verlief eine Fahrspur durch die Wiese: ein schmaler Weg, der im Süden ausgefahrener wirkte als im Nordosten, wo die Fahrrillen größtenteils mit Gras bedeckt waren. Der Grundriss der Wiese kam Lindner bekannt vor, und als er auf dem Foto das Gebäude am linken Rand der Freifläche entdeckte, von der Wiese selbst durch eine schnurgerade Hecke abgegrenzt, erkannte er, dass er gestern mit Maria auf seiner Maiwanderung dort oben gewesen war.

»Das ist der Kornberg«, erläuterte Roeder. »Er liegt etwa einen Kilometer nördlich der Autobahnraststätte Gruibingen. Wir sehen hier das Plateau oben auf dem Kornberg. Und heute früh sah es dort so aus.«

Roeder gab dem Kollegen am Beamer ein Zeichen, und neue Bilder erschienen. Das erste zeigte eine düstere, etwas unterbelichtete Szenerie, offenbar noch vor Sonnenaufgang am frühen Morgen aufgenommen. Auszumachen waren ein Schäferkarren und einige dunkle Flecken auf dem Grasboden. Das zweite präsentierte das ganze Elend im Licht der ersten Sonnenstrahlen. Die Schafherde, ganz hinten ängstlich zusammengedrängt. Den Schäferkarren. Den Elektrozaun mit dem sperrangelweit offen stehenden Zugang. Und die Opfer.

Drei tote Schafe.

Ein toter Hund.

Ein toter Mann.

Alle sehr blutig und sehr übel zugerichtet.

Harald Miller sog zischend die Luft ein, und als das nächste Bild die menschliche Leiche in stärkerer Vergrößerung zeigte, räusperte er sich und fingerte in seiner Tasche hektisch nach einem Bonbon oder Kaugummi. Roeder nahm es mit einem bösen Grinsen zur Kenntnis, und auch wenn dieser zur Schau getragene Spott mit dem speichelleckenden Miller keinen Falschen traf, ärgerte sich Lindner doch über dieses schäbige Verhalten.

»Unser Toter ist Ernst Meißner«, fuhr Roeder fort und las dabei von dem Zettel vor sich ab. »Neunundsechzig Jahre alt, Schäfer, wohnhaft in Neidlingen. Der Schäferkarren, die Herde, der tote Hund – das gehört alles zu dem Betrieb, den er inzwischen seinem Sohn Jo übergeben hat. Der Sohn hat ihn auch gefunden. Keine weiteren Angehörigen.«

Roeder blätterte in seinen Unterlagen und wartete ein bisschen, damit jeder ausreichend Gelegenheit hatte, den Zustand des Leichnams in Augenschein zu nehmen.

»Vor einer Stunde wurde der tote Schäfer zur Obduktion gebracht, der Termin ist für heute Nachmittag um drei angesetzt. Die Rechtsmedizin ist derzeit wohl etwas unterbesetzt, aber eine Kollegin aus der Schorndorfer Gegend hat sich bereiterklärt, kurzfristig einzuspringen. Wer von euch dabei sein will, sagt mir einfach kurz Bescheid. Ich nehme an, Kollege Miller kommt dafür nicht infrage.«

Ein weiterer spöttischer Seitenblick auf den Kollegen, der inzwischen einen Kaugummi hervorgekramt hatte und bleich und heftig kauend auf seinem Platz saß. Lindner räusperte sich, und als Roeder ihn daraufhin kurz ansah, schüttelte Lindner missbilligend den Kopf.

»Wie auch immer«, fasste Roeder weiter zusammen, »im Moment gehen wir noch davon aus, dass ein Wolf oder mehrere Wölfe durch den offenen Zugang auf die umzäunte Weide gelangten, drei Schafe und den älteren der beiden Hunde töteten – der jüngere Hund war im Schäferkarren eingesperrt, wo er allem Anschein nach schier durchdrehte, weil er die Wölfe draußen natürlich bemerkt hatte, aber nicht ins Geschehen eingreifen konnte. Schließlich kam auch der Schäfer zu Tode, möglicherweise bei dem Versuch, die Wölfe zu verjagen und seine Herde zu schützen. Er hat an beiden Händen und am linken Unterarm schwere Verletzungen, offenbar Bisswunden, die darauf hindeuten. Er dürfte sich nicht allzu geschickt angestellt haben – im Schäferkarren gab es einige leere und angebrochene Schnapsflaschen, und dem Geruch nach zu urteilen hatte der Tote ganz schön einen im Tee. Vermutlich war es auch der Schäfer, der den jüngeren Hund in den Karren sperrte.«

»Da haben Sie sicher recht«, meldete sich Miller zu Wort und versuchte mit seinem kreidebleichen Gesicht ein überhebliches Lächeln, »denn die Wölfe werden das ja wohl kaum zustande gebracht haben.«

Roeder nickte ihm gönnerhaft zu, dann gab er dem Kollegen am Beamer einen Wink. Das nächste Bild rückte dem toten Meißner so nahe, dass es wirklich nur schwer auszuhalten war.

»Wir sehen hier die Verletzungen, die Experten für wolfstypisch halten: Biss in die Kehle, geöffneter Bauch, entnommene Organe. Stimmt das so weit, Herr Kapprodt?«

Er wandte sich an einen schlanken Mann Mitte dreißig, der in Jeans und dünnem Pulli auf einem der Stühle am anderen Ende des U lümmelte. Kapprodt nickte, und als Roeder ihn bat, doch bitte kurz zu diesen Details Stellung zu nehmen, setzte er sich etwas aufrechter hin und nickte zur Begrüßung in die Runde.

»Mein Name ist Ferdinand Kapprodt, ich bin Tierpfleger im Wildparadies Tripsdrill am Stromberg bei Cleebronn und kümmere mich dort unter anderem um unsere Wölfe. Ich habe Urlaub und bin gerade für ein paar Tage auf Besuch bei einem Kumpel in Rechberghausen, und als mich mein Chef anrief und mich fragte, ob ich mir das auf dem Kornberg mal ansehen möchte, bin ich gleich nach Gruibingen gefahren. Als ich dort eintraf, sah alles noch so aus wie auf diesem Foto.«

»Und, Herr Kapprodt – waren das Wölfe?«

Der Mann zuckte mit den Schultern.

»Genau können wir das erst sagen, wenn das zuständige Labor seine Arbeit abgeschlossen hat. Aber auf den ersten Blick scheint alles zu passen.«

Roeder war deutlich anzusehen, dass er sich den Experten etwas euphorischer gewünscht hätte. Er deutete auf das Bild auf der Leinwand.

»Würden Sie bitte …?«

Kapprodt stand lässig auf und schlappte zur Wand. Der Mann am Beamer reichte ihm eilfertig einen Laserpointer, der Wolfsexperte fummelte ein bisschen an dem Stift herum und räusperte sich.

»Gut, dann wollen wir mal. An einem Menschen musste ich das bisher noch nie zeigen. Also … hier haben wir die erste, die tödliche Verletzung.«

Er ließ den Lichtpunkt über die blutige Masse kreisen, die mal Ernst Meißners Kehle gewesen war.

»Wölfe jagen meistens im Rudel, wie Sie sicher wissen. Und je nachdem, mit welchem Tier sie es zu tun haben, wenden sie eine von zwei Techniken an. Ist eine potenzielle Beute sehr schnell und als Fluchttier einzustufen, dann verbeißen sich Wölfe oft in die Hinterläufe – ein fliehendes Reh etwa ist damit mehr oder weniger wehrlos gemacht. Danach wird es mit dem Biss in den Hals getötet. Ist eine Beute nicht besonders schnell, aber potenziell wehrhaft, wie ich als Wolf es für diesen Mann annehmen würde, wird der erste Biss nur unter günstigen Umständen an den Hals gesetzt – ein tödlicher Biss oder auf jeden Fall einer, der das Opfer schwer genug verletzt, dass keine nennenswerte Gegenwehr mehr zu befürchten ist. Sonst wird das Opfer erst einmal schwer genug mit Bissen verletzt, dass es sich nicht mehr ausreichend wehren kann, dann: Kehle.«

Miller sah elend aus. Als er seinen Kaugummi so heftig und hektisch bearbeitete, dass es hörbar schmatzte, fing er sich einen strafenden Blick von Roeder ein und kaute danach mit fest geschlossenem Mund. Kapprodt zeigte jetzt auf den zerfetzten Bauch Meißners.

»Ist das Opfer schließlich tot, wird die Bauchdecke aufgerissen, die Wölfe lassen sich dann zuerst die Innereien schmecken. Darauf sind sie richtig scharf – und das ist gut für sie: Denn über die Innereien nehmen sie wichtige Vitamine und Mineralstoffe auf, die dort in deutlich höherer Konzentration enthalten sind als im Muskelfleisch. Den Darm …«

Kapprodt unterbrach sich, weil Miller jetzt aufsprang, eine Hand vor den Mund hielt und aus dem Besprechungsraum eilte. Durch die offene Tür hörte man Millers eilige Schritte. Aichele erhob sich und schloss die Tür, danach fuhr Kapprodt unbeirrt fort.

»Den Darm lassen die Wölfe in Ruhe, meistens jedenfalls, und so war das auch in diesem Fall. Der Hund und die drei Schafe wurden auf dieselbe Weise getötet und ausgeweidet.«

»Lässt das Rückschlüsse darauf zu, wie viele Wölfe es waren?«, fragte Roeder dazwischen.

»Hm … wie gesagt: Wölfe jagen meistens im Rudel, aber viel mehr als fünf werden es wohl nicht gewesen sein – wir haben fünf Opfer, die alle mit einem einzigen Biss in die Kehle getötet wurden. Und alle Opfer waren in einer Größe, die jeweils ein einzelner Wolf durchaus allein reißen kann. Der Mann wurde mir als Ende sechzig und nicht mehr sehr beweglich beschrieben, allzu groß ist er auch nicht – mag sein, dass sich den ebenfalls nur ein einzelner Wolf vorgenommen hat, mag sein, dass sich mehrere Tiere auf ihn konzentriert haben. Genau wird das erst die Obduktion ergeben, wenn die Wolfs-DNA ausgewertet ist, die in den Bisswunden gefunden wird, und wenn Ihre Spurensicherung das Gelände fertig untersucht hat. Ich jedenfalls tippe im Moment auf mindestens einen und auf höchstens sechs oder sieben Angreifer.«

Lindner hob die Hand, und Roeder erteilte ihm mit mürrischer Miene das Wort.

»Ich kenne mich mit Wölfen nicht aus, wie vermutlich die meisten hier in der Runde«, begann Lindner. »Aber glauben Sie wirklich, dass all das auch nur von einem einzigen Wolf angerichtet worden sein könnte?«

Kapprodt schaltete den Leuchtstift aus.

»Ja, das könnte sein, dabei würde es sich dann um einen Jungrüden auf der Wanderschaft handeln, der noch kein eigenes Rudel gegründet hat – und es kommt in diesem Fall ganz auf den zeitlichen Ablauf an. Nehmen wir an, der Schäfer hat in seinem Karren geschlafen, und vielleicht hatte er den einen Hund bei sich, der auch beim Eintreffen des Sohnes im Karren eingesperrt war – warum auch immer, weil ja eigentlich die Hunde nach der Herde sehen sollen. Vielleicht hat sich der Schäfer auf den Elektrozaun verlassen, vielleicht hat er vergessen, dass der Zugang nicht ganz geschlossen war, vielleicht hat er nicht mit Wölfen gerechnet – da wird ja viel auch einfach für Jägerlatein gehalten.«

»Vor einigen Monaten hat wohl schon mal ein Wolf Schafe von Meißner gerissen«, wandte Roeder ein.

»Hm ... na gut, aber vielleicht war er leichtsinnig oder er hatte einen im Tee, das hatten Sie ja vorhin angedeutet. Wie auch immer, ich will ja nur ein mögliches Szenario schildern. Also: Mann und ein Hund im Karren, der Wolf schleicht sich unter Wind an, also gegen die Windrichtung, tötet erst den Hund, der sich draußen befindet, dann drei Schafe, und erst dann wird der Schäfer wach, klettert aus seinem Karren – und zack!«

»Und warum hört der Wolf nicht nach einem toten Schaf auf?«, fragte Lindner. »Ich meine: Frisst ein einziges Tier denn so viel? Ist es in der Natur nicht so eingerichtet, dass da nur zum Fressen getötet wird?«

Kapprodt lächelte, es wirkte etwas mitleidig.

»Ja, ja, die grundgute Natur ... Aber wir Menschen sind nicht die Einzigen, die mehr töten, als sie müssten. Wölfe kommunizieren zum Beispiel mit ihrem Heulen, markieren akustisch ihr Revier und manches mehr. Aber manche sind überzeugt, dass sie ihr Geheul vor der Jagd in Stimmung bringt, dass es eine gewisse Anspannung auslöst, mit der sie von diesem Zeitpunkt an zu Werke gehen – und die legt sich nicht zwingend nach dem Erlegen der ersten Beute. Manchmal töten sie weiter, obwohl die Beute für sie schon reichen würde – daher rühren diese Gruselstories vom Wolf im Blutrausch. Ich selbst bin mir nicht ganz sicher, worum es sich dabei handelt: Entweder ist er halt grad so schön im Flow, oder er legt einen Nahrungsvorrat an.«

Lindner hörte dem Mann fasziniert zu, und die schnoddrige Art, mit der er sein Wissen vermittelte, gefiel ihm. Er bedankte sich bei Kapprodt mit einem knappen Nicken, und der Experte sah in die Runde, ob noch jemand Fragen hatte. Als sich niemand regte, sagte er schließlich: »Durch die Untersuchung der Tierkadaver und natürlich die Obduktion des Toten wird sich auch herausstellen, wann der Überfall stattgefunden hat. Wie gerade gesagt: Wölfe heulen, bevor sie zur Jagd aufbrechen. Vielleicht hat irgendwo in der weiteren Umgebung dieses Bergs jemand die Wölfe in der Nacht gehört, dann hätten Sie einen Hinweis darauf, wo sich das Rudel normalerweise aufhält – so ein Revier erstreckt sich gut und gern über etwa dreihundert Quadratkilometer. Es wäre übrigens das erste Rudel, das seit dem neunzehnten Jahrhundert auf oder bei der Schwäbischen Alb nachgewiesen wurde.«

Er wandte sich an Roeder.

»Sobald Sie Hinweise haben und falls mir mein Chef den Auftrag gibt, Sie weiterhin zu unterstützen, kann ich solchen Hinweisen gerne nachgehen. Ich kann auch nachher noch einmal auf den Kornberg rauf und nach Spuren suchen. Vielleicht haben wir Glück, und ich kann Ihnen bei der Suche helfen. Zusammen mit einigen Jägern, die sich in der Gegend auskennen, sollten wir ein solches Rudel eigentlich aufspüren können.«

Roeder nickte und machte sich eine Notiz.

»Aber vermutlich«, fügte Kapprodt mit einem wehmütigen Lächeln hinzu, »schickt das Ministerium einen anderen

Kollegen – die übernehmen immer, wenn es für mich spannend werden würde.«

Er zuckte mit den Schultern. Miller kam wieder in den Raum. Er sah mitgenommen aus und tupfte sich mit einem Taschentuch Mund und Nase.

»Geht's wieder?«, fragte Kapprodt.

»Einigermaßen«, antwortete Miller mit zittriger Stimme und setzte sich.

Kapprodt wandte sich an den Mann am Beamer.

»Meinetwegen können Sie das Bild jetzt gern wegblenden. Ich brauche das Foto im Moment nicht.«

Der Angesprochene schaltete das Gerät aus, und Miller warf dem Experten einen dankbaren Blick zu.

»Zurück zu Ihrem Fall«, fuhr Kapprodt fort. »Offenbar wurde von keinem der Opfer mehr gefressen als die Innereien. Entweder waren es also nur ein oder zwei Wölfe, und die waren satt, als sie Herz, Lunge und so weiter verspeist hatten – aber dann hätten sie normalerweise versucht, einzelne Beutestücke in ein Depot zu schaffen, aus dem sie sich später bedienen können. Oder zum Rudel gehören diesjährige Welpen. Wenn die Paarung eher früh stattfand, könnten die jetzt durchaus schon in einem Alter sein, in dem sie feste Nahrung vertragen. In diesem Fall würden die jagenden Wölfe zusätzliches Fleisch verschlingen, um es hinterher für Welpen wieder auszuwürgen.«

Miller seufzte, blieb aber sitzen. Kapprodt warf ihm einen entschuldigenden Blick zu, bevor er weiterredete.

»Also wurden sie wohl vorher von jemandem oder von etwas gestört. Oder es waren mehrere Tiere und sie wurden gestört, bevor sie richtig mit dem Fressen beginnen konnten.«

»Der Sohn des Toten entdeckte die Sauerei gegen ...« Roeder blätterte in seinen Notizen. »... gegen fünf Uhr. Könnte er die Wölfe vertrieben haben?«

»Hat er denn Wölfe gesehen?«

»Nein.«

»Gehört?«

»Nein.«

»Dann wird er es nicht gewesen sein, der die Tiere vom Fressen abgehalten hat. Sie müssen sich das so vorstellen ...« Er warf Miller einen entschuldigenden Blick zu, und der versteifte sich ein wenig. »Die Wölfe machen sich sofort nach dem Töten über ihre Beute her. Selbst wenn es nur ein Wolf gewesen sein sollte, muss unmittelbar vor dem Aufreißen der Bauchdecke das letzte Opfer noch gelebt haben – und so wie es auf dem Kornberg aussah, dürfte das alles nicht sehr leise vonstattengegangen sein.«

»Und was sonst könnte die Wölfe gestört haben?«

»Wenn Sie viel Glück haben, finden Sie einen Ohrenzeugen des Gemetzels, aber ein bisschen Arbeit muss ich Ihnen ja auch noch lassen, nicht wahr?«

* * *

Der altmodische Klingelton hallte laut durch die ganze Wohnung. Wieder und wieder, aber niemand ging ans Telefon. Und als Konrad Deiffler, beladen mit Metzger- und Bäckertüten, bald darauf zur Tür hereinkam, war das Klingeln längst wieder verhallt. Erst nach zwanzig Minuten, als sich Deiffler mit Schwarzwurst und Laugenweckle an den Küchentisch gesetzt hatte, läutete es wieder. Er stand auf, wischte sich im Gehen die Hände an der ausgebeulten Cordhose ab, schluckte den letzten Bissen Wurst hinunter und hob ab.

»Ach, endlich, Papa!«

Ingarose Lommel, geborene Deiffler, von allen nur Inga genannt, klang aufgeregt. Sie schien sich in einem Büro zu befinden, in dem ordentlich Betrieb herrschte: Im Hintergrund waren Stimmen, klingelnde Handys und klappernde Tastaturen zu hören. Eine besonders laute Männerstimme zeterte etwas wie: »Wir müssen damit an die Presse! Ins Radio! Ins Fernsehen!«

»Entschuldige, Papa, hier ist gerade der Teufel los«, sagte sie und rief in den Raum: »Seid mal still, bitte! Ich telefoniere!«

Das Durcheinander beruhigte sich etwas, und Deiffler konnte seine Tochter jetzt besser verstehen.

»Bist du wieder bei deinen Tierschützern?«, fragte er.

»Ja, aber sag mal: Wo warst du denn?«, fragte sie. »Ich hab mir schon Sorgen gemacht.«

Konrad Deiffler hatte zwar keine Ahnung, warum sich seine Tochter Sorgen machte, nur weil er an einem Dienstvormittag einkaufen ging, aber er ließ seine Stimme so beruhigend klingen, wie er konnte. So wie früher, als ihr der Teddy ins Klo gefallen oder die kleine Katze vor das vorüberrasende Auto gelaufen war.

»Hier ist alles gut, Inga«, sagte er. »Was bist du denn so aufgeregt?«

»Hast du noch nichts davon gehört?«

Sein Stimmfall schien nicht mehr so gut zu wirken wie in ihrer Kindheit.

»Gehört? Wovon?«

»Ihr habt Wölfe auf der Alb. Und sie haben wieder getötet.«

Deiffler schluckte und schwieg.

»Du hast mir doch erst im vergangenen Herbst vom Schäfer Meißner erzählt, dem ebenfalls Wölfe drei Schafe gerissen haben.«

In Deiffler arbeitete es. Er hatte ihr damals nur davon erzählt, weil diese verdammte Zeitung drauf eingestiegen war. Weil sie Meißner, diesen Sturkopf, als Neidlinger Original seit ihrer Jugendzeit kannte. Und weil dieses Thema natürlich auch für seine Tochter ein gefundenes Fressen war.

»Und was haben die … Wölfe diesmal gerissen?«

Inga bemerkte sein Zögern nicht. So gesehen war es ihm ganz recht, dass sie so aufgeregt war.

»Wieder drei Schafe, dazu einen Hund und …«

»Und?«

»Die Polizei ist schon an der Sache dran«, fuhr sie nach einer kurzen Pause fort, und Deiffler fragte sich, warum sie das Thema wechselte. »Die Kripo Göppingen.«

»Gut«, sagte Deiffler, auch wenn er es anders meinte.

»Die haben eine Sonderkommission gebildet.«

Nun schwang in Ingas Stimme ein Zögern mit, und ihr Vater bemerkte es sofort.

»Eine Sonderkommission? Wegen der paar Schafe?«

»Nicht nur …«

»Ja, gut, der Hund noch. Aber trotzdem …«

»Ernst Meißner hat es auch erwischt. Ich habe vorhin mit einem Freund aus dem Landeskriminalamt telefoniert. Und der hat inzwischen einen seiner Leute abgeordnet, damit er die Ermittlungen der Kripo begleitet, unterstützt, beaufsichtigt – was weiß ich.«

Deiffler schwieg. Er war blass geworden und hatte sich einen Moment lang mit der freien Hand an der Kommode im Flur abstützen müssen. Meißner war tot? Ernst Meißner? Getötet von … Wölfen?

Inga Lommel hörte durchs Telefon ein Ächzen, dann schlug der Hörer irgendwo hart an, und es war nur noch ein Geräusch zu vernehmen, als würde ein großer Sack an der Wand entlangschleifen und zu Boden kippen.

»Papa?«, rief sie. »Papa?!«

* * *

Jo Meißner hatte sich in einem Streifenwagen des Polizeireviers Geislingen nach Hause fahren lassen. Sein Jeep stand noch auf dem Kornberg bei Gruibingen, und die beiden Polizisten, die ihn zu seinem Aussiedlerhof oberhalb von Neidlingen gebracht hatten, gingen draußen neben ihrem Dienstwagen auf und ab. Ab und zu warfen sie einen Blick in Meißners Richtung und wirkten beruhigt, wenn sie ihn durchs Fenster in der Küche sitzen sahen.

Neidlingen lag im Kreis Esslingen, und hier war das Polizeipräsidium Reutlingen zuständig. Die dortigen Kollegen waren informiert, und eine hiesige Streife – entweder vom Kirchheimer Revier oder vom Posten Weilheim – würde die Geislinger Beamten bald ablösen.

Meißner hockte am Esstisch, die Unterarme fest auf der Wachstuchdecke abgestützt, und hielt sich leidlich gerade. Wenn ihm auffiel, dass seine linke Hand wieder zu zittern begann, drückte er die rechte darauf, bis das Zittern nachließ. Dann nahm er noch einen Schluck Wasser, stierte zum Fenster hinaus oder zur Spüle hinüber, wo sich das gebrauchte Geschirr stapelte.

Nur die Augen durfte er nicht schließen. Denn wenn ihm die Lider doch einmal für einen Moment zufielen, sah er sofort den Vater vor sich, wie er auf dem Grasboden lag, den Bauch aufgerissen, den Hals zerfetzt und die starren Augen vor Entsetzen weit geöffnet.

Vor einer halben Stunde hatte er sich zum letzten Mal übergeben müssen, seither hatte er sich halbwegs im Griff – und außer Wasser war ja auch nichts mehr im Magen, was er hätte erbrechen können. Sein Blick fiel auf das Wandregal, in dem mehrere angebrochene Schnapsflaschen nebeneinanderstanden. Kurz überlegte er, ob er sich einen Obstler einschenken sollte – dann fiel ihm ein, dass sein Vater sicher schon ein paar getrunken hätte in seiner Situation, und schon kamen die Bilder wieder hoch vom Kornberg, vom toten Vater, vom toten Hund, von den toten Schafen. Sein Magen verkrampfte sich, aber es war nicht mehr so schlimm. Und schließlich ließ er den Kopf auf die Unterarme sinken und schluchzte, erst ganz leise, dann hörte er auf, sich dagegen zu wehren, und heulte Rotz und Wasser.

* * *

»Herr Deiffler?«

Die Stimme drang gedämpft durch die Wohnungstür, und als drinnen auch auf ein lautes Klopfen und erneute Rufe niemand reagierte, war zu hören, wie sich ein Schlüssel im Schloss drehte. Augenblicke später schwang die Tür auf, und eine große, schlanke Frau Anfang vierzig flitzte in den Flur, gefolgt von zwei Sanitätern, die eine Trage mitbrachten. Die Frau kniete sich neben den älteren Mann, der im Flur wie ein Schluck Wasser in der Kurve auf dem Boden hockte, mit dem Rücken an die Wand gelehnt und von einer Hand leidlich abgestützt. Die andere Hand lag neben ihm, als würde sie nicht zu ihm gehören, die Lider waren halb geschlossen, und aus einem Mundwinkel rann ein dünner Speichelfaden.

»Herr Deiffler, hören Sie mich?«

Die Frau hatte dem Mann den Puls gefühlt, nun hob sie mit den Daumen vorsichtig seine Lider an, und als Deiffler daraufhin den Kopf etwas in ihre Richtung bewegte und ein-, zweimal blinzelte, atmete sie erleichtert auf. Der Mann sah sie fragend an.

»Krossny«, sagte sie, während sie ihn freundlich anlächelte. »Bettina Krossny. Erinnern Sie sich, Herr Deiffler?«

Der Blick des Mannes wurde etwas fester, auch wenn er noch immer sehr benommen wirkte.

»Sie haben mal meinem Hund das Leben gerettet. Daffy, eine Deutsche Dogge.«

»Magendrehung?«, fragte Deiffler mit etwas brüchiger Stimme.

»Ja, eine Magendrehung. Und es war wohl ziemlich knapp damals.«

»Sie haben damals in Schopfloch gewohnt, richtig? Das muss an die fünfzehn Jahre her sein.«

Sie nickte.

»Und – hatte Daffy das Problem noch einmal?«

»Nein. Aber ein Osteosarkom machte ihm etwas später zu schaffen. Da war ich schon nach Weilheim gezogen. Ich musste ihn einschläfern lassen.«

»Osteosarkom? Sagen Sie lieber Knochenkrebs. Es ist nicht gut, wenn Sie sich durch die Krankheit Ihres Hundes in medizinische Fachbegriffe verbeißen. Ich finde, das macht das Loslassen schwerer.«

Bettina Krossny hielt Deiffler einen Ausweis hin, und der blinzelte noch einmal, bis er lesen konnte, was darauf stand.

»Ach, Sie sind eine Kollegin.«

»Ja«, sagte sie und lächelte. »Allerdings bin ich auf Zweibeiner spezialisiert. Ich habe gerade Notdienst. Ihre Tochter hat durchgegeben, dass Sie während eines Telefonats mit ihr plötzlich zu reden aufgehört haben, und sie hat befürchtet, dass Sie einen Schwächeanfall oder Schlimmeres hatten.«

Sie sah auf ihre Armbanduhr.

»Um elf ging der Notruf ein, um elf Uhr zehn waren wir hier – nicht schlecht, Herr Deiffler, oder?«

Deiffler nickte und lächelte matt. Einer der Sanitäter hatte inzwischen ein Glas Wasser aus der Küche geholt und hielt es Deiffler hin. Der nahm es und trank einen kleinen Schluck.

»Geht's denn wieder?«, fragte Bettina Krossny und half dem Mann dabei, sich etwas aufrechter hinzusetzen.

»Passt schon, danke.«

»Und was war mit Ihnen?«

Während des Gesprächs setzte sie ganz beiläufig ihre Untersuchung fort und behielt den alten Tierarzt genau im Auge.

»Ach, mir ist halt einfach schummrig geworden, da hab ich mich schnell hingesetzt. Aber jetzt geht's schon wieder.«

»Passiert Ihnen das häufiger?«

»Nein, bisher hatte ich keine Probleme, keine Aussetzer, kein Herzstechen, keine Schwindelanfälle.«

»Hatten Sie denn vorhin Herzstechen?«

»Nein, aber Sie hätten wohl eh gleich danach gefragt, oder?«

Bettina Krossny lächelte. Deiffler stellte das Glas neben sich auf den Boden und machte Anstalten, sich aufzurappeln. Zusammen mit dem Sanitäter, der das Wasser gebracht hatte, half sie ihm hoch. Deiffler, früher ein stattlicher, fast stämmiger Mann, war dünn geworden. Entsprechend leicht fiel es den beiden, den Alten auf seine Füße zu stellen.

»Ist mit Ihnen wirklich alles in Ordnung?«, fragte die Notärztin.

Deiffler stand vor ihr in viel zu weiten Cordhosen und einem Hemd, das an seinem hager gewordenen Körper hing wie ein schlecht geraffter Vorhang. Er bemerkte die Blicke, mit denen sie ihn maß.

»Sie hatten mich dicker in Erinnerung, nicht wahr?«, fragte er schließlich.

Sie zuckte mit den Schultern.

»Seit meine Tochter nicht mehr hier wohnt und meine Frau gestorben ist, habe ich nicht mehr so richtig Spaß am Essen. Drüben in der Küche habe ich gerade gevespert, als meine Tochter anrief. Nach dem Stück Schwarzwurst und der Scheibe Brot werde ich bis heute Abend nicht mehr viel brauchen. Und seit ein paar Monaten vergesse ich das Abendessen manchmal auch ganz.«

»Nicht gut, Herr Deiffler.«

»Ich weiß, Frau Krossny. Aber seit ich die Praxis aufgegeben habe, ist mir ein bisschen der tägliche Rhythmus abhandengekommen, wissen Sie?«

»Wie lange praktizieren Sie denn schon nicht mehr?«

»Ach, ich habe viel zu spät aufgehört. Erst zum Ende des vorigen Jahres. Eine Zeitlang hatte ich noch die Hoffnung, einen Nachfolger zu finden.«

Er unterbrach sich und lächelte entschuldigend.

»Oder natürlich eine Nachfolgerin. Aber hat nicht geklappt. Und dann wollte ich einfach nicht mehr. Ich glaube, es war auch besser so – die ersten Bauern in der Umgebung hatten sich schon nach anderen Veterinären umgesehen. Ich meine, ich bin jetzt zweiundsiebzig, da greift man in eine trächtige Kuh nicht mehr so beherzt rein wie als junger Hüpfer, nicht wahr?«

Er lachte heiser und ließ sich vom Sanitäter in die Küche führen. Die Ärztin folgte ihm, und als Deiffler vor seinem Vesperbrett Platz genommen hatte, gab sie dem Sanitäter ein Zeichen, dass er und der Kollege nicht mehr gebraucht wurden.

»Bleiben Sie noch eine Weile?«, fragte Deiffler, und sie setzte sich ihm gegenüber an den Küchentisch.

»Haben Sie denn niemanden, der nach Ihnen schaut?«, fragte sie nach einer Weile.

Im Flur waren Schritte zu hören. Die Nachbarin, die ihnen die Wohnungstür geöffnet hatte, sah sehr besorgt aus.

»Es ist alles in Ordnung, Frau Joos. Ich bin wieder auf dem Damm. Es war nichts Schlimmes, nur eine leichte Schwäche. Ist schon vorbei.«

Der fragende Blick der Nachbarin ging zur Notärztin, die keine Anstalten machte, wieder zu gehen.

»Frau Krossny und ich kennen uns von früher«, erklärte Deiffler ihr. »Wir quatschen nur noch ein bisschen. Ihr Hund war mein Patient.«

»Aber … Herr Doktor … Sie …?«

»Mir geht es wieder gut, Frau Joos. Und vielen Dank übrigens, dass Sie die Ärztin und die Sanitäter gleich reingelassen haben. Ich bin sehr froh, dass ich Ihnen den Schlüssel gegeben habe.«

Er wandte sich an Bettina Krossny.

»Ich alter Zausel vergess nämlich hin und wieder, meinen Schlüssel einzustecken – und wäre Frau Joos nicht so nett, einen Ersatzschlüssel für mich aufzubewahren, würde ich dann jedesmal ganz schön blöd dastehen.«

»Mach ich doch gerne, Herr Doktor«, sagte die Nachbarin. »Und wenn Sie was brauchen: Sie wissen ja …«

»Aber natürlich, und vielen Dank nochmals.«

»Ich muss jetzt rüber, fertig kochen. Ich bring Ihnen nachher was vom Gulasch, ja? Dann müssen Sie sich nicht weiter kümmern.«

»O ja, von Ihrem wunderbaren Gulasch, das wäre fein. Ich freu mich schon. Danke, Frau Joos.«

Die Nachbarin zögerte noch kurz, aber dann nickte sie den beiden zu und wandte sich zum Gehen. Deiffler saß still da und horchte, bis die Wohnungstür ins Schloss gefallen und draußen zu hören war, wie sich die Schritte der Nachbarin entfernten. Dann beugte er sich grinsend vor und raunte Bettina Krossny zu: »Ihr Gulasch ist grauenhaft, aber ich will sie nicht vor den Kopf stoßen. Und dass das Zeug immer gleich im Mülleimer landet, bekommt sie nicht mit. Und so haben alle ihren Frieden, nicht wahr?«

Die Ärztin lachte.

»Jetzt haben Sie auch gleich live mitbekommen, wer sich um mich kümmert«, fügte er hinzu. »Sie kocht miserabel, ist unheimlich neugierig und nervt mich mit ihrem Dorftratsch – aber sie schaut nach mir. Und dafür bin ich dankbar.«

Vom Flur her war wieder Schlüsselgeklapper zu hören. Die Tür wurde aufgerissen und schnelle Schritte näherten sich.

»Mensch, Papa!«, sagte Inga Lommel und stürzte auf ihren Vater zu. »Was machst du denn für Sachen?«

* * *

In der Gruibinger Straße in Bad Boll saß Ruth Lindner am Küchentisch und beobachtete Maria, wie sie auf und ab ging, nur manchmal ein knappes »Ja!« oder ein »Das musst *du* wissen, Stefan!« ins Handy blaffte und schließlich das Gespräch ohne Verabschiedung wegdrückte.

»Setz dich, Maria«, sagte sie, als sich die andere ein paar Mal durch die gelockte Mähne gefahren war, eine Strähne glattstrich und sich die Haare gleich danach wieder mit gespreizten Fingern auflockerte.

Maria Treidler zögerte, dann zog sie sich einen Stuhl heran und ließ sich auf ihn fallen. Die Ältere schob ihr die zweite Bechertasse hin, die auf dem Tisch stand.

»Wo steckt er gerade?«

»Droben auf dem Kornberg. Da hat's einen Toten gegeben, und er muss natürlich sofort …«

»Ärger dich nicht«, sagte Ruth Lindner. »Er macht halt seine Arbeit. Du müsstest das doch verstehen, du bist ja selbst bei der Polizei.«

»Das schon. Aber ich habe Urlaub, und er eigentlich auch!«

»Und ihr wolltet wandern, ich weiß. Aber schau, Maria: Mein Sohn ist so ein Bähmulle! Der ist heute früh zum Doktor geschlichen, als würde ihm gleich ein Bein abfallen – nur, weil er sich gestern bei der Maiwanderung mit dir einen g'scheiten Muskelkater eingefangen hat.«

Sie lachte heiser und trank schlürfend von ihrem Kaffee. Maria musste grinsen und nahm ebenfalls einen Schluck. Sie mochte die Mutter ihres Freundes. Manchmal sogar mehr als ihn. Jetzt zum Beispiel.

»Wenn du also immer noch wandern willst und Stefan hat keine Zeit …«, fuhr Ruth Lindner fort, und ihr listiger Ton ließ Maria aufhorchen, »… dann solltest du dich an jemanden halten, der nicht gleich nach dem ersten Spaziergang die Flügel streckt.«

Maria sah sie fragend an. Ruth Lindner lachte meckernd und deutete in eine Ecke der geräumigen Küche. Dort standen frisch geputzte Wanderstiefel vor einem abgewetzten Rucksack.

»Die habe ich gleich gerichtet, als ich gesehen habe, wie Stefan heute früh aus dem Haus gehumpelt ist. Die passenden Strümpfe habe ich auch schon an, und Wurst und Rauchfleisch und Brot sind eingepackt.«

Als Maria überrascht wirkte, lachte Ruth Lindner noch lauter.

»Ich kenn doch meinen Stefan. Und dass der wegen des Muskelkaters kneifen würde, war mir sofort klar. Da kam ihm der Anruf seines Chefs vermutlich gerade recht. Von mir aus kann's gleich nachher losgehen.«

* * *

»Dort drüben siehst du Jo Meißners Geländewagen. Den hat er hier abgestellt, bevor er den Rest des Weges zu Fuß ging.«

Fritz Aichele deutete an Lindner vorbei zum Seitenfenster hinaus auf einen ziemlich ramponierten und schmutzigen Jeep neben dem Feldweg, an dem sich ein Kriminaltechniker zu schaffen machte.

»Wie weit ist es von hier aus noch zur Herde?«, fragte Lindner.

»Nur das kleine Stück da hoch, dann liegt die Weide gleich hinter den Bäumen.«

»Warum er wohl nicht ganz hinaufgefahren ist? Der Weg ist breit genug und auch nicht zu steil, und mir persönlich wäre im Moment jeder Schritt recht, den ich mir ersparen könnte.«

Lindner lächelte schmerzlich und deutete auf seine Beine. Aichele rumpelte breit grinsend den Rest des Weges mit dem Streifenwagen hinauf. Die Geschichte von den »schlimmen Schmerzen« und dem erfolglosen Arztbesuch hatte er schon auf der Fahrt von Göppingen hierher gehört, und weil er Stefan Lindner seit Jahren kannte, wusste er auch, wie wehleidig der war.

Oben auf dem Plateau angekommen, ließ Aichele den Wagen neben dem Elektrozaun ausrollen. Direkt neben der Stelle, an der das Auto zum Stehen kam, hatte die Kriminaltechnik einen zusätzlichen Zugang zur Weide geschaffen – der ursprüngliche Eingang war mit Trassierband abgesperrt, und auch auf der Weide selbst flatterten Bänder, die einen Korridor begrenzten, in dem sie sich bewegen durften.

Die Kriminaltechniker, wie immer in ihren weißen Ganzkörperanzügen, hatten einen guten Teil der Fläche zwischen Elektrozaun und Schäferkarren mit Täfelchen markiert. Einer der Kollegen fotografierte die Schilder und die daneben gefundenen Spuren, die anderen untersuchten mehrere dunkle Flecken auf dem Boden.

»Die toten Tiere und der Schäfer wurden schon weggebracht«, erklärte Aichele, der Lindners Blicken gefolgt war. »Der Bestatter hat den alten Meißner kurz nach neun in die Rechtsmedizin gefahren, und auch die Tierkadaver werden noch untersucht. Wo alle lagen, siehst du ja.«

Lindner nickte und versuchte zu erkennen, welche blutgetränkte Stelle zur Leiche von Ernst Meißner passte. Aichele deutete auf den großen Fleck, der dem Schäferkarren am nächsten war.

»Dort lag der Schäfer«, sagte Aichele, bevor er auf den benachbarten Fleck zeigte. »Und dort der Hund.«

Die drei übrigen dunklen Stellen auf der Wiese lagen näher bei ihnen. Dort waren die Schafe verendet. Lindner folgte dem Trassierband in einem weiten Bogen um die Flecken herum, bis er auf einer kleinen, freigegebenen Stelle zwischen Schäferkarren und Meißners Blutlache stand. Es war schön hier oben. Eine leichte Brise strich über die Weide, das Gras stand grün und saftig, und überall war Natur pur zu sehen, Wald und Wiesen. Nur linker Hand ging die Sicht auf eine Art Hecke, und dahinter erhob sich ein Gebäude. Lindner wusste von seiner Mutter, dass es sich um das Wochenendhaus eines Geschäftsmannes oder Handwerkers aus Göppingen handelte.

Lindner musterte den Schäferkarren, dann die Stelle, an der Meißner gestorben war, und schließlich ließ er den Blick noch einmal schweifen. Der alte Schäfer hatte sich einen idyllischen Flecken zum Sterben ausgesucht. Der windschiefe Karren schaukelte plötzlich hin und her, und einer der Kriminaltechniker kraxelte die krummen Stufen aus dem Wagen heraus.

»Ah, Herr Lindner«, sagte er, als er den LKA-Beamten erkannte. Mit einem herzlichen Lächeln trat er zu den beiden Männern und gab ihnen die Hand. »Sind Sie beruflich hier – oder privat? Wenn ich recht weiß, haben Sie es ja nicht weit von zuhause hierher.«

Er deutete mit dem linken Daumen über seine Schulter nach Nordwesten, wo in weniger als einem Kilometer Luftlinie der Lindner'sche Bauernhof an der Gruibinger Straße in Bad Boll stand.

»Nein, beruflich«, erwiderte Lindner.

»Da wird sich Roeder aber freuen, dass er wieder mit Ihnen zusammenarbeiten darf, was?«

»Hat er schon, der Roeder. Und wie ...«

Der Kriminaltechniker lachte und schüttelte den Kopf.

»Sie dürfen das dem Wolfgang nicht verübeln. Er leidet darunter, dass er nicht die Karriere macht, die er sich erhofft hat – und wahrscheinlich ist er neidisch auf Sie, weil Sie inzwischen fürs LKA arbeiten.«

»Ich kann an der Kripo Göppingen nichts Schlechtes finden«, versetzte Lindner. »Ich hab ja dort meine Ausbildung gemacht, zusammen mit Wolfgang Roeder, und ich finde es nicht ehrenrührig, dass er heute noch dort arbeitet.«

»Er schon. Nicht einmal nach der Polizeireform hat er es ins neue Präsidium nach Ulm geschafft. Ich glaube, der würde das erstbeste Angebot mit Handkuss akzeptieren, das ihn von Göppingen wegbringt. Aber Sie kennen ihn ja länger als ich und wahrscheinlich auch sehr viel besser. Sie werden ihn zu nehmen wissen.«

»Mal mehr, mal weniger«, brummte Lindner.

»Ja, diese Antwort würde wohl für uns alle passen. Aber so sehr er von einer Beförderung träumt: Seinen Job macht der Wolfgang Roeder ganz gut, finde ich.«

»Das auf jeden Fall. Und ich hab mich auch nicht darum gerissen, ihm ins Handwerk zu pfuschen, das können Sie mir glauben.«

»Sind Sie jetzt im LKA der Spezialist für die schrägen Fälle? Ich meine: ein Toter auf der Streuobstwiese, eine Mordserie mit Pietismus-Verbindung und ein falscher Keltenfürst im Wasserreservoir – das kann sich ja durchaus sehen lassen.«

»Darauf könnte ich gut verzichten«, knurrte Lindner. »Aber ja: Sieht ganz danach aus, als müsste ich mich vor allem um die seltsamen Fälle kümmern. Wobei: Ob das hier ein Fall im engeren Sinn ist …«

Er zuckte mit den Schultern.

»Haben Sie denn bisher irgendetwas gefunden«, fragte er nach einer kurzen Pause, »das diese Sauerei erklären würde und das eindeutig für oder gegen Wölfe als … Täter spricht?«

»Hier gibt es überall Fußspuren, dazu Abdrücke von den Klauen der Schafe – und von Pfoten. Wir haben mehrere unterschiedliche Pfotenabdrücke sichern können, darunter die der beiden Hunde des Schäfers. Die anderen könnten von Wölfen stammen, aber da wurde uns ein Experte versprochen – der müsste jeden Moment …«

Der Kriminaltechniker wurde auf eine Bewegung ein Stück hinter Lindner aufmerksam und schaute kurz in diese Richtung. Lindner und Aichele wandten sich um und sahen Ferdinand Kapprodt heranstapfen. Er nickte den beiden Wartenden zu und ließ sich von Lindner dem Mann im weißen Overall vorstellen.

»Ah, dann sind Sie also unser Wolfsexperte«, sagte der Kriminaltechniker und grinste. »Prima Timing. Wollen Sie sich die Abdrücke gleich anschauen?«

Der Experte warf Lindner einen fragenden Blick zu, der nickte nur und folgte Kapprodt und dem Kollegen in das abgesperrte Gelände hinein und zu einer Stelle, an der das Gras besonders spärlich und im Dreck ein recht deutlicher Abdruck zu sehen war. Kapprodt ging in die Hocke und nickte schon, noch bevor er ganz unten war.

»Sieht nach Wolf aus«, bestätigte er, zückte sein Smartphone und machte einige Fotos von der Spur.

»Wir haben das alles schon im Kasten«, sagte der Kriminaltechniker. »Ich kann Ihnen die Fotos aufs Handy schicken.«

»Ach nein, ich muss es mir ja ohnehin anschauen, dann ist das nebenbei auch gleich ruckzuck fotografiert. Aber danke für das Angebot. Und wo sind die anderen Spuren?«

Kapprodt ließ sich zu mehreren Stellen führen, die sich auf die Fläche zwischen Schäferkarren und Elektrozaun verteilten. Schließlich wurden ihm auch noch einige Abdrücke außerhalb des umzäunten Geländes gezeigt. Aichele hatte sich etwas abseits gestellt, zündete sich ein Zigarillo an und wartete. Lindner dagegen hielt sich in Kapprodts Nähe, und als der Wolfsexperte die letzte Spur begutachtet und fotografiert hatte, blieb er in der Hocke und sah sich nach allen Seiten um. Nach einer Weile stand er auf und ging langsam ein paar Schritte in Richtung Süden bis zum Wald. Er lugte zwischen den Bäumen hindurch, folgte dann dem Waldrand ein Stück und sah dabei immer abwechselnd forschend auf den Boden und in den Wald hinein. Wo die Stämme der vorderen Bäume nicht ganz so dicht beieinanderstanden, machte er ein paar vorsichtige Schritte ins Dickicht und heftete den Blick ganz konzentriert auf den Boden vor sich. Dann tappte er langsam rückwärts wieder auf die Wiese zurück und schien den Waldboden links und rechts von sich mit seinen Augen zu scannen.

Lindner ließ Kapprodt ungestört suchen und hielt sich so nahe bei ihm, dass er alles gut mitbekam, aber weit genug entfernt, dass er ihm nicht im Weg stand. Manchmal drehte sich der Wolfsexperte um seine eigene Achse, suchte den Boden um sich herum ab, schaute dann wieder in die Weite, bog einen Ast hierhin oder dorthin und kniff die Augen zusammen, wenn er in den Schatten des Waldes blickte. Und die ganze Zeit über sagte er kein Wort. Nur von den Kriminaltechnikern waren gelegentliche Rufe zu hören, und Aichele, dem einer der Rufe gegolten hatte, gab lachend auf eine gutmütige Frotzelei heraus.

»Ganz schlau werde ich aus den Spuren nicht«, sagte Kapprodt.

Lindner, der in diesem Moment nicht auf ihn geachtet hatte, fuhr etwas erschrocken zu ihm herum. Kapprodt hatte sich einen Kaugummi in den Mund gesteckt und knüllte nun ein kleines Stück Alufolie zusammen, bevor er es in der Hosentasche verschwinden ließ.

»Wieso nicht?«, fragte Lindner.

»Na ja …«

Kapprodt kaute ein paar Mal, ging einige Schritte zurück in Richtung des Zauns und ließ währenddessen noch einmal den Blick zur Weide und zum Schäferkarren schweifen.

»Drüben auf der Weide wurden Spuren gesichert, die ich Wölfen zuordnen würde. Das Trittsiegel passt …«

Er bemerkte Lindners fragenden Blick.

»Trittsiegel – so nennt man den Abdruck einer Wolfspfote. Dieser Abdruck sieht genau so aus, wie ihn Wölfe hinterlassen: Krallen sind deutlich zu sehen, die Verhältnisse Länge zu Breite stimmen. Aber völlig sicher lässt sich das von den Spuren eines großen Hundes am besten unterscheiden, wenn man ein vollständiges Spurbild hat, also mehrere Abdrücke hintereinander, aus denen sich Schrittlänge und Gangart ablesen lässt.«

Lindner nickte, obwohl er nur die Hälfte verstanden hatte und sich in Gedanken notierte, dass er das noch einmal nachlesen musste.

»Von den beiden Hunden des Schäfers stammen die Abdrücke jedenfalls nicht, und darauf, dass sich hier oben andere Hunde befunden haben, deutet laut Kriminaltechnik nichts hin. Also: eher Wölfe. Es könnten zwei Tiere gewesen sein oder drei, wenn sich die Abdrücke von zweien der Tiere sehr ähnlich sind. Der Zugang zur Weide war frei, weil die Lücke im Elektrozaun offen war. Die Tiere dürften aus Erfahrung wissen, was es zu bedeuten hat, wenn ein Drahtzaun mit einem Gerät verkabelt ist, wie es dort neben dem Zugang steht. Also müssen sie sich nicht aus verschiedenen Richtungen an die Schafe anschleichen, weil ihre potenziellen Opfer nicht aus dem umzäunten Bereich fliehen können. Sie sind demnach durch die Lücke im Zaun rein, und dort wurden ja auch Spuren gefunden. So weit passt alles, aber hier draußen?«

Kapprodt deutete auf die Spuren, die von der Polizei schon gesichert waren, und dann auf diejenigen, die er selbst noch entdeckt hatte.

»Das muss sicher noch genauer untersucht werden, aber Stand jetzt würde ich sagen: Diese Spuren stammen alle vom selben Tier.«

»Und das heißt?«

»Dort drüben, also links vom Zugang auf die Weide, ist das Gras sehr dicht, da sind Spuren nur sehr schwer zu finden. Das Gras kann sich seit dem Tod des Schäfers wieder aufgerichtet haben. Hier dagegen gibt es eher mal einen Flecken, auf dem kaum mehr etwas wächst – und wo Pfotenabdrücke direkt auf der Erde besser erkannt werden können. Hier rechts finde ich nur Spuren von einem Tier – aber wie kam das andere Tier oder die beiden anderen zur Lücke im Zaun?«

»Dann eben von links, wo die Spuren nicht mehr zu sehen sind?«, schlug Lindner vor.

»Sehr wahrscheinlich haben die Wölfe diese Weide gekannt. Sie wird zu ihrem Revier gehören, und wenn die Schafe häufiger hier oben stehen, kennen sie die Umstände recht genau. Sie wussten vom Zugang, kannten den Weg dahin, und gewöhnlich laufen Wölfe hintereinander her, wenn sie zu einem gemeinsamen Ziel unterwegs sind. Sie passen sich sogar in der Schrittlänge genau dem vor ihnen laufenden Tier an und treten in der Regel genau in die Spur des Wolfs vor ihnen.«

»Na gut: Erklärt das dann nicht, dass Sie nur eine Spur sehen?«

Kapprodt grinste.

»Gut mitgedacht, Herr Lindner. Aber schauen Sie hier …«

Er machte ein paar Schritte, ging in die Hocke und zeigte auf eine grasfreie Stelle, auf der sich ein Pfotenabdruck sehr deutlich abzeichnete. Lindner folgte ihm und wollte sich neben ihn kauern, aber als er sein Knie ganz leicht anzuwinkeln begann, fuhr es ihm schon wie Messerstiche in Ober- und

Unterschenkel. Also stellte sich Lindner mit steifen Beinen neben den Experten und musterte aufrecht stehend die Spur auf dem Boden vor sich. Kapprodt hatte Lindners Bewegungen aus dem Augenwinkel bemerkt und lächelte, sagte aber nichts dazu, sondern begann mit seiner Erklärung.

»Selbst wenn die Wölfe darauf achten, immer in die Abdrücke des Tieres vor ihnen zu treten, treffen sie die Stelle natürlich nicht hundertprozentig genau – wenn mehrere Wölfe hier draufgetreten wären, würde dieser Abdruck niemals so klar und scharf konturiert aussehen, sondern etwas verwischt – oder zumindest vergrößert. Aber wie Sie sehen: ganz klare Zeichnung, normale Größe, also nur ein Tier.«

»Sie waren sich vorhin nicht ganz sicher, ob die Spuren auf der Weide zu zwei oder drei Tieren gehören – könnten nicht auch alle von einem stammen?«

»Nein. Einer der Wölfe hat wohl mal in einem Kampf ziemlich übel den Kürzeren gezogen. Ihm fehlt eine Kralle und ein Teil des dazugehörenden Zehenballens. Der Abdruck hier und einige von denen auf der Weide stammen von einem Tier ohne solche Verletzungen.«

Kapprodt sah aus, als würde ihm noch etwas anderes zu denken geben.

»Das ist nicht alles, was Sie umtreibt, richtig?«

»Nein«, antwortete Kapprodt. »Ich kann auch nicht mit Bestimmtheit sagen, wo der Wolf hergekommen ist, dessen Trittsiegel wir hier sehen. Ich habe den ganzen Waldrand bis dort rüber abgesucht …« Er deutete zu der Stelle, an der er vorhin umgekehrt war. »… und weder habe ich auf der Wiese noch im Wald etwas gesehen, das den Weg der Wölfe hin zu dieser Weide verraten würde.«

Er schaute betrübt drein, legte ein bedauerndes Lächeln auf und zuckte mit den Schultern.

»Vielleicht bin ich doch kein so guter Fährtenleser, wie ich immer dachte. Im Wildparadies ist das keine Kunst, in der man sich großartig üben müsste – da habe ich meine

Wölfe alle im Gehege beisammen. Und in freier Wildbahn hatten wir auf der Alb ja lange keine Wölfe. Egal: Mit Hilfe einiger Jäger sollte das machbar sein, vor allem wenn sie Hunde dabeihaben, die die Fährte aufnehmen können. Könnten Sie den Soko-Leiter mal fragen, ob er mir Kontakt zu ein paar hiesigen Jägern verschaffen könnte?«

Lindner grinste.

»Es wird besser sein, wenn Sie ihn selbst fragen.«

Kapprodt schaute ihn verschmitzt an und nickte wissend.

»Sie haben's nicht so miteinander, was?«

»Schön gesagt.«

»Und warum?«

»Sagen wir es so: Mein Kollege Roeder ist hier das Alphatier, und er hat wohl Angst, dass ich ihm das Revier streitig mache. Seit ich beim LKA bin, erlebe ich das immer wieder: Die Kollegen von der Kripo empfinden meine Mitarbeit als Einmischung – so, als würde man ihnen nicht zutrauen, den Fall auch ohne LKA-Unterstützung lösen zu können.«

»Würde ich vielleicht ähnlich empfinden.«

»Klar, ich auch, aber es hilft ja nichts: Wir müssen zusammenarbeiten. Ich such mir das ja auch nicht aus, ich mach ja nur meinen Job.«

»Ihr Vergleich mit dem Alpharüden ist allerdings ziemlicher Quatsch«, merkte Kapprodt nach einer Weile an. »Bei uns am Stromberg erlebe ich das so natürlich immer wieder, und in anderen Gehegen ist es ebenfalls üblich: Ein dominanter Rüde kommt in die Jahre, und ein jüngerer, kräftigerer macht ihm die Position streitig. In der freien Wildbahn gibt es das so nicht.«

»Ach?«

»Frei lebende Wolfsrudel sind Familien, und die Elterntiere werden von ihren Nachkommen immer respektiert – da gibt es keine Machtkämpfe. Die Jungen leben eine Zeitlang beim Rudel, helfen bei der Aufzucht des Nachwuchses, und irgendwann suchen sie sich ihr eigenes Revier und gründen ihre eigene Familie. Kämpfe gibt es nur, wenn sich ein fremdes Rudel im eigenen Revier breitmachen will. Oder wenn ein fremder Rüde das Revier betritt und merkt, dass der dortige Alpharüde Schwäche zeigt.«

»Na, dann passt es ja doch wieder auf meinen Kollegen und mich«, brummte Lindner und lachte trocken.

* * *

Inga Lommel hatte Kaffee aufgebrüht, und eine Weile hatte die Notärztin ihr und ihrem Vater noch Gesellschaft geleistet.

»So, nun muss ich aber wieder«, sagte Bettina Krossny und stand auf. »War schön, dass ich mal wieder mit Ihnen plaudern konnte, Herr Deiffler.«

Sie verabschiedete sich von dem früheren Tierarzt, und Inga begleitete sie zur Wohnungstür. Dort drehte sich die Ärztin noch einmal um und senkte ihre Stimme.

»Ich will mich ja in nichts einmischen, aber ... Hatten Sie Streit?«

»Nein, natürlich nicht!«

Die Antwort der Tochter war sofort gekommen, noch bevor ihr klar geworden war, dass das die Ärztin ja eigentlich nichts anging – trotz der netten Unterhaltung während der vergangenen Viertelstunde.

»Gut«, beschwichtigte Bettina Krossny schnell, »und ich wollte auch nichts unterstellen, aber ...«

»Aber?«

»Na ja, Ihr Vater macht eigentlich einen ganz stabilen Eindruck. Zu stabil, wie ich finde, um einfach nur so einen Schwächeanfall zu bekommen. Achten Sie bitte mal drauf, dass er genug trinkt – das vergessen die Leute im vorgerückten Alter schon mal. Wobei ich keine Anzeichen dafür an ihm erkennen konnte, dass er es mit dem Trinken schleifen lässt.«

Bettina Krossny sah Inga Lommel nachdenklich an. Sie zögerte, aber dann fragte sie doch.

»Können Sie sich vorstellen, dass Ihr Telefonat mit ihm der Auslöser für den Schwächeanfall gewesen sein könnte?«

»Wir haben regelmäßig Kontakt«, versetzte die Tochter, und es klang etwas schnippisch. »Und wir hatten keinen Streit. Weder vorhin am Telefon noch irgendwann sonst in den vergangenen Jahren. Mein Vater trauert natürlich der Zeit mit meiner Mutter nach, seit sie gestorben ist. Und es würde ihm sicher gefallen, wenn ich nicht in Böblingen wohnen würde, sondern bei ihm hier in Neidlingen, aber wir sehen uns regelmäßig, wir kriegen uns wegen gar nichts in die Haare, und eigentlich ist alles so, dass sich mein Vater nicht beschweren kann.«

Die Notärztin hob abwehrend die Hände.

»Schon gut, Frau Lommel. Und es tut mir auch leid, wenn Sie den Eindruck haben, ich will Ihnen da irgendeine Schuld zuschieben.«

Sie räusperte sich und setzte ein entschuldigendes Lächeln auf.

»Möglicherweise hat ihm irgendetwas während des Telefonats zugesetzt. Das Thema, das Sie da besprochen haben, scheint ihn umzutreiben.«

Inga Lommel nickte, und Bettina Krossny gab ihr die Hand zum Abschied.

»Achten Sie bitte auf Ihren Vater, Frau Lommel. Er ist ein feiner Mann, und als Tierarzt war er eine Legende. Ach was: Er *ist* eine Legende – auch wenn er nicht mehr praktiziert.«

Die Ärztin ging mit schnellen Schritten zu ihrem Wagen, winkte noch einmal, als sie einstieg, flitzte los und war schon bald darauf außer Sichtweite. Inga Lommel sah trotzdem nachdenklich in die Richtung, in die sie davongefahren war. Am Telefon hatte sie mit ihrem Vater über die Wölfe gesprochen, die droben bei Gruibingen drei Schafe und einen Hund gerissen hatten. Und Ernst Meißner, den alten Neidlinger Schäfer.

Klar: ein Toter, gerissen von Wölfen – das war keine schöne Nachricht. Sie selbst war schockiert gewesen, als ihr Theo Kollack am Telefon unter dem Siegel der Verschwiegenheit davon erzählt hatte. Sie hatte ihn angerufen, um letzte Details der anstehenden Essenseinladung abzuklären, und als er ungewohnt einsilbig war, hatte sie so lange gefragt, bis er sich endlich verplappert hatte.

»Aber Inga«, hatte Kollack sofort gebettelt, »du darfst das mit dem toten Schäfer auf gar keinen Fall deinen Tierschutzfreunden weitererzählen! Auf gar keinen Fall! Du weißt doch, dass Hubert sonst gar nicht mehr aus dem Ministerium nach Hause kommen würde – und dann wird's auch nichts mit dem schönen Essen bei euch!«

Sie hatte versprochen, in ihrem Verein nichts von dem Toten zu erzählen, und sie hatte sich daran gehalten. Sie hatte auch ihre Informationsquelle verschwiegen und darauf bestanden, dass ihre Mitstreiter den üblichen Kontakt im Ministerium anrufen und sich von ihm die Info mit dem Wolfsüberfall bestätigen lassen sollten – um Kollack auch in dieser Hinsicht als potenziellen Informanten aus dem Schussfeld zu nehmen.

Aber ihr Vater war als verschwiegen bekannt, und er kannte Meißner. Er hatte dessen Schafe und auch die Hunde behandelt, so lange sie zurückdenken konnte. Er musste vom Tod des alten Meißner erfahren. Aber wenn sie gewusst hätte, dass das ihren Vater so sehr mitnehmen würde … Dass Konrad Deiffler den alten, halsstarrigen Meißner besonders gut hätte leiden können, war ihr nie aufgefallen. Meißner tat ihm leid, weil Deiffler mitbekam, wie dem knorrigen Schäfer immer neue Vorschriften das traditionsreiche Geschäft vergällten. Weil er sah, wie sich der Alte mit Papierkram mühen musste, wo er doch nur draußen bei seiner Herde sein wollte. Und weil ihm nicht verborgen blieb, dass sich die harte Arbeit mit den Schafen für Meißner finanziell nicht besonders auszahlte. Aber dass er ihn so gemocht hätte, dass ihm die Nachricht von Meißners Tod buchstäblich die Füße wegzog?

Nachdenklich ging Inga Lommel nach drinnen und schenkte ihrem Vater und sich noch etwas Kaffee nach.

* * *

Ruth Lindner schritt kräftig aus, und auch nach den ersten Minuten den Hang hinauf war ihr noch keine Ermüdung anzusehen. Sie atmete ruhig und gleichmäßig und hatte dabei genug Luft, sich munter mit Maria zu unterhalten. Die kam zwar in diesem Tempo noch recht gut mit, doch allzu viel schneller sollten sie nicht wandern, wenn sie den ganzen Tag durchhalten wollte.

»Du hast recht, Ruth«, sagte sie lächelnd. »So zügig wäre ich mit Stefan nicht vorangekommen.«

»Na, siehst du. Da musst du ihm also gar nicht mehr böse sein, was?«

Sie lachte und sog tief die würzige Waldluft ein. Das erste Stück waren sie entlang der Gruibinger Straße marschiert, doch weil auf der Straße gerade unangenehm viel Verkehr herrschte, hatten sie sich gleich nach dem großen Hotel am Ortsrand einige Meter weit querfeldein über die Wiesen geschlagen, waren dem Feldweg in den Wald gefolgt und hielten sich inzwischen am Rand des Naturschutzgebiets Teufelsloch-Kaltenweg in Richtung Südosten.

Ruth Lindner hatte nicht verraten wollen, wohin die erste Etappe der Wanderung führen sollte. Doch als Maria sie darum bat, den Gruibinger Kornberg zu meiden, auf dem sie Lindner bei der Arbeit vermutete, ließ sich dessen Mutter zumindest ein paar Informationen entlocken.

»Keine Angst – auf den Kornberg gehen wir nicht. Ich hab uns eine Tour für drei bis vier Tage rausgesucht, am dritten Abend kommen wir zwar an Gruibingen vorbei, aber auf den Kornberg müssen wir auch dann nicht, wenn wir nicht wollen. Ich habe eine Freundin in Gammelshausen, die hat ein schlichtes Gästezimmer und wunderbaren Selbstgebrannten. Da können wir uns dann noch entscheiden, ob wir uns mit ihr noch einen schönen Abend machen oder ob wir vollends nach Hause wandern. Ich weiß auch sonst schon, wo wir jeweils schlafen werden. Lass dich überraschen. Und so um die zwanzig Kilometer am Tag wirst du schaffen, oder?«

»Klar«, beeilte sich Maria zu versichern, obwohl sie sich schon fragte, ob sie sich damit womöglich übernehmen würde. Sie war bestens ausgerüstet, hatte sich mit einigen Tageswanderungen – teils mit, teils ohne Stefan – recht gut auf die geplante Wanderwoche vorbereitet. Und im Gegensatz zu ihrem Freund neigte sie auch nicht zum Jammern, aber ...

So fröhlich, wie Ruth Lindner die ganze Zeit über auf sie einplapperte, waren die Bedenken aber schnell verflogen, und Maria spürte nur die klare Luft, das gute Gefühl leichter körperlicher Anstrengung und eine Lebendigkeit und Frische, wie sie sie nur beim Wandern in freier Natur so intensiv genoss. Und sobald sie die Autobahn ein Stück unterhalb der imposanten Anlage des Gasthofs Deutsches Haus auf halber Strecke zwischen Gruibingen und Weilheim unterquert hatten und Maria den Kornberg in ihrem Rücken wusste, fielen ihr die Schritte gleich noch einmal etwas leichter.

* * *

Als die Kriminaltechnik den Jeep von Jo Meißner freigab, bot sich ein junger Kollege an, die Karre zu dessen Bauernhof nach Neidlingen zu bringen. Aichele war nach Boll gefahren, um im Polizeiposten nach dem Rechten zu sehen, und Lindner schlüpfte auf den Beifahrersitz des Jeeps, um den Sohn des Toten zu befragen – falls der schon wieder in der Lage war, ihm Auskunft zu geben. Zumindest die Beamten, die Meißner nach Hause gefahren hatten und bei ihm geblieben waren, waren in dieser Hinsicht am Telefon ganz zuversichtlich gewesen.

Dennoch versuchte sich Lindner für ein schwieriges Gespräch zu wappnen, doch seine Gedanken wurden auf der etwas zu flotten Fahrt vom Kornberg herunter ordentlich durchgeschüttelt. Entsprechend froh war er, als der Kollege am Steuer endlich auf eine asphaltierte Straße einbog und das hart gefederte Gefährt ihn nicht mehr mit jedem Rumpeln schmerzhaft an seine maladen Beine erinnerte.

Durch Mühlhausen im Täle, in Wiesensteig am imposanten Maibaum vorbei, danach die Alb hinauf und wieder hinunter erreichten sie ihr Ziel nach einer guten Viertelstunde. Lindner hatte zwischendurch Kriminalhauptkommissar Simon Pfau angerufen, mit dem er vor ein paar Jahren bei der Kripo Stuttgart zusammengearbeitet hatte. Pfau gehörte inzwischen zur Kripo Esslingen, in deren Zuständigkeitsbereich Neidlingen lag, und Lindner wollte sichergehen, dass ihm niemand ein Gespräch mit Jo Meißner übelnehmen würde.

Die letzten Meter führten auf einem geteerten Feldweg oberhalb von Neidlingen entlang, der Blick ging nach links über das Dorf hinweg bis zum grünen Kegel der Limburg, dem Hausberg der Weilheimer. Schließlich rollte der Jeep auf dem Innenhof eines schön gelegenen, aber etwas heruntergekommenen Anwesens aus, und bis der junge Kollege und Lindner ausgestiegen waren, standen die beiden Streifenbeamten bereits neben dem Fahrzeug.

»Er ist drin und scheint sich halbwegs gefangen zu haben«, sagte einer der Polizisten. »Am Anfang ist er ständig aufs Klo gerannt, dann saß er heulend am Küchentisch, und jetzt blättert er in irgendwelchen Unterlagen.«

Die Haustür schwang auf, und ein schlanker Mann Ende dreißig trat auf die Schwelle. Er trug eine ausgebeulte Jeans, ein grobes, kariertes Hemd und Filzpantoffeln. Die dunkelblonden Haare hatten schon lange keinen Friseursalon mehr von innen gesehen, und wo sie etwas willkürlich über den Ohren und im Nacken endeten, verrieten sie, dass der Mann beim Selberschneiden auch nur eher schlampig in den Spiegel sah. Lindner ging zu ihm hin, wies sich aus und reichte ihm die Hand.

»Herr Meißner, nehme ich an?«, sagte er, als der andere zögerte.

Jo Meißner schlug endlich ein. Sein Händedruck war fest und trocken, die Haut wies einige Schwielen auf.

»Ich würde Ihnen gern ein paar Fragen stellen – aber nur, wenn Sie sich dazu schon bereit fühlen.«

Der Mann zögerte wieder, dann brummte er eine kaum verständliche Zustimmung.

»Kommen Sie doch rein«, sagte Meißner dann, etwas deutlicher, und wandte sich um.

Er ging Lindner ins Haus voraus und führte ihn durch einen düsteren Flur mit dünnem, ausgetretenem Teppich in die Küche. Es roch nach frisch aufgebrühtem Kaffee, und nach einem Blick auf das gestapelte Geschirr im Spülbecken und einige geöffnete und mit Essensresten verschmierte Konservendosen auf der Arbeitsfläche daneben hoffte Lindner, dass der Duft noch eine Weile alles andere überdecken würde.

Auf dem Tisch stand eine halb geleerte Tasse, der Rest der Wachstuchdecke war mit Unterlagen bedeckt: lose Blätter, Aktenordner, Pappmappen.

»Ich habe schon mal alles rausgesucht«, erklärte Meißner, als er Lindners prüfenden Blick bemerkte. »Wir hatten ja schon mal einen …« Seine Stimme zitterte. Er räusperte sich und fuhr fort: »… schon mal einen Wolfsschaden. Und das hier ist der ganze Papierkram dazu.«

»Darf ich?«, fragte Lindner.

Meißner schob ihm den dicken Ordner hin, und Lindner überflog das Schreiben, das als oberstes Blatt eingeheftet war. Danach blätterte er ein wenig weiter.

»Trinken Sie einen Kaffee mit?«, fragte Meißner, der schon eine Tasse aus dem Schrank geholt hatte und nun neben der Kaffeemaschine stand.

»Ja, gern«, antwortete Lindner, ohne von den Unterlagen aufzusehen. »Ein bisschen Milch, ein bisschen Zucker.«

Zumindest die Bitte um Milch bereute er, als Meißner einige Papiere zur Seite schob und die Tasse vor ihm abstellte: Kleine weiße Klumpen schwammen oben auf der dunklen Brühe. Lindner bedankte sich und versuchte, sich nichts anmerken zu lassen. Er rührte den Löffel um, der in der Tasse steckte, und zog ihn anschließend heraus. Einen Moment lang sah er sich um, wo er ihn ablegen konnte, ohne Meißners Dokumente zu beschmutzen. Dann fiel ihm auf, dass irgendetwas am Löffel eine Kruste gebildet hatte, und zwar nicht erst gerade eben, und er machte die paar Schritte zur Spüle hinüber und ließ den Kaffeelöffel dort zwischen dem anderen Besteck verschwinden. Meißner hatte ihn beobachtet, und als Lindner wieder an den Tisch trat, lächelte er entschuldigend und zuckte mit den Schultern.

»Männerhaushalt«, murmelte er. »Mein Vater hält nichts vom Aufräumen, und ich bin ihm da ziemlich ähnlich, muss ich zugeben.«

Er schluckte. Die Augen wurden feucht.

»*War* ihm sehr ähnlich«, setzte er schließlich hinzu.

»Dieser Ordner ist ja ziemlich voll. Alles Korrespondenz wegen der toten Schafe?«

»Vieles davon – die Versicherung hat lange angezweifelt, dass wirklich Wölfe unsere Schafe gerissen hatten, obwohl Doktor Deiffler das gleich nach dem Tod der Schafe bestätigt hatte.«

»Doktor Deiffler?«

»Der Tierarzt hier in Neidlingen. Zu ihm sind wir schon immer gegangen, ob was mit den Schafen war oder mit den Hunden. Guter Mann, leider ist er seit diesem Jahr in Rente. Nun müssen wir nach Weilheim fahren, wenn was mit den Tieren ist.«

Lindner holte seinen Notizblock hervor und ließ sich Deifflers Adresse geben, dann musterte er wieder den Aktenordner.

»Und was ist da sonst noch drin?«

»Presseberichte«, sagte Jo Meißner, und um seinen Mund spielte ein bitterer Zug.

Lindner dachte an das Gespräch mit seinem Hausarzt und Schulfreund Thomas Bruch und daran, dass Thomas von großen Artikeln im Boulevardblatt erzählt hatte.

»Darf ich mal sehen?«

Meißner blätterte bis zu einem besonders knallig aufgemachten Bericht, der im vergangenen September erschienen war. Auf einem Foto war ein Rudel Wölfe zu sehen, das sich mit Heißhunger über einen tierischen Kadaver hermachte, der nicht sehr nach Schaf aussah. Da ja wohl kaum ein Reporter des Blattes vor Ort gewesen sein konnte, hatte die Redaktion offenbar ein Archivbild hevorgekramt.

Zwei andere Fotos zeigten eine Alblandschaft im Dämmerlicht und den Kopf eines Wolfes, der den Betrachter anschaute – mit stechendem Blick und einer Fellzeichnung, die seinem Gesicht den Anschein eines breiten Grinsens verlieh. In den Text eingeklinkt war ein weiteres Foto, das einen Wolf in Seitenansicht zeigte: Das Tier hockte auf einer Schneefläche, hatte den Kopf in den Nacken gelegt, die Augen geschlossen und das Maul halb geöffnet. Man glaubte fast, das Heulen hören zu können.

Mit markanten, kurzen Sätzen und reißerischen Formulierungen erzählte der Autor – der Name Ferry Hasselmann sagte Lindner nichts – eine wahre Schauergeschichte, bluttriefend und sensationslüstern. Er musste sich phasenweise zwingen, den Text zu Ende zu lesen, wenn der Autor Mutmaßungen anstellte und sie direkt im nächsten Satz mit einem kurzen Zitat höchstens halb belegte – und Lindner konnte sich gut vorstellen, dass auch dieses Zitat aus dem Zusammenhang gerissen und vielleicht manchmal sogar sinnentstellend wiedergegeben wurde.

»Sie werden in diesem Bericht nicht zitiert«, sagte Lindner schließlich. »Und Ihr Vater auch nicht. Dafür kommt ein …« Er schaute noch einmal nach. »… ein gewisser Robert Honzmann zu Wort. Warum das?«

»Ach, Honzmann … Wo ein Mikrofon oder ein Notizblock auftaucht, ist der selten weit, vor allem, wenn es um sein geliebtes Wild oder um Wölfe geht. War wohl ganz früher mal ein Freund von meinem Vater, auch wenn er nicht gern darüber gesprochen hat. Ich hab keine Ahnung, warum, aber seit vielen Jahren sind die beiden sich spinnefeind. Diesmal aber … da hat er uns eigentlich eher was Gutes getan. Er hat sich diesem Reporter gegenüber völlig überzeugt gezeigt, dass es wirklich Wölfe waren, denen unsere Schafe zum Opfer gefallen sind. Zwar hatte das auch der Tierarzt schon bestätigt, aber sonst ließ Honzmann keine Gelegenheit aus, meinem Vater zu widersprechen und ihn in ein schlechtes Licht zu rücken. Na ja … vielleicht wollte er sich wieder mit meinem Vater aussöhnen, und das sollte so eine Art Friedensangebot sein.«

»Hat es denn gewirkt?«

»Ach was! Mein Vater ist … war ein Dickschädel, stur bis dorthinaus! Bei dem war der Honzmann auf alle Ewigkeit unten durch.«

»Haben Sie eine Adresse von diesem Honzmann?«

Jo Meißner stutzte.

»Wieso wollen Sie mit dem reden?«

»So ganz habe ich das mit den Wölfen noch nicht verstanden«, schob Lindner vor. »Und die Zitate in diesem Blatt deuten darauf hin, dass sich Honzmann mit Wildtieren auskennt. Sie haben das ja selbst auch gerade erwähnt.«

»Honzmann wohnt drüben in Mühlhausen. Die Adresse hab ich nicht, wollte ich auch nicht haben, wenn er und mein Vater sich nicht mochten – aber der wird sicher im Telefonbuch stehen.«

Lindner nickte. Honzmann und Meißner senior mussten wirklich schon lange und sehr heftig verfeindet gewesen sein, wenn die Abneigung sogar bis zum Sohn eines der Streithähne durchschlug.

»Dieser Reporter kam natürlich auch zu uns«, fuhr Jo Meißner fort, »aber ich habe ihn vom Hof gejagt, weil er eigentlich nur immer wieder gefragt hat, ob wir nun Angst hätten, nachts zur Herde rauszugehen, und ob wir nicht befürchten würden, dass die Wölfe auch mal Jogger oder womöglich spielende Kinder reißen würden. Der bohrte nach einer Sensation, nach einer Schlagzeile – was mit uns und den Schafen wirklich war, interessierte den einen feuchten Dreck.«

Jo Meißner grinste kurz.

»Mit seinem blöden Bericht hat er allerhand ausgelöst«, sagte er dann. »Auch die Leute vom Fernsehen standen eines Tages vor der Tür. Die stellten noch blödere Fragen. Immerhin filmten sie unseren kleinen Hofladen, kauften auch zwei alte Schaffelle und etwas Käse und berichteten über die zwei tapferen Albschäfer, die sich selbst von blutrünstigen Wölfen nicht unterkriegen lassen.«

Er schüttelte den Kopf, als könnte er den Trubel von damals noch immer nicht fassen.

»War ein richtiges Rührstück, ich hab den Mist sogar aufgenommen, aber inzwischen wieder gelöscht. Zwei Tage nach der Ausstrahlung kreuzte wieder dieser Hasselmann hier auf und versuchte allen Ernstes, ein bisschen Schafskäse von mir zu schnorren – schließlich habe er die Fernsehleute mit seinem großen Bericht auf das Thema gebracht, und das Filmchen werde uns ja nun alle reich machen. Da hab ich den Hund auf ihn gehetzt. Ich glaube, so schnell ist der sein ganzes Leben lang noch nicht gerannt.«

Jo Meißner lachte, es klang wie ein Knurren.

»Seien Sie mit Ihren Hunden lieber vorsichtig«, warnte ihn Lindner, obwohl er dem aufdringlichen Reporter den vierbeinigen Verfolger von Herzen gönnte.

»Muss ich wohl. Ich hab ja jetzt nur noch einen.«

Meißner presste die Lippen aufeinander und schaute angestrengt zum Fenster hinaus, und es dauerte eine Weile, bis er sich wieder im Griff hatte. Er trank etwas Kaffee und sah, dass Lindner seine Tasse noch nicht angerührt hatte.

»Trinken Sie doch, der wird ja noch ganz kalt.«

Das war Lindners geringste Sorge, aber der Höflichkeit halber nahm er einen kleinen Schluck. Die saure Milch fiel geschmacklich nicht weiter auf. Das Gebräu war sehr stark und etwas bitter. Da konnte auch ein ungespülter Löffel nicht viel anrichten. Diese Brühe überstanden Bakterien vermutlich nicht. Und falls doch ... wegen seiner Beine musste er ja sicher eh noch einmal zum Arzt, da konnte er sich auch gleich etwas gegen Lebensmittelvergiftung verschreiben lassen. Er stellte die Tasse wieder ab und hoffte, nun wegen des Kaffees eine Zeitlang Ruhe zu haben.

»Warum hat sich die Versicherung denn so sehr geziert?«, fragte er.

»Ist das nicht immer so? Erst wollen sie dir Verträge für alles Mögliche aufschwatzen, und wenn's dann ans Zahlen geht ... Aber diesmal hob die Versicherung vor allem darauf ab, dass ja bei uns in der Gegend gar keine Wölfe heimisch seien.«

»Und das überfahrene Tier von Merklingen Ende November 2015?«

»Stammte aus der Schweiz und war wohl auf Wanderschaft – und der Wolf, der Monate zuvor bei Lahr überfahren wurde, war sein Bruder. Aber dass ein Rudel hier in der Gegend ein Revier habe, darauf gab es keine Hinweise. Die Versicherung bezog sich dabei auf Mitteilungen aus dem Ministerium, das zwar groß vom ›Wolferwartungsland‹ schwafelte, aber davon ausging, dass es im Moment noch keine hier lebenden Exemplare gebe. Und ein einzelner Wandervogel wie der bei Merklingen überfahrene Jungwolf aus der Schweiz kam in unserem Fall als Übeltäter eher nicht in Betracht. Damals sah es – wie jetzt – so aus, dass es eher nicht nur ein Tier gewesen war, das sich unsere Schafe hat schmecken lassen.«

»Sind es denn womöglich dieselben gewesen wie diesmal?«

Jo Meißner zuckte mit den Schultern.

»Keine Ahnung.«

»Na gut, das wird sich feststellen lassen. Unsere Kollegen von der Kriminaltechnik können ja die Spuren abgleichen.«

»Eher nicht«, sagte Meißner und schlürfte von seinem Kaffee.

»Nicht?«

»Nein. Doktor Deiffler untersuchte die toten Schafe und stellte uns einen Schrieb aus, in dem er bestätigte, dass sie von Wölfen gerissen wurden.«

»Es wurden keine Spuren gesichert, keine weiteren Untersuchungen vorgenommen?«

»Nein. Hinterher haben wir von der Versicherung den Vorwurf bekommen, dass wir die toten Schafe wegen der Verletzungen hätten untersuchen lassen müssen. Sogar im Ministerium hat sich jemand die Mühe gemacht und hat uns einen Brief geschrieben, in dem wir auch kritisiert wurden.«

Meißners Miene machte mehr als deutlich, was er von dieser Kritik hielt.

»Aber die Polizei haben Sie schon gerufen, oder?«

»Ja, natürlich«, brummte Meißner und verzog das Gesicht noch mehr. »Ihre Kollegen kamen auch, aber sie hatten grad viel um die Ohren, und es dauerte eine Weile, bis sie vor Ort waren. An dem Tag war es warm und ziemlich regnerisch. In dem Matsch, in dem die toten Schafe gelegen hatten, hätten sie eh keine Spuren mehr sichern können: alles eine einzige Pampe, so etwas wie Pfotenabdrücke war da nicht mehr zu erkennen. Die Wölfe fielen laut Doktor Deiffler wohl zwischen drei und vier Uhr morgens über die Schafe her. Mein Vater hatte in dieser Nacht in seinem Bett geschlafen, und wir mussten noch ein Ersatzteil für den Energizer besorgen – das ist das Gerät, das den Elektrozaun unter Spannung setzt. Den Weidezaun bei Laichingen hatte mein Vater an ein älteres Gerät angeschlossen, das wir für solche Fälle noch aufgehoben haben. Wie auch immer: Deshalb kamen wir erst gegen zehn, halb elf bei der Herde an. Und dann haben wir die Sauerei gesehen: die Schafe tot und übel zugerichtet, alles voller Blut und überall Matsch. Und die Tiere haben auch schon zu riechen begonnen. Doktor Deiffler kam als Erster, ihn hatte mein Vater sofort gerufen – und er hat sich gleich an die Untersuchung der Tiere gemacht: Fotos, Notizen, eine Beschreibung der Kadaver.«

»Und wie kamen die Wölfe in die Weide, trotz des Elektrozauns?«

Jo Meißner verdrehte genervt die Augen.

»Das Gatter stand halb offen. Mein Vater hat behauptet, dass er den Weidezaun auf jeden Fall verschlossen hatte, bevor er heimgefahren war, aber das vergisst er immer wieder.«

Meißner machte eine Handbewegung, als würde er eine Flasche leeren.

»Das ist natürlich blöd«, stimmte ihm Lindner zu. »Die Kadaver der Schafe waren ja aber hoffentlich noch da, als die Polizeibeamten eintrafen, oder?«

»Ja, waren sie. Aber Ihre Kollegen wollten die nicht anfassen oder näher untersuchen. Es wurden noch ein paar Fotos gemacht. Sie haben sich beeilt, und weil ja offensichtlich war, dass man auf dem matschigen Untergrund keine Spuren mehr erkennen konnte, hielten sich die Polizisten auch nicht allzu lange auf unserer Weide auf. Die Kollegen haben ihren Bericht aufgenommen, dann waren sie auch schon wieder weg.«

»... und haben Ihnen mitgeteilt, dass die toten Schafe noch von Spezialisten auf Spuren von Wölfen untersucht würden.«

»Draußen auf der Weide erst noch nicht. Vielleicht hatten sie das vergessen oder vielleicht war es ihnen draußen im Regen auch einfach nur zu nass gewesen.«

Meißner grinste höhnisch, aber auf Lindners strengen Blick hin räusperte er sich und fuhr fort.

»Doktor Deiffler hat meinen Vater aber schon darauf hingewiesen, soweit ich weiß. Aber als der Streifenwagen und der Tierarzt wieder weg waren, hat es sich mein Vater anders überlegt, und dann hat er mit meiner Hilfe die Kadaver gepackt und sie auf die Ladefläche unseres Pickups geworfen. Dann ist er losgefahren und hat sie zur Tierbeseitigung gebracht.«

»So schnell?«

»Wie gesagt: Die haben schon zu riechen begonnen, Fotos waren gemacht worden, und der Doktor war sich gleich sicher gewesen wegen der Wölfe.«

»Und warum war er sich da so sicher gewesen?«

»Ich nehme an, dass es wegen der Art der Verletzungen war. Aber genau kann ich es Ihnen nicht sagen – als Doktor Deiffler die Schafe untersucht hat, war ich nicht dabei. Mein Vater hat mir aufgetragen, den Polizisten ein Stück weit auf dem Feldweg entgegenzugehen, damit die uns gleich finden. Aber als die nach einer Weile noch nicht gekommen waren, bin ich zurück zur Weide. Da war Doktor Deiffler schon fertig mit seiner Untersuchung. Er unterhielt sich mit meinem Vater. Ich weiß noch, dass ich mich gewundert habe, weil das Gespräch beinahe wie ein Streit wirkte – aber ich konnte die beiden nicht verstehen. Und als ich die beiden fast erreicht hatte und sie mich bemerkten, nickte der Doktor nur und erklärte mir, dass es wohl Wölfe gewesen seien, die unsere Schafe gerissen hatten.«

Lindner hatte die ganze Zeit über mitgeschrieben, nun ging er seine Notizen noch einmal durch.

»Sie haben einen Pickup als Wagen Ihres Vaters erwähnt«, sagte er schließlich. »Haben Sie den noch?«

Meißner nickte.

»Steht der noch irgendwo auf dem Kornberg?«

»Nein«, sagte Jo Meißner. »Der steht in der Garage.«

»Und wie ist Ihr Vater gestern zur Weide gekommen?«

»Ich habe ihn hingefahren.«

»Und heute früh wollten Sie ihn wieder abholen?«

»Ja.«

Lindner erinnerte sich daran, dass die Kollegen davon ausgingen, dass der alte Schäfer zum Zeitpunkt seines Todes reichlich Alkohol im Blut hatte. Trotzdem widerstrebte es ihm, den Sohn des Toten einfach geradeheraus zu fragen, ob sein Vater gestern zu betrunken gewesen war, um selbst zu fahren.

»Ist das nicht etwas umständlich?«, setzte er stattdessen an.

Jo Meißner verzog das Gesicht.

»Dass er nicht nüchtern gestorben ist, haben Sie sicher auch mitbekommen«, knurrte er. »Den Fusel, den er sich in der Nacht reingeschüttet hat, konnte ich noch riechen, als ich ihn auf der Wiese liegen sah. Aber hinfahren hätte er noch können, und seinen Führerschein hatte er auch noch. Auch wenn er dafür ab und zu ganz schön Glück brauchte.«

»Und warum haben Sie ihn dann chauffiert?«

»Wir hatten noch ... ein paar Sachen zu besprechen.«

Lindner hatte das kurze Zögern bemerkt, wartete aber darauf, dass Jo Meißner von allein weiterredete. Erst als er stumm blieb, hakte Lindner nach.

»Es gab Streit?«

Jo Meißner schluckte und wischte sich mit dem Handrücken über die Nase, bevor er antwortete.

»Ja, ausgerechnet an unserem letzten gemeinsamen Abend. Scheiße, oder? Aber mit meinem Vater gab es immer Streit. Zumindest ich konnte kaum zwei Sätze mit ihm sprechen, ohne dass wir aneinandergeraten sind. Offiziell bin ich der Schäfer, ich leite das Geschäft, und er hilft mir noch ein bisschen – aber wer meinen Vater kennt ... kannte, der weiß, dass das mit diesem Sturkopf nie und nimmer funktionierte. Was er über Jahrzehnte hinweg auf die eine Art gemacht hat, durfte ich nicht anders anpacken. Von neuen Ideen hielt er nichts und erst recht nichts davon, dass er nicht mehr das alleinige Sagen haben sollte.«

»Warum hat er Ihnen denn dann die Schäferei überlassen?«

»Auf jeden Fall nicht ganz freiwillig. Er war nicht mehr der Jüngste, und schon vor ein paar Jahren konnte er nicht mehr alles so erledigen, wie es nötig gewesen wäre. Die

Schäferei stellen sich die Leute immer so romantisch vor: rumstehen auf der Wiese und gelangweilt in die Gegend schauen. Aber allein wenn ich die Tiere im Winter im Stall stehen habe, brauch ich am Abend locker drei Stunden, alles auszumisten. Und das, nachdem ich morgens schon seit halb fünf auf den Beinen bin. Dann wird mal ein Schaf krank oder eine der Ziegen, die wir ebenfalls halten. Und die Schafwolle, die wir früher noch vermarkten konnten, müssen wir jetzt gegen Geld scheren lassen und als Müll ins Heizkraftwerk bringen. Auch Schaffelle gehen nicht mehr gut, und wenn Sie die zu lange lagern müssen, gehen Ihnen die Motten rein. Verdient ist praktisch nur noch am Fleisch, und das Ministerium zahlt uns etwas für die Landschaftspflege – die Schäferei ist also ein Knochenjob und ein mies bezahlter obendrein. Wenn man dann auch noch als Laufbursche und Handlanger behandelt wird … Irgendwann hat's mir gereicht und ich habe ihn vor die Wahl gestellt: Entweder er macht mich zum Chef oder ich suche mir was anderes.«

»Hatten Sie denn Möglichkeiten?«

»Ja. Ich bin nicht ungeschickt mit Pflanzen, mit Werkzeug und Maschinen, und ein Kumpel hat einen Betrieb, Garten- und Landschaftsbau. Der hätte mich mit Kusshand genommen.«

»Und da hat er eingelenkt?«

»Erst nicht. Wir hatten einen Riesenstreit, und dann habe ich bei meinem Kumpel angeheuert. Vier Wochen lang sind wir uns hier auf dem Hof aus dem Weg gegangen, keiner hat ein Wort mit dem anderen geredet, dann kam der Anruf von Doktor Deiffler.«

»Vom Tierarzt? Warum das denn?«

»Der hatte unseren Streit irgendwie mitbekommen, und an diesem Tag wollte er meinen Vater besuchen, ein Viertele mit ihm trinken und ihm gut zureden, dass er sich doch wieder mit mir vertragen soll. Aber mein Vater hatte seine Viertele schon getrunken, wollte mit seinem Pickup noch zur Herde rausfahren und ist gleich dort hinten von der Zufahrtsstraße abgekommen, mit der Karre ein Stück über unsere Wiese gerumpelt und schließlich ganz langsam gegen einen der Obstbäume geprallt. Dort hat ihn Doktor Deiffler gefunden: schnarchend am Steuer des abgewürgten Pickups.«

Lindner musste grinsen, und auch um Jo Meißners Mundwinkel zuckte es.

»Tja, mein Vater … Wäre ich nicht sein Sohn gewesen, hätte ich sicher mehr Spaß an seinen Eskapaden gehabt. Das ganze Dorf kennt solche Geschichten über ihn, und auch Streit hatten nicht wenige mit ihm.«

»Und bald darauf hat Ihnen Ihr Vater den Hof übergeben. Wann war das?«

Meißner dachte kurz nach.

»Ach, ich hab ja Jubiläum«, sagte er dann. »Im Mai vor drei Jahren hat er mich sozusagen zum Chef gemacht. Aber wie gesagt: Viel geändert hat sich dadurch nicht.«

»Sie haben vorhin gesagt, dass Sie gestern mit Ihrem Vater Streit hatten. Worum ging es denn?«

»Das … das weiß ich gar nicht mehr so genau.«

Lindner stutzte.

»Das war doch erst gestern Abend, daran erinnern Sie sich nicht mehr?«

Jo Meißner winkte ab. Lindner konnte nicht einschätzen, ob er eher genervt war oder ob er einem unliebsamen Thema ausweichen wollte.

»Bei uns geht es oft um Kleinkram, und immer wieder um dieselben Themen«, sagte Meißner dann. »Da merke ich mir nicht für jeden einzelnen Streit mit meinem Vater den jeweiligen Anlass. Mir ging es zum Beispiel schon länger gegen den Strich, dass sich mein Vater im Schäferkarren besäuft. Außerdem steht für seinen Pickup eine größere Reparatur an – und ich finde, dass sich das für den alten Göppel nicht mehr lohnt. Der gehört auf den Schrottplatz. Okay, vielleicht findet sich noch ein Sammler, der das Ding zum Ausschlachten kauft – aber für diese Karre noch mehr Geld in die Werkstatt tragen, kommt für mich nicht infrage. Ja, jetzt weiß ich's wieder: Darüber haben wir uns gestern in die Haare bekommen. Wir haben uns deswegen nicht zum ersten Mal gestritten, und mal reagierte mein Vater darauf eher ruhig, mal eher heftig. Und es geht dabei meiner Meinung nach auch nicht immer nur um das Thema, das ich anspreche. Manchmal ging der wegen einer Kleinigkeit an die Decke, weil ihn in dem Moment gerade etwas ganz anderes beschäftigte.«

»Was könnte Ihren Vater gestern beschäftigt haben?«

»Der regte sich über alles Mögliche auf. Wenn er nach dem Vesper Zeitung gelesen hat, bin ich meistens raus aus der Küche – egal ob Politik oder Sport, eine Baugenehmigung in Neidlingen oder eine neue Vorgabe aus Brüssel: Der hat immer nur gebruddelt. Manchmal erinnerte er sich auch nur an irgendetwas von früher – und das konnte schon reichen, dass er den ganzen Tag mit einer Scheißlaune unterwegs war. Oder es war mal jemand hier auf den Hof und der kam meinem Vater irgendwie krumm – sofort war der Teufel los!«

»Aber wenn Sie sich gestern gestritten haben … ich als Ihr Vater würde Ihnen da eher aus dem Weg gehen, würde mich wütend in meinen Wagen setzen und allein zum Kornberg fahren. Da würde ich Sie nicht unbedingt darum bitten, gefahren zu werden.«

Meißner lächelte traurig.

»Versuchen Sie bloß nicht, sich in meinen Vater hineinzuversetzen. Der hatte meiner Meinung nach jede Menge Probleme mit sich selbst, und die hat er mit keinem anderen besprochen. Deshalb ist er ja wegen der kleinsten Kleinigkeit an die Decke. Und was das Chauffierenlassen betrifft: Als ich ihm mal wieder Vorhaltungen wegen des Alkohols machte, war er beleidigt wie ein Kind, hat die Arme vor der Brust verschränkt und gesagt: ›Gut, Junger, dann fahr deinen besoffenen Vater halt zur Weide, wenn du eh alles besser weißt!‹ Das hab ich dann gemacht. Obwohl er zu diesem Zeitpunkt noch nicht betrunken war.«

Lindner fröstelte. Er mochte sich die Idylle der beiden Schäfer gar nicht weiter ausmalen.

»War hier eigentlich bessere Stimmung, als Ihre Mutter noch ...«

Er unterbrach sich. Von einer Mutter war bisher noch nicht die Rede gewesen, und auch während der ersten Soko-Sitzung hatte niemand die Familiengeschichte der Meißners aufgedröselt, aber ganz selbstverständlich war Lindner davon ausgegangen, dass es früher eine Frau im Haus gegeben hatte – und dass die Frau des Mittsechzigers Ernst Meißner vermutlich recht jung gestorben war. Nun sah er Jo Meißner vor sich, wie der zu dieser beiläufigen Bemerkung schwieg und mit den Kiefern mahlte.

»Tut mir leid«, schob er deshalb schnell nach. »Da müssen Sie den gewaltsamen Tod Ihres Vaters verarbeiten, und ich erinnere Sie ausgerechnet jetzt an Ihre Mutter.«

»Da gibt's nichts zu erinnern«, brummte Meißner schließlich.

Lindner sah ihn fragend an.

»Wir waren hier im Haus immer nur zu zweit. Wer meine Mutter ist, weiß ich nicht.«

Diese Variante kannte Lindner bisher noch nicht. Dass sich ein Vater vor der Geburt des Kindes aus dem Staub machte und sich um die Unterhaltszahlungen drückte, dass eine Frau schwanger wurde und es dem leiblichen Vater nicht sagte, dass eine Ehe in die Binsen ging, bevor das Kind alt genug war, um sich noch an die Zeit vor der Trennung erinnern zu können – das alles kam vor, viel zu oft. Aber dass ein Kind die Frau nicht kennt, die es geboren hat? Jo Meißner sah Lindner die Verblüffung an, und er ließ ganz kurz ein schmerzliches Lächeln über sein Gesicht huschen.

»Mein Vater war ein ziemlicher Bock, wenn Sie verstehen, was ich meine«, erklärte er nach einer Weile.

Lindner rief sich die Fotos in Erinnerung, die er von Ernst Meißner gesehen hatte. Die wüst zugerichtete Leiche drüben auf dem Kornberg war natürlich kein Maßstab. Aber auch das fast zwanzig Jahre alte Foto auf dem damals verlängerten LKW-Führerschein zeigte einen nicht besonders attraktiven Mann: grobe Gesichtszüge, schütteres Haar, einen verbitterten Zug um den Mund. Das alte Passfoto in den Meldeunterlagen wiederum zeigte immerhin einen schlanken, sportlich wirkenden jungen Mann, der ihn vage an einen Schauspieler erinnerte, dessen Name ihm aber gerade nicht einfiel: schmollende Lippen, Augen und Brauen zu einer Art Dackelblick verzogen, die Haare streng nach hinten gekämmt. Lindner musterte Jo Meißner: Auch der war schlank und normal gewachsen, kein Typ zum Kindererschrecken, aber sicher genauso wenig der Traum der hiesigen Damenwelt – eine besondere Ähnlichkeit mit dem Jugendfoto seines Vaters konnte er nicht erkennen.

»Ist natürlich schon viele Jahre her, wobei …«

Er unterbrach sich, nahm noch einen Schluck Kaffee und verzog das Gesicht. Vermutlich war das Gebräu kalt geworden – Lindner wollte es gar nicht so genau wissen und behielt lieber seinen Gesprächspartner im Blick. Meißner stand auf, schüttete den Rest Kaffee ins Spülbecken, schenkte sich nach und setzte sich wieder an den Tisch.

»Wobei?«, fasste Lindner nach.

»Ach, nichts weiter. Früher jedenfalls war mein Vater sehr aktiv. Offenbar hatte er ein Gespür für Frauen, die … nun ja, die sich einsam fühlten. Er kam ordentlich rum als Schäfer, und er war nicht wählerisch.«

Meißner seufzte und trank etwas Kaffee.

»In der Schule war es nicht immer leicht für mich. Mein Vater galt eh immer als Sonderling, und wenn du dann in der Pubertät ständig Anspielungen auf die Affären deines Alten ertragen musst … Sie können sich vielleicht vorstellen, dass ich das Wort ›Schäferstündchen‹ bald nicht mehr hören konnte.«

Lindner nickte.

»Wie gesagt: Er war nicht wählerisch, und wenn er abends aus dem Haus ging, habe ich mich manchmal gefragt, unter welche Decke er jetzt wieder schlüpfen würde. Eine von den Frauen, die mein Vater bei solchen Gelegenheiten traf, war wohl meine Mutter. Aber ich habe nie erfahren, wer es war. Ob sie noch lebt oder wo sie wohnt, ob sie vielleicht eine Familie mit anderen Kindern hat, mit meinen Halbgeschwistern. Ob das Ganze nur ein One-Night-Stand war, oder ob sie meinen Vater geliebt oder wenigstens gemocht hat.«

Er stierte in seine Tasse.

»Wissen Sie, wie übel das ist, wenn Sie abends Ihren Vater wegschleichen sehen, wenn sein billiges Rasierwasser noch in der Luft hängt und er womöglich die Frau trifft, die meine Mutter ist? Wenn Sie am nächsten Tag beim Bäcker oder Metzger oder im Supermarkt sind und genau darauf achten, ob eine der Kundinnen Ihrem Blick ausweicht? Das wird irgendwann so sehr zu einer fixen Idee, dass man es sogar für möglich hält, dass die eigene Mutter auch aus Neidlingen stammen und dort noch wohnen könnte, dass man ihr immer wieder über den Weg läuft und doch nicht weiß, wer es ist.«

Jo Meißner schnaubte, dann sah er Lindner mit entschuldigender Miene an.

»Klingt verrückt, was?«

»Das kann ich nicht beurteilen«, gab Lindner zu. »Ich wohne seit ein paar Jahren wieder auf dem Bauernhof meiner Eltern. Mein Vater ist vor langer Zeit gestorben, und meine Mutter treibt den Hof seither allein um, zumindest das bisschen, was sie noch am Laufen halten möchte: Hühner, Streuobst, etwas Wald. Aber ich kenne meine Mutter, ich habe meinen Vater gekannt – wie sollte ich einschätzen können, wie man sich in Ihrer Situation fühlt und was einem da alles durch den Kopf geht?«

Meißner sah ihn lange an, dann nickte er bedächtig.

»Danke. So viel Mühe, sich in meine Situation hineinzuversetzen, haben sich die meisten anderen Leute nicht gemacht, das können Sie mir glauben.«

»Sie haben Ihren Vater vermutlich immer wieder gefragt, wer Ihre Mutter ist, oder?«

»Ja. Hat aber nie was gebracht. Er hat eisern geschwiegen.«

»Kein Hinweis, keine Andeutung?«

»Nichts, leider. Ich habe …«

Er unterbrach sich und schien zu überlegen, ob er das Lindner überhaupt erzählen sollte. Lindner war ein Fremder, aber Meißner hatte wohl nicht viele Menschen, mit denen er über dieses Thema reden konnte.

»Ich habe natürlich auch in seinen Unterlagen gesucht, in seinem Kalender, wenn er den rumliegen ließ, in den Fotoalben im Wohnzimmerschrank, im Nummernspeicher seines Handys. Da kam mir seine Sauferei ganz recht: Während er sturzbesoffen auf dem Sofa schnarchte oder bei den Schafen war, musste ich nicht befürchten, dass er mich beim Rumstöbern erwischte. Aber ich stieß auf nichts. Auf keinen Namen, keinen Hinweis, keine Spur.«

* * *

Wolfgang Roeder war stinksauer. Wie ein Rohrspatz schimpfend stampfte er in seinem Büro auf und ab, und Harald Miller stand neben der Tür und wartete schweigend darauf, dass sich sein Vorgesetzter wieder beruhigte.

Roeder hatte nach der Soko-Besprechung Sonja Reeber und Roland Schopf beiseitegenommen und sie gebeten, doch bei den Kollegen im Ulmer Präsidium ein gutes Wort dafür einzulegen, dass sich Lindner, der schließlich Beamter des LKA und nicht des Polizeipräsidiums Ulm war, nicht weiter als Mitglied der Soko in den Sitzungen breitmachen dürfe. Die beiden hatten ihn recht kühl abtropfen lassen, und dass sie kurz darauf demonstrativ das Gespräch mit Lindner suchten und sich offensichtlich prächtig mit ihm unterhielten, konnte Roeder nur als absichtliche Provokation auffassen.

Also schlug er Lindner scheinheilig vor, er könne doch mit einem der Beamten auf den Kornberg fahren und sich dort ein wenig umsehen. Und er könne bei dieser Gelegenheit ja auch gleich versuchen, mit dem Sohn des Toten zu reden und so vielleicht mehr in Erfahrung zu bringen, als den Kollegen bisher gelungen war. Roeder hatte nicht zufällig auf die Eitelkeit eines begnadeten Ermittlers angespielt, die er Lindner unterstellte, und auch wenn Lindner kurz irritiert gewesen war: Er kaufte ihm das freundliche Angebot letztlich ab und machte sich auf den Weg zum Tatort.

Etwas später erfuhr Roeder, dass Lindner den jungen Schäfer nicht mehr auf dem Kornberg angetroffen, sich aber von einem Beamten in dessen Wagen nach Neidlingen hatte bringen lassen, um dort mit Jo Meißner zu sprechen. Es dauerte nur einen Moment, dann erkannte Roeder die Chance, seinem früheren Weggefährten aus dieser Wendung einen noch engeren Strick zu drehen – schließlich lag Neidlingen im Kreis Esslingen, und die dortigen Kollegen würden es vermutlich nicht besonders gut aufnehmen, dass Lindner nicht nur im Revier der Göppinger Kollegen, sondern ungefragt auch noch in ihrem herumstöberte. Dass es ursprünglich er, Roeder, gewesen war, der Lindner zu einem Gespräch mit dem jungen Meißner ermuntert hatte, musste er ja nicht unbedingt erwähnen.

Doch der Anruf im Präsidium verlief ganz anders als erwartet. Der Leiter der Kriminalpolizei hatte schon mit Reeber und Schopf gesprochen, auch Lindners Vorgesetzten im LKA hatte er schon am Telefon gehabt – und nachdem er Roeders Anschuldigungen zunächst ruhig angehört hatte, bürstete er ihn in knappen Worten ab und wies ihn an, Lindner in seiner Arbeit zu unterstützen. Ganz beiläufig lobte er den LKA-Beamten auch noch für sein umsichtiges

Vorgehen, an dem sich Roeder gern ein Beispiel nehmen könne: Denn noch auf der Fahrt in den Landkreis Esslingen habe er die zuständige Kripo persönlich über sein Kommen in Kenntnis gesetzt.

»Wenn einer wie Lindner Ihnen für Ihre Ermittlungen zuarbeitet«, sagte er am Ende, »sollten Sie froh sein anstatt wütend. Ich will bald Ergebnisse, und ich will gute Ergebnisse. Und ich werde sehr genau beobachten, wie Sie der Rolle des Soko-Leiters gerecht werden, Roeder. Jemand, der es am diplomatischen Umgang im richtigen Moment fehlen lässt und der sich aufführt wie eine beleidigte Leberwurst, empfiehlt sich jedenfalls nicht für höhere Aufgaben. Sie sollten sich alle beteiligten Kräfte zunutze machen, anstatt eifersüchtig darauf zu achten, dass keiner mit Ihrem Schäufele spielt. Ich hoffe, Sie haben mich verstanden, Roeder.«

Dann war das Telefonat beendet. Roeder bemerkte erst nach einer Weile, dass er sich mit verkrampften Fingern noch immer den Hörer an den hochroten Kopf hielt, obwohl die Verbindung längst getrennt war. Die Tür ging auf, Miller kam herein – und ließ geduldig die Tirade über sich ergehen, mit der sich Roeders Frustration lautstark entlud.

Es dauerte Minuten, bis sich Roeder wieder so weit im Griff hatte, dass sich sein Mitarbeiter ein wenig entspannte. Miller sah elend aus, nicht nur wegen des Wutausbruchs seines Vorgesetzten.

»Was ist denn mit dir los, Miller?«, fragte Roeder schließlich.

»Es scheint niemand außer mir Zeit zu haben, in der Rechtsmedizin dabei zu sein, wenn die Obduktion stattfindet. Und ich …«

Er schluckte und wurde noch etwas bleicher. Roeder wollte ihm schon über den Mund fahren und ihn anherrschen, dass er sich nicht so anstellen solle – da kam ihm ein Gedanke, und ein böses Grinsen legte sich auf sein Gesicht.

* * *

Bevor sich Stefan Lindner daranmachte, den Meißnerhof bei Neidlingen wieder zu verlassen, wollte er sich noch die Adresse der Einrichtung geben lassen, zu der Ernst Meißner die Schafskadaver nach dem ersten Wolfsangriff gebracht hatte. Zu den angelieferten Tierleichen würde niemand mehr etwas sagen können, aber vielleicht war etwas Hilfreiches über Meißner senior zu erfahren. Jo Meißner musste ein wenig in dem dicken Ordner vor sich blättern, bevor er fand, wonach er suchte: die Gebührensatzung einer Tierkörperbeseitigungsanstalt.

»Kommen Sie kurz mit«, sagte Meißner und verließ die Küche, »ich kopiere Ihnen das schnell.«

Er ging in ein kleines Zimmer, das mit billigen, aber hellen Möbeln recht freundlich und viel moderner als die Küche eingerichtet war. Ein PC mit Flachbildschirm, ein Laptop, ein Multifunktionsdrucker, an der hellbeige getünchten Wand ein Jahresplaner und einige Cartoons mit Schäfchenwitzen – Lindner war überrascht, und Meißner bemerkte es.

»Mein Büro war noch so ein Punkt, der meinem Vater nicht passte«, sagte er und reichte Lindner die Kopie der Rechnung. »Computer hatten für ihn in der Schäferei nichts zu suchen. Na ja, er war halt ein altmodischer Sturkopf.«

Er deutete auf mehrere Pappkartons in der Ecke, die vor Unterlagen, Notizblöcken und alten Kladden überquollen.

»Das habe ich vor ein paar Tagen von der Bühne geholt. Ich wollte ihm den Kram sortieren und auf den neuesten Stand bringen. Ich bin mir gar nicht mehr sicher, ob er sich darüber wirklich gefreut hätte … Das meiste ist altes Zeug, auf den ersten Blick viele Jahre alte Belege und Schreiben, das kann vermutlich alles zum Müll – aber vorher schaue ich alles zur Sicherheit genau durch. Vielleicht finde ich ja dort doch noch irgendetwas, das eine Spur zu meiner Mutter hergeben könnte.«

Lindner nickte ihm zu, dann las er die Firmenbezeichnung im Titel der Gebührensatzung.

»Zweckverband Tierischer Nebenprodukte Süd-Baden-Württemberg … und wo ist das?«

»In Warthausen.«

»Ihr Vater hat die toten Schafe bis fast nach Biberach gefahren? Da war er doch sicher … Wie lange fährt man da?«

»Mit dem alten Pickup locker eine Stunde«, antwortete Jo Meißner. »Aber zur Sammelstelle nach Süßen brauchen Sie von Laichingen aus, wo die Schafe gerissen worden waren, auch eine Dreiviertelstunde. Und das Abholenlassen dauerte meinem Vater zu lange. Wie gesagt: Die Tiere hatten schon zu riechen begonnen. Alle drei Schafe waren jünger als achtzehn Monate – wenn sie nicht älter sind, darf man sie noch in die Box in Warthausen bringen, die eigentlich für Katzen und solche Tiere gedacht ist.«

»Wäre die Abholung denn teuer gewesen?«

»Ach was, das sind Cent-Beträge, wenn überhaupt was berechnet wird. Aber wie gesagt: Mein Vater war ein altmodischer Sturkopf. Rauf mit den Kadavern auf die Ladefläche, Decke drüber, Steine oder alte Reifen drauf, und los ging's. Das habe ich ihm nicht ausreden können. Nicht ums Verrecken.«

Er verstummte und presste die Lippen aufeinander.

»So war das natürlich nicht gemeint«, brachte er dann noch hervor.

»Schon klar«, sagte Lindner und verabschiedete sich. »Ich lass Sie jetzt auch in Ruhe.«

Meißner brachte ihn zur Tür.

»Er war übrigens meistens länger als zwei, drei Stunden weg, wenn er mal wieder Tiere nach Warthausen brachte. Ich glaube, dass er in der Gegend um Warthausen oder auf dem Weg dorthin jemanden kannte. Einen alten Kumpel vielleicht, mit dem er dann noch ein Bier oder ein Viertele trank. Erzählt hat er nie was, aber wenn er nach Hause kam, war er besser drauf, als man das nach dem Besuch dieser Anlage erwarten sollte.«

* * *

»Schau«, sagte Ruth Lindner und deutete auf den Berg vor sich. »Da geht's noch hinauf, dann machen wir Vesperpause.«

Maria hörte es erleichtert, auch wenn ihr noch ein ordentlicher Anstieg bevorstand. Gut zwei Stunden lang waren sie bereits auf den Beinen. Ruth schien unermüdlich und schlug nach wie vor ein ordentliches Tempo an. Maria hatte sich zwar wacker geschlagen, konnte eine Rast nun aber auch gut brauchen.

Sie waren seit einer Weile nicht mehr in freier Natur unterwegs, sondern wanderten entlang der Landstraße nach Weilheim hinein. Die Limburg, wie die Weilheimer ihren Hausberg nannten, obwohl dort droben von der alten Festung schon lange nur noch ein Ringgraben übriggeblieben war, erhob sich links von ihnen als sanfter Kegel, unten dicht bewachsen mit vielen Obst- und einigen Nadelbäumen, oben bedeckt von einer saftig grünen Wiese, auf der nur noch vereinzelt Büsche und Bäume standen.

Schließlich hatten sie die letzten Häuser von Weilheim wieder hinter sich, und Maria blieb kurz stehen, um vor dem letzten Stück die Limburg hinauf zu verschnaufen. Ruth grinste und freute sich insgeheim, dass sie noch so gut zu Fuß war. Aber sie freute sich auch auf die anstehende Pause – vor allem auf einen tüchtigen Schluck Most, den ihr Eugen Rösler unlängst abgefüllt hatte. Ihr Freund hatte einige Tage lang bei einer Cousine nahe Welzheim zu tun. Er hatte versprochen, nach deren Streuobstwiesen zu sehen, und sie hatte ihn als Dank dafür eingeladen, ein paar Tage bei ihr zu bleiben und sich mit ihr einige Mühlen, Klingen und nicht zuletzt auch Gasthäuser im Schwäbischen Wald anzusehen. Rösler hatte es nicht übers Herz gebracht, der seit Jahrzehnten allein lebenden Base abzusagen. Auch konnte Ruth ihn diesmal wohl schlecht begleiten: Wenn schon ihr eigener Sohn seine Probleme gehabt hatte, die späte Beziehung seiner Mutter mit Rösler zu akzeptieren – wie viel schwerer würde das Eugens Cousine fallen, die vermutlich noch gar nichts von ihr wusste? Und so hatte Ruth ihren Eugen schweren Herzens ziehen lassen. Der Gedanke, dass sie ihn erst zum Wochenende hin wieder sehen würde, gab ihr einen Stich. Doch dann fiel ihr ein, was sie von Samstag an geplant hatten und dass sie nach einem schönen Essen beim Italiener bei ihm auf dem Hof in Sehningen über Nacht bleiben würde, und es durchfuhr sie ganz warm.

»Auf geht's«, rief sie daraufhin Maria zu. »Hoch mit dir, ich hab Hunger!«

* * *

»Aber Herr Pfennigwerth!«

Der untersetzte Mann fuhr mit den Fingern seinen strengen Seitenscheitel nach, seine Augen blitzten vor Erregung.

»Wir können doch jetzt nicht einfach so zur Tagesordnung übergehen! Ich meine: Wölfe auf der Alb, und wir als zuständiges Ministerium unternehmen gar nichts?«

»Natürlich unternehmen wir etwas, Herr Haage. Aber wir hängen es eben nicht an die große Glocke. Sie machen weiterhin Ihre Arbeit hinter den Kulissen, und wenn es sich gar nicht abbiegen lässt, werde ich mich mit der Presseabteilung abstimmen – und natürlich den Minister entsprechend informieren.«

»Habe ich nicht schon immer gesagt, dass wir in Baden-Württemberg Wolferwartungsland sind? Und hat sich das jetzt nicht auf blutige Weise bestätigt?«

»Na ja«, versetzte Hubert Pfennigwerth und gönnte sich beim Gedanken an sein FDP-Parteibuch ein böses Grinsen, »das mit dem Wolferwartungsland ist ja zuletzt nicht jedem gut bekommen, nicht wahr?«

Haage winkte ab und schnaubte.

»Ich weiß ja«, wetterte er, »dass Sie es nicht schätzen, in der Mittagspause mit Sachthemen behelligt zu werden, aber …«

Pfennigwerth hob eine Augenbraue, und wäre Haage nicht so eine unbelehrbare Nervensäge gewesen, hätte er spätestens daran erkannt, dass er sich auf sehr dünnem Eis bewegte.

»... aber Wölfe auf der Alb: Das können wir nicht einfach so aussitzen! Wir müssen uns dem Thema stellen! Wir müssen an die Öffentlichkeit gehen! Wir müssen agieren, statt uns in die Defensive drängen zu lassen! Wir müssen ...«

Pfennigwerth war inzwischen rot angelaufen, er hatte seinen hochgewachsenen Körper so weit aufgerichtet, dass er trotz des stattlichen Bäuchleins recht imposant vor seinem Untergebenen stand.

»Wir müssen«, fuhr er Haage mit scharfer Stimme in die Parade, »wir müssen unsere Arbeit machen. Auch Sie, Herr Haage!«

»Und wenn die Sache an die Öffentlichkeit kommt? Wie wollen Sie dann erklären, dass wir nicht selbst die Initiative ergriffen haben?«

»Wenn Sie oder ich das der Presse nicht stecken, sollten wir die Geschichte noch ein bisschen unter der Decke halten können. Die Polizei jedenfalls versucht ihr Bestes.«

Pfennigwerth beugte sich ein wenig vor und schlug einen versöhnlicheren Ton an.

»Es sind ja nur drei Schafe und ein Hund zu Schaden gekommen«, raunte er und fixierte Haage sehr genau, um auch nicht die kleinste Reaktion zu übersehen.

»Drei Schafe und ein Hund – von Wölfen gerissen. Das ist Nachricht genug, finde ich!«

Pfennigwerth nickte bedächtig. Wenigstens schien dieser penetrante Mensch nichts von dem toten Schäfer zu wissen.

»Jetzt gehen Sie mal wieder schön an Ihre Arbeit, Haage. Und wenn was kommt, wird es mein Problem sein und nicht Ihres.«

Haage schluckte ein paar Mal, dann wandte er sich abrupt ab und marschierte in sein Büro. Dabei überlegte er, ob sein Chef wissen konnte, wer ihn vorhin angerufen und nach Informationen über den Wolfsüberfall ausgefragt hatte. Und er beschloss, gleich noch einen Mann anzurufen, der schon einmal mit einem solchen Vorkommnis zu tun hatte.

Pfennigwerth sah ihm nach und schlenderte dann nachdenklich zu seinem Schreibtisch.

* * *

Lindner ging das Gespräch mit Jo Meißner noch einmal in Gedanken durch, als er die paar Meter vom Haus zum Dienstwagen schlenderte, neben dem nach wie vor die uniformierten Kollegen standen. Er wollte gerade mit ihnen klären, wer ihn nach Neidlingen hinunterbringen konnte, wo er mit Tierarzt Deiffler reden wollte, da bog Fritz Aichele mit seinem Streifenwagen in die Zufahrt zum Meißnerhof ein.

»Stefan«, sagte er durchs heruntergelassene Seitenfenster, als er den Wagen neben Lindner zum Stehen gebracht hatte, »ich soll dich abholen.«

»Ach?«

»Ja, Weisung von *ganz, ganz* oben.«

Aicheles breites Grinsen und seine ironische Betonung ließen Lindner schon ahnen, auf wen er anspielte.

»Du meinst Roeder?«

Aichele lachte schallend und nickte.

»Jetzt komm, steig ein. Den Rest erkläre ich dir unterwegs. Du hast hoffentlich nicht fett gegessen?«

Kurz darauf waren sie auf dem Weg nach Ulm, und Aichele hatte Lindner erzählt, wohin genau es ging.

»Und Roeder hat wirklich darum gebeten, dass ich bei der Obduktion dabei bin?«

Lindner konnte es kaum glauben, dass sein früherer Freund und heutiger Rivale ihm auf diese Weise erlaubte, richtiger Bestandteil der Ermittlungsgruppe zu sein. Wobei er ja auch nach der Soko-Besprechung unerwartet freundlich zu ihm gewesen war und ihm einen Besuch droben auf dem Kornberg und sogar ein Gespräch mit Jo Meißner vorgeschlagen hatte. Vielleicht riss sich Roeder ja endlich am Riemen, oder vielleicht begriff er endlich, dass ihm Lindner nichts Böses wollte.

»Er hat's mir nicht persönlich gesagt«, redete Aichele währenddessen munter weiter. »Miller musste für ihn anrufen. Der stammelte ganz schön rum, als er mich anrief. Ich war gerade mit dem nötigsten Bürokram in Boll fertig, als er mich erreichte. Er meinte, dass gerade keiner so richtig Zeit hätte, die Obduktion zu begleiten – und ob du nicht vielleicht einspringen könntest.«

»Dass Miller das nicht übernehmen will, ist mir klar. Der muss sich ja schon übergeben, wenn er Tatortfotos sieht. Armer Kerl, und Roeder reitet auch noch vor versammelter Mannschaft darauf herum!«

»Kann ja sein, dass sogar Roeder hinterher klar geworden ist, dass das nicht gut ankam in der Runde. Gut möglich, dass er Miller die Zuschauerrolle im Sektionssaal ersparen will – und das lieber dir gönnt.«

»Sicher: Das gönnt er mir von Herzen – allerdings müsste er mich noch gut genug kennen, um zu wissen, dass mir das nichts ausmacht, dass ich das im Gegenteil immer spannend finde. Na egal, wir fahren jetzt mal in die Rechtsmedizin, ich schau mir das an und mach mir weiter keinen Kopf darüber, aus welchem Grund er mir diese Aufgabe zugeschanzt hat.«

In Ulm angekommen, blieb Fritz Aichele im Wagen sitzen. Er hatte zwar ein Faible für spannende Fälle, aber keines für Obduktionen – und Lindner sah keinen Grund, ihm die Anwesenheit während der Untersuchung des Leichnams zuzumuten.

Auf dem Flur, der zum Sektionssaal der Ulmer Rechtsmedizin führte, erwartete ihn eine angenehme Überraschung. Neben der Sektionsgehilfin, einer stämmigen Frau von gut vierzig Jahren, stand eine sehr attraktive Frau im selben Alter, mit zerzausten langen roten Haaren und funkelnden grünen Augen hinter der randlosen Brille, die ihn gleich wiedererkannte, ohne dass er spontan gewusst hätte, wo sie sich getroffen hatten und wie sie hieß. Ihr Gedächtnis war offenbar besser: Sie begrüßte ihn sofort mit Namen, ließ lächelnd eine kurze Pause und stellte sich erst dann vor – jetzt fiel auch bei Lindner der Groschen. Dr. Zora Wilde hatte er während der Obduktion eines der Opfer aus der Mordserie kennengelernt, in der den Toten Zettel mit der aktuellen Tageslosung auf die Stirn getackert worden waren, und wenn er sich recht erinnerte, war sie ziemlich clever und im Gespräch auf angenehme Weise frech.

»Und von der Kripo wollte niemand dabei sein?«, fragte sie, als sie ein bisschen Smalltalk hinter sich gebracht hatten.

»Keine Zeit, schwacher Magen – jeder hat wohl so seine Ausrede. Ich bin eigentlich ganz froh, dass ich dadurch meine Informationen direkt aus erster Hand bekomme. Dem LKA gegenüber sind nicht alle Kripobeamten so aufgeschlossen, wie ich mir das wünschen würde. Da ist es mir lieber, ich bekomme alles ungefiltert zu hören.«

»Dass Sie mit dem Fall betraut werden, hätte ich mir ja fast denken können.«

Die Sektionsgehilfin hob fragend die Augenbrauen, und Zora Wilde erklärte ihr: »Er, liebe Fiona, ist im LKA Baden-Württemberg der Mann für die ganz besonderen Fälle.«

»Ach, Frau Dr. Wilde, Sie übertreiben!«, wehrte Lindner ab, vielleicht etwas lahm, weil er sich irgendwie auch geschmeichelt fühlte – und die Rechtsmedizinerin ließ sich ohnehin nicht beirren.

»Doch, doch. Herr Lindner hat den Mord an einem Mann aufgeklärt, der bei Bad Boll tot auf einer Streuobstwiese lag – allem Anschein nach mit Mostäpfeln gesteinigt. Er hat vier bizarre Morde aufgeklärt, in denen die Mordopfer in Kreuzigungspose abgelegt wurden. Und er hat herausgefunden, wer einen Keltenexperten so in einem Wasserhochbehälter nahe Nürtingen aufgebahrt hat, dass er wie der berühmte Keltenfürst von Hochdorf inszeniert war.«

»Respekt«, sagte Fiona. »Aber warum werden gerade Sie mit einem Fall wie dem getöteten Schäfer betraut? Alle haben gesagt, das sind Wölfe gewesen – ist das denn ein Fall fürs Landeskriminalamt?«

»Vielleicht habe ich ja Glück und bin als Experte für skurrile Morde auf dem absteigenden Ast«, versetzte Lindner mit breitem Grinsen, dann zuckte er entschuldigend mit den Schultern. »Um ehrlich zu sein: Mein Vorgesetzter hat Bammel, dass uns diese Geschichte um die Ohren fliegt, wenn wir nicht schnell genug Ergebnisse liefern können. Ich bin diesmal wohl eher als Beobachter dabei. Und Frau Dr. Wilde hat wirklich maßlos übertrieben, was meine Rolle in den anderen Fällen angeht. Das Tagesgeschäft machen nach wie vor die Kripokollegen, und ich helfe halt, wo ich kann.«

»Du siehst, Fiona«, meldete sich Zora Wilde wieder zu Wort, »Herr Lindner ist obendrein auch noch ein ganz Netter und sehr bescheiden.«

»Gehen wir lieber rein«, sagte Lindner mit etwas aufgesetzter Lässigkeit. »Sonst werde ich noch ganz rot.«

»Schon passiert«, signalisierte ihm das schelmische Lächeln der beiden Frauen, doch keine sagte ein Wort darüber. Zora Wilde nickte Fiona zu, und sie machten sich auf den Weg in den Sektionssaal. Im Gehen bändigte die Rechtsmedizinerin ihre Haare geschickt zu einem Pferdeschwanz, sie schlüpfte in grüne OP-Kleidung und zog Handschuhe über, und nach einer Weile standen sie alle neben dem Metalltisch, auf dem der nackte Ernst Meißner aufgebahrt war: Zora Wilde leitete die Untersuchung, ein Kollege in der gleichen grünen Kleidung assistierte ihr, ein weiterer Mann – er trug einen weißen Kittel über seiner Straßenkleidung – ließ sich den Darm sowie die wenigen im Leichnam verbliebenen Reste der anderen Organe reichen und präparierte sie für die nötigen Untersuchungen. Fiona hielt sich im Hintergrund bereit, und Lindner stand am Kopfende des Tisches, beobachtete die Obduktion und achtete darauf, dass er niemandem im Weg stand.

Dass dem Göppinger Kollegen Miller die Anwesenheit in diesem Raum erspart worden war, sollte er seinem Chef Roeder hoch anrechnen. Auch Lindner hatte ein paar Mal schlucken müssen, als er den toten Schäfer vor sich liegen sah. Die Gurgel zerfetzt, den Bauch aufgerissen, sogar über einzelnen Rippen klafften Lücken im Fleisch, und in dem blutigen Durcheinander unterhalb des Brustbeins war zu erkennen, wie wüst die Innereien aus dem Körper gezerrt worden waren.

Später dann, als Brustkorb und Bauchraum der Leiche geöffnet waren, roch es etwas streng im Raum, aber Lindner kam ganz gut damit zurecht. Weil er sich stets gegen alle möglichen Verletzungen wappnete, trug er in der Regel Wundsalbe, Pflaster und manches mehr in den Taschen mit sich – darunter natürlich auch Erkältungssalbe. Davon hatte er sich etwas unter die Nase gestrichen, und die scharfen Aromen von Menthol und Eukalyptus überdeckten gnädig wenigstens einen kleinen Teil dessen, was dem Geruchsinn bei Obduktionen blühte.

Aufmerksam sah Lindner der Rechtsmedizinerin bei der Arbeit zu, und was durch den Duft der Salbe in seine Nase drang, registrierte er eher interessiert als angewidert. Auch zuvor schon hatte der tote Schäfer nicht gerade nach Veilchen gerochen, und seine Kleider, die auf dem benachbarten Metalltisch für die Kriminaltechnik bereitlagen, verströmten ebenfalls einen eindringlichen Geruch, der nicht nur davon herrührte, dass Ernst Meißner zu Lebzeiten eher sparsam mit Waschlappen und Seife umgegangen war – bei einem gewaltsamen Tod verließ nicht nur Blut den malträtierten Körper.

Im Sektionssaal wurde nicht viel gesprochen. Die Handgriffe saßen, und jeder wusste, was zu tun war. Lindner hatte eine gute Sicht auf alles, was Zora Wilde im Inneren des toten Schäfers anstellte, aber er konnte nicht viel damit anfangen. Hier gab es keine Kugel zu finden, und was genau die Rechtsmedizinerin zu entdecken oder zu erkennen hoffte, hätte

Lindner nicht zu sagen vermocht. Immer wieder beugte sie sich über diese oder jene Stelle, tastete etwas ab, legte etwas anderes frei und fuhr mit den Fingern hierhin und dorthin, als müsste sie den Sitz oder die Festigkeit eines Muskels oder eine Sehne prüfen. Zwischendurch ließ sie den Kollegen ein Foto machen und deutete dabei mit dem Skalpell auf Details, die für Lindner einfach nur blutige Stellen waren.

Schließlich richtete sie sich auf und sah Lindner nachdenklich an.

»Wie überzeugt sind denn Ihre Kollegen in der Soko davon, dass das hier Wölfe waren?«

»Bisher sah alles danach aus, und auch ein Experte, den wir aus dem Wildgehege in Tripsdrill hinzugezogen haben, hielt es für wahrscheinlich, dass ein Wolf oder mehrere Wölfe diesen Mann getötet haben. Aber natürlich sind wir nicht in irgendeiner Weise festgelegt. Und die Obduktion hat ja gerade den Sinn, etwas zu belegen – oder eben berechtigte Zweifel daran aufzuwerfen. Und: Haben Sie Zweifel?«

»Tja …«, sagte sie zögernd und legte das Skalpell beiseite. »Ich wusste ja in etwa, was auf mich zukommt, deshalb habe ich die Zeit bis zu unserem Termin hier in Ulm genutzt, um mich auf die Schnelle ein bisschen in das Thema einzuarbeiten. Die Bisswunde am Hals, die Abwehrverletzungen am linken Unterarm und an beiden Händen, der übel zugerichtete Bauchraum, die entnommenen Organe – das alles passt sehr gut zu dem, was ich darüber gelesen habe, wie Wölfe ihre Opfer töten.«

»Aber?«, hakte Lindner nach, als ihm die Pause, die sie ließ, zu lange wurde.

»Aber mir ist an dieser Rippe hier …« Sie nahm das Skalpell wieder auf, beugte sich über den Leichnam und deutete auf eine Stelle an Meißners Brustkorb. »… eine Kerbe aufgefallen, die meiner Ansicht nach nicht zu der Wolfstheorie passt.«

Lindner sah genau hin, aber er konnte nichts erkennen. Zora Wilde quittierte seine Bemühungen mit einem Lächeln und erklärte ihm in knappen Worten den Aufbau des Brustkorbs mit den von der Wirbelsäule nach vorne führenden Rippenknochen und den Rippenknorpeln, durch die die oberen zehn Rippenpaare mit dem Brustbein verbunden waren.

»Im Prinzip weiß ich das ja alles, Frau Dr. Wilde. Aber die Kerbe kann ich leider nicht sehen.«

Das Brustbein, das sie »Sternum« nannte, war im Verlauf der Obduktion herausgeschnitten worden, aber die Rippen waren noch vollständig.

»Sie befindet sich hier«, sagte sie und deutete an die entsprechende Stelle. »Seitlich an der fünften linken Rippe, zur vierten hin, und sie ist nicht allzu auffällig.«

»Und was sagt Ihnen das?«

»Solche Kerben entstehen zum Beispiel durch Stiche mit einem Messer oder einer ähnlichen Waffe mit mindestens einer scharfen Kante. Schauen Sie …« Sie trat einen Schritt zur Seite und führte mit der rechten Hand eine langsame Bewegung aus, als wollte sie mit dem Skalpell in Zeitlupe auf den Brustkorb des Toten einstechen.

»Aber liegt das Herz nicht weiter innen und eher unter der Stelle zwischen der fünften und der sechsten Rippe?«

»Bravo, Herr Lindner! Aber hier, ein Stück weiter zur Seite versetzt, ist zwischen den Rippenknochen mehr Platz als näher am Brustbein zwischen den Rippenknorpeln. Und wenn der Stich so geführt wurde, wie es die Kerbe nahelegt, drang die Waffe zwischen dem vierten und fünften Rippenknochen in den Körper ein und danach wurde erst der linke Lungenflügel und dann das Herz durchstochen.«

»Klingt das für Sie nach jemandem, der geübt ist im Umgang mit Stichwaffen?«

»Ja, schon. Und auf jeden Fall nach jemandem, der sich bewusst war, dass er so die größte Chance hat, offensichtliche Spuren an den Rippen zu vermeiden. Denn vermutlich wäre der Stich auf diese Weise ohne Beschädigung der Rippe ausgeführt worden, aber das Opfer machte vielleicht eine schnelle Bewegung – er hat etwa mit der linken Hand oder dem Unterarm die Waffe leicht nach unten abgelenkt, oder er hat sich in einer Art Gegenangriff aufgerichtet oder hat sich in einer Ausweichbewegung leicht nach hinten gebeugt. In beiden Fällen wäre der Brustkorb etwas nach oben verlagert worden und die Waffe hätte innen am fünften Rippenknorpel entlanggeschnitten – genau so, wie es zu der Kerbe passt, die ich gefunden habe.«

»Also doch keine Wölfe …«, murmelte Lindner und schaute nachdenklich auf den Leichnam.

»Oder zumindest nicht nur«, merkte die Rechtsmedizinerin an.

Er sah irritiert hoch.

»Alles andere passt ja zu einem Wolf«, gab Zora Wilde zu bedenken. »Zumindest bisher. Ganz fertig bin ich mit den Untersuchungen noch nicht, aber die Verletzungen sehen schon so aus, als würden sie von Tierbissen herrühren. Und das Gewebe, das aus den Bereichen der verschiedenen Verletzungen entnommen wurde, ist noch im Labor. Da wird sich zeigen, ob sich an diesen Stellen Genspuren von einem Wolf befunden haben.«

»Aber … gerade reden Sie von einem tödlichen Messerstich. Ich meine: Lunge und Herz durchbohrt, das ist doch auf jeden Fall tödlich.«

»Ja. Im durchbohrten Lungenflügel kommt es zu Blutungen, im Herzen ebenfalls, und wenn die Wunde im Brustkorb groß genug ist, kommt es dadurch auch noch zum Druckausgleich mit der Außenluft – und die Lungenlappen fallen in sich zusammen. Aber schon allein die Herzbeuteltamponade …« Sie unterbrach sich und erklärte lächelnd: »Vereinfacht gesagt: Im Herzbeutel sammelt sich Flüssigkeit, die da nicht hingehört – das durch die Verletzung austretende Blut vor allem. Das drückt das Herz von außen zusammen und behindert dessen Funktionen, bis zum Herzstillstand. Das Opfer ist binnen Sekunden bewusstlos und kurz darauf tot, ohne dass noch Gegenwehr zu befürchten ist.«

»Das ist so weit klar. Aber wie soll da jetzt noch ein Wolf ins Spiel kommen?«

»Keine Ahnung, Herr Lindner. Das ist Ihr Job – falls sich im Labor an den Wunden Spuren von Wölfen finden.«

»Wir haben also jemanden, der Ernst Meißner mit einem Messer oder einer ähnlichen Waffe eine tödliche Verletzung beigebracht hat – und wir haben Bisswunden, die auf Wölfe hindeuten. Ist Ihnen noch etwas aufgefallen?«

»Ja«, sagte Zora Wilde mit einem entschuldigenden Lächeln. »Und ich fürchte, das macht die Sache nicht einfacher für Sie.«

Lindner lachte freudlos.

»Raus damit – darauf kommt's jetzt auch nicht mehr an.«

»Ich muss mir das noch einmal genauer ansehen, aber auch an der Innenseite der Wirbelsäule habe ich Beschädigungen gefunden, die ich im Moment nicht zuordnen kann. Ich werde nachher mit den Kollegen im Labor telefonieren, wo die Untersuchungen zu den Tierkadavern stattfinden – vielleicht können die mir sagen, ob solche Spuren entstehen, wenn sich Wölfe im Bauchraum ihres Opfers zu schaffen machen.«

»Und wenn nicht?«

»Tja, Herr Lindner … Das ist dann wohl Ihre Baustelle.«

* * *

Die Rast auf der Limburg hatte nicht allzu lange gedauert. Ruth und Maria verputzten mit Heißhunger geräuchte Würste, herzhaftes Bauernbrot, Radieschen und Tomaten, dazu Röslers Most und sauren Sprudel. Mit vollem Mund erklärte Ruth ihrer Begleiterin, was von ihrem Platz aus alles zu sehen war: Im Norden Egelsberg und Weilheim vor und Holzmaden und Aichelberg hinter der A8, im Osten die bewaldeten Hänge, hinter denen Boll und Eckwälden lagen, im Süden Hepsisau und Neidlingen, dahinter die Burgruine

Reußenstein, und im Westen, drunten im Tal und erfreulich nahe ihr Ziel für heute: Bissingen an der Teck.

»Am liebsten wäre ich noch mit dir dort hinauf«, sagte Ruth Lindner und deutete auf den bewaldeten Berg hinter dem Ort, wo zwischen den Baumwipfeln die Gebäude und der Turm der Burg Teck hervorblitzten. »Aber die haben leider montags und dienstags Ruhetag – da bleibt auch das Wanderheim geschlossen. Deshalb müssen wir heute im Tal übernachten, und die Burg werden wir uns morgen früh anschauen.«

Maria massierte sich die Beine und war nicht wirklich enttäuscht. Die Teck konnte gut noch einen Tag warten. Und als sie am Ende der ersten Wanderetappe den Gasthof vor sich sah, war sie noch zufriedener mit der Wahl ihrer Schwiegermutter in spe: Das Fachwerkhaus in der Ortsmitte machte einen heimeligen und gepflegten Eindruck, und in der Gaststube sorgte das Licht durch die zahlreichen Buntglasfenster, die grünen Fensterschals, die urigen kupfernen Deckenlampen, der dunkle Holzboden sowie die umlaufende Bank, die wie die Stühle mit gemustertem Stoff bezogen war, für eine gemütliche Atmosphäre. So ließen sie sich an einem Ecktisch ein erstes Bier schmecken, bevor sie ihr Zimmer bezogen. Ruth Lindner hatte ein Doppelzimmer ausgewählt, in dem zwei Betten einzeln gestellt waren. Der Raum war ausreichend groß und eher altmodisch eingerichtet, aber alles war sauber. Und als sie ihr Gepäck verstaut, sich gewaschen und umgezogen hatten, freuten sie sich auf ein üppiges, recht frühes Abendessen, nach dem sie vermutlich völlig erschlagen ins Bett fallen würden.

* * *

Lindner hatte Zora Wilde seine Visitenkarte gegeben, und sie hatte ihm versprochen, ihn sofort zu informieren, sobald sich noch etwas durch die Obduktion oder ihr anstehendes

Telefonat mit dem Institut ergeben würde, das die Tierkadaver im Auftrag der in Freiburg ansässigen Forstlichen Versuchs- und Forschungsanstalt Baden-Württemberg untersuchte. Aichele hatte ihn gebeten, ihm die Informationen aus dem Sektionssaal nur knapp umrissen zu erzählen – dagegen hatte er kurz aufgehorcht, als Lindner die Rechtsmedizinerin beschrieb.

»Sag mal, Stefan«, merkte Aichele auf der Fahrt über die Alb an, »kann es sein, dass ich aus deiner Beschreibung dieser Frau Wilde eine gewisse Begeisterung heraushöre?«

Lindner sah zu ihm hin, Aichele erwiderte den Blick seines Beifahrers feixend.

»Ach, red doch keinen Blödsinn, Fritz!«

Einen Moment lang fragte Lindner sich, ob er die Rechtsmedizinerin eben womöglich doch ein wenig zu euphorisch beschrieben hatte. Das wäre vor allem Maria gegenüber sicher keine gute Idee – aber Fritz bildete sich das gewiss nur ein. War er nicht ganz neutral und nüchtern gewesen in seiner Ausdrucksweise? Ja, natürlich war er das. Lindner legte den Kopf zurück und schaute entspannt auf das Straßenband vor ihnen, wie es sich in der Ferne zwischen dichtem Wald und saftig grünem Gras verlor. Grün ... Die strahlend grünen Augen von Zora Wilde tauchten aus seiner Erinnerung auf, der wilde rote Schopf, die atemberaubende Figur. Das gewinnende Lächeln. Vom Fahrersitz her war ein Räuspern zu hören, und als er zu Aichele hinsah, der immer wieder grinsend zu ihm herüberschaute, gingen seine Mundwinkel wieder nach unten.

Er hatte Aichele gebeten, ihn nach Bad Boll zu fahren, wo er kurz mit Maria reden und in seinen eigenen Wagen umsteigen wollte. Dann wollte er allein noch einmal zu Jo Meißner fahren, dort seinen alten Kollegen Pfau von der Esslinger Kripo treffen und mit ihm zusammen versuchen, möglichst beiläufig von dem Sohn des Toten zu erfahren, ob es jemanden geben könnte, der seinem Vater ein Messer in den Leib rammen würde. Er würde es natürlich anders formulieren müssen, und er würde möglichst nicht einmal erwähnen, dass es Hinweise auf einen Messerstich gab – der übliche Satz »Wir ermitteln routinemäßig in alle Richtungen« sollte genügen.

Fritz Aichele hatte auf seine Bitte, ihn zuhause abzusetzen, ganz seltsam reagiert, und Lindner befürchtete, dass er ihn wegen der Bemerkung zu Zora Wilde für eingeschnappt hielt. Deshalb schob er schnell nach: »Wenn du mich vorher aber auch noch zu Meißner chauffieren willst, obwohl du eigentlich schon Feierabend hast, würde ich mich natürlich freuen.«

In Wirklichkeit freute sich in diesem Moment nur Aichele, aber auch Lindner war kurz darauf heilfroh, dass der Boller Postenleiter ihn begleitete: Simon Pfau hatte wegen einer dringenden Ermittlung in Plochingen keine Zeit für eine Fahrt nach Neidlingen, und auf dem Meißnerhof war, wie sich vor Ort herausstellte, der Teufel los.

Erst sah es dort ganz friedlich aus. Auf der asphaltierten Fläche zwischen Wohnhaus, Nebengebäuden und Zufahrtsstraße stand ein etwas älterer Kleinwagen mit Stuttgarter Kennzeichen, dafür war der Streifenwagen inzwischen wieder abgezogen. Sonst wirkte alles wie vorhin.

Doch als Aichele den Motor gestoppt hatte und die Fahrertür aufschwingen ließ, konnten sie das Geschrei schon hören. Offenbar stritten sich zwei Männer, dazwischen war Hundegebell zu hören. Lindner kannte sich nicht besonders gut aus mit Tieren, aber auf ihn wirkte das Bellen aggressiv. Aichele wuchtete sich zügig aus dem Wagen, rannte los und winkte Lindner, ihm schnell zu folgen. Der brauchte etwas länger, bis er das Fahrzeug verlassen hatte, und allzu schnell laufen mochte er auch nicht, weil sich sofort die Schmerzen in den Beinen wieder meldeten. Aber er beeilte sich, so gut er konnte, und wirklich verlor er Fritz Aichele nur ganz kurz aus den Augen, als der ein paar Meter vor ihm um die Hausecke flitzte. Nur Sekunden später holte er ihn wieder ein. Der Kollege stand breitbeinig da, die rechte Hand am Holster mit der Waffe, und betont laut herrschte er die beiden Streithähne an, sofort voneinander abzulassen.

Aicheles Donnerstimme machte mächtig Eindruck auf die beiden Männer. Sie verharrten mitten in der Bewegung, ließen sich zwar nicht los, schauten aber doch verblüfft zu dem Polizisten hin. Sogar der Hund verstummte einen Moment, bevor er wieder zu bellen begann.

Der eine der beiden Männer war Jo Meißner, mit wirren Haaren und hochrotem Kopf. Er bebte vor Zorn, hatte sein Gegenüber mit beiden Händen am Hemd gepackt und sah aus, als wollte er ihn gleich gehörig verdreschen. Den anderen Mann kannte Lindner nicht: ein schmaler Typ in schlackernden Outdoor-Hosen, der Meißner körperlich deutlich unterlegen war. Auch sein schütteres Haar stand wirr in alle Richtungen ab. Er sah verschwitzt aus, und die Anstrengung, seinem Widersacher, an dessen Handgelenken er sich festklammerte, halbwegs Paroli zu bieten, ließ ihm die Adern an Hals und Schläfen hervortreten.

»So, Meißner«, rief der Unbekannte etwas atemlos, »die Polizei ist da – jetzt sind Sie geliefert!«

Er wandte sich an Aichele, der noch immer die Hand am Holster hatte und einige Schritte von den Männern entfernt stand.

»Nehmen Sie diesen Wahnsinnigen fest!«, forderte er Aichele auf. »Sie sehen doch: Der schlägt mich tot, wenn Sie jetzt nicht eingreifen!«

Die Stimme des Unbekannten klang quengelig, was den unangenehmen ersten Eindruck, den Lindner von ihm gewonnen hatte, nur verstärkte: Er wirkte wie einer, der sich schon immer mit Verpetzen und Anschwärzen durchlaviert hatte. Aichele rührte sich nicht, und der Blick des Unbekannten bekam etwas Panisches. Er ließ Meißners rechtes Handgelenk los und fuchtelte mit der linken Hand, als wollte er den Polizisten in größter Eile herbeiwinken.

»Ja, jetzt los, worauf warten Sie?«

Lindner trat neben Aichele.

»Herr Meißner«, sagte er, »lassen Sie den Mann los. Dann klären wir, was hier los ist.«

»Was hier los ist?«, krähte der Unbekannte. »Das sehen Sie doch selbst: Dieser Schläger hat mich angegriffen, er hält mich ja noch gepackt, und er wird mir jeden Moment …«

Weiter kam er nicht. Die Ohrfeige kam schnell und kräftig. Das Klatschen war recht laut gewesen, und der Unbekannte starrte Meißner nun mit offenem Mund an. Die getroffene Wange wurde sofort rot, und sachte rieb er mit der linken Hand darüber. Jetzt stürmte Aichele nach vorne, riss die beiden Männer ruppig auseinander und schob Meißner ein paar Schritte von dem anderen weg. Der Hund, der alles aufmerksam beobachtet hatte, machte Anstalten, sein Herrchen zu verteidigen – aber Aichele stierte ihn finster an und zischte ihm ein »Aus!« zu.

»Aus, Wotan!«, kommandierte nun auch Meißner, und als Aichele zur Überzeugung kam, dass sich der Schäfer nicht sofort wieder auf seinen Besucher stürzen würde, ließ er ihn los, blieb aber direkt bei ihm stehen. Der Hund, groß wie ein kleines Kalb, ließ sich neben Meißner auf die Hinterbeine sinken.

»Den verklag ich!«, zeterte der Unbekannte. »Und Sie sind meine Zeugen!«

»Das gibt Ärger, Herr Meißner«, sagte Lindner und wandte sich an den anderen. »Hauptkommissar Stefan Lindner, LKA. Und wer sind Sie?«

»Ferry Hasselmann«, antwortete er, zupfte sich das Hemd zurecht und kramte eine Visitenkarte hervor. Name, Stuttgarter Adresse, Handynummer und eine Webadresse, die offenbar zu einem Newsblog gehörte – Lindner las alles und steckte die Karte dann ein. Das war also dieser Reporter, von dem Jo Meißner ihm erzählt und der aus dem ersten Wolfsangriff auf die Meißner'sche Herde einen so reißerischen Artikel für das Boulevardblatt gemacht hatte.

»So. Sie sind also von der Presse.«

»Und der hat den ganzen Streit überhaupt erst angefangen«, rief Meißner dazwischen. »Ich habe hier nur mein Hausrecht ausgeübt. Der kann froh sein, dass ich ihm nicht Wotan auf den Hals gehetzt habe!«

Als der Hund seinen Namen hörte, stand er wieder auf, knurrte beeindruckend laut und fletschte seine imposanten Zähne. Hasselmann warf Meißner und dessen Hund einen ängstlichen Blick zu und danach den Beamten einen flehenden.

»Und was haben Sie auf Herrn Meißners Hof zu suchen?«, fragte Lindner. »Dass er Ihre Anwesenheit nicht wünscht, dürfte klar geworden sein.«

»Danach kann sich die Presse – die *freie* Presse! – nicht immer richten, Herr Kommissar.«

Lindner seufzte.

»Na ja, Presse ... Diese Internetseite, die auf Ihrer Visitenkarte steht – Sie schreiben für diesen Blog?«

Hasselmann nickte.

»Den Blog betreibe ich selbst«, fügte er dann noch hinzu. »Außerdem schreibe ich für verschiedene Tageszeitungen und weitere Nachrichtenportale.«

»Für dieses Boulevardblatt schreiben Sie nicht mehr?«

Hasselmann stutzte.

»Kennen wir uns?«

»Nein, aber ich habe Ihren Artikel über die Wölfe gelesen, die im vergangenen Herbst unter den Schafen von Herrn Meißner gewütet haben.«

Der Reporter schien mit jedem Wort ein wenig zu wachsen. Er drückte seine dünne Brust durch.

»War nicht schlecht, was?«, sagte er und lächelte stolz. »Die Story muss Sie ja mächtig beeindruckt haben, wenn Sie sich noch an meinen Namen erinnern.«

»Darauf würde ich mir lieber nichts einbilden«, versetzte Lindner kühl. »Herr Meißner hat mir den Artikel gezeigt, und er hat ziemlich über Sie und Ihre Arbeitsmethoden geschimpft. Deshalb habe ich mir das gemerkt.«

Auf Hasselmanns Gesicht breitete sich Enttäuschung und Trotz aus, und sein Blick bekam etwas Lauerndes.

»Apropos Wölfe: Warum ist das LKA eigentlich hier auf dem Hof von Jo Meißner?«

Lindner antwortete nicht sofort, und schon setzte der Reporter ein überhebliches Grinsen auf.

»Haben Sie einen Presseausweis?«, wechselte Lindner das Thema.

»Klar – drüben im Auto. Soll ich ihn kurz holen?«

»Ja.«

Lindner notierte sich das Kennzeichen von Hasselmanns Wagen, machte Aichele ein Zeichen, dass er ihm den Reporter kurz vom Leib halten solle, und ging dann zu Meißner hinüber.

»Was wollte dieser Hasselmann denn von Ihnen?«, sagte er und senkte seine Stimme so, dass die anderen es nicht hören konnten.

»Der wollte mich noch einmal zu der Wolfsgeschichte ausfragen. Es klang so, als hätte er von der Sache auf dem Kornberg Wind bekommen – und als er dummdreist drauflosfragte, sind mir wohl die Sicherungen durchgebrannt.«

Jo Meißner sank ein wenig in sich zusammen. Er ließ den Kopf hängen, tätschelte beiläufig den Kopf seines Hundes. Wotan setzte sich wieder und ließ die Zunge seitlich aus dem Maul hängen, behielt den Journalisten aber im Blick. Der war vom Wagen zurück, wedelte mit dem Presseausweis und rief: »Hier, Herr Kommissar, den wollten Sie doch sehen!« Dabei wollte er zu Lindner hineilen, aber Aichele versperrte ihm den Weg. Ein-, zweimal lugte der Reporter noch an Aicheles breiten Schultern vorbei zu den beiden Männern hin, die sich leise unterhielten. Dann hatte Aichele seine Aufmerksamkeit ganz auf sich gezogen und nahm in aller Ruhe und etwas umständlich die Personalien von Ferry Hasselmann auf.

»Hat Hasselmann gesagt, von wem er seine Informationen bekommen hat?«, fragte Lindner.

Meißner schüttelte den Kopf.

»Glauben Sie, er weiß auch vom Tod Ihres Vaters?«

»Keine Ahnung. Er hat immer nur nach Wölfen gefragt, wollte wissen, wie viele Schafe tot sind und wo genau sich das Ganze ereignet hat.«

»Ach, das wusste er auch noch nicht?«

»Den Kornberg hat er erwähnt, aber wo genau die Wölfe …« Er schluckte und setzte nach einer kurzen Pause neu an. »Ich hatte den Eindruck, dass er erst vor kurzem von der Sache erfahren hat und dass er danach als Erstes direkt zu mir gefahren ist. Den Kornberg will er sich wahrscheinlich erst noch ansehen, vermutlich kennt der sich dort oben nicht aus.«

»Und was haben Sie ihm erzählt?«

»Dem hab ich doch nichts erzählt! Ich war schon sauer, als ich ihn aus seiner Karre aussteigen sah. Ich habe Ihnen ja schon gesagt, dass ich bereits wegen des Artikels im vergangenen Herbst nicht gut auf ihn zu sprechen war und dass ich ihn bei seinem zweiten Besuch damals vom Hof gejagt habe.«

Lindner ging zur Hausecke und sah zu Aichele und Hasselmann hinüber. Die beiden standen jetzt hinter dem Kleinwagen des Reporters, und der Polizist ließ sich von ihm Warnweste und Verbandskasten zeigen.

»Mir ist dieser Journalist auch nicht sympathisch«, sagte er, als er zu Meißner zurückkehrte. »Schon sein Artikel war mir zuwider – aber wenn er Sie anzeigt, werde ich Ihre Ohrfeige bezeugen müssen, tut mir leid.«

»Von mir aus. Das war's mir wert.«

»Solange mein Kollege uns diesen Hasselmann vom Hals hält, wollte ich Ihnen noch ein paar Fragen stellen.«

»Gut. Wollen Sie reinkommen? Ich hab noch Kaffee da.«

Schon allein die Bemerkung rief Lindner den unsäglichen Geschmack von Meißners Brühe wieder in Erinnerung.

»Nein, danke«, sagte er schnell. »Ich weiß auch nicht, wie lange sich Hasselmann noch beschäftigen lässt.«

Meißner zuckte mit den Schultern und stopfte beide Hände in die Hosentaschen.

»Okay, fragen Sie.«

»Sie haben Ihren Vater als ... wie soll ich sagen? ... als einen Mann beschrieben, der einem Streit nicht aus dem Weg ging.«

Meißner lachte kurz und trocken auf.

»Das haben Sie schön formuliert. Mein Vater war ein Sturkopf und ein Streithammel, da müssen wir gar nicht lang drum herumreden. Wenn der was wollte, nahm er es sich. Und wenn ihm einer krumm kam, hat er dem lautstark die Meinung gegeigt. Mein Vater war oft der Meinung, dass etwas sein gutes Recht war – und er hat sich dann nicht groß darum geschert, ob er damit jemandem schadete. ›Wenn sich jeder um sich selber kümmert, ist auch nach jedem geschaut‹ – das hat er mir schon recht früh eingebläut.«

Lindner stutzte, und Jo Meißner verbesserte sich zögernd.

»Beigebracht, wollte ich sagen.«

»Er hat Sie geschlagen?«

»Als Bub? Klar. Er war ja mein Vater.«

Lindner dachte an seine eigene Kindheit zurück. An den früh verstorbenen Vater, der ihm ganz früher ein paar Mal den Hosenboden stramm gezogen hatte – was Ruth Lindner ihrem Mann aber nicht lange durchgehen ließ. Also beschränkte sich Lindners Vater darauf, seinen Sohn lauthals auszuschimpfen.

»Er hat damit aufgehört, als ich größer wurde«, fuhr Meißner fort. »Aber ganz sicher davor, mir eine zu fangen, war ich bis zuletzt nicht. Mein Vater war recht unbeherrscht, und wenn er ein paar Bier zu viel hatte, war ihm auch nicht immer ganz klar, dass ich mich mehr hätte wehren können, als ihm gut bekommen wäre.«

Offenbar schon mitten im Satz wurde ihm klar, was er da gerade gesagt hatte. Er hielt inne und warf Lindner einen seltsamen Blick zu, traurig und entschuldigend lächelnd zugleich.

»Hab ich natürlich nie gemacht, aber er hat mich ja auch seit meinem fünfzehnten Geburtstag nicht mehr geschlagen. Wie gesagt: Nur ganz sicher sein konnte ich mir nie.«

»Hat er sich denn mit jemand anderem geschlagen? Hatte er mit jemandem richtig Streit, hatte er … nun ja: Feinde?«

»Dass er sich wenig um andere scherte, habe ich Ihnen ja schon erzählt. Von Schlägereien weiß ich nichts – da stellen Sie als Stuttgarter sich unser Leben hier auf dem Land wohl etwas zu rustikal vor.«

»Ich bin nicht aus Stuttgart. Ich habe dort meinen Schreibtisch beim LKA, aber aufgewachsen bin ich in Boll, und ich wohne dort auch.«

»Dann wissen Sie ja, dass man hier streitet wie überall – und dass Prügeleien auch in Neidlingen nicht mehr üblich sind. Laut ist mein Vater schon mal geworden, aber Hand hat er meines Wissens seit Jahren an niemanden mehr gelegt.«

Lindner wollte schon etwas anmerken, aber Jo Meißner kam ihm zuvor.

»Und ich normalerweise auch nicht«, sagte er. »Aber warum fragen Sie das eigentlich alles? Mein Vater ist von Wölfen totgebissen worden – und mit denen muss man keinen Streit anfangen. Offenbar war er den Tieren im Weg, oder er hat sturzbetrunken versucht, die Herde zu schützen, und die Wölfe haben gewittert, dass von dem alten Saufbold keine große Gefahr drohte. Er hat sie halt gestört, da haben sie …«

Jo Meißners Augen waren feucht geworden, und er musste ein paar Mal schlucken, bis er sich wieder im Griff hatte. Lindner horchte, ob Hasselmann näher kam – eine solche Störung wäre ihm jetzt sehr willkommen gewesen, um das Gespräch abrupt abbrechen zu können. Aber Aichele machte seine Sache sehr gut.

»Tut mir leid, Herr Meißner«, setzte Lindner an. »Ich weiß ja, dass es Sie quält, wenn ich Sie an den Tod Ihres Vaters erinnere, aber ich muss halt meine Arbeit machen.«

Er ließ eine kleine Pause.

»Wissen Sie, Herr Meißner – bis nicht völlig ausgeschlossen ist, dass etwas anderes mit dem Tod Ihres Vaters zu tun haben könnte, müssen wir routinemäßig in alle Richtungen ermitteln.«

Der Satz klang in diesem Moment noch hohler, als Lindner befürchtet hatte. Aber Jo Meißner nickte nur und machte ein betrübtes Gesicht. Dann huschte ein kurzes, böses Grinsen über sein Gesicht.

»Brauch ich dann auch ein Alibi?«

»Ich glaube nicht, dass Sie etwas mit dem Tod Ihres Vaters zu tun haben, aber wenn ich meine Arbeit sauber machen will, muss ich natürlich auch Sie fragen, wo Sie in der vergangenen Nacht waren. Sie und Ihr Vater verstanden sich nicht gut, Sie gehen diesen Ferry Hasselmann mit körperlicher Gewalt an – mein Chef würde mir die Ohren langziehen, wenn ich dem nicht nachgehen würde.«

Jo Meißner nickte.

»Ich war die ganze Nacht hier. Allein. Und das kann niemand bezeugen.«

Er machte eine Geste, die die ganze Umgebung umfasste.

»Das ist der Nachteil dieser idyllischen Lage. Man hat allzeit seine Ruhe, man stört keinen, wenn man frühmorgens oder spätabends noch etwas zu schaffen hat – aber niemand weiß, wann man heimkommt oder wegfährt.«

»Und im Schützenhaus drüben? Könnte die Wirtin oder einer der Gäste mitbekommen haben, dass Sie zuhause waren?«

»Nein, eher nicht. Die Gäste parken direkt beim Ristorante, und das ist noch ein Stück von unserem Hof entfernt – von dort aus sieht man gerade noch so unser Dach, aber nicht den Innenhof und auch nicht, ob in den Fenstern Licht brennt. Im Schützenhaus war ich gestern Abend sogar noch essen. Hausgemachte Pasta, dazu zwei Bier und einen Grappa. Wann genau ich dort war, weiß ich nicht mehr – aber kurz nach acht war ich zuhause. Ich hab mir den Spielfilm auf Sat.1 angeschaut, hab später aufs Erste umgeschaltet, und kurz nach den Nachrichten bin ich eingeschlafen. Aufgewacht bin ich mitten in der Nacht, das war so um halb eins herum – dann bin ich ins Bett gekrochen.«

»Wir fragen natürlich, ob jemand Sie danach noch hat wegfahren sehen. Sie müssen ja dort vorbei, wenn Sie nach Gruibingen wollen.«

»Nein, da fahr ich immer hinten raus«, sagte Meißner. »Der Weg von der Landstraße zu unserem Hof ist die Alte Steige, die immer weiter den Berg hinaufführt. Die Strecke ist für meinen Jeep noch immer gut genug, und als Schäfer darf ich den Weg ja befahren. Da bin ich schneller in Gruibingen, und ich muss nicht den ganzen Bogen um den Bläsi herum über Wiesensteig und Mühlhausen fahren. Ich muss also nicht am Schützenhaus vorbei, und niemand hätte mich gesehen, falls ich mich irgendwann am Abend oder in der Nacht auf den Weg zum Kornberg gemacht hätte.«

Lindner sah Meißner aufmerksam an, aber nichts deutete darauf hin, dass Jo Meißner ein schlechtes Gewissen oder Schuldgefühle überspielen wollte. Trauer war zu spüren, Wut, auch Ratlosigkeit – sonst nichts.

»Gut«, sagte Lindner schließlich. »Das sollte zunächst mal reichen. Und falls noch Fragen aufkommen, melden wir uns wieder. Und entschuldigen Sie bitte, wenn ich manchmal mit der Tür ins Haus fallen muss – ist nicht persönlich gemeint.«

Er streckte Meißner seine Hand hin.

»Herzliches Beileid nochmals.«

Jo Meißner schlug ein und dankte mit einem knappen Nicken. Dann verabschiedete sich Lindner und machte sich auf den Weg zu Ferry Hasselmann. Der Reporter stand noch immer neben Aichele bei seinem Wagen, und immer wieder schaute er ungeduldig zu der Hausecke, hinter der ihn Meißner vorhin am Schlafittchen gepackt hatte. Als dort Lindner in sein Blickfeld trat, ließ er Aichele stehen und kam auf den Kommissar zu. Fritz Aichele wollte dem Journalisten schon hinterhereilen, aber Lindner gab ihm mit einer Geste zu verstehen, dass er ihm Hasselmann nun lange genug vom Leib gehalten hatte.

»So, Herr Hasselmann«, begann er und schnitt dem Reporter das Wort ab, noch bevor der zu der Beschwerde angesetzt hatte, die ihm offensichtlich auf den Lippen lag. »Jetzt verraten Sie mir mal, was Sie von Herrn Meißner wollten.«

»Als ob Sie das nicht eh schon mit ihm bequatscht hätten, während mich Ihr Kollege getriezt und mir die Zeit gestohlen hat.«

»Stimmt, das haben wir. Und woher wissen Sie von der Geschichte?«

»Informantenschutz, Herr Kommissar. Das werde ich Ihnen sicher nicht auf die Nase binden.«

»Na gut«, gab Lindner lässig zurück und versuchte einen Schuss ins Blaue. »Dann warte ich halt, bis Ihre Story erschienen ist – da werden Sie Herrn Honzmann vermutlich wieder ausführlich zitieren.«

»Woher w–«

Hasselmann unterbrach sich sofort wieder, aber Lindner gönnte sich ein Grinsen.

»Danke für die Bestätigung«, sagte er. »Und woher wusste Herr Honzmann von dem Ereignis auf dem Kornberg?«

Der Reporter presste die Lippen zusammen und funkelte Lindner wütend an.

»Ich sehe schon: Danach werde ich ihn selbst fragen müssen. Und jetzt …«

Er wies mit der linken Hand auf Hasselmanns Kleinwagen.

»… jetzt würde ich Sie bitten, das Grundstück von Herrn Meißner zu verlassen. Er hat deutlich genug gemacht, dass er Sie hier nicht haben will – da werden Sie sich wohl fügen müssen.«

»Ja, klar«, schnaubte Hasselmann und wandte sich aufgebracht zum Gehen. »Das hätte ich mir ja denken können: Dem stehen Sie zur Seite, schicken mich weg, weil er nicht mit mir reden will – aber wenn ich diesen Kerl anzeige, weil er mir eine gescheuert hat, haben Sie und Ihr sauberer Kollege vermutlich nichts gesehen, was?«

»Ich schlage vor, Sie mäßigen sich. Ja, ich lege Ihnen nahe, dass Sie jetzt gehen – und ich würde mir wünschen, dass Sie Herrn Meißner nicht anzeigen, weil Sie schließlich ihn bedrängt und damit überhaupt erst in Rage gebracht haben. Aber wenn Sie Anzeige erstatten, werde ich die Ohrfeige von Herrn Meißner selbstverständlich bezeugen. Das war ein Fehler, und, falls nötig, muss er dafür auch geradestehen.«

Hasselmann blieb stehen und blinzelte Lindner an. Dann ging er kopfschüttelnd das letzte Stück und stieg in seinen Wagen. Der Motor sprang nicht gleich an, und danach würgte er ihn ab, aber im zweiten Anlauf rollte das Auto los. Hasselmann gab ordentlich Gas, schlitterte mit leicht durchdrehenden Reifen in einem Kreis um Lindner und Aichele herum und flitzte schließlich in Richtung Landstraße davon.

»Und jetzt?«, fragte Aichele, als sich der Staub über der Zufahrtsstraße wieder legte.

»Jetzt rufe ich erst einmal meinen Chef an. Sieht ganz so aus, als hätte es nicht allzu lange geklappt, die Geschichte unter der Decke zu halten.«

Theo Kollack meldete sich schon nach dem ersten Klingeln. Lindner berichtete, was er bisher erfahren hatte, und als er von Hasselmann erzählte, war aus dem Hörer das scharfe Zischen von heftig eingesogener Luft zu hören.

»Von einem Herrn Honzmann wollte der Reporter das also wissen?«

Lindner wunderte sich noch, dass Kollack ein wenig erleichtert klang. Hatte er womöglich selbst über das Ereignis auf dem Kornberg geplaudert und war nun froh, dass nicht er als Leck genannt wurde?

»Ja. Mit dem will ich noch reden – wir werden schon rausfinden, woher er seine Information hat.«

»Aber von dem Toten weiß er bisher noch nichts, glauben Sie?«, fragte Kollack nach einer kurzen Pause.

»Noch nicht, aber er muss ja nur eins und eins zusammenzählen – dass das LKA nicht wegen dreier Schafe ermittelt, wird er sich denken können. Dann fragt er noch ein bisschen rum, fährt den Kornberg hoch … wenn er sich nicht allzu blöd anstellt, hat er in einer Stunde das Nötigste zusammen, um sich mit heißer Nadel was zusammenzustricken.«

»Und das wird er nicht nur in seinem Blog veröffentlichen, nehme ich an.« Kollack sprach langsam, als ginge er in Gedanken schon alle möglichen Konsequenzen durch.

»Klar … wenn er es diesem Boulevardblatt, für das er die Geschichte im vorigen Herbst geschrieben hat, appetitlich genug anbietet, werden die wohl drauf anspringen.«

»Das glaube ich auch.«

»Schöner Mist. Das wird mein Bekannter im Ministerium nicht gern hören.«

»Tut mir ja leid, Herr Kollack, aber alle Kollegen haben dichtgehalten. Und diesen Honzmann, wie gesagt, werde ich mir vorknöpfen, sobald ich kann. Mich würde interessieren, woher der von der Sache erfahren hat.«

»Gut. Klären Sie das. Und ich … ich werde mal ein paar Telefonate führen. Wäre doch gelacht, wenn man dem Chefredakteur dieses Schmierenblatts nicht klarmachen könnte, dass er in dieser Sache lieber mal den Ball flachhalten sollte.«

Kollack klang plötzlich recht unternehmungslustig, und Lindner fragte sich, ob es empfehlenswert war, einem so eitlen und auf seine Kontakte stolzen Vorgesetzten wie Kollack von einer Drohgebärde der Presse gegenüber abzuraten. Aber der nahm ihm die Entscheidung ab.

»Danke, Lindner, bleiben Sie an dem Fall dran!«, sagte er schneidig, dann war die Verbindung getrennt.

* * *

Als Aichele und Lindner wenig später die Straße erreichten, in der Konrad Deiffler bis Ende vergangenen Jahres seine

Tierarztpraxis betrieben hatte, zog gerade eine Frau die Fahrertür hinter sich zu und fuhr davon. Lindner las die Hausnummern auf den Gebäuden auf der linken Seite. Das gesuchte Gebäude war bald gefunden – es war das Haus, vor dem die Frau gerade in ihr Auto gestiegen war.

Die Einfahrt vor der ebenerdig liegenden Garage war gepflastert, eine Treppe führte durch den gepflegten Garten nach oben und zur Haustür. Lindner ging Aichele voraus, doch auf sein Klingeln rührte sich nichts. Dafür wackelte am Nachbarhaus eine Gardine, und wenig später schwang das Fenster auf. Eine Frau um die sechzig streckte ihren Kopf heraus.

»Wollen Sie zu Doktor Deiffler?«

Lindner ging auf dem Gartenweg ein paar Schritte auf das Nachbarhaus zu und stellte sich und den Kollegen vor.

»Meine Güte«, sagte die Frau, und ihr blonder Pagenschnitt wurde durchgewirbelt, als sie heftig den Kopf schüttelte. »Bei Doktor Deiffler ist heute ja ordentlich was los! Erst die Notärztin, und jetzt auch noch die Polizei.«

»Notärztin? Ist Herrn Deiffler was passiert?«

»War wohl nur ein Schwächeanfall, ihm geht es schon wieder ganz gut. Wissen Sie, Doktor Deiffler hat bis Ende Dezember noch als Tierarzt praktiziert, und er hat nie genügend auf sich geachtet. Nach all diesen durchwachten Nächten, nach den vielen Überstunden, nach der schweren Arbeit in den Ställen überall … Wenn man dann zum ersten Mal ein bisschen zur Ruhe kommt, dann kann es einen schon mal umhauen, nicht wahr?«

Lindner ließ sie reden, und sie erwartete offenbar auch keine Antwort von ihm, sondern plapperte einfach weiter drauflos.

»Jetzt war es so weit, und hoffentlich nimmt er sich das jetzt endlich mal zu Herzen. Ich habe ihn davor schon so oft gewarnt, wissen Sie? Aber er will's halt nicht hören. Seid ihr Männer nicht so? Immer hart nach außen und zu sich selbst?«

Lindner wollte schon widersprechen, aber die Frau redete ohne Punkt und Komma weiter.

»Dann müssen halt wir Frauen vernünftig sein für zwei, nicht wahr? Ich schau jeden Tag nach ihm, grad vorhin hab ich ihm von meinem Gulasch was rübergebracht. Heute zwei Portionen, denn seine Tochter war ja da. Die hat auch die Notärztin verständigt, und, so schnell sie konnte, ist sie nach Neidlingen gekommen. Feine Frau, die Inga. Kein Wunder, bei dem Vater. Aber sie hat halt immer wenig Zeit und besucht ihn viel seltener, als es nötig wäre. Da ist es natürlich gut, wenn ich ein Auge auf Doktor Deiffler habe.«

Sie ließ nur eine kurze Pause, wohl um Luft zu holen, aber Lindner nutzte die Gelegenheit.

»Und Sie sind …?«

»Ach, stimmt ja, ich hab mich noch gar nicht vorgestellt! Entschuldigen Sie bitte: Joos ist mein Name, Herma Joos. Und mit Doktor Deiffler habe ich mich sofort prima verstanden, als ich das Häuschen hier bezogen habe. Das ist jetzt auch schon … ach Gott, wie die Zeit vergeht, ich muss grad mal nachrechnen …«

»So genau muss ich das nicht wissen, Frau Joos. Können Sie mir denn sagen, wo Herr Deiffler jetzt ist?«

»Doktor Deiffler ist gerade mit seiner Tochter weggefahren. Die hat ihn mit zu sich nach Hause genommen. Sicher ist sicher. Die sind gerade los, als Sie hier ankamen.«

Lindner musste sich ein Grinsen verkneifen, und das Räuspern neben sich verriet ihm, dass Aichele ähnlich belustigt war von der besorgten und etwas naseweisen Nachbarin.

»Und wo wohnt die Tochter von Herrn Deiffler?«

»In Böblingen. Ingarose hat dort reich geheiratet. Sie kennen sicher die bekannte Spielwarenfabrik Lommel?«

Lindner hatte von dem Namen noch nie gehört, aber er nickte.

»Ansgar Lommel, der Juniorchef, ist Ingas Mann.«

»Gut, Frau Joos, vielen Dank.«

»Gern geschehen. Und ... äh ... was Sie von Doktor Deiffler wollten ... das werden Sie mir wohl nicht verraten dürfen, oder?«

»Genau«, sagte Lindner und wandte sich zum Gehen.

Die enttäuschte Nachbarin sah ihnen noch nach, als Aichele den Wagen um die nächste Ecke steuerte.

* * *

»Sissi!«, hallte der Schrei durch den Flur, und kurz darauf stöckelte Moni Neumann im Laufschritt herbei, die neue Praktikantin im Schlepptau.

»Ja, Chef?«

»Holen Sie mir dieses Windei ans Telefon, diesen Ferry. Scheint so, als hätte das blinde Huhn mal wieder aus Versehen ein gutes Thema aufgetan. Ich hatte gerade einen Windbeutel aus dem LKA am Telefon, der mir vorschreiben wollte, was wir drucken und was nicht. Und lassen Sie auf der ersten und dritten Seite Platz freiräumen. Ich glaube, wir haben morgen einen Knaller.«

Moni Neumann nickte und flitzte ins Vorzimmer, wo sie sich sofort ans Telefon hängte.

»Warum nennt er Sie eigentlich Sissi, Frau Neumann?«, fragte die Praktikantin zwischen zwei Telefonaten.

»Wir nennen ihn Kugelblitz – und er nennt seine Sekretärinnen Sissi. Immer schon, und jetzt halt mich.«

Die Praktikantin kicherte.

»Kugelblitz? Echt?«

»*Wir* nennen ihn Kugelblitz, Sie nicht! Und auch nur, wenn er nicht dabei ist. Herr Sebering kann sehr laut werden, wenn ihm was nicht passt. Und mich nennt außer ihm auch niemand Sissi – verstanden?«

Ihr Tonfall war schneidend geworden, und die Praktikantin nickte eifrig und verstummte.

»Hasselmann?«, bellte Moni Neumann da schon ins Telefon. »Ich verbinde Sie jetzt mit dem Chef. Er will eine Story von Ihnen. Hoffentlich taugt das was, das Sie da ausgegraben haben.«

* * *

Lindner und Aichele berieten noch, wen sie als Nächstes besuchen sollten, da klingelte Lindners Handy. Kollack war dran, er wirkte aufgewühlt – und schon aus seinen ersten Sätzen konnte Lindner heraushören, dass der Anruf in der Redaktion des Boulevardblatts der zu erwartende Rohrkrepierer gewesen war.

»Und was machen wir jetzt?«, fragte Kollack.

Lindner brachte ihn aufs Laufende.

»Nach Böblingen brauchen Sie nicht zu fahren«, beschied ihn Kollack. »Das mach ich selbst. Meine Frau und ich sind mit den Lommels befreundet. Ich werde mich gleich dort anmelden und rede selbst mit diesem Tierarzt. Könnten Sie sich um Honzmann kümmern? Wir sollten schnell wissen, was der diesem Reporter gesteckt hat – und woher er selbst seine Informationen hat. Wir werden wohl morgen mehr Presse bekommen, als uns lieb sein kann.«

Robert Honzmann wohnte in einem windschiefen und sehr kitschig ausstaffierten Häuschen am westlichen Ortsrand von Mühlhausen im Täle. Das Gebäude war einige Meter vom nächsten Nachbarn abgesetzt und nur über einen schmalen, bergab verlaufenden Abzweig von der Wiesensteiger Straße zu erreichen, der danach zum Feldweg wurde und das zum Haus gehörende Grundstück im Halbkreis umschloss. Am Weg entlang bildete ein etwas ramponierter Jägerzaun die Begrenzung, zum Ort hin war hinter dem Holzzaun außerdem eine dichte, mannshohe Hecke gepflanzt. Honzmann schien nicht viel für direkte Kontakte mit der Nachbarschaft übrig zu haben, und auch auf dem

Grundstück selbst gestatteten weitere Heckengebilde, die neben dem Haus platzierte Garage und zwei Schuppen keine weiten Ausblicke.

Aichele stellte den Wagen am Wegesrand ab, und Lindner schaute sich kurz um. Die Fils schlängelte sich jenseits des Weges durch die Talwiesen, gesäumt von dicht beieinander wachsenden Bäumen. Wo zwischen dem Laub doch mal eine Lücke frei blieb, war in einiger Entfernung die Baustelle für die Brücke zu sehen, auf der bald die Züge zwischen Stuttgart und Ulm verkehren sollten. Und Richtung Südosten, den Berg hinauf, ging der Blick zur Trasse der A 8, auf der sich Lastwagen, Busse, Transporter und PKW auf die Alb quälten.

An der Haustür suchte Lindner vergeblich nach einem Klingelknopf. Stattdessen hing rechts neben dem Eingang ein metallener Griff an einem dünnen Draht, und als er daran zog, ertönte im Hausflur ein schepperndes Bimmeln. Es dauerte nicht lange, bis drinnen Schritte zu hören waren, und dann wurde die Tür geöffnet.

»Ja, bitte?«

Robert Honzmann war ein untersetzter, etwas dicklicher Mann mit einem grau durchsetzten, fahlblonden Haarkranz um die schweißglänzende Glatze. Er trug ein Holzfällerhemd und Kniebundhosen, darunter waren grobe Wollsocken zu sehen und die Füße steckten in ausgelatschten Lederpantoffeln. Ein Geruch von Sauerkraut und Zigarre drang aus dem Flur.

»Herr Honzmann?«

Der andere nickte, und Lindner zeigte seinen Ausweis. Honzmanns Blick wurde unstet, und seine Glatze bekam etwas mehr Farbe, aber er bemühte sich um einen ruhigen Tonfall, als er fragte: »Und wie kann ich dem Landeskriminalamt helfen?«

Ein Traktor näherte sich auf dem Weg und verlangsamte seine Fahrt mehr, als es nötig gewesen wäre, um an Aicheles geparktem Streifenwagen vorbeizukommen. Der Fahrer glotzte die drei Männer vor der Tür währenddessen mit offenem Mund an und musste ein paar Meter weiter sein Lenkrad heftig herumreißen, um nicht vom Feldweg über die Wiese das Filsufer hinunterzurumpeln.

»Vielleicht sollten wir lieber reingehen?«, schlug Lindner vor.

Honzmann warf noch einen Blick auf den Streifenwagen, der vor seinem Haus stand, dann zuckte er mit den Schultern und ließ seine beiden Besucher in den Flur. Es war düster und eng. An den Wänden hingen Jagdtrophäen und Urkunden, auf einem Regal lagen neben dem Telefon einige Briefumschläge und anderer Papierkram, und das Wohnzimmer, in das Honzmann sie führte, war zwar etwas heller, aber nicht weniger überladen. Schränke und Regale in dunklem Holz, mit geschmacklosen Schnitzereien verziert, an allen Wänden Tiergeweihe und auf einem hochflorigen Teppich altmodische Polstermöbel und ein Couchtisch, wie ihn Lindner seit Jahrzehnten nicht mehr zu Gesicht bekommen hatte: Eingefasst in dunkelbraunes Holz bildeten mehreren große Steinfliesen die Tischplatte, in der Mitte gekrönt von einem gehäkelten Deckchen mit einem Sinnspruch aus der Jägerei, und darauf stand ein gut gefüllter Aschenbecher, neben dem ein Zigarrenschneider, eine Schachtel extralanger Zündhölzer und mehrere Tabakkrümel lagen. Honzmann ließ sich auf den Sessel sinken, der dem Aschenbecher am nächsten stand, und bot den anderen Platz auf dem Sofa gegenüber an.

»Also, wie kann ich Ihnen helfen?«

»Wir haben mit Ferry Hasselmann gesprochen«, begann Lindner ohne Umschweife, und mehr musste er gar nicht sagen.

Die Glatze wurde von einem noch kräftigeren Rot überzogen, und Honzmann räusperte sich ein paar Mal. Dann stand er auf, griff eine Zigarre aus einer Holzkiste, die auf einem wuchtigen Sideboard stand, und setzte sich wieder. Umständlich knipste er die Enden der Zigarre ab, feuchtete eine der Stellen mit Lippen und Zunge an, nahm die Zigarre wieder aus dem Mund, nestelte mit den Fingerspitzen ein paar Tabakkrümel von der Zunge und schnippte sie in den Aschenbecher. Als er nach den Streichhölzern griff, sah er Lindner an.

»Wollen Sie auch eine?«

»Nein, danke.«

Honzmann drückte mit den Fingern ein wenig auf das trockene Ende der Zigarre, dann strich er eines der Zündhölzer an, steckte sich die Zigarre wieder in den Mund und hielt die Flamme so lange unter das andere Ende, bis der Tabak Feuer gefangen hatte. Er paffte ein paar Mal und blies dichte Rauchwolken zur Decke hinauf. Lindner hatte selten jemanden erlebt, der so plump und offensichtlich Zeit zu gewinnen versuchte.

»Also: Was haben Sie Hasselmann alles erzählt?«, hakte Lindner nach, als sein Gegenüber vor lauter Paffen und Qualmen gar nicht mehr daran zu denken schien, ihm von seinem Gespräch mit Hasselmann zu berichten. »Und vor allem: Wie haben Sie selbst davon erfahren?«

Honzmann sah schnell zwischen seinen beiden Besuchern hin und her, dann zuckte er erneut mit den Schultern.

»Ich kenn mich halt aus mit Wölfen«, sagte er schließlich. »Ich glaube schon lange, dass wir einige Tiere hier in der Nähe haben, und ich bin da nicht der Einzige. Bei uns im Täle gab es immer wieder mal … nun ja … Vorkommnisse, die meiner Meinung nach auf ein Wolfsrudel in der Gegend schließen lassen.«

»Aha?«

»Na, von dem überfahrenen Wolf bei Merklingen werden Sie ja wohl gehört haben!«

Lindner nickte.

»Ein Jungtier, verwandt mit dem Wolf, der bei Lahr überfahren wurde – und beide stammen aus der Schweiz, genauer gesagt aus dem Kanton Graubünden. Klare Sache, wenn Sie mich fragen: Die jungen Männchen des dortigen Rudels suchen sich eigene Reviere, und hier bei uns hat einer eins gefunden und führt jetzt sein eigenes Rudel an. Mit allen Folgen, die das hat – für die Bauern und ihre Tiere. Wölfe sind immer hungrig und nie wählerisch. Aber …«

Er winkte ab, zog wieder an der Zigarre und nebelte Lindner und Aichele diesmal direkt ein.

»… aber mir will ja keiner glauben!«

»Dann kommt Ihnen das Ereignis droben auf dem Kornberg ja gerade recht«, versuchte Lindner dem Gespräch eine Wendung zu geben.

Honzmann räusperte sich erneut, dann schnaubte er.

»Mir ist es eigentlich egal. Ich weiß ja, wie es ist. Und ob die anderen mich für einen Spinner halten oder mir endlich glauben, schert mich nicht!«

Das war schlecht gelogen, und mit einem weiteren Schnauben stellte sich Honzmann noch deutlicher bloß.

»Und wie haben Sie davon erfahren?«

Es dauerte einen Moment, bis Honzmann aus der nächsten Qualmwolke heraus antwortete.

»Durch meine Beschäftigung mit den Wölfen konnte ich viele Kontakte knüpfen, auch ins Ministerium. Ein Bekannter dort hat mir Bescheid gesagt, und dann hab ich mir das Elend auf dem Kornberg mal angeschaut.«

»Sie waren auf dem Kornberg?«

»Ja, da war natürlich alles schon von Ihren Kollegen abgesperrt, aber ich bin ja von hier, und wie Sie sehen können …« Er wies auf die Trophäen an den Wänden. »… bin ich gern draußen unterwegs. Eine Jagd habe ich zwar nicht mehr, leider, aber im Wald kann es auch ohne Flinte schön sein.«

»Und wann waren Sie auf dem Kornberg?«

Honzmann dachte nach, bevor er antwortete.

»Heute am späten Vormittag, kurz nachdem ich von der Schweinerei erfahren habe. Das war so gegen halb elf. Ich bin gleich ins Auto gesprungen, zum Parkplatz droben beim Kornbergsattel. Das ist auf der Straße von Gruibingen nach

Dürnau, am nordöstlichen Ende des Kornbergs. Von dort aus geht es nur noch ein kleines Stück hinauf, dann ist das Plateau auf dem Kornberg auch schon erreicht.«

»Ich bin aus Boll, ich kenne den Kornberg, danke.«

Lindner war etwas unleidig geworden, weil ihn der belehrende Ton Honzmanns ärgerte – und weil er durch die Schilderung an seine gestrige Wanderung mit Maria und an die Schmerzen in seinen Beinen erinnert wurde.

»Gut, dann wissen Sie das ja alles. Ich muss zugeben, dass ich mit dem Wagen noch ein Stück durch den Wald und ins Gelände hineingefahren bin. Ich hoffe, Sie drehen mir daraus keinen Strick. Seit ich nicht mehr Jäger bin, darf ich dort ja genau genommen nicht mehr hinfahren.

»Bis wohin sind Sie denn gefahren?«

»Ich habe mich auf dem Weg in Richtung Bertaburg gehalten, bis nach links die Abzweigung rauf zum Kornberg-Plateau abgeht. Dort ging es dann noch bis zu dieser kleinen Aussichtsbank am Waldrand. Da bin ich ausgestiegen, und nach einem kurzen Fußmarsch habe ich die Absperrungen dann auch gesehen.«

»Woher wussten Sie denn so genau, wo Sie suchen müssen? Von Ihrem Kontakt im Ministerium?«

»Nein, mein Bekannter hat nur von einem Angriff von Wölfen auf eine Schafherde auf dem Kornberg gesprochen. Allzu groß ist das Kornberg-Gebiet ja nicht, Meißners Schafe sind die einzigen, die derzeit dort droben weiden, und wo der seinen Pferch üblicherweise aufbaut, weiß ich natürlich.«

»So?«

»Wie gesagt: Ich bin viel draußen unterwegs, da kenne ich meine Umgebung selbstverständlich. Wie meine Westentasche, wie man so schön sagt. Entweder er lässt seine Schafe auf der Wiese weiden, die sich zwischen Kornberg-Plateau und Bertaburg erstreckt – oder eben direkt auf dem Plateau. Dort übrigens am allerliebsten.«

Ein böses Grinsen huschte über Honzmanns Gesicht, und Lindner hob fragend die Augenbrauen. Als Honzmann weitersprach, wirkte es für einen Moment, als müsste er sich zum Reden überwinden.

»Nun, der gute Ernst ... pichelt gern mal einen. Und dort droben hat er seine Ruhe, da sieht ihn auch keiner, der vielleicht am frühen Morgen schon zur Bertaburg oder runter nach Boll will, aus dem Schäferkarren wanken.«

Lindner musterte sein Gegenüber. Dessen Glatze war noch immer von kräftiger Farbe, an den Schläfen zeichneten sich die Adern ab, und er schien zu schwitzen.

»Wie lange waren Sie heute Vormittag auf dem Kornberg?«, fragte er.

»Die Absperrung, die verängstigte Herde, Ihre Kollegen in den weißen Anzügen der Kriminaltechnik – das habe ich mir alles in allem vielleicht zwanzig, vielleicht dreißig Minuten lang angesehen. Erst von Norden her, aus der Richtung, in der ich meinen Wagen abgestellt hatte. Dann bin ich einen Bogen gegangen, links herum in Richtung Kornberghütte und dann wieder ein Stück zurück – aber da war die Sicht auch nicht besser als von der ersten Stelle aus. Ich hab dann den Feldstecher wieder eingepackt, bin zurück zum Auto und wieder nach Hause gefahren.«

»Und haben sofort den Reporter angerufen?«

»Ein paar Minuten lang habe ich schon darüber nachgedacht, aber dann – ja.«

»Vielleicht hätten Sie noch etwas länger nachdenken sollen. Und dann Ihren Bekannten im Ministerium anrufen. Wenn morgen der Bericht von Ferry Hasselmann erscheint, wird das unsere Arbeit nicht unbedingt erleichtern.«

Honzmann zuckte mit den Schultern.

»Nicht mein Problem«, brummte er.

»Und warum mussten Sie damit unbedingt zur Presse gehen?«

»Ich habe ja schon erwähnt, dass mir keiner glauben will, dass wir hier in der Gegend Wölfe haben. Ein solcher Pressebericht kann das vielleicht ändern.«

»Und wozu? Haben Sie nicht behauptet, dass es Ihnen egal ist, ob man Ihnen glaubt?«

Er zeigte ein nervöses Lächeln.

»Na ja, ein bisschen eitel ist wohl jeder. Vielleicht hat das eine Rolle gespielt.«

»Und was genau hatten Sie dem Reporter zu berichten?«

»Ich ... nun ja, ich habe durch den Feldstecher gesehen, dass Ihre Kollegen auf der Wiese Spuren nehmen und dass dort mehrere dunkle Flecken waren. Blut der Schafe, nehme ich an?«

Er sah Lindner fragend an, aber der sagte nichts.

»Das passte so weit zu meinen Informationen«, fuhr er fort. »Und Ferry Hasselmann hat mich ja schon mal als Experten zitiert. Auch damals rissen Wölfe einige von Meißners Schafen.«

»Und wer ist Ihr Informant im Ministerium?«

»Ach du meine Güte! ›Informant‹ – wie das klingt!«

»Nennen Sie es, wie Sie wollen. Aber den Namen hätte ich gern.«

Honzmann dachte nach, dann schüttelte er langsam den Kopf.

»Nein, den Namen möchte ich Ihnen nicht nennen. Meinetwegen soll niemand Ärger bekommen.«

»Schon passiert, Herr Honzmann. Wir werden Ärger bekommen, die Polizei wird ihre Arbeit nicht mehr ungestört verrichten können – und das nur, weil Sie eine vertrauliche Information nicht für sich behalten konnten.«

Lindner stand auf und wandte sich zum Gehen. Aichele folgte ihm. Als Lindner fast schon den Flur erreicht hatte, ließ er den Kollegen passieren und drehte sich noch einmal zu Honzmann hin, der inzwischen ebenfalls aufgestanden war.

»Es kann gut sein, dass wir noch Fragen an Sie haben. Also halten Sie sich bitte zur Verfügung.«

Honzmann folgte Lindner zur Haustür. Neben dem Telefon zog er eine Visitenkarte unter einem Briefumschlag hervor und hielt sie Lindner hin.

»Da steht auch meine Handynummer drauf. So sollten Sie mich jederzeit erreichen können, Herr Kommissar.«

»Gut«, sagte Lindner knapp und nickte ihm zu. »Eine Frage habe ich jetzt schon.«

Honzmann sah ihn gespannt an.

»Warum wundern Sie sich eigentlich nicht, dass das LKA einen Beamten schickt und auf dem Kornberg die Kriminaltechnik alles auf den Kopf stellt – und alles nur wegen eines Angriffs einiger Wölfe auf eine Schafherde?«

Honzmanns Mund klappte auf und wieder zu, ohne dass er etwas sagte. Stocksteif stand er noch in der Tür, als Lindner und Aichele schon wieder im Wagen saßen.

Lindner rief den Leiter der Kriminaltechnik an und bat Roland Schopf, doch bei nächster Gelegenheit auf dem Kornberg nach Fuß- und Reifenspuren zu suchen, die Honzmanns Behauptung stützen oder widerlegen konnten, er habe die Polizei um die Mittagszeit herum bei der Spurensicherung droben auf dem Kornberg beobachtet. Dann fiel ihm auf, dass Aichele ihm immer wieder Seitenblicke zuwarf.

»Was ist denn, Fritz?«, fragte er, als sie durch Gruibingen fuhren.

»War das vorhin klug von dir?«

»Was meinst du?«

»Na, du hast Honzmann ja praktisch mit der Nase draufgestoßen, dass da oben nicht nur drei Schafe und ein Hund getötet wurden.«

»Das wird morgen wahrscheinlich eh in der Zeitung stehen, wenn dieser Hasselmann als Reporter keine völlige Niete ist.«

»Trotzdem …«

»Ich wollte herausfinden, ob Honzmann schon vom Tod des alten Meißner wusste.«

»Und?«

Lindner zuckte mit den Schultern.

* * *

»Und? Kommst du nicht doch noch mit in den Hirschen?«, fragte Aichele, als er den Streifenwagen bald darauf in der Gruibinger Straße vor dem Lindnerhof zum Stehen brachte.

»Nein«, sagte Lindner und lachte, »das kann ich mir, glaube ich, heute nicht auch noch erlauben. Drück mir die Daumen, Fritz, dass ich Maria mit irgendetwas wieder besänftigen kann.«

»Mach ich. Und ich trink ein Bier für dich mit.«

Lindner sah dem Wagen nach, bis er in die Badstraße einbog und in Richtung Boller Ortsmitte davonfuhr. Dann machte er sich seufzend auf den Weg ins Haus. Doch dort war alles ruhig. Niemand war zu sehen, nur auf dem Küchentisch lag einer der berüchtigten Zettel seiner Mutter.

»Machsch dr dei Veschper selber, Bua«, stand dort. »Ben mit dr Maria für a paar Däg zom Wandra. Du hosch jo et wella.«

Auf dem Weg zum Hirschen war er nicht ganz sicher, ob er sich freuen oder sorgen sollte. Wäre Maria nun wieder besser auf ihn zu sprechen, weil sie ja doch noch jemanden zum Mitwandern gefunden hatte? Oder war sie erst recht sauer, weil sie statt mit ihrem Freund mit dessen Mutter durch die Gegend marschierte? Lindner entschied, dass er sich bis zum Beweis des Gegenteils auch erst einmal freuen konnte, und nach dem großen Hallo der Stammtisch-Freunde um Fritz Aichele und Lindners Erklärung, warum er doch noch gekommen war, bestellte er sich ein Bier und eine große Portion des Wurstsalats Speciale, für den die aus Südtirol stammende Wirtin Chiara weithin bekannt war. Es war ein schwäbischer Wurstsalat mit ordentlich Essig und Zwiebeln und mit einer einzigen Abweichung vom traditionellen Rezept: Statt der Schwarzwurst war eine luftgetrocknete Salami in dünne Scheiben geschnitten und untergemischt. Und es war ein deftiges Essen, zu dem gut noch mehr Bier passte als ein erstes Glas.

* * *

Er hatte ein wenig gezögert, dieselbe hausgemachte Pasta zu nehmen wie an dem Abend, bevor sein Vater starb. Aber dann hatte Jo Meißner doch wieder genickt, als ihn die Wirtin »Das Übliche?« gefragt hatte. Das Essen schmeckte lecker, wie immer, und er spülte ordentlich mit Bier nach. Diesmal gönnte er sich hinterher noch einen Schnaps, und dann machte er sich auf den Heimweg.

Auf der letzten Wiese vor dem Meißnerhof setzte er sich ins Gras, sah ins Tal hinunter, wo hinter den Obstbäumen und halb schon in der Abenddämmerung versunken Neidlingen lag. Er hatte keine Eile, das Haus würde auch in zwei, drei Stunden noch so einsam sein wie jetzt. Und so stierte er noch vor sich hin, als es längst dunkel geworden war. Irgendwann erhob er sich und ging die letzten Schritte.

Die Haustür fiel hinter ihm ins Schloss, und auch wenn er schon zu Lebzeiten seines Vaters oft allein im Haus gewesen war, fühlte sich dieses Alleinsein jetzt ganz anders an. Er ging ins Wohnzimmer, schaltete den Fernseher ein, schaltete ihn nach einer Weile wieder aus, setzte in der Küche Kaffee auf, ließ ihn dann aber unberührt stehen und ging mit einer Flasche Bier ins Arbeitszimmer. Lange stand er dort unschlüssig herum, nippte an seinem Bier, schaute zum Schreibtisch hinüber und überlegte, ob er sich ein wenig im Internet ablenken sollte. Dann blieb sein Blick an den Kartons hängen, in denen der Kram seines Vaters noch darauf wartete, sortiert und aufbereitet zu werden. Sein Magen verkrampfte, er trank noch einen Schluck, und dann nahm er sich die ersten Papiere aus dem obersten Karton und setzte sich mit ihnen an den Schreibtisch.

Mittwoch, 3. Mai

Als Lindner das erste Mal erwachte, tat ihm der Rücken weh. Er wuchtete sich vom Sofa hoch, schaltete den Fernseher aus und schlurfte in die Küche. Die Wanduhr zeigte halb zwei, und er hatte großen Durst. Eine halbe Flasche Sprudel später musste er zur Toilette, danach war er zu wach, um gleich wieder einzuschlafen. Er notierte sich einige Fragen zu dem Toten auf dem Kornberg, die ihm im Kopf herumgingen, dann trottete er in sein Jugendzimmer hinauf, kroch ins Bett und schloss die Augen. Er schlief recht schnell ein, träumte aber von Wölfen, die mit rot leuchtenden Augen und gebleckten Zähnen durch den Wald rannten, denen der Geifer von den Lefzen tropfte und die ihn, der orientierungslos und mit stechenden Schmerzen in den Beinen durch den dunklen Tann irrte, immer enger einkreisten.

Entsprechend gerädert war er, als kurz vor acht Uhr sein Handy klingelte. Müde griff er nach dem Telefon, nahm das Gespräch an und murmelte kaum verständlich seinen Namen in den Hörer.

»Oh, hab ich Sie geweckt, Herr Lindner? Tut mir leid.«

Die leicht rauchige Stimme von Zora Wilde ließ ihn hochschrecken. Schlagartig war er hellwach, schwang die Beine über die Bettkante und räusperte sich ein paar Mal, bis er vernünftig reden konnte.

»Macht nichts, Frau Wilde«, sagte er. »Ich hatte Sie ja drum gebeten, mich gleich anzurufen, wenn Sie Ergebnisse haben.«

Er schlüpfte in seine Hausschuhe und tappte im Schlafanzug in den Flur hinaus und die Treppe zur Küche hinunter. Irgendwie fühlte es sich für ihn falsch an, jetzt in dem Zimmer zu bleiben, in dem er die meisten Nächte mit Maria verbrachte.

»Ist es gestern etwas später geworden?«

Lindner glaubte, ihrem Tonfall ein knitzes Lächeln anhören zu können, aber dann rief er sich zur Ordnung und nahm den Stift zur Hand, der auf dem Küchentisch noch von der Nacht bereitlag.

»Geht schon«, brummte Lindner. »Was haben Sie denn für mich?«

»Gerade haben die Kollegen angerufen, die den Hund und die toten Schafe untersucht haben. Sie haben an den Wunden wirklich Genspuren von mindestens einem Wolf gefunden. Der Bericht dazu ist auch schon an die Soko rausgegangen.«

»Also doch Wölfe. Gut, danke für die Info.«

»Moment, nicht so schnell, Herr Lindner. Die Kollegen im Labor haben aber außerdem ähnliche Entdeckungen gemacht wie ich an dem toten Schäfer.«

»Und welche?«

»Als ich an Ernst Meißners fünfter linker Rippe die Kerbe entdeckt habe, waren Sie ja dabei. Und ich hatte Ihnen ja auch erzählt, dass sich innen an der Wirbelsäule ein seltsamer Kratzer fand. Ich habe daraufhin auch die anderen Rippen und noch einmal die gesamte Wirbelsäule nach ähnlichen Spuren abgesucht.«

»Gibt's weitere Kerben?«

»Kerben nicht, aber ... auf der Innenseite der Rippen und auf der Innenseite der Wirbelsäule habe ich mehrere beschädigte Stellen gefunden. Die Knochen sehen aus, als wäre an ihnen geschliffen, gekratzt oder gerieben worden – mit etwas Hartem, vielleicht etwas Metallischem. Und solche Spuren haben auch die Kollegen an den Tierkadavern gefunden.«

»Und das bedeutet?«

»Keine Ahnung. Allerdings steht fest, dass kein Wolf der Welt so etwas macht.«

»Und wie passt das zu den Genspuren der Wölfe?«

»Gar nicht, da haben Sie recht. Die DNA spricht für einen Wolfsangriff, die Kratzspuren und die Kerbe bei Meißner eher nicht. Tja, sieht ganz so aus, als hätten Sie da jetzt eine ziemlich harte Nuss zu knacken, Herr Lindner.«

Er dachte nach, dann nahm er einen neuen Anlauf.

»Aber Wölfe gehen doch mit ihren Zähnen und – was weiß ich – vielleicht auch mit den Klauen in den Bauchraum ihrer Opfer und holen da die Innereien raus. Könnte das nicht die Spuren verursacht haben?«

»Nein, da sind sich die Kollegen im Labor ziemlich sicher: Tierzähne hinterlassen andere Spuren. Die Kollegen haben mir das sehr anschaulich geschildert – falls Sie noch nicht gefrühstückt haben, würde ich in dieser Hinsicht lieber den Bericht abwarten. Wann trifft sich denn Ihre Soko wieder?«

Lindner sah auf die Uhr.

»In knapp zwei Stunden.«

»Gut, dann machen Sie sich noch einen starken Kaffee und essen Sie nichts Fettes.«

Sie verabschiedete sich mit einem perlenden Lachen, und Lindner saß noch eine Weile nachdenklich am Küchentisch, bevor er das Handy wegsteckte.

* * *

Auf dem Anstieg die Teck hinauf machten Marias Waden schmerzhaft auf sich aufmerksam, aber sie biss die Zähne aufeinander und marschierte weiter. Vor ihr her ging Ruth Lindner, noch ein wenig schweigsam nach dem feuchtfröhlichen Abend im Gasthof, aber schon wieder gut im Tritt. Als sie die Burg erreicht hatten, war es noch knapp eine halbe Stunde, bis das Lokal des Wanderheims öffnete, aber Ruth hatte sich vom Metzger in Bissingen ausreichend Proviant für den ganzen Tag über die Theke reichen lassen. Viel Appetit hatten die beiden Frauen so kurz nach dem Frühstück eh noch nicht, aber in der Vormittagssonne ließ es sich trotzdem prima auf der Mauer sitzen, die den Biergarten im Innenhof umgab. Und so plauderten sie mit Blick auf die beiden wuchtigen Bäume, die die Parkplätze an der Burgmauer beschatteten, und ließen sich kalte Saitenwürstle schmecken.

»Weißt du eigentlich«, wechselte Ruth Lindner irgendwann das Thema, »dass ich diesen Ernst Meißner gekannt habe?«

Maria sah sie an und kniff die Augen zusammen.

»Dieser Schäfer, der droben auf dem Kornberg umkam«, setzte Ruth noch hinzu.

»Ich weiß, wer Ernst Meißner ist. Aber wie kommst du jetzt auf ihn?«

»Ach, mir geht die Sache mit dem Ernst schon länger durch den Kopf. Ich wollte nur bisher nichts sagen, weil du doch so wütend auf Stefan bist ...« Sie lächelte leicht. »... oder warst. Und weil es doch gerade sein Tod ist, der ihm einen Strich durch die Urlaubswoche gemacht hat.«

Maria zuckte mit den Schultern, biss von ihrer Wurst ab und stierte eine Zeitlang missmutig vor sich hin. Ruth Lindner schwieg, bis Marias Neugier die Oberhand gewann.

»Jetzt sag schon«, drängte sie und erntete ein breites Grinsen von Ruth Lindner. »Woher kennst du ihn?«

»Ich bin ja in Schopfloch aufgewachsen, und Ernst in Neidlingen. Sein Vater war dort schon Schäfer gewesen, und Ernst musste schon als kleiner Junge ordentlich mit anpacken. Er war sieben oder acht Jahre jünger als ich, und in der Kindheit hatten wir nichts miteinander zu tun. Aber sobald der Ernst ein Mofa hatte, ist er damit in der ganzen Gegend herumgedüst, und er hat vor allem nach Mädchen Ausschau gehalten.«

Sie kicherte.

»Der Ernst sah nicht mal übel aus. Und er gab sich für seine Ausfahrten viel Mühe, den Schafgeruch loszuwerden. Ist ihm meistens ganz ordentlich gelungen. Und während die meisten Neidlinger Jungs nach Weilheim gegangen sind, um dort herumzugockeln, hat sich Ernst eher in Schopfloch, Gutenberg und Wiesensteig umgetan. Sein Mofa hat er ordentlich aufgemotzt, und wenn er mit seiner Kiste in den Ort kam, war das weithin zu hören. Es gab drei oder vier Mädchen in Schopfloch, alle etwa in seinem Alter, die er rumgekriegt hat. Das war nie was Ernstes, auch von den Mädchen aus nicht, aber ab und zu rotteten sich ein paar Jungs aus dem Dorf zusammen und verpassten ihm eine Abreibung, damit er künftig seine Finger von ›ihren‹ Mädchen lassen sollte. Sie hatten wohl Angst, den Vergleich mit ihm nicht aushalten zu können. Der Ernst ... der hatte ein bisschen was vom jungen Marlon Brando.«

Maria sah Ruth Lindner an. Ihr Blick hatte etwas Versonnenes bekommen. Als sie bemerkte, dass sie gemustert wurde, lächelte sie entschuldigend und räusperte sich.

»Na, um ehrlich zu sein: Viel hatte er nicht vom jungen Brando, höchstens die zurückgegelten Haare, und auch diesen schmollenden Dackelblick hatte er ganz gut drauf.«

Maria hob die Augenbrauen.

»Ich hatte natürlich nichts mit ihm«, beeilte sich Ruth Lindner zu versichern. »Nicht, dass er nichts von mir gewollt hätte. Ich war eine ganz Hübsche, damals. Ich war Mitte zwanzig, und er ein durchtrainierter Halbstarker ...«

Eine kurze Pause entstand, dann besann sich Ruth wieder.

»Aber ich kannte damals schon Hans, meinen späteren Mann, Stefans Vater. Wir waren noch nicht verheiratet, noch nicht einmal verlobt, aber wir sind ab und zu gemeinsam zum Tanz oder ins Kino oder spazieren gegangen. Trotzdem hat's Ernst Meißner immer wieder mal bei mir versucht, der Schlingel. Das hat mir natürlich geschmeichelt, aber ich habe ihn jedesmal abblitzen lassen. Soweit ich es mitbekommen habe, ist es ihm mit manch anderer Schopflocherin nicht so gegangen – es gab Gerüchte, dass er auch die eine oder andere verheiratete Frau getroffen hat. Na ja ... Gerüchte halt.«

Sie grinste und schnürte ganz in Gedanken versunken den Rucksack zu.

»Das ist alles lange her, und seither hatte ich mit Ernst Meißner nicht mehr allzu viel zu tun. Vor Jahren habe ich mal etwas Lammfleisch bei ihm gekauft, danach bin ich nicht mehr hin zu ihm nach Neidlingen.«

»Wieso? War was?«

»Ach … ich habe mir vor allem meine schönen Erinnerungen an die alten Zeiten kaputt gemacht. Der gegelte Brando-Klon aus Neidlingen hatte sich in einen schmierigen alten Mann verwandelt – und der hat doch tatsächlich gleich, als er mitbekommen hat, wer ich bin, mit mir zu flirten angefangen.«

Ruth Lindner schüttelte sich.

»In seinem Alter und mit seinem Aussehen kam das ziemlich widerlich rüber, das kannst du mir glauben, Maria.«

Der Ekel stand ihr ins Gesicht geschrieben, doch ihre Miene heiterte sich schnell wieder auf.

»Da lob ich mir doch meinen Freund Eugen. Der macht zwar optisch nicht viel her, aber wenn man ihn näher kennt …«

Sie schnalzte genießerisch mit der Zunge. Maria sah sie etwas irritiert an, da stand Ruth Lindner auf, klatschte ihr fröhlich auf die Schulter und warf sich den Rucksack über.

»Und jetzt geht's los. Bis zur nächsten Rast ist es noch weit. Und geschlafen wird bei einer guten Freundin!«

* * *

Roeder saß schon kurz vor zehn Uhr missmutig auf seinem Platz im Besprechungsraum und kruschtelte in den Unterlagen, die vor ihm auf dem Tisch lagen. Staatsanwalt Hagenbeck hatte vor dem heutigen Treffen der Soko Kornberg mit seinem Angelfreund Fritz Aichele und mit Lindner die Köpfe zusammengesteckt und danach so getan, als würde er nicht bemerken, wie finster Roeder das beobachtete.

Als die Besprechung schließlich begann, hatten einige in der Runde die aktuelle Ausgabe der großen Boulevardzeitung vor sich auf dem Tisch liegen. Auch Roeder faltete nun ein Exemplar auseinander und ließ es vor sich mit großer Geste auf den Tisch flattern.

»Kollege Lindner vom LKA wurde uns ja eigens zugeteilt, damit wir es auch wirklich schaffen, möglichst viel von unserem aktuellen Fall möglichst lange unter der Decke zu halten. Das hat ja ganz offensichtlich wunderbar geklappt.«

Roeders Stimme triefte vor Spott, und er war so vernarrt in seine Idee, die Verantwortung für den Pressebericht seinem Widersacher in die Schuhe zu schieben, dass er weder den warnenden Blick des neben ihm sitzenden Staatsanwalts bemerkte noch die rollenden Augen vieler anderer in der Runde.

»Na, Stefan«, wandte er sich nun mit bösen Grinsen an Lindner. »Wem haben wir dieses Geschmiere zu verdanken?«

Lindner blieb äußerlich ruhig, auch wenn es in ihm kochte.

»Schau mal oben, Wolfgang, gleich unter der Überschrift. Dort müsste der Name des Verfassers stehen.«

Fritz Aichele konnte sein Prusten nur halb unterdrücken, und Roeder, der die kühle Erwiderung erkennbar schlecht vertrug, holte schon für eine neue Tirade tief Luft, als ihm Hagenbeck ganz leicht die Hand auf den Unterarm legte.

»Ich darf hier mal kurz dazwischengehen«, sagte er betont gelassen. »Herr Roeder, Sie gönnen sich vielleicht in der Moderation dieser Runde eine kurze Pause, und ich übernehme. Ich halte Hahnenkämpfe grundsätzlich nicht für zielführend – und um ganz ehrlich zu sein: In diesem speziellen Fall nervt es mich doch sehr.«

Roeder war blass geworden, und er stierte mit funkelnden Augen zwischen Lindner und dem Staatsanwalt hin und her.

»Es tut mir leid, wenn ich Sie vor versammelter Mannschaft tadeln muss, aber mir reicht das jetzt, Herr Roeder. Ich leite das Verfahren, wie Sie wissen. Ich übernehme fürs Erste, und Sie legen bitte ein professionelles Verhalten an den Tag und arbeiten konstruktiv mit, wenn ich bitten darf.«

Einige am Tisch senkten betreten den Kopf, vor allem Miller rutschte während der Zurechtweisung seines Chefs unruhig auf dem Stuhl hin und her. Andere schauten zwar auch sehr interessiert auf ihre Unterlagen, ihren Mienen war aber unschwer anzusehen, dass sie Roeder eine solche Abreibung schon lange gewünscht hatten. Lindner wiederum hätte auf eine solche Szene gern verzichtet. Er konnte sich Roeders ständiger Angriffe recht gut selbst erwehren, und nach dem Glattstrich durch Hagenbeck würde ihm sein ehemaliger Kollege sicher nicht besser gesonnen sein als zuvor. Roeder aber presste die Lippen aufeinander, lehnte sich auf seinem Stuhl zurück und verschränkte die Arme vor der Brust.

»So«, sagte Hagenbeck und ließ seinen Blick über alle Anwesenden schweifen. »Das wäre nun hinreichend geklärt, hoffe ich. Und jetzt hätte ich gern den aktuellen Stand der Ermittlungen. Wer kennt das Ergebnis der Obduktion?«

Millers Hand schoss nach oben, und Lindner tat während seiner ausführlichen Schilderung so, als hätte er von alldem noch nicht mehr gehört, als er gestern direkt nach der Obduktion an die Soko weitergegeben hatte. Im Anschluss trug Miller auch den Bericht zu den Untersuchungen der vier toten Tiere vor. Hagenbeck hörte sich alles an, machte sich Notizen und sah hinterher genauso ratlos aus wie die meisten.

»Und jetzt?«, fragte er. »Wurde Meißner nun von Wölfen getötet oder nicht?«

Miller zuckte nur mit den Schultern, und als auch sonst niemand etwas sagen wollte, gab sich Lindner einen Ruck und hoffte, dass er sich nicht verplappern und nicht verraten würde, dass Zora Wilde mit ihm schon über diese Befunde gesprochen hatte.

»Wenn ich das richtig verstanden habe«, begann er umständlich, »dann deutet die DNA von mindestens einem Wolf darauf hin, dass Meißner, sein Hund und die drei Schafe von Wölfen getötet wurden. Die Beschädigungen an Rippen und Wirbelsäule wiederum, die alle Opfer aufweisen, sind sehr wahrscheinlich nicht von Wölfen verursacht worden. Wenn wir Spuren haben, die auf zwei ganz unterschiedliche Ursachen hindeuten – sollten wir dann nicht darüber nachdenken, in welcher Reihenfolge die Spuren entstanden sind? Vielleicht bringt uns das weiter?«

Hagenbeck sah ihn gespannt an, und auch die anderen horchten auf – nur Roeder saß weiterhin als beleidigte Leberwurst mit verschränkten Armen da und starrte finster vor sich hin.

»Ich habe keine Ahnung, wie das vor sich gegangen sein könnte – und um was es sich dabei gehandelt hat. Aber ganz grundsätzlich scheint es sich doch so zu verhalten: Entweder sind diese seltsamen Schleifspuren im Bauchraum der Opfer entstanden, bevor die Wölfe zugebissen und die Innereien rausgezerrt und gefressen haben – oder die Wölfe sind zuerst über die Opfer hergefallen, haben sie ausgeweidet, und danach sind diese Schleifspuren entstanden. Wie auch immer.«

»Hat dieser Wolfsexperte gestern nicht erzählt, dass die Wölfe offenbar von irgendetwas oder irgendjemandem beim Fressen gestört wurden?«, meldete sich die Pressesprecherin Sonja Reeber zu Wort. »Also könnte es doch sein, dass genau diese Störung und die Schleifspuren ein und dieselbe Ursache haben.«

»Lassen wir das mal so stehen«, fasste Hagenbeck zusammen, als sonst niemand etwas dazu sagte. »Wobei ich – wie vermutlich Sie alle – nicht den geringsten Schimmer habe, was diese Ursache sein könnte. Aber bleiben wir gleich bei Ihnen, Frau Reeber: Was wissen Sie über diesen Journalisten und darüber, wie er an seine Informationen gekommen ist?«

»Ferry Hasselmann ist als Reporter ein ziemlich kleines Licht. Er hatte mal vor ein paar Jahren einige Treffer gelandet und war damals eine Zeitlang regelmäßiger freier Mitarbeiter dieses Boulevardblatts.« Sonja Reeber deutete auf die vor ihr liegende Zeitung. »Zuletzt war er nicht mehr so gefragt. Er verbreitet sich inzwischen meistens über einen kleinen Newsblog, den er mit regionalem Kram füllt. Dafür ruft er ab und zu bei uns auf der Pressestelle an, und natürlich geben wir ihm Auskunft, aber leiden kann ihn keiner von uns. Hasselmann ist ein schmieriger Typ, der früher gern auch mal mit unlauteren Mitteln gearbeitet hat. Falls er das heute noch so macht, ist mir darüber nichts zu Ohren gekommen – aber wie gesagt: Er ist ohnehin nicht mehr besonders gut im Geschäft, bekommt nur noch gelegentlich einen Artikel in Zeitungen unter. Seine letzte größere Story war der reißerische Bericht über den ersten Wolfsangriff auf Meißners Herde im vergangenen September. Und jetzt halt das hier. Wieder Wölfe, und wieder wurde ihm das von seinem alten Informanten gesteckt. Aber dazu kann Herr Lindner mehr sagen.«

»Ich habe gestern sowohl mit Herrn Hasselmann als auch mit seinem Informanten gesprochen«, bestätigte Lindner und fasste für alle, die noch nicht Bescheid wussten, die beiden Gespräche zusammen.

»Und wer im Ministerium könnte Honzmann die Info gesteckt haben?«, fragte Hagenbeck.

»Das wollte er nicht verraten. Aber Theo Kollack, mein Chef beim LKA, ist mit jemandem aus dem Ministerium befreundet – vielleicht kann er da etwas herausfinden. Ich wollte Herrn Kollack eh gleich noch anrufen, um ihn zu fragen, was aus seinem Gespräch mit Konrad Deiffler, dem früheren Tierarzt der Meißners, wurde.«

Hagenbeck sah Lindner fragend an.

»Herr Kollack ist mit Deifflers Tochter befreundet, und sie nahm ihren Vater gestern mit zu sich nach Hause, nachdem er einen Schwächeanfall erlitten hatte. Kollege Aichele und ich waren gerade auf dem Weg zu Deiffler, weil wir ihn nach der ersten Wolfsgeschichte fragen wollten, aber wir haben ihn knapp verpasst – da hat mein Chef angeboten, das Gespräch zu übernehmen.«

Roeder räusperte sich, und alle sahen zu ihm hin. Offenbar hatte sich der Leiter der Soko wieder halbwegs gefangen. Er hielt einige Blätter hoch, die er von dem Unterlagenstapel vor sich genommen hatte.

»Das ist Kollacks Bericht«, sagte er. »Hat er heute früh gemailt. Nach dem, was drinsteht, erinnert sich Deiffler noch sehr genau an alle Details von damals. Er scheint noch heute überzeugt davon, dass es sich damals wirklich um Wölfe gehandelt hat, die Meißners Schafe gerissen haben. Deshalb habe er es dem alten Meißner auch in einem Schreiben bestätigt. Doch als dann der ganze Wirbel losging, vor allem ausgelöst durch den damaligen Bericht von Hasselmann, hätte er seine schriftliche Stellungnahme am liebsten rückgängig gemacht. Dein Chef, Stefan, hatte wohl den Eindruck, dass die alte Geschichte Deiffler immer noch umtreibt – und dass er das Schreiben damals nur auf die dringende Bitte von Ernst Meißner hin verfasst hat.«

»Warum das denn? Müsste er das nicht ohnehin melden?«

»Deiffler hat sich deinem Chef gegenüber aufgeregt, dass der alte Meißner die von den Wölfen getöteten und übel zugerichteten Schafe ohne viel Federlesens auf die Ladefläche seines Pickups geworfen und sie zur Tierkörperbeseitigung gebracht hat, ohne auf die Fachleute zu warten, die das Ministerium in solchen Fällen zur Untersuchung der Kadaver schickt. Deiffler hat ihm wohl mehrfach gesagt, dass er dann nicht damit rechnen darf, Schadensersatz für die toten Tiere zu bekommen – weil das Ministerium ohne ein Gutachten seiner Experten davon ausgeht, dass die Schafe streunenden Hunden zum Opfer gefallen sind. Dafür wäre dann die Versicherung des Hundehalters zuständig, und wenn man nicht weiß, wem die Hunde gehören … tja, Pech gehabt. Aber Meißner senior hat nicht auf Deiffler gehört, und hinterher hat er ihn angebettelt, ihm die Bestätigung zu schreiben. Die hat Meißner dann im Ministerium vorgelegt, aber er hat kein Geld bekommen – ganz so, wie es Deiffler ihm prophezeit hatte. Doch irgendjemand, vielleicht auch damals schon jemand aus dem Ministerium, hat die Information an Hasselmann weitergegeben, und dann ging der Presserummel los.«

»Gut«, sagte Hagenbeck und nickte Roeder zu, als würde er sich bei ihm für die Rückkehr zu einem sachlicheren Ton bedanken. »Dann hoffen wir mal, dass Herr Kollack da etwas in Erfahrung bringen kann. Sonst noch was?«

Roland Schopf meldete sich zu Wort.

»Herr Lindner gab mir gestern noch einen Hinweis, dem wir inzwischen nachgegangen sind«, sagte der Leiter der Kriminaltechnik.

Er sah müde aus, und Lindner lächelte ihn entschuldigend an. Schopf winkte grinsend ab und sprach weiter.

»Einige meiner Leute sind seit heute früh wieder damit beschäftigt, diesem Hinweis nachzugehen, aber die wichtigsten Spuren haben wir wahrscheinlich schon gestern Abend sichern können. Herrn Lindner gegenüber behauptete Robert Honzmann, gestern Vormittag auf dem Kornberg gewesen zu sein und unsere Arbeit droben auf der Schafweide beobachtet zu haben.«

Schopf erhob sich und nickte dem Beamten zu, der den Beamer bediente und auf Schopfs Zeichen hin ein Satellitenbild vom Kornberg anzeigen ließ.

»Passend zu seiner Schilderung haben wir hier« – der KT-Chef deutete auf eine Stelle am nördlichen Rand des Kornberg-Plateaus – »Reifenspuren gefunden. Das zugehörige Auto stand hier eine Weile, wurde dann gewendet und fuhr auf dem Feldweg zurück den Berg hinunter. Wir haben hier und hier« – er zeigte auf einen Punkt nahe bei den Reifenspuren und auf einen ein gutes Stück weiter südöstlich davon – »Spuren dafür gefunden, dass jemand in Schuhen mit grobem Profil dort eine Zeitlang stand, auch zwischen den beiden Positionen gibt es Schuhabdrücke. Zwei Kollegen sind heute früh auch schon zu ihm gefahren, um Vergleichsproben von seinen Autoreifen zu nehmen und von den Stiefeln, die er üblicherweise im Wald trägt. Da müssten wir demnächst ein Ergebnis haben. Wann die Spuren entstanden sind, können wir nicht ganz genau einordnen, aber sie sind noch recht frisch – zur Version von Honzmann würden sie jedenfalls passen.«

* * *

Hannah Pokorny steckte sich noch eine letzte Zigarette an, doch als sie die aufgerauchte Kippe wenig später zu den anderen in die sandgefüllte Standvase schnippte, die hier draußen als Aschenbecher diente, mochte sie nicht länger warten. Es war noch nicht oft vorgekommen, dass er seinen Besuch angekündigt hatte, aber nicht erschienen war. Eigentlich konnte sie sich an kein einziges Mal erinnern. Sie lächelte: erinnern …

Der alten Frau Greeb würde es eh nicht bewusst sein, dass er sie versetzte. Sie erinnerte sich nicht mehr an vieles, an vorhin oder gestern oder vergangene Woche ohnehin nicht, und wenn sie in einem ihrer Gespräche mal auf alte Geschichten stießen, die ihr ein seliges Lächeln aufs faltige Gesicht zauberten, hellte sich ihr Gedächtnis nur kurz auf – und schon bald versank alles wieder in Dämmerlicht und Nebel.

Gerlinde Greeb war dement, und sie kam mit Hilfe von Menschen wie Hannah Pokorny meistens ganz gut damit zurecht. Mit Mitte achtzig ein Pflegefall, aber noch leidlich mobil und mit einem erfreulich sonnigen Gemüt gesegnet. Es gab Alte in diesem Seniorenzentrum, die es schlechter erwischt hatten. Aber wenn Hannah die alte Frau am Fenster sitzen sah, den leeren Blick nach draußen gerichtet, durchflutete sie mehr Mitleid, als in ihrem Beruf gut war. Sie wusste nicht, ob Gerlinde Greeb in diesen Momenten an irgendetwas litt oder ob sie einfach nur atmete, irgendwohin schaute und im Grunde genommen nichts um sie herum wahrnahm. Aber auf Hannah wirkte die alte Frau traurig. Traurig und einsam. Und diese Einsamkeit machte Hannah traurig, weil sie manchmal das Gefühl hatte, in ihrem Alltag als Pflegekraft einen Blick auf ihre eigene Zukunft zu werfen. Wenn auch sie alt sein würde. Und womöglich ebenso einsam.

Mit einem Seufzen ging sie ins Haus und steuerte auf den hellen Raum zu, in dem Gerlinde Greeb am Fenster saß und mit leerem Blick nach draußen schaute.

* * *

Aichele fuhr von Norden her nach Böblingen hinein, und als sie sich bis zum Rilkeweg durchgeschlängelt hatten, war klar, dass sich ihr Ziel in einer gehobenen Wohngegend befand. Das Haus der Familie Lommel war groß und schön, aber nicht spektakulär. Dafür lag das gepflegte Gebäude in einem ebenso gepflegten und ziemlich weitläufigen Garten mit hübsch angelegten Blumenbeeten, ebenen Rasenflächen und großen, alten Bäumen.

Lindner hatte Ingarose Lommel vor ihrer Abfahrt angerufen und gefragt, ob ihr Vater noch bei ihr sei. Konrad Deiffler hatte für den späten Nachmittag die Rückkehr nach Neidlingen geplant, aber seine Tochter hatte darum gebeten, dass die Polizei mit ihrem Vater in ihrem Beisein und am liebsten bei ihr zuhause sprach. Lindner war es recht gewesen, wenn er Deiffler auf diese Weise schon jetzt, um die Mittagszeit, seine Fragen stellen konnte.

Auf dem hellen Kies der Garagenzufahrt stand eine schlanke, elegante Frau um die vierzig. Sie trug ein Kostüm in gedeckten Farben, das wie angegossen saß. Die brünetten Haare trug sie kurz, fast jungenhaft geschnitten, und jede Strähne schien genau dort zu sitzen, wo sie hingehörte. Aichele parkte den Streifenwagen am Straßenrand. Ingarose Lommel kam ihnen ein paar Schritte entgegen, begrüßte sie nicht unfreundlich, aber leicht reserviert, und dann ging sie den beiden Beamten ins Haus voraus.

Konrad Deiffler saß an einem ausladenden Esstisch und hatte eine Tasse mit dampfendem Tee vor sich stehen. Er erhob sich, als seine Tochter mit Lindner und Aichele den Raum betrat, und gab den beiden die Hand. Er hatte den kräftigen Händedruck eines Mannes, der das Zupacken gewöhnt war, und bot den Gästen Platz an, als wäre er hier der Hausherr.

»Darf ich Ihnen etwas bringen, meine Herren?«, fragte Ingarose Lommel. »Einen Tee vielleicht, ein Wasser?«

»Vom Tee möchte ich dringend abraten«, fügte Deiffler schnell hinzu und lachte mit rauer Stimme. »Meine Tochter wollte mir partout keinen Kaffee machen, weil diese Brühe hier gesünder sei. Ganz ehrlich: So schmeckt sie auch.«

Er zwinkerte seiner Tochter zu, und auf deren angenehmem Gesicht war einen Moment lang ein Lächeln zu sehen, dann wurde sie wieder ernst.

»Nein, danke«, lehnte Lindner ab, und die Tochter setzte sich auf einen freien Stuhl direkt neben ihren Vater, als hätte er auch für Aichele gesprochen. Er fuhr fort: »Herr Deiffler, wir möchten Ihnen nur kurz ein paar Fragen stellen – und dann lassen wir Sie auch schon wieder in Ruhe.«

»Das wäre schön«, versetzte Ingarose Lommel und fing sich dafür einen kurzen tadelnden Blick ihres Vaters ein. Sie lächelte Lindner entschuldigend an. »Wie Sie wissen, hatte mein Vater gestern einen Schwächeanfall, und eigentlich haben wir gestern Abend Theo … ich meine: Ihrem Vorgesetzten, Herrn Kollack, schon alles erzählt, was er wissen wollte.«

»Ja, ich weiß, Frau Lommel. Und es wird auch nicht lange dauern. Herr Deiffler, geht es Ihnen denn schon wieder besser?«

»Alles gut so weit«, antwortete er recht aufgeräumt und grinste dann: »Trotz des Tees.«

Die Tochter räusperte sich, aber der Vater legte ihr nur besänftigend eine Hand auf den Unterarm.

»Ihre Nachbarin, Frau Joos, erzählte von der Notärztin, die gestern kommen musste.«

Ingarose Lommel rollte genervt mit den Augen, und Deiffler grinste noch breiter.

»Die gute Herma glaubt, sie müsse sich um mich kümmern. Und ich glaube … ich glaube, sie ist ein kleines bisschen verliebt in mich. Geschenkt. Ich bin manchmal etwas vergesslich, gehe auch schon mal ohne Schlüssel aus dem Haus – da bin ich heilfroh, dass ich ihr einen zur Aufbewahrung gegeben habe, den ich mir in solchen Fällen wieder ausleihen kann.«

»Hatte Ihr Schwächeanfall etwas mit dem Tod von Ernst Meißner zu tun?«

Ingarose Lommel wollte schon protestieren, aber Deiffler tätschelte ihr beruhigend den Unterarm und nickte langsam.

»Waren Sie denn befreundet mit Herrn Meißner?«

»Nein, das eher nicht. Meines Wissens hatte er keine Freunde. Ab und zu saßen wir auf ein Viertele zusammen, und ich hörte mir seine Geschichten an, die er sonst wohl niemandem erzählen konnte. Das machen … ich meine: Das machten einige meiner Kunden. Mit dem ›Doktor‹ verbindet mancher wohl selbst beim Tierarzt die Hoffnung auf ärztliche Schweigepflicht.«

Deiffler lachte kurz auf, dann wurde er wieder ernst.

»Mit Ernst Meißner befreundet zu sein, stelle ich mir schwierig vor. Er war, soweit ich das beurteilen kann, kein wirklich schlechter Kerl, aber mögen musste man ihn nicht. Er hat wohl auch nicht so viel Wert darauf gelegt, dass andere ihn mochten oder was andere von ihm dachten. Wenn er seinen Kopf durchsetzen konnte, war er meiner Einschätzung nach schon zufrieden.«

»Und warum hat Sie sein Tod dann so getroffen?«

Deiffler zögerte einen Moment lang.

»Ist es eher die Art seines Todes?«, hakte Lindner nach.

»Ja.«

»Weil Sie und Meißner schon einmal mit Wölfen zu tun hatten?«

Deiffler schwieg, nahm einen großen Schluck Tee und setzte die Tasse wieder ab. Seine Hand zitterte ganz leicht, aber Lindner hätte nicht mit Bestimmtheit sagen können, ob das zuvor anders gewesen war. Ingarose Lommel jedenfalls registrierte das Zittern mit hochgezogenen Augenbrauen, und sie sah ihren Vater scharf an.

»Sie wissen natürlich«, begann Deiffler nach einer kurzen Pause, »dass schon einmal einige von Ernst Meißners Schafen gerissen wurden.«

»Ja, im vergangenen September. Drei Schafe traf es damals, und Sie haben Herrn Meißner in einem Schreiben bestätigt, dass die Tiere von Wölfen gerissen wurden.«

Deiffler seufzte, er wirkte ein wenig blasser, und seine Tochter schritt ein.

»Herr Lindner, das alles hat Herr Kollack schon gefragt, und mein Vater hat ihm zu allen Punkten Auskunft gegeben, obwohl er noch recht schwach war.«

»Lass das, Inga!«, empörte sich Deiffler. »Ich kann durchaus noch für mich selbst sprechen. Und ich werde es schon überstehen, das noch einmal zu erzählen.«

»Das wird nicht nötig sein«, sagte Lindner. »Mir ist aus dem Protokoll, das mein Vorgesetzter über Ihr Gespräch anfertigte, nur nicht ganz klar geworden, aus welchem Grund Sie so sicher waren, dass die Schafe von Wölfen und nicht von streunenden Hunden getötet worden waren.«

Deiffler musterte Lindner, dann wiegte er grinsend den Kopf.

»Gute Frage, Herr Kommissar.«

Er trank seinen Tee aus und streckte die Tasse seiner Tochter hin.

»Machst du mir noch einen, Inga?«

Sie stutzte, dann stand sie auf, nahm die Tasse mit und verschwand aus dem Zimmer. Gleich darauf hörte man sie in einiger Entfernung mit einem Topf hantieren.

»Dieses Haus ist riesig für zwei Leute. Die Küche ist ein gutes Stück entfernt von uns, wie Sie hören können. Und der Tee, den Inga mir macht, ist etwas heikel – da muss sie dabeibleiben.«

Er warf noch einen schelmischen Blick in die Richtung, in der sich die Küche befand, dann rückte er auf seinem Stuhl etwas nach vorn und senkte seine Stimme.

»Ernst, dieser Trottel, hätte die toten Schafe liegen lassen sollen, wo sie waren, bis die Experten alles untersucht hätten. Das Ministerium schickt in solchen Fällen jemanden, der sich mit so etwas wirklich auskennt – und nur, wenn diese Leute bestätigen, dass es Wölfe waren, die ein Tier gerissen haben, gibt es auch Geld vom Ministerium. Aber der gute Ernst hatte es noch nie so mit dem Warten: Er hat die Kadaver aufgeladen und weggebracht, und da ging dieser Schafskopf natürlich leer aus.«

»Sie wussten, dass Ihre Bestätigung ihm nicht helfen würde, oder?«

»Klar wusste ich das! Aber *mir* hat sie geholfen: Fürs Erste hat sich Ernst getrollt und hat mir meine Ruhe gelassen. Aber als dann dieser Presseheini ...«

Deiffler schüttelte den Kopf.

»Herr Kollack hat mir schon erzählt, dass Sie Ihre Bestätigung schnell bereut haben.«

»Das kann man so sagen. Wissen Sie: Ich liebe Tiere, ich habe gern viel Natur um mich – deshalb hatte ich meine Praxis in Neidlingen und nicht irgendwo in der Stadt. Meine Kollegen haben mir manchmal erzählt, wie diese Etepetete-Leutchen mit ihrem überzüchteten Schoßhund daherkommen und sie für die Vitaminspritze dem armen Tier erst einmal das Selbstgehäkelte ausziehen mussten. Da habe ich doch lieber den Arm bis zur Schulter in einer Kuh.«

Er lachte.

»Und dann hatte ich plötzlich ständig irgendwelche Städter hier, die mir Löcher in den Bauch fragen wollten. Gut, Frau Joos hat das gefallen – aber von ihr wollte ja keiner was wissen.«

Das Lachen verebbte.

»Dieser ganze Rummel war nichts für mich. *Deshalb* habe ich mein Schreiben bedauert.«

»Nur deshalb?«, fragte Lindner.

»Wie meinen Sie das?«

»Sie könnten Herrn Meißner auch einen Gefallen getan haben, obwohl Sie selbst vielleicht gar nicht völlig davon überzeugt waren, dass die Tiere von Wölfen getötet wurden.«

»Obwohl ich wusste, dass mein Schreiben nichts bringen würde? Was wäre das denn für ein Gefallen gewesen?«

»Waren es denn Wölfe? Ihrer Meinung nach?«

Deiffler zuckte mit den Schultern.

»Es sprach viel dafür, aber ich bin kein Experte. Und Ernst Meißner, dieser Trottel, konnte ja nicht warten.«

Lindner nickte und musterte Deiffler weiterhin. Irgendetwas machte dem alten Tierarzt zu schaffen, aber er hatte nicht den Eindruck, dass er das jetzt herausfinden würde.

»Was war Ernst Meißner denn für ein Mensch?«

Deiffler reagierte auf den plötzlichen Themenwechsel mit einem Blinzeln. Und er wirkte auch ein wenig erleichtert.

»Ernst Meißner … Er hat es dem armen Jo nicht leicht gemacht. Offiziell war er jetzt der Chef, aber … Na ja, das wird er Ihnen schon selbst erzählt haben.«

»Hatte Meißner noch Familie?«

Aus den Augenwinkeln bemerkte Lindner eine Bewegung, und er ließ Deiffler kurz aus den Augen. Ingarose Lommel kam mit einer dampfenden Tasse an den Tisch und setzte sich wieder. Als Lindner den Tierarzt wieder ansah, räusperte der sich. Lindner warf Aichele einen kurzen Seitenblick zu, aber der behielt die ganze Zeit über Deiffler im Auge.

»Geht das noch lange?«, fragte die Tochter.

»Herr Lindner will von mir wissen, ob Ernst Meißner außer seinem Sohn Jo noch Verwandtschaft hatte.« Er wandte sich wieder an Lindner. »Das kann ich Ihnen gar nicht sagen. Wir waren, wie erwähnt, nicht befreundet, und Jo und sein Vater leben seit jeher allein auf dem Hof.«

»Und wissen Sie etwas von Jos Mutter?«

»Woher denn?«, kam es eine Spur zu schnell. »Ich meine: Wenn Jo das nicht weiß, warum sollte der alte Meißner dann ausgerechnet seinen Tierarzt einweihen?«

»Wegen der … ärztlichen Schweigepflicht, die Sie vorhin erwähnten?«

»Ach so, stimmt. Nein, er hat mich nicht eingeweiht. Zunächst einmal sollte Jo wissen, wer seine Mutter ist, meinen Sie nicht auch?«

Er sah Lindner fragend an.

»Und Jo weiß es doch nicht, oder?«

»Nein, Jo Meißner weiß es nicht.«

Es ging noch ein wenig hin und her, ohne dass Lindner noch etwas Nützliches erfahren hätte. Draußen im Wagen sprach er Aichele darauf an, ob ihm auf Lindners Frage nach Meißners Verwandtschaft hin etwas an Deiffler aufgefallen war.

»Das war seltsam. Nur einen Augenblick lang schien er irritiert durch deine Frage, dann hatte er sich wieder gefangen. Danach spulte er die Antworten für meinen Geschmack etwas zu routiniert herunter. So, als hätte er das mal geübt. Aber bitte, Stefan: Das ist nur mein persönlicher Eindruck. Das muss nichts bedeuten.«

* * *

Lindner war schon während ihrer Einkehr in einem Bistro in Böblingen in stummes Brüten versunken, und als Aichele auf der Rückfahrt im Stau vor der Autobahnausfahrt Wendlingen unablässig mit den Fingern aufs Lenkrad trommelte, entschied er, dass sie noch einmal bei Jo Meißner vorbeischauen würden. Vielleicht lohnte es sich, den Sohn ein weiteres Mal wegen etwaiger Verwandter zu befragen.

Doch sie hatten schon wieder Pech, wie tags zuvor mit Deiffler. Als sie Neidlingen durchquert hatten und es noch knapp fünfzig Meter zur Abzweigung waren, die nach links auf der Alten Steige zum Meißner-Hof führte, schoss Jo Meißners Jeep viel zu schnell aus der schmalen Straße heraus und nahm rumpelnd und schlingernd Kurs bergaufwärts.

Der Transporter eines Paketdienstes, der seinerseits etwas zu flott auf den Ortseingang zugehalten hatte, wurde stark abgebremst, der Fahrer drohte mit der linken Faust durchs Seitenfenster, zog die Hand aber sofort wieder zurück, als er den Streifenwagen registrierte. Aichele hatte im ersten Reflex ebenfalls gebremst und rollte nun fast im Schritttempo auf der Landstraße dahin.

»Weißt du was, Fritz?«, unterbrach Lindner die gespannte Stille. »Fahr ihm doch mal hinterher. Vielleicht bringt es uns ja was, wenn wir wissen, wo er jetzt so Hals über Kopf hinwill. Und ich mach mich währenddessen schlau, was die Kollegen Neues herausgefunden haben.«

Lindner bekam zuerst KT-Chef Schopf ans Telefon, der sich im Soko-Raum gerade für die nächste Besprechung vorbereitete. Er klang nicht sehr glücklich, als er für Lindner seine neuesten Ergebnisse zusammenfasste.

»Ernst Meißner, Jo Meißner und Robert Honzmann scheinen dieselbe Schuhmarke zu bevorzugen: ein gängiger Outdoor-Schuh mit markantem Sohlenprofil. Und ich fürchte, den leisten sich auch viele Wanderer, die droben auf dem Kornberg unterwegs sind. Das ist halt gutes Schuhwerk, das sich für solches Gelände bewährt hat. Im Grunde genommen könnte an den beiden Stellen, die wir für die Beobachtungsposten Honzmanns halten, genauso gut ganz andere Leute gestanden haben, auch einer der beiden Meißners oder jemand, den wir überhaupt nicht auf dem Zettel haben. Zu allem Überfluss fahren Honzmann und Meißner junior denselben Fahrzeugtyp, ein älteres Jeep-Modell, und sie haben dieselbe Reifensorte aufgezogen. Die beiden Fahrzeuge haben auch sonst keine allzu markanten Unterschiede: Beide verlieren ein bisschen Öl, sind ramponiert und angerostet, sie hinterlassen also im Wesentlichen dieselben Spuren. Wir können deshalb nicht beweisen, dass es Honzmann gewesen sein *muss*, der seinen Wagen nördlich des Kornberg-Plateaus geparkt und uns dann bei der Arbeit am Tatort beobachtet hat – aber er *kann* es durchaus gewesen sein.«

Als Lindner mit Miller telefonierte, zögerte der erst. Dann war im Hintergrund Roeder zu hören, der ihm mit zischendem Flüstern befahl: »Sagen Sie ihm ruhig alles, Miller! Nicht, dass er uns noch anschwärzt und behauptet, wir würden das LKA behindern.«

Doch allzu erhellend waren die Neuigkeiten auch in diesem Fall nicht. Meißner war mit mehreren Leuten im Dorf zerstritten, die sich nun auf der länger werdenden Liste der Verdächtigen wiederfanden – auch wenn in der Soko bisher keiner so recht wusste, wofür genau man sie verdächtigen sollte: Wozu hätten sie dem toten Meißner Kratz- und Schleifspuren an Rippen und Wirbelsäule zufügen sollen?

Einige auswärtige Schäfer wussten nichts Gutes über ihren Kollegen zu berichten und sagten deshalb lieber gar nichts. Und als Lindner noch einmal nachfragte, ob die Beamten inzwischen auf lebende Verwandtschaft von Ernst Meißner gestoßen waren, blätterte Miller in einigen Unterlagen – und musste dann verneinen.

Inzwischen war Aichele dem Jeep von Jo Meißner die Serpentinen hinaufgefolgt. Sie fuhren durch Schopfloch, und Lindner schaute kurz vor Rathaus und Kirche nach links die Vordere Bergstraße hinauf. Aber die Stelle, wo früher einmal der Bauernhof von Ruth Lindners Eltern gestanden hatte, war von der Durchgangsstraße aus nicht einzusehen – und das wilde Durcheinander aus Wohnhaus, Stallung und Scheune war schon vor Jahren abgerissen worden.

Aichele achtete darauf, immer genug Platz zwischen sich und Meißners Jeep zu lassen, doch der junge Schäfer schien nur nach vorn zu schauen. Es hatte nicht den Anschein, als hätte er schon mitbekommen, dass er von einem Streifenwagen verfolgt wurde. Sie fuhren weiter Richtung Süden, bogen auf die Bundesstraße ein, die sie schon nach ein paar hundert Metern wieder verließen, und weiter ging's über Römerstein, Hengen und Seeburg nach Münsingen. Auf der schnurgeraden Strecke, mit der die B465 aus dem Ort hinausführte, war in diesem Moment nur sehr wenig Verkehr, deshalb musste sich Aichele noch weiter als zuvor zurückfallen lassen. Zwei Lastwagen fädelten am Kreisverkehr vor ihnen ein, und der Jeep geriet aus ihrem Blickfeld. Als Aichele die LKW nach dem Ortsschild endlich überholen konnte, war Meißners Wagen nicht mehr zu sehen. Auf gut Glück blieb Aichele auf der Bundesstraße, und tatsächlich sahen sie den Jeep bald wieder vor sich.

Aichele wischte sich Schweiß von der Stirn. Er saß sehr angespannt am Steuer, aber sie verloren Jo Meißner nicht mehr aus den Augen. Er steuerte seinen Jeep den Weg nach Ehingen hinunter, vorbei an den Kränen der dortigen Fabrik, die neben der Straße wie ein stählerner Wald links der Straße in den Himmel ragten. Sie erreichten die Stadt, überquerten die Bahnlinie, und wenig später hatten sie die Tuchergasse in der Altstadt erreicht. Meißner fuhr nun so langsam, als suchte er etwas, und Aichele gab sich noch mehr Mühe, den Streifenwagen vor einem schnellen Blick des Schäfers nach hinten verborgen zu halten. Doch Meißner sah nicht nach hinten, sondern nur nach vorne und nach rechts. Offenbar suchte er eine bestimmte Hausnummer. Dann, plötzlich, hielt er an. Aichele legte schnell den Rückwärtsgang ein und parkte den Streifenwagen hinter einem kleinen Laster, von dem einige Handwerker Baumaterialien abluden. Die Männer stutzten und glotzten verblüfft zu dem Polizeiauto hin, aber als Aichele ihnen mit fahrigen Gesten zu verstehen gab, dass sie ihn nicht weiter beachten sollten, kümmerten sie sich wieder um ihre Arbeit.

Jo Meißner war währenddessen ausgestiegen und betrachtete ein älteres Mehrfamilienhaus. Er ließ seinen Blick über die Fenster im ersten Stock schweifen, ging dann zur Tür und studierte die Namen auf den Klingelschildern. Dann trat er einige Schritte zurück und sah noch einmal an der Hauswand hinauf. Nach einer Weile wandte er sich ab, stieg wieder ins Auto und fuhr davon. Aichele wartete einen Moment lang, dann fädelte er in den Verkehr ein und folgte ihm. Lindner notierte im Vorüberfahren die Nummer des Hauses, vor dem Meißner geparkt hatte, kurz darauf ging es im Bogen um das imposante Gebäude des ehemaligen Franziskanerklosters herum und kurz darauf nach rechts in die Hopfenhausstraße. Meißner hatte seinen Jeep auf einem Parkplatz am Straßenrand abgestellt und ging nun, zögernd wie es schien, auf den Eingang eines dreigeschossigen weißen Gebäudes zu, dessen Flachdach von einer futuristischen Konstruktion aus Geländern und einer runden Plattform gekrönt war. Auf einem großen Schild waren verschiedene medizinische Einrichtungen und ein Seniorenzentrum aufgelistet. Meißner verschwand im Inneren des Gebäudes, die Glastüren schlossen sich hinter ihm.

Aichele hielt an und ließ Lindner aussteigen, dann fuhr er langsam weiter und parkte den Streifenwagen außer Sichtweite ums Eck. Als er Lindner wieder erreichte, stand der noch so, dass er sowohl den Eingang des Gebäudes als auch Meißners Jeep im Blick behalten konnte.

»Nichts«, sagte Lindner auf den fragenden Blick des Kollegen hin. Und dabei blieb es mehr mehr als zehn Minuten lang. Dann trat Jo Meißner wieder ins Freie. Er ging ein paar Schritte, sah sich noch einmal um und schlenderte zu seinem Fahrzeug. Er wirkte – soweit man das aus der Entfernung erkennen konnte – enttäuscht und ganz so, als wüsste er nicht, was er als Nächstes tun sollte. Er kletterte in den Jeep, blieb dort aber eine Zeitlang sitzen, ohne den Motor zu starten. Aichele war inzwischen schon wieder zum Streifenwagen geeilt, und als er jetzt ganz langsam auf einem Stellplatz ausrollte, von dem aus er die weitere Verfolgung Meißners aufnehmen konnte, ohne selbst gesehen zu werden, sprang der Jeep mit heiserem Röhren an. Die Aufgaben waren verteilt: Aichele sollte Jo Meißner folgen, und Lindner würde versuchen, den Grund für dessen Besuch hier in Ehingen zu erfragen. Als der Jeep ganz in Lindners Nähe in eine Einfahrt lenkte, um zu wenden, wandte der sich halb ab, doch Meißner war so in Gedanken versunken, dass er niemanden um sich herum wirklich wahrnahm. Kurz darauf war der Jeep verschwunden und mit ihm Aichele, der ihm in einigem Abstand folgte.

Lindner wartete noch ein wenig, dann betrat er das Gebäude durch dieselbe Glastür wie Meißner vorhin. Das Foyer war nicht besonders groß, Veranstaltungstipps und

Infobroschüren waren aufgehängt und ausgelegt, und linker Hand sah er die Glasfront eines Büros, das wohl als Empfang diente. In dem Zimmer saß eine Frau mittleren Alters an einem Schreibtisch und war mit Büroarbeit beschäftigt. Als Lindner gegen die Scheibe klopfte, stand sie auf und kam herbei. Lindner stellte sich der Frau vor und zeigte seinen Ausweis.

»Sie hatten gerade Besuch von einem Mann Ende dreißig«, begann er.

»Sie meinen Herrn Meißner?«, fragte sie.

»Sie kennen ihn?«

»Nein«, antwortete sie und lächelte freundlich, »aber er hat sich mir vorgestellt – wie Sie ja auch. Und im Moment ist nicht viel los, da können Sie nur ihn gemeint haben.«

»Wollte er jemanden besuchen?«

»Ja, Frau Greeb, aber ...«

Sie sah sich suchend um und winkte dann eine burschikos wirkende junge Frau im roten Poloshirt zu sich, die gerade in den Empfangsbereich gekommen war.

»Anita«, sagte sie, als die Frau zu ihnen getreten war, »das ist Herr Lindner vom Landeskriminalamt. Er möchte gerne wissen, was Herr Meißner bei Frau Greeb wollte.«

Die junge Frau schaute Lindner erschrocken an.

»Landeskriminalamt? Um Himmels willen!«

»Routine«, wiegelte Lindner ab. »Aber Ihre Kollegin hat recht. Was wollte Herr Meißner denn von Frau Greeb?«

»Das kann ich Ihnen gar nicht sagen. Er wollte sie sehen und mit ihr reden. Aber Frau Greeb ist derzeit nicht in der Verfassung, dass wir einfach so Besuch zu ihr lassen können. Ich kannte Herrn Meißner nicht, und verwandt scheint er mit Frau Greeb nicht zu sein. Ich hab sogar extra noch nachgesehen, ob Herr Meißner vielleicht zu den Personen gehört, die ich zu Frau Greeb lassen darf. Aber da steht nach wie vor nur ihr Schwiegersohn drauf, als einziger lebender Verwandter, und der ist hier leider schon lange nicht mehr aufgekreuzt.«

Eine andere Pflegerin kam in den Eingangsbereich und legte einige Papiere auf dem Schreibtisch im Empfangsbüro ab. Aus dem Augenwinkel bemerkte Lindner, dass sie ihren Schritt verlangsamte, als sie an ihm und an ihrer Kollegin vorbeikam. Er warf ihr einen kurzen Blick zu und taxierte sie aus Gewohnheit: Mitte vierzig, rötlich braune Kurzhaarfrisur, und in dem Luftzug, der hinter ihr vorbeiwehte, war eine Spur von Zigarettenrauch auszumachen. Sie ging ein paar Schritte weiter ins Gebäude hinein, dann wechselte sie abrupt die Richtung, als wäre ihr etwas eingefallen, und sie marschierte stracks auf den Vorplatz hinaus, wo sie aus Lindners Blickfeld verschwand.

»Es ist natürlich ein Elend, wenn die alten Leute niemanden mehr haben, der sie besuchen kommt«, fuhr die Kollegin unterdessen fort, »aber da ist Frau Greeb leider keine Ausnahme. Na ja, immerhin erinnert sie sich kaum mehr an das, was so passiert. Demenz kann manchmal ein Segen sein, nicht wahr?«

Lindner nickte mechanisch, obwohl er nicht recht bei der Sache war. Er fragte sich stattdessen, was es mit der anderen Pflegerin auf sich hatte – und als klar wurde, dass ihm Anita nicht mehr würde erzählen können, als dass sie Jo Meißner abgewimmelt und nicht zu Frau Greeb gelassen hatte, bedankte er sich eilig, verabschiedete sich und ging nach draußen. Er hatte sich noch kaum nach der anderen Frau umgesehen, als die sich auch schon von der Hauswand abstieß und auf ihn zukam.

»Sie interessieren sich für Frau Greeb?«, fragte sie ihn geradeheraus.

Dabei ging ihr Blick in den Empfangsbereich, als wollte sie sichergehen, nicht dabei gesehen zu werden, wie sie mit Lindner sprach. Doch die Empfangsdame hatte sich wieder an den Schreibtisch gesetzt, und Anita war ebenfalls zu ihrer Arbeit zurückgekehrt.

»Ja«, antwortete Lindner und zeigte ihr seinen Ausweis. »Und Sie sind …?«

»Hannah. Hannah Pokorny. Ich bin Altenpflegerin hier. Worum geht es denn, wenn ich fragen darf?«

»Routine. Ein Mann, den wir beobachten, wollte Frau Greeb besuchen. Und ich würde gern den Grund kennen.«

»Besuch für Frau Greeb ist sehr selten, wissen Sie?«

»Ihre Kollegin hat mir davon erzählt. Es gibt wohl nur noch einen Schwiegersohn, und der kommt so gut wie nie hierher. Ist das so weit richtig?«

»Ja, leider. Ich hab Frau Greebs Namen aufgeschnappt, als ich bei Ihnen und Anita vorüberkam, deshalb …«

Sie kaute auf ihrer Unterlippe, warf noch einen schnellen Blick zum Gebäude und bedeutete Lindner dann, ihr ein paar Schritte beiseitezufolgen.

»Es ist nicht meine Art, andere Leute zu belauschen, aber in diesem Fall …«

Lindner wartete geduldig, bis sich Hannah Pokorny einen Ruck gab.

»Anita hat Ihnen nur vom Schwiegersohn erzählt?«

»Na ja – erzählt ist zu viel gesagt. Sie hat halt erwähnt, dass außer ihm kein potenzieller Besucher vermerkt ist.«

»Und der kommt nie, eben. Ab und zu hat Frau Greeb noch anderen Besuch bekommen. Ich … Sie müssen das, was ich Ihnen jetzt sage, doch niemandem hier im Seniorenzentrum verraten, oder?«

»Vermutlich nicht.«

Sie zögerte.

»Erzählen Sie's mir einfach«, ermunterte Lindner sie. »Ich bin nur daran interessiert, was Herr Meißner von Frau Greeb gewollt haben könnte.«

Hannah Pokorny blinzelte.

»Meißner? Sagten Sie gerade Herr Meißner?«

Sie wirkte nun etwas nervöser.

»Ja, Jo Meißner, ein Schäfer aus Neidlingen, Ende dreißig. Kennen Sie ihn?«

»Ihn nicht, aber … Heißt der Vater dieses Mannes vielleicht Ernst Meißner?«

»Ja. Jetzt reden Sie endlich, Frau Pokorny!«

»Ernst Meißner ist immer mal wieder hier. Er hat meine Handynummer, damit er mich vorher anrufen kann, wenn er in der Gegend ist. Ich erwarte ihn dann im Foyer und bringe ihn zu Frau Greeb. Und dann achte ich darauf, dass die beiden ungestört reden können. Die sitzen eine Stunde lang zusammen, manchmal auch länger, und hinterher ist sie immer bester Dinge. Richtig glücklich machen sie die Gespräche mit Meißner, deshalb bin ich auch gern bereit, ihn zu ihr zu lassen, obwohl ...«

»Obwohl?«

»Für diejenigen unter unseren Gästen, die dement oder aus einem anderen Grund nicht mehr wirklich selbstbestimmt sind, machen die engsten Verwandten die Vorgaben, wer sie besuchen darf und wer nicht. Und wie Anita ja schon sagte: Herr Meißner steht nicht auf der Liste dieser Besucher. Aber er kennt Frau Greeb wohl von früher. Ich habe natürlich nicht gelauscht, aber es geht immer wieder um die alten Zeiten, als sie drüben in der Tuchergasse lebte – so etwas schnappt man ja schnell mal auf, wenn man zwischendurch nach dem Rechten sieht. Nur von dem, was Herr Meißner sagt, habe ich bisher nichts mitbekommen. Er achtet sehr darauf, ob jemand mit im Raum ist. Und manchmal unterbricht er sich mitten im Satz und schweigt, bis ich wieder weg bin. Ich glaube ja, dass er sich ihr gegenüber alles Mögliche vom Herzen redet – weil er ja weiß, dass sie nichts weitererzählt und kurz nach seinem Besuch schon wieder alles vergessen hat.«

Sie wirkte etwas wehmütig, dann räusperte sie sich und sprach weiter.

»Frau Greeb muss früher eine sehr vielseitig engagierte Frau gewesen sein. Sie hat auch gemalt, einige kleinere Aquarelle hängen in ihrem Zimmer. Sie selbst weiß nicht mehr, dass sie von ihr stammen, aber die Bilder sind signiert mit ›Gerlinde Greeb‹. Motive aus Ehingen ... der Wolfertturm in der Abenddämmerung, spielende Kinder am Theodul-Brunnen, so was halt. Ich habe auch schon versucht, sie über die Bilder zu erreichen. Sie findet sie schön, schaut sie manchmal lange ganz versonnen an – aber das Malen ist für sie heute ganz weit weg, wie verweht …«

Sie schüttelte sich.

»Wissen Sie, woher Herr Meißner sie kannte? War er verwandt mit Frau Greeb?«

»Nicht, dass ich wüsste«, sagte Hannah Pokorny, dann stutzte sie. »Wieso *war*? Was ist mit Herrn Meißner?«

Lindner ärgerte sich, dass er sich nicht neutraler ausgedrückt hatte, doch nun war es schon passiert.

»Ernst Meißner ist tot.«

»Oh … Und wenn sich das LKA darum kümmert, war es vermutlich kein natürlicher Todesfall, richtig?«

»Richtig.«

»Das tut mir leid. Auch für Frau Greeb.«

»Wollen Sie ihr davon erzählen?«

»Ach was. Das würde sie im einen Moment todtraurig machen, und gleich danach hätte sie es ohnehin wieder vergessen. Warum soll ich ihr also wehtun, auch wenn es nur für einen Augenblick ist? Aber es tut mir halt leid, weil er sie jetzt nicht mehr besuchen kann.«

»Vielleicht übernimmt sein Sohn ja die Besuche.«

»Jo heißt er, sagten Sie?«

Lindner nickte.

»Ich kenne ihn nicht, aber der Name … Vielleicht ist der mal in einem Gespräch zwischen Herrn Meißner und Frau Greeb gefallen, das kann sein, aber beschwören könnte ich es nicht. Na, wir werden sehen. Und er war hier, vorhin?«

»Ja. Ich habe ihn reingehen sehen, aber Ihre Kollegin hat ihn nicht zu Frau Greeb durchgelassen.«

»Klar, das sind die Anweisungen. Ich würde sicher Ärger bekommen, wenn meine Vorgesetzten herausfinden würden, dass ich Herrn Meißner …« Sie sah Lindner flehend an. »Das müssen Sie doch wirklich niemandem verraten, oder?«

»Nein, nein«, versprach Lindner, und er hoffte, dass er sich daran halten konnte. Hannah Pokorny hatte nichts Schlechtes getan, und die Gespräche mit dem alten Schäfer hatten Gerlinde Greeb offenbar den einen oder anderen Tag versüßt. Solange sie sich halt daran erinnern konnte.

»Schade, dass ich grad eine Zigarettenpause eingelegt hatte. Wenn Meißners Sohn an mich geraten wäre, hätte ich ihn vielleicht zu Frau Greeb gebracht. Wahrscheinlich hätte ich ihn vorher ein bisschen ausgefragt, um herauszufinden, was er von ihr will und ob sein Besuch ihr auch wirklich gut tut.«

»Das werde ich ihn fragen, wenn ich ihn das nächste Mal sehe. Ich würde auch Frau Greeb gern befragen, aber ... ich vermute mal, das ergibt nicht viel Sinn, oder?«

»Nein, gar keinen. Und das müssten Sie dann auch wirklich mit der Heimleitung abstimmen.«

»Natürlich, aber wenn Sie schon sagen, dass es keinen Sinn ergibt, lassen wir es einfach.«

»Danke«, sagte sie.

Lindner lächelte sie an.

»Sie machen Ihren Job gern, nicht wahr?«

»Ja, schon, auch wenn wir den Menschen nicht immer so helfen können, wie wir gerne würden. Aber wir geben uns Mühe.«

Lindner gab ihr seine Visitenkarte, dann verabschiedeten sie sich. Aicheles Streifenwagen stand schon bereit. Er war Jo Meißner so lange gefolgt, bis klar schien, dass er auf dem Rückweg nach Neidlingen war. Wenig später chauffierte er einen nachdenklichen Stefan Lindner aus Ehingen heraus. In kurzen Sätzen beschrieb der seinem Kollegen, was die Pflegerin ihm erzählt hatte, dann verstummte er. Nach einiger Zeit begann er zu fluchen.

»Mist, jetzt hab ich gar nicht nach diesem Schwiegersohn gefragt!«, schimpfte er halblaut, dachte kurz nach und rief dann die Kollegen vom Soko-Innendienst an, um sie alle verfügbaren Informationen über Gerlinde Greeb einholen zu lassen. Dann versank er wieder in brütendes Schweigen. Es dauerte eine Weile, bis Aichele das brütende Schweigen zu dumm wurde.

»Was ist los, Stefan?«

»Ach, ich muss an meine Mutter denken.«

»Weil du im Seniorenheim warst?« Aichele lachte auf. »Vergiss es, Stefan! Die tuckert noch mit ihrem Schlepper rum, da bist du längst in Pension.«

»Wollen wir's hoffen. Was mir diese Frau Pokorny erzählt hat, klingt nicht danach, als wäre Altwerden was Schönes.«

»Dann reiß dich lieber mal am Riemen, Stefan, und verkneif dir wenigstens ab und zu das Rumjammern. Wenn du mal wieder Muskelkater hast oder niesen musst, ist das nicht gleich der Anfang vom Ende, weißt du?«

Lindners böser Blick stachelte Aichele noch zu einigen bissigeren Bemerkungen an, und unter dem kräftigen Lachen des Boller Postenleiters ging es zügig zurück nach Neidlingen. Doch der Hof von Jo Meißner lag verlassen vor ihnen, und sie zogen fürs Erste wieder unverrichteter Dinge ab.

»Wir versuchen es später noch einmal«, sagte Lindner und ließ sich von Aichele nach Göppingen fahren, wo er sich mit einigen Beamten der Soko Kornberg besprach und Akten sichtete. Und Fritz Aichele, der Lindner gegen halb acht an diesem Abend wieder in Göppingen abholen sollte, fuhr nach Hause, machte sich frisch und besorgte ein paar Kleinigkeiten, die ihm im Kühlschrank fehlten.

* * *

Waltraud Breetz hatte Ruth und Maria sehr herzlich in ihrem schmucken Haus empfangen. Mit seinem gepflegten Garten, einer schönen Mischung aus leuchtenden Blüten, dichten Büschen und wenigen geschickt gesetzten hohen Bäumen war ihr Grundstück eine Zierde der Vorderen

Bergstraße. Nach hinten ging der Blick auf Wiesen, hier war Schopfloch zu Ende, und auch die Straße entlang kam man auf dem Weg zum Ortsrand nicht mehr an vielen Häusern vorbei.

Ruth Lindner hatte ihre Schulfreundin geherzt, und die hatte auch der viel jüngeren Maria sofort das »Du« angeboten und sie genötigt, sie wie alle anderen einfach nur »Traudl« zu nennen. Sie hatten Kaffee getrunken, sich das geschmackvoll eingerichtete Haus angesehen und waren ihrer Gastgeberin schließlich in die geräumige Wohnküche gefolgt. Aus dem Backofen roch es appetitlich, und während Traudl einen riesigen Bräter aus dem Rohr holte und das duftende Kalbfleisch in Scheiben schnitt, stand Ruth Lindner am Fenster und deutete auf zwei schöne Einfamilienhäuser, die direkt aneinander auf den Parzellen neben Traudls Haus erbaut waren.

»Dort stand früher der Bauernhof meiner Eltern«, erklärte sie Maria.

»Tut es dir weh, wenn du siehst, dass das alles nicht mehr da ist?«

Ruth lachte.

»Ach was! Das war doch alles nur noch altes Glump, und als Bauplatz hat es wenigstens noch ein bisschen Geld eingebracht. Schau dir die Häuser an: Sehen die nicht hübsch aus? Ich kann dir mal Fotos zeigen vom alten Bauernhof – Traudl hat sie immer nur die ›Vereinigten Hüttenwerke‹ genannt.«

»Warum das denn?«

»Darum«, meldete sich Traudl zu Wort und schob ihre Hand zwischen den beiden anderen Frauen hindurch. Sie hielt Maria ein schon leicht vergilbtes Foto hin, das ein wildes Durcheinander aus Schuppen und Hütten, Anhängern und Fahrzeugen aller Art zeigte, dazwischen standen, hingen und lagen die unterschiedlichsten Gerätschaften herum. »Ruths Elternhaus.«

»Na, siehst du, Maria? Es war nicht allzu schade um dieses Chaos. Meine Eltern hatten nie viel für Ordnung übrig, und ich musste die auch erst lernen. Mein Mann Hans war ein ziemlicher Pedant, und irgendwann hatte ich mich halt ebenfalls daran gewöhnt, dass alles an seinem Platz sein sollte. Ist ja auch praktisch, wenn nur die Aufräumerei nicht wäre, was?«

Die drei Frauen lachten und setzten sich zu Tisch. Der Braten schmeckte köstlich. Traudl hatte Knödel dazu gemacht und eine Schüssel Salat, dazu ließen sie sich erst Bier und später Trollinger schmecken. Die Themen, über die sie sich unterhielten, gingen wild durcheinander, aber irgendwann wurde Traudl nachdenklicher, und schließlich hielt sie Ruth Lindner die aktuelle Boulevardzeitung hin.

»Sag mal, Ruth«, begann sie, und das Sprechen schien ihr nicht leicht zu fallen. »Glaubst du, dass dieser Ernst M., von dem die hier schreiben … glaubst du, dass das Ernst Meißner war? Die nennen ihn zwar den ›Schäfer von Gruibingen‹, und der Ernst ist ja aus Neidlingen, aber …«

Ruth Lindner zögerte kurz, dann nickte sie und legte Traudl eine Hand auf den Arm.

»Ja, die schreiben über Ernst Meißner. Aber du darfst nicht vergessen, dass solche Zeitungen gerne übertreiben. Die lieben es blutig und spektakulär, deshalb …«

»Aber tot ist er. Und wenn es …« Traudl schluckte. »… und wenn es wirklich Wölfe waren, dann ist es wahrscheinlich wirklich ziemlich blutig abgegangen.«

»Ich glaube, Ernst hatte es sehr schnell hinter sich. Du musst dir das nicht so schlimm vorstellen, Traudl, wirklich nicht.«

Maria hob die Augenbrauen, aber Ruth Lindner warf ihr nur einen kurzen Blick zu, und natürlich widersprach sie nicht. Ihre Gastgeberin schien eh schon recht mitgenommen, da war jedes weitere Wort zu viel.

»Ist dein Stefan mit dem Fall betraut?«, fragte Traudl ihre alte Freundin nach einer Weile.

»Wie kommst du darauf?«

»Na, der hat doch immer so seltsame Fälle. Hast du mir selbst erzählt.«

»Ja, das stimmt. Und er gehört auch wirklich zur Sonderkommission. Deshalb muss die arme Maria hier, seine Freundin, ja auch mit Stefans alter Mutter durch die Gegend wandern, anstatt sich mit Stefan eine schöne Woche zu machen.«

Traudl lächelte Maria an, aber ihre Augen waren feucht geworden.

»Hast du in letzter Zeit Kontakt mit Ernst gehabt?«, fragte Ruth Lindner.

Die Gastgeberin putzte sich die Nase und überlegte. Maria wollte eigentlich nichts wissen von diesem blöden Fall, der Stefan seinen Urlaub hatte abbrechen lassen, aber nun wartete sie doch gespannt darauf, was die ältere Dame zu berichten hatte. Obwohl im gleichen Alter wie Ruth Lindner, war sie doch von ganz anderem Schlag. Während Stefans Mutter zweckmäßige Wanderkleidung trug, auf Make-up verzichtete und die Haare zu einem praktischen Knoten geschlungen hatte, kleidete sich Traudl Breetz ziemlich schick, hatte leichtes Rouge und etwas Lippenstift aufgelegt, die Wimpern getuscht und ein fruchtig-süßes Parfüm aufgetragen, und die knapp schulterlangen und rotbraunen – vermutlich gefärbten – Haare trug sie in einem modischen Schnitt. Maria konnte sich gut vorstellen, dass sie in ihren jungen Jahren eine sehr hübsche, vermutlich sogar schöne Frau gewesen war.

»Nein, zuletzt nicht mehr«, antwortete Traudl Breetz schließlich. »Aber nach dem Tod meines Mannes vor fünfzehn Jahren haben wir uns zufällig mal wieder getroffen.«

Sie lächelte unter Tränen.

»Na ja, so ganz zufällig war's auch wieder nicht. In Neidlingen war ein großes Fest, und dass ich Ernst dort treffen würde, konnte ich mir natürlich schon denken. Er hatte ein paar Bier intus, als ich ihn traf. Wir tranken auch zusammen noch ein paar Gläser, und dann konnte ich nicht mehr nach Hause fahren. Mir war das nicht unrecht, das muss ich zugeben. Wir sind dann zu ihm, aber … es war nicht mehr dasselbe. Ich war damals ja auch schon Anfang sechzig, er Mitte fünfzig – das war das letzte Mal, dass wir uns gesehen haben. Immerhin: Dass ich mich in diesem Alter noch einmal frühmorgens aus dem Haus eines Mannes schleichen würde, damit mich sein Sohn nicht sieht – das hätte ich mir auch nicht träumen lassen.«

Sie zuckte mit den Schultern und sah schelmisch zu Maria hin.

»Solche Erinnerungen können einen durchaus wärmen, weißt du?«

Die drei Frauen unterhielten sich, und mit der Zeit kamen auch wieder schönere Themen auf. Traudl Breetz fing sich wieder, aber so richtig lustig wurde der Abend nicht mehr. Entsprechend früh gingen sie zu Bett. Ruth redete sich damit heraus, dass sie am nächsten Morgen nicht zu spät aufstehen wollten und ein ordentliches Wegstück zu wandern hätten, und Traudl war sichtlich froh, dass ihre beiden Gäste sie schon jetzt allein ließen. Auf dem Weg zu ihren Gästezimmern nahm Ruth Maria beiseite.

»Ich hab dir doch heute während unserer Rast auf der Teck von den Gerüchten erzählt, dass Ernst Meißner auch mit verheirateten Frauen aus Schopfloch etwas gehabt hatte«, raunte sie ihr zu. »Heute Abend hast du ja erfahren, dass es nicht nur Gerüchte waren. Ich hatte bemerkt, dass es damals zwischen den beiden ordentlich gefunkt hat. Sie hatte sogar Krach mit ihrem Mann, das war nur ein paar Monate nach ihrer Hochzeit, weil der auf Ernst eifersüchtig war. Sie hat immer abgestritten, dass da etwas vorgefallen sei, auch mir gegenüber, aber vorhin hörte sich das ganz anders an. Meine Güte! Die gute Traudl muss es damals total erwischt haben – so sehr, dass sie nach dem Tod ihres Mannes die alte Geschichte sogar noch einmal aufwärmen wollte.«

Ruth Lindner schüttelte den Kopf.

»Aber das bleibt unter uns, ja? Das muss auch Stefan nicht wissen. Für seinen Fall hat es sicher keine Bedeutung, und Traudl hat schon genug an Ernsts Tod zu knabbern, da muss nicht auch noch ihr Ruf Schaden nehmen.«

* * *

Aichele und Lindner wurden in Göppingen kurz aufgehalten. Roeder kam ihnen auf dem Flur des Kriminalkommissariats entgegen, und Lindner machte sich schon auf einen weiteren Streit gefasst. Aber Roeder war offenbar bester Stimmung.

»Hallo Fritz, hallo Stefan«, begrüßte er sie jovial. »Na, so spät noch im Dienst – oder geht ihr jetzt gleich in den Hirschen?«

Für Roeders Verhältnisse war das eine ausgesprochen freundliche Eröffnung.

»Meine Soko leistet übrigens ganze Arbeit«, fuhr er fort. »Meißner senior muss sich in Neidlingen und anderswo aufgeführt haben wie die Axt im Walde. Hinter jedem Baum hockt einer, der Grund gehabt hätte, ihm die Pest an den Hals zu wünschen. Die Kollegen befragen Meißners Nachbarn, Bekannte, Kollegen und viele andere rund um die Uhr, bis morgen früh sollten wir herausgefunden haben, wer dem Schäfer Böses wollte und wer für die Zeit seines Todes kein Alibi hat.«

»Dann müssen wir nur noch rausfinden, was die gemacht haben sollen. Denn ganz ehrlich: Einen richtigen Reim kann ich mir auf diese Geschichte mit den Wölfen und den untypischen Verletzungen an Meißners Rippen nicht machen.«

»Tja, wenn nicht einmal du daraus schlau wirst …«, versetzte Roeder, legte ein hämisches Grinsen auf und setzte den Weg in sein Büro fort.

Lindner verzog das Gesicht zu einer genervten Miene. Aichele tätschelte ihm aufmunternd die Schulter.

»Mach dir keinen Kopf. Roeder ist und bleibt ein Depp. Und wir fahren jetzt nach Neidlingen.«

Jo Meißners Jeep stand vor dessen Wohnhaus. Lindner hatte sich auf der Fahrt die Fragen zurechtgelegt, die er ihm stellen wollte. Doch auf sein Klingeln öffnete niemand, und auch, als er gegen die Haustür klopfte und mehrmals Meißners Namen rief, ließ sich der junge Schäfer nicht blicken. Lindner umrundete das Gebäude und sah sich immer wieder aufmerksam um, damit ihn nicht der Hund überraschte, doch auch das Tier war weder zu sehen noch zu hören. Durch die Fenster spähte er ins Innere des Gebäudes. Auf dem Schreibtisch in Jo Meißners Büro stand ein Karton, und einige Unterlagen waren auf der Tischplatte verstreut. Obenauf lag eine alte Kladde, sie war aufgeschlagen, aber Lindner konnte die handschriftlichen Einträge auf diese Entfernung nicht entziffern. In der Küche wiederum sah er auf dem Spülstein mehrere leere Flaschen Bier stehen; auf dem Tisch lagen noch die Vesperreste.

»Vielleicht ist er ja mit dem Hund los«, schlug Aichele vor. »Der hätte doch sonst sicher schon lange angeschlagen.«

Lindner ging zurück zur Straße und sah die Alte Steige hinauf. Aber auch hier und auf den umliegenden Wiesen war Jo Meißner nicht zu sehen. Schließlich stiegen die beiden Beamten wieder in den Streifenwagen und fuhren ins Dorf hinunter. Neidlingen war ein hübscher Flecken. Lindner erinnerte sich an Ausflüge zur Kugelmühle und zum Zwetschgenmarktfest im September. Natürlich hatte ihn seine Mutter früher über die Wanderwege rund um den Reußenstein gejagt, und natürlich wusste er, dass dort nach den Felsabgängen der jüngsten Zeit noch immer einige Streckenabschnitte für Wanderer gesperrt waren.

Vor dem Haus von Konrad Deiffler stand dessen Nachbarin Herma Joos mit zwei weiteren Frauen zusammen und tauschte mit ihnen offensichtlich den neuesten Dorftratsch aus. Als der Streifenwagen neben ihnen anhielt, schauten ihnen die beiden anderen Frauen gespannt entgegen. Als Herma Joos auf sie zuging und sie freudestrahlend begrüßte, hoben die anderen die Augenbrauen – und ließen sich hinterher ausführlich von ihr erklären, woher sie den stattlichen Polizisten in seiner Uniform und seinen Begleiter in Zivil kannte. Wenigstens hatte sie Lindner vorher noch berichten können, dass Deiffler inzwischen wieder zuhause war.

»Wissen Sie: Ich wollte ihm was zu essen bringen, aber er hat nur gesagt, dass er schon bei Inga gegessen hat und dass er am Abend unbedingt noch Wurst aufbrauchen muss, die ihm sonst verdirbt. Da habe ich mein Essen halt wieder mitgenommen, aber falls Sie, Herr Kommissar, noch Hunger …«

Erst auf Lindners zweites Klingeln hin rührte sich etwas im Haus, und als der pensionierte Tierarzt in der Tür erschien, wurde klar, warum er so lange gebraucht hatte. Sein Gesicht war gerötet, er roch nach Wein und Schnaps, und die Überraschung darüber, wer ihn an diesem Abend noch besuchte, schlich sich nur träge in seine Miene.

»Können wir kurz reinkommen?«, fragte Lindner und machte eine knappe Geste zu den Frauen auf dem Gehweg hin.

»Oh ja, das wird sicher besser sein«, brachte Deiffler mit schwerer Zunge hervor und trottete den Beamten in seine Wohnung voraus.

Im Wohnzimmer ließ er sich in einen Sessel fallen und bot erst danach auch seinen Besuchern Platz an.

»Wollen Sie auch was trinken?«, fragte er dann und deutete auf die Trollingerflasche auf dem Tisch, die bis auf einen kleinen Rest leergetrunken war. »Ich hab noch mehr da, kann ich gerne holen.«

»Nein, danke«, antwortete Lindner und wartete, bis Deiffler sein Henkelglas schlürfend geleert und den verbliebenen Wein aus der Flasche nachgeschenkt hatte. Dabei ging mehr als ein Tropfen daneben, aber Deiffler beachtete den roten Fleck, der sich auf dem gehäkelten Tischdeckchen ausbreitete, nicht weiter.

»So«, wandte er sich an seine Gäste, »was führt Sie so schnell wieder zu mir?«

Einen Moment lang überlegte Lindner, ob sie nicht lieber wiederkommen sollten, wenn der Mann nüchtern war – doch vielleicht würde sich Deiffler in diesem Zustand eher verplappern, deshalb fragte er lediglich der Form halber noch einmal nach: »Ist es Ihnen denn wirklich recht, wenn wir Ihnen jetzt ein paar Fragen stellen?«

»Legen Sie los«, brummte Deiffler.

»Wir haben ja heute schon einmal über Ernst Meißner gesprochen. Darüber, was er für ein Mensch war. Und darüber, ob er und Jo noch lebende Verwandte hatten.«

Deiffler nahm noch einen Schluck.

»Ich glaube, dass Sie mir da heute Mittag nicht alles gesagt haben, was Sie wissen.«

»Ich habe Ihnen schon gesagt, dass ich Ihnen da nicht weiterhelfen kann.«

»Und ich glaube Ihnen das nicht.«

»Ihr Problem.«

Deifflers Antworten kamen bestimmt und patzig, aber es war ihm anzusehen, dass es in ihm arbeitete. Lindner wartete kurz, dann fasste er noch einmal nach.

»Nein«, knurrte Deiffler erneut. »Ich weiß nichts von Jos Familie.«

Lindner wollte gerade noch einmal darauf zu sprechen kommen, dass der Tierarzt selbst erwähnt hatte, dass ihm der alte Schäfer gelegentlich bei einem Glas Wein alte Geschichten anvertraut hatte, die er sonst niemandem erzählen mochte – da fiel ihm die seltsame Formulierung auf, die Deiffler gewählt hatte.

»*Jos* Familie?«, echote er deshalb. »Wie meinen Sie das?«

Deiffler verzog das Gesicht. Nun hatte er sich wirklich verplappert, und offenbar ärgerte er sich jetzt darüber. Kurz darauf zuckte er mit den Schultern.

»Na ja, dass Ernst Meißner den Jungen nicht selbst zur Welt gebracht haben kann, werde ich Ihnen nicht erklären müssen, oder?«

»Sehr witzig, Herr Deiffler.«

»Ernst hat Jo adoptiert, als der ein ganz kleines Würstchen war. Ein Baby war der noch, und ich habe mich zuerst gewundert, dass ein alleinstehender Mann wie Meißner überhaupt als Adoptivvater in Frage kommt.«

»Später haben Sie sich nicht mehr gewundert?«

»Nein. Wir haben ab und zu einen Wein miteinander getrunken, und ich habe Ihnen ja schon erzählt, dass Ernst Meißner dann manchmal die Gelegenheit nutzte, mit mir über alte Zeiten zu reden.«

»Auch über Jo Meißners Mutter.«

»Wie man's nimmt.«

»Was soll das jetzt wieder heißen?«

»Er hat nie ihren Namen erwähnt, er hat sich manchmal mitten im Satz unterbrochen, und vieles musste ich mir dann selbst irgendwie zurechtlegen. Ich wollte ihn ja auch nicht ausfragen. Letztendlich kann es mir egal sein, wer Jos Mutter ist oder war. Mir hat halt nur der Junge leidgetan – aber jedes Mal, wenn ich auch nur ganz vorsichtig angedeutet habe, dass er doch endlich mit seinem Sohn darüber reden solle, war das Gespräch beendet.«

»Und was haben Sie über Jo Meißners Mutter erfahren?«

»Das sollte Ihnen lieber Jo erzählen.«

»Wir waren grad bei ihm, aber er war nicht da.«

»Versuchen Sie's halt morgen noch einmal.«

Lindner lag eine heftige Erwiderung auf der Zunge, aber er schluckte seinen Ärger hinunter, weil sie der betrunkene Tierarzt im Grunde genommen jederzeit mit vollem Recht aus dem Haus jagen durfte. Also überlegte er, was er sagen konnte, ohne zu viel zu verraten, und sagte es zu Deiffler so ruhig und beherrscht er konnte.

»Ich will es mal so ausdrücken, Herr Deiffler: Bisher sieht alles so aus, als wären droben auf dem Kornberg wirklich Wölfe zugange gewesen – aber wir halten es für möglich, nein: Wir halten es eher für wahrscheinlich, dass es nicht nur Wölfe waren.«

Deiffler brauchte einen Moment, bis er begriff, was Lindner andeutete. Dann trank er sein Glas leer und starrte ihn mit aufgerissenen Augen an.

»Wir ermitteln im Moment noch in alle Richtungen, Herr Deiffler. Aber wir müssen davon ausgehen, dass wir womöglich einen Mörder suchen oder jemanden, der sich an Ernst Meißners Leiche zu schaffen gemacht hat.«

Der alte Tierarzt saß wie erstarrt, dann schnellte er überraschend kraftvoll hoch und stürzte aus dem Wohnzimmer. Kurz darauf war ein heftiges Würgen zu hören, danach die Klospülung und schließlich der Wasserhahn in der Küche. Als Deiffler zurück ins Zimmer tapste, hielt er ein halb geleertes Wasserglas in der Hand. Er stellte es hart auf die Tischplatte und ließ sich wieder in den Sessel fallen.

»Mein Gott, mein Gott, wer würde denn so was tun?«

Deiffler brabbelte vor sich hin, er war nur schwer zu verstehen.

»Genau das wollen wir herausfinden«, versetzte Lindner. »Dafür brauchen wir jede Hilfe, die wir bekommen können. Und wenn Ihnen Jo Meißner leidtut, weil er nichts über seine Mutter weiß und Sie sogar seinen jähzornigen Vater darauf angesprochen haben – sollten Sie dann nicht jetzt uns dabei helfen, den Tod des Vaters aufzuklären?«

Deiffler trank etwas Wasser, verschluckte sich und bekam einen Hustenanfall. Das Glas konnte er mit Müh und Not auf den Tisch zurückstellen. Lindner wartete, bis er wieder halbwegs bei Atem war.

»Vielleicht sind Ihre Informationen über Jos Mutter, so bruchstückhaft sie auch sein mögen, genau die Spur, die wir brauchen.«

Der Tierarzt rang mit sich.

»Jetzt reden Sie endlich, Herr Deiffler!«

Er hob abwehrend die Hände.

»Aber Sie haben das nicht von mir, ja? Und wie gesagt: Allzu viel ist es auch nicht. Ich werde Ihnen nur sagen, was Ernst Meißner mir erzählt hat. Was ich mir daraus zusammenreime, behalte ich für mich.«

»Gut. Also …«

»Meißner hat mir erzählt, dass er damals, als Jo auf die Welt kam, verliebt war. Er hat es wirklich so geschwollen ausgedrückt: ›die Frau meines Lebens‹ und so. Ich war ganz perplex, weil ich dem halsstarrigen Zausel solche Gefühle gar nicht zugetraut hätte. Er hat mir immer mal von seinen Frauengeschichten erzählt, die meisten wahrscheinlich frei erfunden oder zumindest maßlos übertrieben – wenn das alles stimmen würde, wäre der gute Ernst in jüngeren Jahren ein ziemlich umtriebiger Kerl gewesen.«

»Uns gegenüber hat sich Jo etwas drastischer ausgedrückt«, warf Lindner ein.

Deiffler zog eine Miene, die wohl so etwas wie Anerkennung ausdrücken sollte.

»Respekt«, brummte er, und eine kurze Pause ließ Lindner schon befürchten, dass er Deifflers Redefluss schon wieder gestoppt hatte. Doch dann sprach der alte Tierarzt weiter. »Jedenfalls war er damals mächtig verliebt, und die Frau hätte er auch sofort geheiratet – wenn sie nicht schon verheiratet gewesen wäre. Also trafen sich die beiden über mehrere Monate hinweg in aller Heimlichkeit, und irgendwann war die Frau schwanger.«

»Mit Jo?«

»Mit Jo. Aber sie wollte trotzdem ihren Mann nicht verlassen, sie wollte keine Scheidung, und nach vielem Hin und Her gab sich Ernst Meißner zähneknirschend damit zufrieden. Es ist ihm ja nicht so oft passiert, dass er seinen Willen nicht bekommen hat – diese Frau muss er wirklich geliebt haben, wenn er sich nach ihren Wünschen gerichtet hat. Tja, und dann ist sie gestorben, hat die Geburt des Sohnes nicht überlebt, und Ernst Meißner hat es schier zerrissen deswegen.«

»Und wie kam es dann zur Adoption?«

»Das hat er nie erzählt. Und auch das, was ich Ihnen jetzt gesagt habe, habe ich nur nach und nach in vielen Gesprächen erfahren – immer mal wieder ein anderes Bröckchen. Jedenfalls adoptierte er irgendwann den kleinen Jo, und seither leben die beiden Männer auf dem Hof droben an der Alten Steige.«

»Hat Ernst Meißner irgendwann mal angedeutet, wo Jos Mutter lebte, oder sonst irgendein Detail über sie?«

Deiffler dachte eine Weile nach, dann schüttelte er langsam den Kopf.

»Könnte sie aus Ehingen gewesen sein?«

Der Tierarzt stutzte.

»Wie kommen Sie darauf?«

»Nur so. Und: Könnte das sein?«

Deiffler zuckte mit den Schultern.

»Klar, könnte sein. Ehingen so gut wie Ulm oder jede andere Stadt. Oder jedes andere Dorf natürlich. Ich hatte aufgrund einiger seiner Geschichten den Eindruck, dass der Weg von Neidlingen zu dieser Frau und zurück mit dem Auto bequem an einem Tag zu schaffen war. Ich glaube mich sogar zu erinnern, dass er mal abends mit ihr in einem Hotel abgestiegen ist, sie danach heimgebracht hat und schließlich ebenfalls nach Hause gefahren ist. Das spricht ja eher für einen Weg von nicht mehr als ... na ja ... vielleicht zwei Stunden?«

»Und sonst hat er Ihnen nichts erzählt?«

»Nicht über diese Frau. Wie gesagt, er war auch um andere Frauengeschichten nicht verlegen, und natürlich haben wir ab und zu auch die Leute durchgekaut, mit denen er aneinandergeraten ist. Da kamen ja einige zusammen. Aber über Jos Mutter ... nein, da hat er nicht mehr erzählt, als ich Ihnen gerade gesagt habe.«

Auf dem Weg aus dem Ort versuchten sie noch einmal ihr Glück bei Jo Meißner, aber jetzt war sein Jeep weg. Der Hof lag in der Dämmerung, und nirgendwo brannte ein Licht. Aichele fuhr nach Boll, und Lindner gab unterwegs die wichtigsten Neuigkeiten an die Soko durch. Als auch am Lindner'schen Hof an der Gruibinger Straße in Boll kein Licht zu sehen war, ließ sich Lindner von Aichele zu einem Gute-Nacht-Bier im Hirschen überreden, aber aus seiner gedrückten Stimmung kam er an diesem Abend nicht mehr heraus.

* * *

Auf dem Kornberg war die Spurensicherung am frühen Abend mit ihrer Arbeit fertig geworden, und nun lag das Plateau verlassen in der Nacht. Der Schäfer von der Weidegemeinschaft Goißatäle, der nach Jo Meißners Herde gesehen hatte, um dem trauernden Sohn die alltäglichen Pflichten so lange abzunehmen, bis er sich wieder selbst um alles kümmern konnte, war gegen acht nach Hause gefahren. Meißner hatte sich übers Handy bei ihm bedankt und hatte ihm versichert, dass er nun wieder so weit auf dem Damm war, dass er keine Hilfe mehr benötigte.

Die Polizeiabsperrungen waren abgebaut, der Elektrozaun wieder in Betrieb, und die Schafe hatten auf der weitläufigen Wiese noch reichlich Gras zur Verfügung. Die Tiere hatten sich zur Ruhe gelegt, aber sie hielten sich noch immer in dem Teil des Pferchs auf, der vom Schauplatz des blutigen Gemetzels am weitesten entfernt lag.

Der Ast knackte unter der groben Sohle des festen Schuhs, und Jo Meißner erschrak selbst darüber, wie laut das Geräusch in der Stille wirkte. Seinen Jeep hatte er wie im Morgengrauen des vorigen Tages etwas unterhalb des Plateaus abgestellt. Danach war er das letzte Stück zu Fuß gegangen, und nun stapfte er langsam und nachdenklich durch das hohe Gras. Stattliche Büsche und kleinere Baumgruppen waren auf dem westlichen Teil des Plateaus über die Wiese verstreut. Erst weiter hinten, auf die Kornberghütte zu, schloss sich der Bewuchs zu einem lichten Wald.

Eine Weile hatte er auf der Bank gesessen, die noch im vergangenen Winter völlig demoliert neben dem schrundigen Holztisch gestanden hatte und erst kurz vor der Wandersaison hergerichtet worden war. Dann war er gemächlich von Bank zu Bank gegangen, hatte sich jedes Mal hingesetzt und den Blick ins Dunkle schweifen lassen. So umrundete er den Pferch fast vollständig, drehte aber um, bevor er die Hecke erreichte, die den Pferch im Westen begrenzte. Eine volle

Runde hätte ihn an der Stelle vorbeigeführt, an der die drei toten Schafe, der tote Hund und der tote Vater gelegen hatten. Das wollte er sich dann doch nicht zumuten. Und so hatte er dem Plateau den Rücken gekehrt, war den Feldweg in Richtung Norden davonmarschiert und hielt nun gen Nordwesten auf die Bertaburg zu.

Er kannte den Kornberg wie seine Westentasche. Auch, weil ihn der Vater in der Kindheit und Jugend oft dazu verdonnert hatte, stundenlang stehend bei den Schafen auszuharren – obwohl ihm bald andere Schäfer verrieten, dass das nicht nötig sei, wenn die Herde von Elektrozäunen und -netzen eingehegt wurde. Danach hatte er seinem Vater den Willen gelassen, hatte sich stoisch mit dem Schäferstab mitten in den Pferch gestellt und war ausgebüxt, sobald der Alte außer Sicht war.

Ganze Tage lang war er durch die Umgebung der Weiden seines Vaters gestreift, hatte sich auf diese Weise über die Jahre auf den Wiesen bei Laichingen, Westerheim und Römerstein umgetan, war durch die Täler bei Schopfloch gestromert und hatte sich mit den Hängen des Bläsibergs zwischen Neidlingen, Mühlhausen und Gruibingen und natürlich mit dem Kornberg vertraut gemacht.

Manchmal, wenn er auf seinen Wanderungen den einen oder anderen der alten Schäfer traf, die sich Zeit für ein Schwätzchen nahmen, lauschte er ihren Geschichten aus der guten Zeit, die lange zurücklag. Er genoss die Erzählungen von geheimnisvollen Erlebnissen auf nebelverhangenen Weiden im fahlen Morgenlicht, er glaubte nur zu gern jede Gespenstergeschichte, die sich die Alten mit kratziger Stimme aus den Fingern sogen. Und wenn er dann durch die Vertiefungen streifte, die Bertaburg-Freunde als Reste der Burggräben betrachteten, konnte er die keltischen Krieger fast schon vor sich sehen, wie sie sich vor ihren Feinden verschanzten, oder die gütige Berta von Boll, die den Bediensteten ihres Witwensitzes mit sanfter Stimme Befehle erteilte.

Natürlich wusste er längst, dass nichts davon gesichert war und dass Berta nach dem Tod ihres zweiten Ehemanns ihr Lebensende vielleicht auch ganz unspektakulär drunten im Ort verbracht hatte – aber die jugendlichen Schwärmereien zauberten ihm auch heute noch ein Lächeln aufs Gesicht.

Wenn im Moment auch nur ein trauriges.

* * *

Ruth Lindner schlief schlecht in dieser Nacht. Sie träumte wirres Zeug. Von verängstigten Schafen und einem bellenden Hund. Von Schatten, die schnell und lautlos durchs Unterholz huschten. Von einem kehligen Heulen, das von überall her zu hören war und das durch Mark und Bein ging. Und von Ernst Meißner, wie er mit gebeugtem Körper in Gummistiefeln und schmutziger Kleidung über eine Wiese humpelte, während unter seinem speckigen Hut das schmollende Gesicht des jungen Marlon Brando hervorlugte.

Gegen halb eins schreckte sie hoch. Ihr Pyjama fühlte sich feucht und klebrig an, und sie schlug die Decke zurück. Einen Moment brauchte sie, bis sie ganz zu sich gekommen war, dann rieb sie sich die Augen, gähnte und riss das Fenster auf, um besser Luft zu bekommen. Ihr Blick ging hinaus über die Wiese hinter Traudls Haus. Alles war ruhig und friedlich. Ein leichter Wind strich durch ihr Haar und ließ die Bilder ihres Traums ein wenig verblassen.

Erst jetzt bemerkte sie, dass ihr Herz schlug wie rasend, doch es begann sich schon wieder zu beruhigen. Fünf Minuten lang, vielleicht zehn, stand sie am offenen Fenster, bis sie leicht fröstelte. Sie kippte das Fenster, kroch zurück unter die Decke und schloss die Augen. Es dauerte nicht lange, bis sie schläfrig wurde – doch dann kamen schon wieder Bilder. Diesmal war Meißner alt geworden, und er ging nicht über eine Wiese, sondern saß bei sich daheim am Küchentisch. Sie konnte die Worte, die er sprach, nicht hören, aber dann fiel es ihr wieder ein …

Als sie Ernst Meißner das letzte Mal in Neidlingen besucht hatte, war er zudringlich geworden, sobald sie sich ihm gegenüber zu erkennen gegeben hatte. Sie hatte ihn abgewehrt, und als er keine Ruhe geben wollte, wusch sie ihm ordentlich den Kopf. Schließlich saß er ganz bedröppelt am Küchentisch und murmelte eine Entschuldigung nach der anderen. Er tat ihr leid, wie er da so hockte als Häuflein Elend. Sie suchte sich in der geräumigen, aber schlampig geführten Küche alles zusammen, was sie für einen starken Kaffee brauchte. Und als zwei dampfende Becher zwischen ihnen auf dem Tisch standen, begann Ernst Meißner zu erzählen.

Ruth stand noch einmal auf und kramte den kleinen Notizblock und den Bleistift, die sie meistens bei sich trug, aus dem Rucksack. Von solchen Blöckchen riss sie so gern die Zettel ab, auf denen sie ihrem Sohn kleine Nachrichten hinterlegte. Und auch diesmal schrieb sie etwas auf, das für Stefan gedacht war – und das sie auf keinen Fall wieder vergessen wollte.

Donnerstag, 4. Mai

Am Morgen kam Ruth Lindner nur schwer aus dem Bett. Sie war hundemüde und hörte meist nur verschlafen zu, als sich Traudl Breetz und Maria Treidler unterhielten. Das Gespräch ging zwischen den beiden munter hin und her, und als Traudl ihre Gäste an der Haustür verabschiedete, hatte Ruth kaum mehr als ein paar kurze Sätze gesprochen.

Sie bogen von der Vorderen Bergstraße ab, wanderten nebeneinander auf dem Bulzenweg aus Schopfloch hinaus, passierten auf dem erst asphaltierten, später nur noch aus gestampften Dreck und Schotter bestehenden Weg durch Wiesen und Felder und erreichten schließlich das Waldstück, das zwischen ihnen und der ersten Rast am Neidlinger Wasserfall lag.

Fast eine Stunde lang gingen sie schweigend, und weil Ruth Lindner heute nicht so gut in Gang kam, brauchten sie länger als gedacht bis zum Wasserfall. Mit dem Blick auf den Bach, der sich gischtend und spritzend seinen Weg nach unten suchte, aßen sie stehend etwas Brot und Käse. Maria wartete ab, bis ihre Begleiterin endlich zu sprechen begann.

»Das sah früher noch spektakulärer aus«, sagte Ruth und deutete auf eine der Stellen, über die der Bach nach unten stürzte. »Dieser Kalkstein dort war mal ein ganzes Stück länger, aber als ich vierzehn oder fünfzehn war, hatte sich auf der Felsnase so viel Eis gebildet, dass der Stein unter der Last teilweise abbrach. War schade drum, damals, aber schön ist es auch heute noch, oder?«

Maria nickte, obwohl es nicht ganz das gewesen war, was sie hatte hören wollen.

»Und falls du dich fragst, was mich heute so beschäftigt«, setzte Ruth nach eine kurzen Pause hinzu und lächelte wissend. »Es geht um Ernst Meißner und mein letztes Zusammentreffen mit ihm.«

Alles Weitere erzählte sie Maria, nachdem sie sich wieder auf den Weg gemacht hatten.

* * *

Die morgendliche Besprechung der Soko Kornberg verlief ohne besondere Vorkommnisse – wenn man mal davon absah, dass die Pressestelle des Präsidiums ordentlich unter den zahlreichen Anfragen von Journalisten ächzte, die der Bericht in der Boulevardzeitung ausgelöst hatte. Und während sich die Presse auf die Story mit den blutrünstigen Wölfen stürzte und unter allen Blickwinkeln behandelte, was das für die Alb und ihre Bewohner, für Touristen, Jäger, Förster und Schäfer bedeuten konnte, konzentrierte sich die Polizei auf die Ungereimtheiten des Falles, vor allem auf die Frage: Wie und von wem waren dem alten Meißner und den toten Tieren die Verletzungen innen an den Rippen und der Wirbelsäule zugefügt worden? Bis sich nicht sicher ergeben hatte, dass auch dafür – wie auch immer – doch nur die Wölfe in Frage kamen, ging die Soko Kornberg davon aus, dass auch Menschen den Tod von Meißner zumindest mitverursacht haben konnten.

Nach den Wölfen fahndeten ohnehin längst Leute, die das besser konnten als die Polizei. Förster und Jäger sowie einige Experten, die das Ministerium bestellt hatte, suchten nach Fährten, klapperten geeignete Unterschlupfe ab und befragten Bauern und andere Menschen, die viel draußen waren, ob sie etwas gesehen hatten. Bisher waren sie noch nicht fündig geworden, aber die Suche hatte ja auch erst im Lauf des Dienstagnachmittags begonnen. Auch Ferdinand Kapprodt, der in der ersten Soko-Sitzung über die Gewohnheiten der Tiere berichtet hatte, war mit im Team, und am Mittwoch waren kurz nach Mittag zwei weitere Helfer eingetroffen: ein Naturführer, der sich in der Lausitz als Spürnase für Wolfslosungen, also für Kot und Markierungen, erwiesen hatte, und ein Mann aus dem Saarland, der durch seinen Job in einem Wildgehege zum Spitznamen »Wolfsflüsterer« gekommen war – beide boten ihre Dienste gegen freie Kost und Logis an. Vermutlich hofften sie auf

Medienpräsenz, und die Pressestelle des Ministeriums war auch einverstanden, unter der Bedingung, dass nur Informationen an Journalisten gegeben werden durften, die mit ihr abgestimmt waren.

Die Polizei ging dagegen vor allem Fragen nach, die mit möglichen menschlichen Tätern zu tun hatten. Die Kripo Göppingen hatte mit Hilfe der Posten Boll und Geislingen sowie des Reviers Geislingen und einiger Dienststellen des für Neidlingen zuständigen Polizeipräsidiums Reutlingen den größten Teil der langen Liste von Menschen abgearbeitet, die sich in den vergangenen Jahren mit Ernst Meißner in die Haare geraten waren.

Wolfgang Roeder verlas mit sichtlichem Amüsement die sehr unterschiedlichen Gründe, aus denen die verschiedensten Leute mit dem alten Schäfer Streit gehabt hatten. Ein Obstbauer hatte ihn angezeigt, weil Meißner im Frühjahr einige Anhänger mit Schafmist, die über den Winter im Stall angefallen waren, ungefragt unter Büschen am Rand von dessen Wiesen entsorgt hatte. Eine Büroangestellte aus Weilheim hatte ihn angezeigt, weil er ihren Hund mit den Stiefeln getreten hatte – Meißner hatte den Pudel mit den Füßen traktiert, nachdem der sein Geschäft am Rand der Alten Steige verrichtet hatte, und die Rechnung ihres Tierarztes war recht ansehnlich. Meißner hatte Streit mit dem Schützenverein gehabt, weil die mal für ein Kinderfest einige Osternester auf seiner Wiese versteckt hatten, die direkt ans Vereinsgelände angrenzte. Und einem Außendienstler, dessen Volvo-Kombi er auf einem Forstweg in der Nähe seines Hofes hatte stehen sehen, während der Mann im Wald austreten war, hatte er mit seinem Pickup einen Außenspiegel abgefahren.

Lindner fand die Aufzählung ein wenig langatmig und auch längst nicht so lustig wie der Soko-Leiter, aber andererseits war er heilfroh, dass Roeder dadurch beschäftigt war und ihn in Ruhe ließ.

Die Beamten hatten routinemäßig auch danach gefragt, wo sich die mit Meißner zerstrittenen Leute in der Nacht zum Dienstag befunden hatten, und weil die allermeisten für ihre jeweiligen Angaben auch Zeugen hatten, schmolz die lange Liste unter der Frage, wer zum Todeszeitpunkt des Schäfers auf dem Kornberg hätte sein können, sehr schnell zusammen.

Am Ende blieben drei Männer und eine Frau, die für diese Zeit kein Alibi hatten – aber durchaus ein Motiv, Ernst Meißner Schaden zuzufügen.

Frieder Tennhorst, ein Mittfünfziger aus Sindelfingen, war vor fünfzehn Jahren nach Gammelshausen gezogen und hatte sich als Schäfer selbstständig gemacht. Er hatte sich von Anfang an nicht zimperlich gezeigt, wenn es darum ging, anderen Schäfern Weideflächen oder Abnehmer für Fleisch und Käse abzuwerben. Schnell war er mit allen Kollegen im Umkreis über Kreuz gewesen, und mit Ernst Meißner geriet Tennhorst schließlich so heftig über die Weideflächen bei Gruibingen in Streit, dass sich die beiden eines Samstagabends vor der Kornberghütte prügelten. Sie wollten gar nicht mehr aufhören, und als es einigen Mitgliedern des Vereins, der die Kornberghütte an den Wochenenden bewirtschaftete, endlich gelang, die beiden Streithähne auseinanderzuzerren, musste Tennhorst mit gebrochener Nase und angebrochenem Unterkiefer ins Krankenhaus. Als die Polizei Jo Meißner auf Frieder Tennhorst ansprach und darauf, wie das Verhältnis zwischen ihm und Ernst Meißner gewesen war, sagte der Sohn nur: »Ja, das war einer von denen, die mein Vater am meisten gehasst hat, aber Kontakt hatten die beiden meines Wissens zuletzt nicht mehr. Doch das muss nichts heißen, mein Vater hat mir längst nicht alles erzählt, was er so trieb.« Tennhorst lebte allein auf seinem Bauernhof, der etwas abseits vom Ort lag – entsprechend konnte niemand bestätigen, dass er wirklich, wie er behauptete, den ganzen Abend daheim vor dem Fernseher gesessen und ab etwa halb zehn Uhr im Bett gelegen hatte.

Alina Murkmajr war Ende vierzig und arbeitete als Bedienung in einem nicht sehr gut angesehenen Gasthaus in

Geislingen an der Steige. Die alleinstehende Mutter eines neunzehnjährigen Sohnes verdiente sich offenbar Geld dazu, indem sie gelegentlich männlichen Stammgästen, die genau dafür teils von weiter her nach Geislingen kamen, auch übers Servieren und Abräumen hinaus zu Diensten war. Der Wirt des Lokals stritt zwar alles ab, aber es war in der Nachbarschaft des Hauses und unter den Beamten des Geislinger Reviers kein Geheimnis, dass Alina das kleine Zimmer im ersten Stock nicht nur benutzte, um nach einer besonders langen Schicht im Gasthaus nicht mehr nach Hause fahren zu müssen – und wenn es auch bisher unbewiesen war, gingen viele davon aus, dass der Wirt dafür die Hand aufhielt, dass er ihr das Zimmer für solche Zerstreuungen überließ.

Einer von Alina Murkmajrs Stammgästen war Ernst Meißner gewesen, und er hatte sie auch einige Male außerhalb des Lokals getroffen. Das hatte bei ihr wohl Hoffnungen auf eine feste Beziehung geweckt, doch als sie Meißner mehrmals entsprechend bedrängte, ließ der sie nur abblitzen und wurde von da an auch nicht mehr in der Geislinger Kneipe gesehen. Eines Abends im vorigen Spätsommer wurde sie in der Nähe des Neidlinger Schützenhauses von einem jungen Pärchen aufgelesen, das dort gegessen hatte und nun nach Hause fahren wollte. Alina Murkmajr torkelte sturzbetrunken zwischen Schützenhaus-Parkplatz und Landstraße hin und her, und sie wies einige blaue Flecken und eine Platzwunde im Gesicht auf. Die jungen Leute fuhren sie ins Krankenhaus, wo sie versorgt wurde, aber keine Angaben dazu machen wollte, wer sie so übel zugerichtet hatte. Sie schwieg sich darüber auch aus, als die Beamten sie nun im Zusammenhang mit Ernst Meißners Tod noch einmal dazu befragten. Doch manches sprach für folgenden Ablauf: Alina Murkmajr war am frühen Vormittag mit dem Wagen zu Meißner gefahren, der sie wieder fortgeschickt hatte. Danach trat sie ihren Dienst in der Geislinger Kneipe an, wo sie aus Ärger über das Erlebnis am Morgen mehr als einen über den Durst trank. Der Wirt schickte sie deshalb früher nach Hause, doch stattdessen schlug sie sich per Anhalter über einige Umwege bis nach Neidlingen durch, wo sie noch einmal ihr Glück bei Ernst Meißner versuchen wollte. Der rastete völlig aus, als er sie schon wieder vor seiner Tür stehen sah, verprügelte sie und jagte sie vom Hof.

In der Nacht, in der Ernst Meißner auf dem Kornberg starb, war Alina Murkmajr nach eigenen Angaben ziellos mit ihrem Wagen durch die Gegend gefahren. Dass sie mit einem der Stammgäste in ihrem Zimmer gestritten hatte, weil der ihre Dienste nicht wie verabredet bezahlen wollte, bestätigte der Kunde – ein Familienvater aus Donzdorf – zähneknirschend. Doch dass sie nach einigen Stunden Irrfahrt zwischen halb vier und vier Uhr in der Nacht noch einmal in ihrem »Arbeitszimmer« in Geislingen eintraf, dort einen Cognac trank, kurz einschlief und gegen halb sechs nach Hause fuhr – dafür konnte sie keine Zeugen beibringen. Das hieß: Nach halb elf Uhr war Alina Murkmajr nicht mehr gesehen worden. Sie war nirgends mit ihrem Wagen geblitzt worden, war nirgendwo eingekehrt und hatte auch nicht getankt. Ihr Handy war ein älteres Modell, es verfügte nicht über GPS und war in der fraglichen Zeit ausgeschaltet gewesen – es gab also auch keine Daten darüber, wo sich das Gerät befunden hatte. Der Sohn Alinas hatte bei einem Freund übernachtet. Und der erste Nachbar, der Alinas Auto vor ihrem Haus in Amstetten stehen sah, war am Dienstag um halb fünf Uhr morgens auf dem Weg zur Frühschicht.

Ebenfalls mit Motiv und ohne Alibi war der Bürokaufmann Thomas Vanchling. Er hatte für sich, seine Frau und die siebenjährige Tochter ein altes Häuschen in der Neidlinger Hofstraße gekauft, das er umbauen und erweitern wollte. Dazu hatte er auch das benachbarte Wiesengrundstück erworben, das bis zur Ecke Hofstraße/Heckenäckerweg reichte. Die Gemeinde stand Vanchlings Plänen aufgeschlossen gegenüber. Das umgebaute Haus versprach ein wahres Schmuckstück zu werden, und über einige Übertretungen des dortigen Bebauungsplans konnte er sich mit fast allen Anrainern einigen – nur Ernst Meißner, dem ein paar Wiesen an der Südgrenze von Vanchlings Besitz gehörten, schoss quer.

Vanchling passte seine Pläne an, aber Meißner beobachtete den Fortgang der Bauarbeiten mit Argusaugen. Sobald er auch nur die kleinste Abweichung entdeckte oder auch nur vermutete, meldete er es der Gemeinde – und ein ums andere Mal musste Vanchling den Bau unterbrechen. Daraufhin sprangen ihm Handwerker ab, die zu späteren Terminen keine Zeit mehr hatten, klagten wiederum die versprochene Bezahlung ein oder bestanden darauf, dass ihnen das projektierte Material vollständig abgenommen werde. Es war ein Jammer, wie gründlich Meißner ihn mit Hindernissen überzog. Und wenn es für den Schäfer gerade nichts zu meckern gab, stellte er einen Traktor mit besonders sperrigem Anhänger so »ungeschickt« in der Hofstraße ab, dass Lastwagen mit Baumaterial nur umständlich entladen werden konnten.

Durch die verzögerten Bauarbeiten wurde Vanchling das Geld knapp. Die ständigen Nadelstiche Meißners zermürbten ihn und seine Familie, und schließlich hatte ihn seine Frau mit der Tochter verlassen, das Geld war ihm ausgegangen, und die halb fertige Bauruine musste er zu einem Preis verschleudern, der nicht annähernd seine finanziellen Probleme löste. Seither wohnte Vanchling wieder in einer kleinen Einliegerwohnung im Haus seiner Eltern in Weilheim. Die hatte er nach eigenen Aussagen nach dem Feierabend am Montag gegen halb sechs betreten und erst für den Weg zur Arbeit am nächsten Morgen kurz nach sieben Uhr wieder verlassen. Die Eltern waren seit gut einer Woche im Wanderurlaub in Österreich, und die Nachbarn konnten nicht sagen, wann Vanchlings Wagen, der über Nacht gewöhnlich in der Garage stand, angekommen oder weggefahren war.

»Und dann gibt es ja noch den Sohn«, kam Wolfgang Roeder zum letzten Punkt seines ausführlichen Berichts.

»Der hat sich nach eigener Aussage am Abend zuvor mit seinem Vater gestritten, was wohl nicht selten vorkam, und er hat niemanden, der ihn nach dem Abendessen im Schützenhaus noch gesehen hätte. Auch er hat also keine Zeugen dafür, was er zwischen acht, halb neun am Abend und dem frühen Dienstagmorgen getrieben hat, als unsere Kollegen auf seinen Anruf hin auf dem Kornberg eintrafen.«

Staatsanwalt Roman Hagenbeck nickte bedächtig.

»Gut«, sagte er nach einer kurzen Pause. »Jetzt haben wir vier Verdächtige, wofür auch immer. Hat denn irgendjemand schon herausgefunden, was diese seltsamen Verletzungen an den Knochen des Toten verursacht haben könnte?«

Ratloses Schweigen in der Runde.

»Na gut. Hat sonst jemand was?«

Als sich niemand zu Wort meldete, hob Lindner die Hand.

»Aber, aber, Herr Lindner, wir sind hier doch nicht in der Schule. Raus damit: Was haben Sie?«

»Eigentlich noch nichts Handfestes. Kollege Aichele und ich stöbern ein bisschen wegen einer alten Geschichte aus Ernst Meißners Privatleben herum. Keine Ahnung, ob und wie das für diesen Fall bedeutsam werden könnte, aber die Soko hat bisher so viele Ansätze gefunden und kommt so zügig voran, da halte ich mich gerne aus dem Tagesgeschäft heraus und lasse die Kollegen ungestört arbeiten.«

Er sah zu Roeder hin, aber der sagte nichts dazu, sondern saß still da. Ein leichtes Lächeln spielte um seine Mundwinkel, das Lindner nicht einordnen konnte.

»Und wenn mich hier niemand dringend braucht«, warf Fritz Aichele schnell ein, »dann würde ich am liebsten auch weiterhin mit Kommissar Lindner zusammen unterwegs sein.«

Hagenbeck sah zu Roeder hin, der nur mit den Schultern zuckte und weiterhin lächelte.

»Gut«, sagte der Staatsanwalt, »und was versprechen Sie sich von dieser alten Geschichte?«

»Sein Sohn Jo wusste all die Jahre offenbar nicht, wer seine Mutter ist. Gestern haben wir ihn beobachtet, wie er nach Ehingen fuhr, dort auf den Klingelschildern eines Hauses in der Altstadt nach einem Namen suchte, ihn aber nicht fand, und wie er danach versuchte, mit einer Bewohnerin des Ehinger Seniorenzentrums zu sprechen. Diese Frau, eine gewisse Gerlinde Greeb, hat Ernst Meißner in den vergangenen Jahren wohl mehr oder weniger regelmäßig besucht. Meißner hat sich mit ihr über die alten Zeiten unterhalten, wohl auch über die Tochter von Frau Greeb.«

»Und Sie glauben, dass diese Tochter die Mutter von Jo Meißner sein könnte?«

»Ich würde zumindest gern herausfinden, in welcher Beziehung der alte Meißner zu Frau Greeb und ihrer Tochter stand.«

Und dann schilderte er, was der pensionierte Tierarzt ihm über Meißners große Liebe und die Adoption des Buben erzählt hatte. Roeders Lächeln wurde zu einem breiten Grinsen, aber keiner achtete darauf. Miller warf seinem Vorgesetzten einen fragenden Blick zu, aber der schüttelte nur leicht den Kopf.

»Vielleicht hat Jo Meißner in den Unterlagen seines Vaters Hinweise darauf gefunden, wer seine Mutter ist oder war. Und vielleicht bringt uns das auf eine Spur, die auch für den Fall von Bedeutung ist – solche alten Geschichten gären ja oft sehr lange in den Leuten, bis dann irgendeiner mal durchdreht. Von Gerlinde Greeb selbst werden wir wohl nicht mehr viel erfahren: Sie ist dement. Und mit Jo Meißner konnten wir gestern nicht mehr reden, aber da würde ich gern dranbleiben.«

»Geht klar, Stefan«, gab ihm Roeder grünes Licht, und er klang sehr gönnerhaft. »Mach das. Am besten fahren gleich ein paar Kollegen mit – denn wenn wir es für möglich halten, dass wir verwertbare Informationen in Meißners Unterlagen finden, sollten wir diesen ganzen Kram ja in Neidlingen abholen und ihn uns anschauen.«

»Okay, aber es wäre schön, wenn Fritz und ich zuerst auf dem Hof eintreffen würden. Ich glaube, Jo Meißner ist gerade ziemlich durcheinander. Wenn wir da ohne Vorwarnung reinpoltern und die Unterlagen seines Vaters abholen ... Ob er deswegen durchdreht, kann ich nicht abschätzen, aber ich würde ihm das gern ersparen und ihn darauf vorbereiten.«

»Gut. Dann geht ihr beide zu ihm, die Kollegen halten sich in der Nähe in Bereitschaft, und du gibst ihnen Bescheid, sobald sie zu euch stoßen können.« Er lehnte sich grinsend zurück und schien sehr mit sich zufrieden zu sein. »Außerdem hat Miller noch was für dich.«

»Ja, genau«, beeilte sich der. »Die Kollegen haben sich auf Ihre Info hin, wen Jo Meißner da besuchen wollte, die Familie von Frau Greeb mal näher angeschaut beziehungsweise die frühere Familie – denn abgesehen von Cousins und Nichten zweiten oder dritten Grades lebt da niemand mehr. Ihre Vermutung, Herr Lindner, könnte passen: Frau Greebs Tochter ist vor achtunddreißig Jahren gestorben, als sie einen Sohn zur Welt brachte.«

»Jo?«, fragte Lindner.

Miller nickte.

»Der Junge wurde noch als Baby von Ernst Meißner adoptiert.«

»Und der Vater des Buben? Willigte der denn so ohne Weiteres in die Adoption ein?«

»Offenbar«, versetzte Miller, und er schaute dabei ziemlich knitz drein.

»Und, Miller – Sie haben doch noch was, oder?«

»Die mutmaßliche Mutter von Jo Meißner hieß Marlies Honzmann, geborene Greeb.«

»Und Robert Honzmann ...«

»Ja, unser fleißiger Zeitungsinformant ist der Witwer von Marlies. Und vielleicht der Vater von Jo Meißner.«

»Nun, das wird sich zeigen.«

* * *

Jo Meißner sah fürchterlich aus, wie er da in ausgebeulten Hosen und heraushängendem Hemd, mit tiefen Augenringen und fahlem Gesicht vor ihnen in der Haustür stand. Einen Moment lang schien er zu überlegen, ob er den beiden Besuchern die Tür gleich wieder vor der Nase zuschlagen sollte, aber dann sank er noch ein wenig mehr in sich zusammen, drehte sich um und schlurfte ohne ein Wort in die Küche. Aichele, der schnell und unauffällig einen Schuh zwischen Tür und Rahmen geschoben hatte, trat wieder etwas zurück und ließ dem Kollegen den Vortritt.

»Wir haben noch ein paar Fragen zur Vergangenheit Ihres Vaters«, begann Lindner, als sie alle am Esstisch saßen.

»Legen Sie los.«

»Was wollten Sie gestern in Ehingen?«

Jo Meißner erschrak kurz, aber dann zuckte er mit den Schultern.

»Wir haben Sie in der Tuchergasse gesehen und dann vor dem Seniorenzentrum.«

»Sie haben mich verfolgt? Warum das denn?«

»Wir wollten zu Ihnen, da sind Sie gerade weggefahren – und Sie wirkten ziemlich abwesend. Als Sie von der Alten Steige auf die Landstraße einbogen, haben Sie fast einen Unfall gebaut.«

»Echt? Hm … Ist mir nicht aufgefallen.«

»Den Eindruck hatten wir auch. Deshalb sind wir hinter Ihnen geblieben und haben gehofft, herauszufinden, was Sie so beschäftigt.«

»Und? Haben Sie's herausgefunden?«

»Sie wissen jetzt, wer Ihre Mutter ist.«

Jo Meißner presste die Lippen aufeinander, dann brach ein freudloses Lachen aus ihm hervor.

»Ja. Leider nur etwas spät, nicht wahr? Sie ist ja schon tot.«

Er schluckte.

»Und ich bin schuld dran.«

»Ihre Mutter starb zwar bei Ihrer Geburt, aber von Schuld kann man da nun wirklich nicht reden.«

»Wenn Sie das sagen.«

Jo Meißner verstummte und stierte vor sich auf die Tischplatte.

»Hat Ihr Vater Tagebuch geführt?«, fragte Lindner, als ihm die Pause zu lange wurde.

»So etwas Ähnliches. Ich habe ein paar Briefe in seinen Unterlagen gefunden. Briefe, die er über die Jahre an mich gerichtet hat. Und so schwer, wie sie größtenteils zu entziffern sind, dürfte er immer schon ordentlich einen im Tee gehabt haben, als er sie schrieb. Wahrscheinlich hat er sich an solchen Abenden einen angesoffen, weil er tagsüber zu feige dazu gewesen war, mir das alles ins Gesicht zu sagen.«

»Diese Unterlagen … damit meinen Sie die Kladden und Ordner und Blätter, die Sie drüben in Ihrem Büro in Kartons gepackt haben, um sie für Ihren Vater zu sortieren?«

»In Kartons hatte er sie schon selbst gepackt. Ich hab sie nur vom Speicher geholt und wollte aufräumen und alles durchsehen.«

»Und? Sind Sie schon durch mit allem?«

»Machen Sie Witze? Natürlich nicht! Obwohl ich gestern die halbe Nacht mit dem Zeug verbracht habe und heute auch wieder. Aber das ist ein solcher Wust an Papierkram, damit werde ich noch eine Weile beschäftigt sein.«

»Eher nicht, Herr Meißner, zumindest nicht in den nächsten Tagen oder Nächten.«

Jo Meißner sah ihn fragend an.

»Meine Kollegen werden gleich hier sein, wir müssen diese Unterlagen sichten, weil wir nach wie vor nicht ganz sicher sind, ob Ihr Vater wirklich nur durch die Bisse der Wölfe ums Leben kam. Ich habe Ihnen ja schon vorgestern erzählt, dass wir fürs Erste in alle Richtungen ermitteln müssen. Inzwischen …«

Er musterte Jo Meißner, der ihm nun gebannt zuhörte. Lindner zögerte noch einen Moment, dann entschied er, dass es keinen Sinn ergab, einem der Tatverdächtigen gegenüber damit hinter dem Berg zu halten. Hatte Meißner nichts verbrochen, würde er die Andeutung schon aushalten. Und war er der Täter – was auch immer er droben auf dem Kornberg getan haben mochte –, machte ihn das Wissen, dass die Polizei auf der richtigen Spur war, vielleicht sogar nervös und verleitete ihn zu etwas Unbedachtem, das ihn verraten könnte.

»Inzwischen sind neue Hinweise aufgetaucht, die darauf hindeuten, dass sich in der Nacht zum Dienstag nicht nur Wölfe auf Ihrer Weide befunden haben. Wir müssen davon ausgehen, dass entweder jemand versucht hat, Ihren Vater zu töten, oder dass sich jemand irgendwie nach seinem Tod an ihm zu schaffen machte.«

Jo Meißner riss die Augen auf.

»Wie meinen Sie das?«

»Genaueres darf ich Ihnen nicht sagen«, antwortete Lindner und ließ unerwähnt, dass er es über die seltsamen Knochenverletzungen hinaus ja auch nicht konnte. »Das werden Sie sicher verstehen. Doch die Unterlagen müssen wir auf jeden Fall mitnehmen.«

»Aber …«

»Sie bekommen Sie natürlich wieder, sobald meine Kollegen alles gesichtet haben. Mehr als ein paar Tage wird das nicht dauern.«

»Ich muss aber noch …«

»Sie werden alles in Ruhe durchsehen können, keine Sorge. Und die Kollegen werden weder etwas wegnehmen noch etwas verändern. Soll ich Bescheid geben, dass sie sich beeilen, damit Sie die Unterlagen Ihres Vaters möglichst schnell wiederbekommen?«

Meißner sackte in sich zusammen, dann nickte er. Lindner zog das Handy aus der Tasche und rief die wartenden Kollegen an. Nur wenige Minuten später hörten sie, wie draußen vor der Tür zwei Fahrzeuge ausrollten. Türen schlugen, und Aichele ging, um die Kollegen hereinzulassen.

»Das hat Ihnen ziemlich zugesetzt, was Sie da gelesen haben, oder?«

Lindner wollte herausfinden, was Meißner schon wusste – denn einige der Informationen konnten ja noch in dem Teil der Unterlagen stehen, den er noch nicht durchgesehen hatte. Und er behielt ihn im Auge, damit er nicht doch irgendeinen Blödsinn anstellte, wenn er die Beamten mit den Kartons aus dem Haus gehen sah. Aber Jo Meißner warf den Neuankömmlingen nur kurz einen Blick zu und zeigte in Richtung des Büros.

»Ja, hat es«, brummte er schließlich. »Ist ja auch kein Wunder …«

»Wenn das hier vorbei ist, kann ich versuchen, für Sie im Seniorenzentrum in Ehingen ein Treffen mit Ihrer Großmutter zu arrangieren. Ihr Vater hat sie ab und zu besucht, und es gibt da eine Pflegerin, die ihn zu Frau Greeb gebracht hat. Die haben Sie gestern nur knapp verpasst, aber ich konnte mit ihr sprechen. Falls also die Heimleitung mit einem Besuch nicht einverstanden sein sollte oder sich der Schwiegersohn als einziger näherer Verwandter von Frau Greeb dagegen sträuben sollte …«

Lindner musterte Meißner, aber der zeigte keine besondere Regung, als er den Schwiegersohn erwähnte, und Lindner beschloss, dessen Namen einstweilen unerwähnt zu lassen.

»Wie gesagt – wenn ich kann, helfe ich da gern.«

»Gut, danke.«

»Was haben Sie denn aus den Briefen Ihres Vaters alles über Ihre Mutter erfahren?«

»Nicht allzu viel, und dann doch wieder viel zu viel …«

»Wir werden ja alles durcharbeiten, aber vielleicht können Sie mir ganz kurz eine erste Zusammenfassung geben?«

Jo Meißner zögerte, aber dann tat er Lindner den Gefallen.

»Na ja … dass mein Vater ganz verliebt war in sie, dass sie wunderschön und klug und gefühlvoll war. In diesen Schilderungen erkannte ich meinen Alten kaum wieder. Ich meine: Der rumpelte und stampfte durch sein Leben und nahm auf keinen Rücksicht, und dann taucht er für diese Briefe den Füller ganz tief in rosarote Tinte, sozusagen. Ich werd schon selbst ganz poetisch, was?«

Er schüttelte traurig den Kopf.

»Er hat geschwärmt von meiner Mutter, und er hat offenbar sehr darunter gelitten, dass sie auf keinen Fall ihren Mann verlassen wollte. Nicht einmal, als sie von meinem Vater schwanger war. Wenn ich jetzt so daran denke, tut mir der alte Dickschädel im Nachhinein ein bisschen leid. Vielleicht war er deshalb oft so aufbrausend, vielleicht hat ihm diese unglückliche Liebesgeschichte auch Jahre später noch so sehr zugesetzt. Die Briefe, die ich bisher gefunden habe, sind alle schon etwas älter – gut möglich, dass ich noch neuere Schreiben entdecken werde, und wenn er darin auch noch so schmerzerfüllt, so innerlich zerrissen formuliert …«

Jo Meißner unterbrach sich und wischte sich über die Augen.

»Das muss schlimm gewesen sein für Ihren Vater«, hakte Lindner nach einer Weile nach. »Aber was haben Sie über Ihre Mutter erfahren?«

»Dass sie meinen Vater wohl auch geliebt hat, aber eben die Scheidung von ihrem Mann nicht wollte. Ihre Mutter, also meine Oma, muss damals recht krank gewesen sein, und meine Mutter wollte ihr nicht zumuten, dass die Leute wegen der geschiedenen Tochter schlecht von ihr redeten. Ende der Siebziger, die Altstadt von Ehingen, und meine Oma war stadtbekannt und überall engagiert, ihr Mann war ein hohes Tier im Landratsamt – da machte sich eine Tochter nicht gut, die ihren Ehemann verlässt, weil sie von einem anderen ein Kind bekommt.«

Er schnaubte.

»Jedenfalls hat das mein Vater in diesen Briefen so geschildert. Vermutlich wollte sie mich ihrem Mann als dessen Kind unterschieben … Ich weiß, ehrlich gesagt, noch nicht so richtig, was ich von meiner Mutter halten soll. Ob sie damals in Ehingen wirklich solchen Zwängen ausgesetzt war, ob sie sich die nur einbildete oder ob sie einfach genauso feige war wie später mein Vater.«

»Na, immerhin hat er Sie adoptiert.«

»Ja, immerhin.«

»Und der Mann Ihrer Mutter – warum war der mit der Adoption einverstanden?«

»Gute Frage. Mein Vater hat sich das so zusammengereimt: Der wusste, dass das Kind nicht von ihm war, und als dann auch noch die Frau während der Geburt starb, konnte er den Anblick des Kleinen gar nicht mehr ertragen und gab ihn zur Adoption frei. Ich weiß nicht, ob mein Vater das richtig gesehen hat, aber mir leuchtet das ein.«

Die ersten Beamten gingen mit Kartons zur Tür. Jo Meißner sah ihnen nach, dann stand er auf und ging ins Büro hinüber, wo gerade ein weiterer Kollege einen Karton aufnahm. Aichele stand vor dem Schreibtisch und musterte die Papiere, die darauflagen.

»Das gehört alles auch noch dazu«, erklärte Meißner.

»Darf ich?«, fragte Aichele und packte, als der Hausherr nickte, die Briefe und Mappen in den letzten verbliebenen Karton. Kurz darauf war er damit auf dem Weg zur Haustür. Jo Meißner sah ihm nach, seine Augen füllten sich mit Tränen.

»Sie sollen schnell machen, Ihre Kollegen«, sagte er. »Sonst hab ich ja nichts mehr. Keine Mutter, keinen Vater und noch nicht einmal ein Grab, an dem ich um meine Mutter trauern könnte. Vater hat ja immer nur von seiner Marlies geschrieben, und Greeb wird sie als verheiratete Frau in den siebziger Jahren ja wohl nicht mehr geheißen haben.«

»Ihr Vater hat also nirgendwo den Nachnamen Ihrer Mutter erwähnt?«

»Wird er schon irgendwo gemacht haben, aber nicht in den Briefen, die ich bisher gefunden habe. Und von meiner dementen Oma kann ich in dieser Hinsicht vermutlich nicht viel erwarten. Auch wenn ich natürlich trotzdem mit ihr sprechen möchte.«

Lindner war erleichtert – und froh, dass er Jo Meißner nicht selbst verraten hatte, dass der Witwer seiner Mutter nicht irgendein Unbekannter war.

»Aber Sie als Polizist müssten das doch herausfinden können, oder?«

»Ja, wir … wir finden das heraus.«

Meißner blinzelte, weil ihn Lindners ausweichender Tonfalls irritierte, aber dann verabschiedete sich der auch schon und bedankte sich für die Überlassung der Unterlagen.

»Und denken Sie dran, Herr Lindner, was Sie versprochen haben«, rief ihm Meißner noch hinterher. »Dass sich Ihre Kollegen beeilen werden und dass Sie mir helfen wollen, dass ich mit meiner Oma sprechen kann.«

* * *

Als die Kollegen mit Ernst Meißners Unterlagen auf dem Weg nach Göppingen waren, wo sich der Innendienst der Soko Kornberg sofort an die Auswertung machen würde, saßen Lindner und Aichele ein Stück oberhalb des Meißner-Hofs im Streifenwagen und schauten auf Neidlingen hinunter.

»Und der Sohn weiß noch nicht, dass seine Mutter mit genau dem Typen verheiratet war, dem er nach dem ersten Wolfsangriff und auch jetzt wieder den ganzen Presserummel zu verdanken hat?«, fragte Fritz Aichele noch einmal.

»Hm.«

»Damit hätten wir übrigens noch einen weiteren männlichen Verdächtigen: Robert Honzmann, der dem einstigen Liebhaber seiner Frau sicher nichts Gutes wollte.«

»Ob er von dem Verhältnis der beiden wusste?«, gab Lindner zu bedenken. »Weißt du was, Fritz? Das versuchen wir jetzt herauszufinden.«

Gegen drei viertel eins trafen sie vor Honzmanns Häuschen am Mühlhausener Ortsrand ein. Es war kein Auto zu sehen, doch das konnte auch in der verschlossenen Garage stehen. Lindner zog ein paar Mal am Griff des Klingeldrahts, aber außer dem scheppernden Bimmeln tat sich nichts. Er zog die Visitenkarte hervor, die Honzmann ihm mitgegeben hatte, und wählte die dort abgedruckte Handynummer. Honzmann meldete sich nach dem dritten Klingeln. Im Hintergrund waren Stimmen und das Klappern von Geschirr zu hören.

»Ich bin fast fertig mit dem Mittagessen«, sagte Honzmann. »Wollen Sie kurz warten? In zehn Minuten sollte ich da sein. Sonst kommen Sie halt her. Ich sitze im Hirsch hier in Mühlhausen. Da müssen Sie von mir daheim nur die Wiesensteiger Straße entlang in Richtung Ortsmitte, etwa dreihundert Meter, dann können Sie den Gasthof auf der rechten Seite nicht verfehlen.«

Das Lokal war wirklich leicht zu finden, und Honzmann saß allein an einem Tisch gegenüber der Theke. Die lange Eckbank, die unter den Fenstern verlief, endete dort, und Honzmann hatte mit dem Rücken zum Fenster Platz genommen. Vor ihm stand eine Tasse Kaffee, daneben lag der Kassenzettel.

»Ah, Herr Kommissar«, begrüßte er Lindner mit etwas aufgesetzter Freundlichkeit. Sein stechender Blick und die Falten um seine Augenwinkel zeigten, dass er auf diesen Besuch gut hätte verzichten können. »Was gibt's denn schon wieder?«

Lindner nahm auf einem Stuhl gegenüber Honzmann Platz, Aichele ließ sich ein Stück neben ihm auf der Bank nieder.

»Ist schön hier, gell?«, plapperte Honzmann währenddessen drauflos. »Gutes Essen, Allgäuer Bier, zivile Preise, und früher habe ich mich mit anderen aus dem Ort einmal die Woche zum Kegeln getroffen. Manchmal geh ich auch rüber zum Chinesen, aber meistens esse ich hier.«

Zwischen Honzmann und Aichele lag die aktuelle Ausgabe der Boulevardzeitung, aufgeschlagen war die Seite mit dem neuesten Nachklapp zum toten Schäfer auf dem Kornberg. Honzmann war Aicheles Blick gefolgt.

»Tja, dann war es also doch ganz gut, dass ich den Reporter informiert habe, gell?«

»Wie man's nimmt«, gab Lindner zurück. »Die Kollegen haben viel zu viel mit Presseanfragen zu tun, weil Ihr Freund seine Texte gerne etwas reißerisch aufmacht.«

»Na ja: Freund ... Aber hat er denn was Falsches geschrieben?«

»Ich hab nicht das ganze Geschmiere gelesen«, wich Lindner aus, »deshalb kann ich dazu nichts sagen.«

»Drei Schafe tot, ein Hund – und obendrein Ernst Meißner, der arme Kerl. Alles sehr blutig und grausig. Das hat er halt geschrieben. Und das stimmt ja wohl auch, nicht wahr?«

»Sie und Ernst Meißner waren nicht gerade befreundet. Richtig?«

Honzmann legte ein blasiertes Lächeln auf.

»Richtig«, antwortete er.

»Warum eigentlich?«

»Wie meinen Sie das?«

»Was hatten Sie gegen Meißner?«

Lindner wollte noch nicht erkennen lassen, was er schon wusste, und Robert Honzmann hielt ihn offenbar für ahnungslos, lehnte sich zurück und lächelte noch etwas überheblicher.

»Den guten Ernst musste man nicht mögen, wissen Sie? Da können Sie auch seinen Sohn fragen, den Jo. Der hatte seine liebe Not mit dem alten Sturschädel. Soweit ich informiert bin, hat er dem Jungen die Schäferei übergeben – und dann eigentlich doch weiter den Chef gespielt. Ernst Meißner konnte nicht loslassen, wenn Sie mich fragen.«

»Sie sind ja wirklich umfassend informiert. Und wie gut kennen Sie Jo Meißner?«

Honzmann zögerte einen ganz kurzen Augenblick, und Lindner ließ sich nicht anmerken, dass ihm das aufgefallen war.

»Nicht so wahnsinnig gut. Das ist eine andere Generation, die haben mehr für Computer übrig als Leute meines Alters. Und wo ich erst einmal anpacke, da überlegen die Jüngeren noch, wie man das alles effizienter organisieren könnte. Wie gesagt: eine andere Generation. Mit ihm hatte ich nicht viel zu tun.«

Mehr schien Honzmann nicht erzählen zu wollen. Die Kellnerin brachte zwei Radler, die Aichele unterdessen bestellt hatte, und stellte sie vor den beiden Polizisten ab. Aichele nahm einen tiefen Schluck, und die Bedienung wandte sich gerade ab, als Lindner geradeheraus fragte: »Sie wissen, dass Jo Meißner der Sohn Ihrer verstorbenen Frau ist?«

Aichele setzte das Glas wieder ab und starrte Lindner verblüfft an, doch der beachtete ihn nicht und hielt seinen Blick fest auf Honzmann gerichtet. Lindner hatte das kurze Zögern von eben richtig gedeutet, und der Schuss ins Blaue hatte gesessen: Alle Farbe wich aus Honzmanns Gesicht, sein Unterkiefer klappte herunter, die Augen weiteten sich und traten etwas aus ihren Höhlen. Auf der Glatze erschienen kleine Schweißtröpfchen, an der Schläfe sah man den Puls pochen, und dann beugte sich Honzmann zu Lindner hin.

»Sind Sie irre?«, zischte er ihn an. »Das muss hier keiner wissen, sonst bin ich unten durch bei den Leuten!«

Die Kellnerin stand inzwischen wieder hinter dem Tresen. Sie polierte Gläser, schaute aber immer wieder interessiert zu ihnen her.

»Sie wissen es also«, stellte Lindner fest.

»Klar weiß ich das.«

Honzmann hatte die Stimme immer noch gesenkt. Er kramte fahrig Geld aus der Börse und legte den Rechnungsbetrag leicht aufgerundet auf den Kassenzettel. Dann schnappte er die Zeitung von der Bank, nahm seine Jacke vom Haken, verabschiedete sich eilig von der Bedienung, und draußen war er. Lindner folgte ihm, und Aichele beglich ihre Rechnung, bevor er zu ihnen stieß.

»Gehen wir ein Stück«, sagte Honzmann und marschierte los.

Lindner hielt sich neben ihm. Aichele dachte erst daran, den beiden nachzugehen, dann setzte er sich stattdessen in den Streifenwagen, fuhr die Wiesensteiger Straße entlang und erwartete die anderen vor Honzmanns Haus.

»Wann haben Sie denn davon erfahren, dass Jo Ihr Sohn oder zumindest der Sohn Ihrer Frau ist?«

Lindner war eine Weile stumm neben Honzmann hergegangen, bevor er mit dieser Frage versuchte, das Gespräch wieder in Gang zu bringen.

»Die ganze Geschichte ist etwas länger.«

»Kein Problem.«

»Als meine Frau mir sagte, dass sie schwanger sei, klang sie so glücklich. Mir war recht schnell klar, dass das Kind nicht von mir sein konnte.«

Es entstand eine kurze Pause, bevor Honzmann weitererzählte.

»Wir hatten damals, Ende der Siebziger, frisch gebaut. Die Mutter meiner Frau hatte uns etwas Startkapital zur Verfügung gestellt, den geeigneten Bauplatz bekamen wir über Beziehungen – die Familie Greeb war in Ehingen damals eine ziemlich große Nummer, obwohl der große Patriarch schon 1975 gestorben war. Franz Greebs Vater stammte aus einfachen Verhältnissen. Er war das einzige Kind und brachte es als Handwerker zu Wohlstand, blieb aber mit der Familie im alten Haus in der Tuchergasse wohnen. Sein Sohn Franz, mein Schwiegervater, stieg zu einem hohen Tier im Landratsamt Ehingen auf, behielt das Haus ebenfalls, kaufte das Nebengebäude dazu und baute beides aufwändig um und aus. Was sie in dem so entstandenen Mehrfamilienhaus nicht selbst bewohnten, vermieteten sie. Als

1973 durch die Kreisreform der Landkreis Ehingen aufgelöst und der Großteil des alten Kreisgebiets mit Ulm zum Alb-Donau-Kreis vereint wurde, wechselte er ans Landratsamt nach Ulm. Franz Greeb war nicht gerade bescheiden, mir gegenüber hat er mal nach drei Viertele getönt, dass Ehingen ohne seinen Einfluss niemals eine Außenstelle des Landratsamts bekommen hätte. Na ja, hat ihm alles nichts genützt – 1975 machte sein Herz schlapp, der Notarzt konnte nichts mehr ausrichten.«

Honzmann räusperte sich.

»Ich bin etwas abgeschweift, fürchte ich. Jedenfalls hatten meine Frau und ich damals gebaut, mit all dem Stress, den das mit sich bringt. Ich war jeden Abend bis in die Puppen auf der Baustelle und versuchte, möglichst viel selbst zu machen – ich bin handwerklich recht geschickt und habe mir damals einiges angeeignet: Wände verputzen, Fliesen verlegen, Holzboden, Stromleitungen … na ja, was halt so anfällt. Trotzdem wurde uns das Geld knapp. Ich wollte meiner Schwiegermutter unbedingt beweisen, dass ich das Projekt auch ohne ihre weitere Hilfe bewältigte, und dabei habe ich mich verhoben. Sex hatten wir damals jedenfalls nicht mehr sehr oft, aber ich spielte halt mit, als sich meine Frau über ›unser‹ Baby freute. Sie hatte sich schon seit unserer Hochzeit immer Kinder gewünscht, und als das eine Weile nicht geklappt hat, bin ich heimlich zum Arzt und habe mich untersuchen lassen. Er machte mir nicht viel Hoffnung, dass ich jemals Vater werden könne.«

Er seufzte.

»Aber egal. Marlies war glücklich, sollte sie mir doch etwas vorspielen – solange sie bei mir blieb und wir das Kind gemeinsam aufziehen konnten, würde es schon gehen, dachte ich. Ich hatte ohnehin bald alle Hände voll zu tun, unser Haus irgendwie zu halten – und dafür zu sorgen, dass meine Schwiegermutter nichts von unseren finanziellen Schwierigkeiten erfuhr. Sie war damals auch gesundheitlich nicht mehr auf der Höhe. Der Tod ihres Mannes machte ihr schwer zu schaffen. Sie hatte sich daraufhin in eine Vielzahl von Ehrenämtern gestürzt und sich dabei offenbar zu viel zugemutet. Da mal ein Schwächeanfall, dort mal Herzflattern – Marlies machte sich große Sorgen um ihre Mutter.«

Nun erreichten sie Honzmanns Haus und blieben vor dem Gartentor stehen. Honzmann verstummte, und Lindner wollte schon nachfassen, da sprach er endlich weiter.

»Dann kam es zu Komplikationen. Die letzten Wochen vor dem Geburtstermin ging es Marlies ziemlich dreckig, und sechs Tage vor dem Termin wurde sie ins Krankenhaus eingeliefert. Ich saß stundenlang an ihrem Bett. Mal lag sie ganz apathisch da, dann wieder fantasierte sie und nannte den Namen eines anderen Mannes.«

In Honzmanns Blick funkelte es zornig auf, dann räusperte er sich erneut.

»Und es war nicht der Name irgendeines Mannes …«

»Ernst Meißner?«

Honzmann nickte.

»Natürlich sagte sie nur ›Ernst‹, doch irgendwann sah ich ihn vor dem Krankenhaus stehen. Er drehte sich schnell weg, aber ich habe ihn trotzdem erkannt.«

Er senkte den Kopf und brauchte einen Moment, bis er fortfuhr.

»Franz Greeb hatte ein Jagdrevier bei Neidlingen, und er nahm mich manchmal dorthin mit. Wenn wir hinterher unsere Jagdstrecke im Lamm in Neidlingen feierten, saßen dort auch die Einheimischen, darunter Meißner. Mein Schwiegervater wiederum kannte Ernst Meißner von einer Angelegenheit her, die mit dessen Schafen und einem Weiderecht in der Nähe von Schelklingen zu tun hatte – die Gemarkung der Stadt gehörte damals zum Landkreis Ehingen. Greeb machte uns miteinander bekannt, wir verstanden uns auf Anhieb, besuchten uns gegenseitig und waren befreundet … na ja, bis sich der geile Bock an meine Frau ranmachte.«

»Haben Sie ihm gesagt, dass Sie Bescheid wissen?«

»Nein. Das habe ich mich, um ehrlich zu sein, nicht getraut. Ernst war einer, der gerne mal hinlangte – und ich bin nicht so der sportliche Typ, war ich damals schon nicht. Aber ich habe nur noch das Nötigste mit ihm gesprochen, um die Fassade halbwegs aufrechtzuerhalten. Das war übrigens nicht allzu schwer, denn wir trafen uns von da an nicht mehr so oft wie zuvor. Ernst Meißner schien selbst darum bemüht, mir aus dem Weg zu gehen – vielleicht hatte er wenigstens ein schlechtes Gewissen.«

Honzmann fuhr sich mit der Hand über die Stirn, sein Blick ging zu den Bäumen am Filsufer hinüber.

»Zwei Tage vor dem Geburtstermin verschlechterte sich der Zustand meiner Frau so sehr, dass die Ärzte beschlossen, den Jungen sofort per Kaiserschnitt zu holen«, fuhr er schließlich mit belegter Stimme fort. »Marlies war schon tot, bevor sie sich ans Nähen der Wunde machen konnten.«

Aichele hatte den Kopf gesenkt und war von einem Bein aufs andere getreten. Nun entrang sich ihm ein Seufzen. Honzmann schien es nicht zu bemerken, aber Lindner schaute kurz zu seinem Kollegen hin. Er wirkte sehr niedergeschlagen wegen der Erzählung.

»Damit brach auch der Kontakt zwischen Ernst Meißner und mir ab. Wir hatten ja sozusagen dieselbe Frau verloren, sie war das letzte Bindeglied zwischen uns beiden gewesen. Die Schwester gab mir dieses winzige Bündel Mensch auf den Arm, und mich zerriss es schier. Auf der einen Seite war mir außer dem Baby nichts geblieben von meiner Frau – auf der anderen Seite war es nicht mal mein Kind.«

»Haben Sie den Jungen deshalb zur Adoption freigegeben?«

»Ein paar Tage habe ich mit mir gerungen, aber ja: Dann habe ich mich entschieden. Formal musste ich acht Wochen nach der Geburt verstreichen lassen, aber dem Jugendamt habe ich schon recht früh Bescheid gegeben. Für den Zwerg hätte ich ohnehin keine Zeit gehabt. Meiner Schwiegermutter hat der Tod von Marlies völlig den Boden unter den Füßen weggezogen. Irgendwann ist sie daheim unglücklich hingefallen, vielleicht wieder ein Schwächeanfall, jedenfalls stürzte sie ein paar Stufen die Flurtreppe hinunter und brach sich einen Oberschenkel. Sie kam ins Krankenhaus, dann zur Kur, danach noch für einige Monate zu sich nach Hause – aber gleich nach der OP traten psychische Probleme bei ihr auf, und irgendwann war klar, dass sie Demenz hatte. Ich habe glücklicherweise recht schnell einen freien Platz im Seniorenzentrum in Ehingen gefunden. Ich habe nicht oft die Kraft, sie zu besuchen und mir wieder die ganzen alten Geschichten von Marlies anzuhören, aber dort wird gut nach ihr geschaut.«

Honzmann lächelte traurig.

»In der Zeit nach der Kur hatte ich wenigstens noch Gelegenheit, meiner Schwiegermutter den Verkauf des Hauses verständlich zu machen. Ich sagte ihr, dass ich es nicht ertragen könnte, ohne Marlies in unserem gemeinsamen Zuhause zu wohnen, und das hat sie sofort verstanden. Es war ja auch nicht gelogen, auch wenn es vor allem aus finanziellen Gründen recht pressant war. Mit dem Erlös des Hauses konnte ich die meisten Schulden tilgen, und seither muss ich mich halt ein bisschen einschränken. Ein paar Mal die Woche Mittagstisch, gelegentlich ein Viertele mit Bekannten, das geht noch – aber eine eigene Jagd kann ich mir schon lange nicht mehr leisten. Und wenn mein alter Jeep noch eine Weile ohne größere Reparaturen durchhalten würde, wäre es auch nicht schlecht.«

»Und dann sind Sie nach Mühlhausen gezogen?«

»Damals noch nicht. Einige Wochen vor Marlies war der ältere Bruder meiner Schwiegermutter gestorben, es war ihr letzter noch lebender naher Verwandter gewesen. Er hatte keine Kinder, und Gerlinde hatte seinen alten Bauernhof in Heroldstatt geerbt. Den hat sie mir für einen eher symbolischen Betrag verkauft.«

Honzmann verstummte und es wirkte, als müsse er sich für die nächste Episode erst sammeln. Dann sprach er weiter, und Lindner fiel auf, dass seine Stimme brüchiger geworden war.

»Eines Tages – ich wanderte auch damals viel und war gerade auf den Wiesen zwischen Laichingen und Westerheim unterwegs – sah ich, wie gerade eine Schafherde in einem dieser Tiertransporter auf eine Weide umgesetzt wurde. Die Schafe kamen gerade blökend aus dem Fahrzeug gelaufen und begannen, die unberührte Wiese zu erkunden. Und erst, als der Schäfer das Gatter des Elektrozauns hinter dem letzten Tier schloss und ich schon recht nahe herangewandert war, erkannte ich Ernst Meißner. Wir wechselten ein paar belanglose Worte, und dann kam ein Jeep herangefahren, dasselbe Modell wie meiner, und ein jüngerer Mann stieg aus und redete Meißner mit ›Vater‹ an.«

Er zog ein Taschentuch hervor und schnäuzte sich.

»Meißner stellte mich dem anderen – es war natürlich Jo – als alten Freund vor, aber der bekam ganz gewiss mit, dass wir uns nicht besonders mochten. Als Jo uns allein ließ, um sich um die Schafe zu kümmern, gratulierte ich Meißner zu seinem Sohn und dazu, dass er doch noch eine Frau abbekommen hatte. Das hat er wohl in den falschen Hals gekriegt – er ist vor Zorn ganz rot angelaufen, ist sofort auf mich losgegangen, und nachdem er mich umgestoßen hatte und breitbeinig vor mir stand, ist es mit mir durchgegangen. Ich habe ihn angeschrien, habe ihm an den Kopf geworfen, dass ich längst schon alles weiß über ihn und Marlies und dass ich auch weiß, dass Jo sein Sohn und nicht meiner ist und … Dann ist mir rausgerutscht, dass ich keine Kinder zeugen kann. Da könnte ich mir heute noch die Zunge abbeißen, denn während ich versuchte, mich aus dem frisch von Meißners Schafen vollgeschissenen Gras hochzurappeln, hat er mich verhöhnt und hat mir gesagt, dass Marlies eh davon ausgegangen war, dass Jo sein Sohn ist und nicht meiner, weil sie mit mir damals eh kaum mehr im Bett gewesen ist und dass ich Schlappschwanz eine Frau wie Marlies gar nicht verdient hatte und immer so weiter. Irgendwann kam Jo herbeigerannt, hat seinen Vater weggezogen, hat mir hochgeholfen und hat sich bei mir entschuldigt – obwohl er meiner Meinung nach gar nicht mitbekommen hatte, worum sich der Streit gedreht und was sein Vater mir alles gesagt hatte.«

Honzmann schnaubte.

»Das Leben erlaubt sich schon manchmal seltsame Scherze.«

»Und dann?«

»Ich hab mich getrollt, aber die Begegnung hat mich nicht mehr losgelassen. Ich habe recherchiert. Im Jugendamt wollte mir erst niemand eine Auskunft geben, aber unter der Hand hat mir dann eine langjährige Mitarbeiterin verraten, dass damals wohl die Vermittlung des kleinen Jo nicht ganz korrekt ablief. Keiner wollte mir das bestätigen, aber ich habe mir das folgendermaßen zusammengereimt: Ernst Meißner kannte jemanden, entweder im Jugendamt oder im Krankenhaus, und so hat er erfahren, dass das Baby zur Adoption freigegeben wird. Schließlich hat er die zuständige Mitarbeiterin im Jugendamt entweder irgendwie bezirzt oder er konnte ihr glaubhaft machen, dass er der leibliche Vater des Jungen war, und konnte sie damit rühren. Jedenfalls hat diese Frau dafür gesorgt, dass Ernst Meißner das Baby adoptieren konnte, wie immer sie das auch angestellt hat. Soweit ich hören konnte, ist sie ein, zwei Jahre nach dieser Geschichte achtkant beim Jugendamt rausgeflogen – aber für Jo änderte das nichts mehr. Und im Großen und Ganzen hatte es der Junge ja nicht schlecht getroffen. Er war bei seinem leiblichen Vater, er hatte Spaß an seinem Beruf als Schäfer, und auch andere Kinder haben jähzornige Väter.«

Honzmann hatte gegen Ende einen recht sanften Ton angeschlagen, aber ihm war anzusehen, dass er das Ganze nicht so entspannt sah, wie er es wirken lassen wollte.

»Sind Sie nach Mühlhausen gezogen«, fragte Lindner, »weil Sie Jo näher sein wollten?«

»Nein. Der Bauernhof in Heroldstatt ist eine ziemliche Bruchbude. Überall hat's damals reingeregnet, die Heizung war kaputt, und ich hatte kein Geld, das alles reparieren zu lassen. Da habe ich ein Häuschen zur Miete gesucht – und dieses hier gefunden.«

Lindner sah ihn zweifelnd an.

»Na gut«, gab Honzmann schließlich zu. »Jo wird schon der Grund dafür gewesen sein, dass ich mich eher hier in der Gegend nach einem Haus umgesehen habe als rund um Ehingen oder Ulm.«

»Eine Frage habe ich noch«, sagte Lindner und ließ Honzmann nicht aus den Augen. »Reine Routine«, fügte er schnell hinzu.

Honzmann hob fragend die Augenbrauen.

»Wo waren Sie am Montagabend und in der Nacht zum Dienstag?«

»Wollen Sie damit andeuten …?«

»Wie gesagt: reine Routine. Also?«

»Am ersten Mai war ich wandern, danach bin ich am frühen Abend zum Chinesen hier in Mühlhausen gegangen. Das müsste so gegen sechs Uhr gewesen sein. Ich hatte Ente, Gemüse und Reis, wie meistens. Dazu ein Bier.«

Honzmann grinste, aber Lindner ließ sich nicht provozieren.

»Schön. Und dann?«, sagte er nur und behielt den anderen im Blick.

»Gegen acht oder kurz nach acht bin ich nach Hause gegangen, hab Fernsehen geschaut und bin irgendwann ins Bett. Vielleicht um halb elf oder elf. Das weiß ich nicht mehr so genau.«

»Und das kann vermutlich niemand bestätigen, nehme ich an.«

»Ich lebe allein hier«, gab Honzmann zu und wirkte nun etwas zerknirscht. »Ob einer der Nachbarn was mitbekommen hat, kann ich nicht sagen – aber ich hab mit den Leuten nicht so viel Kontakt, wissen Sie?«

»Dann könnten Sie ab acht, halb neun also überall gewesen sein.«

»Sieht so aus. Wobei …«

Er dachte nach, dann hellte sich seine Miene auf.

»Ich hab telefoniert. Gegen halb neun habe ich einem Bekannten in der Schweiz auf den Anrufbeantworter gesprochen, die Nummer kann ich Ihnen gerne geben. Und dann wurde ich mehrmals angerufen. Einmal hat mein Bekannter zurückgerufen, das war kurz nach zehn. Wir haben sicher eine Viertelstunde lang miteinander gequatscht. Und in der Nacht kamen dann noch drei weitere Anrufe rein. Die ganz genauen Uhrzeiten bekomme ich nicht mehr zusammen, aber so ungefähr um halb eins hat es zum ersten Mal geklingelt. Die Nummer hat mir nichts gesagt, ich bin aus Gewohnheit trotzdem rangegangen – war wohl falsch verbunden. Kurz nach zwei ging das Telefon wieder: Mein Bekannter aus der Schweiz hatte wohl zu viel Wein getrunken, er war auf dem Sofa eingeschlafen, spät wieder aufgewacht und wollte das Telefon in die Ladeschale legen, bevor er sich ins Bett legte – dabei war er versehentlich auf die Wahlwiederholtaste gekommen. So jedenfalls hat er es mir erzählt, als ich abgehoben habe. Und der dritte Anruf … warten Sie mal … das muss so gegen drei Uhr gewesen sein … und das war wieder eine Festnetznummer, die mir nichts sagte. Ich bin ran, eine Frauenstimme war's diesmal, und ich hab ihr ordentlich den Kopf gewaschen! Ich meine: Mitten in der Nacht eine falsche Nummer anrufen! Ich war ganz gerädert am Dienstagmorgen. Erst gegen neun bin ich aus dem Bett gekrochen, völlig erschlagen. Ich bin zum Bäcker, Brötchen holen – ach ja, und dabei haben mich zwei Nachbarinnen gesehen. Die Namen kann ich Ihnen geben.«

»Gut«, sagte Lindner, »vielen Dank erst mal.«

Aichele wollte sich von Honzmann das Telefon zeigen lassen, um sich die dort abgespeicherten Rufnummern der eingegangenen Anrufe zu notieren, aber Honzmann bedauerte.

»Tut mir leid, das habe ich alles schon gelöscht. Ich mach das alle ein, zwei Tage – alte Angewohnheit. Aber Sie können meinen Festnetzanschluss doch sicher problemlos überprüfen, oder?«

Natürlich konnten sie das, und die Überprüfung ergab noch am selben Tag: Die Uhrzeiten der ein- und ausgehenden Anrufe, die Gesprächsdauer und die Telefonnummer des Schweizer Bekannten, die Honzmann ihnen bereitwillig genannt hatte, stimmten mit seiner Schilderung überein – auch wenn der zweite Anruf des Schweizer Bekannten nicht um kurz nach zwei, sondern um kurz nach halb drei eingegangen war. Aber um eine halbe Stunde konnte man sich da aus der Erinnerung heraus durchaus mal vertun.

Insgesamt passte alles zusammen. Auch die beiden Nachbarinnen, die Lindner und Aichele im Anschluss an das Gespräch mit Honzmann befragten, bestätigten ihnen, dass er am Dienstag ungewöhnlich spät aufgestanden und gegen neun, halb zehn ziemlich verschlafen zum Bäcker geschlurft war.

Auf der Fahrt nach Göppingen, wo Lindner in der nachmittäglichen Besprechung der Soko Kornberg über seine neuen Erkenntnisse berichten wollte, erreichte sie ein Anruf von Sonja Reeber, der Leiterin der Pressestelle des Polizeipräsidiums Ulm.

»Sie sollten ganz schnell rauf auf den Kornberg«, sagte sie und klang ernsthaft besorgt. »Wir haben von hier auch schon Kollegen losgeschickt. Dort ist die Hölle los.«

* * *

Aichele musste den Streifenwagen schon ein gutes Stück unterhalb des Plateaus neben dem Feldweg stehen lassen. Er hielt direkt neben Jo Meißners Jeep, der an derselben Stelle stand wie an jenem Morgen, an dem der junge Schäfer seinen toten Vater entdeckt hatte. Der weitere Weg war verstopft durch geparkte Kombis, Vans und Kleinwagen, an den Bäumen lehnten Fahrräder, Motorroller und kleinere Enduros. Zwei uniformierte Beamte notierten sich die Kennzeichen, und als Lindner sie fragte, was hier los sei, verwiesen sie ihn auf die Kollegen, die oben auf dem Plateau versuchten, für Ruhe zu sorgen.

Es war schon von weitem zu hören, dass sie damit bislang nicht viel Erfolg hatten. Wenige Meter vor dem Ende des Waldstücks standen zwei weitere uniformierte Beamte auf dem Feldweg und sollten verhindern, dass Gaffer oder weitere Demonstranten das Plateau betraten. Als Lindner und Aichele die Kollegen erreichten, konnten sie einen Teil des Trubels überblicken. Und als sie mit den beiden Beamten die letzten Schritte bis zum Waldrand gingen, öffnete sich der Blick auf eine turbulente Szenerie.

Links des Feldwegs, der das Plateau auf dem Kornberg schräg durchschnitt und hier nur noch eine Fahrspur in der Wiese darstellte, war nach wie vor die Weide für Meißners Schafe abgesteckt. Die Tiere drängten sich im hintersten Eck des Pferchs zusammen und wirkten nicht weniger verängstigt als am Morgen nach dem Angriff der Wölfe. Einige Segmente des Elektrozauns waren am rechten Rand des Pferchs umgelegt oder umgetreten worden und sahen ziemlich ramponiert aus. Dort, wo deshalb nun Lücken im Zaun um die Weide klafften, standen einige Männer mit grobem Schuhwerk und mit Jacken in gedeckten Farben beisammen und schimpften wie die Rohrspatzen. Einer von ihnen war Jo Meißner, der direkt vor dem Schäferkarren seines Vaters stand und mit geballten Fäusten und leicht vorgebeugtem Oberkörper sehr angriffslustig wirkte. Neben ihm war der verbliebene Hund der Meißners zu sehen: völlig außer sich und mal bellend, mal knurrend, mal ein paar Schritte vorpreschend und dann wieder mit gebleckten Zähnen Meter um Meter zurückweichend.

Rechts des Feldwegs hatte sich eine ansehnliche Menschenmenge zusammengefunden, die sich wie eine Front den anderen gegenüber in etwa zwanzig Metern Entfernung aufgestellt hatte. Es handelte sich um Männer und Frauen jeden Alters, die meisten in neu wirkenden Outdoor-Schuhen, in Cargohosen und bequemen Windjacken, vorwiegend in modischen Signalfarben gehalten. Weiter hinten, wo das Buschwerk auf der Wiese allmählich in ein Waldstück überging, sangen Frauen um die vierzig mit einer Gruppe von Kindern im Vorschul- oder Grundschulalter, und die Kinder klatschten dabei mehr oder weniger rhythmisch so, wie es ihnen die Frauen in beseeltem Eifer vormachten.

Was die Kinder und die beiden Frauen sangen, war allerdings nicht zu hören, denn die dichtgedrängte Menge vor ihnen skandierte unablässig Parolen wie »Freiheit für die Wölfe!« und »Tiernutzer sind Tiermörder!«. Dazu hielten sie Papp- und Holzschilder in die Höhe und stießen so hektisch mit ihnen in die Luft, dass Lindner die daraufgemalten Parolen erst nach einer Weile entziffern konnte. Andere schwenkten kleine Fähnchen, auf denen Symbole wie der Panda des World Wildlife Fund oder das Regenbogen-Logo der Friedensbewegung zu sehen waren. Einige Männer mit Guy-Fawkes-Masken, die Lindner aus Berichten über die Occupy-Proteste kannte, irritierten ihn zwar, aber allem Anschein nach waren hier im Wesentlichen Natur- und Tierschützer, Vegetarier und Veganer zusammengekommen. Er verstand allerdings noch nicht ganz, warum diese Demonstration ausgerechnet an einer Stelle stattfand, an der wild lebende Wölfe eingepferchte Schafe und einen Hund gerissen und einen Menschen getötet hatten.

Etwa ein Dutzend Polizisten stand um die Stelle beisammen, an der der Feldweg aus dem Wald auf die Wiese heraus verlief, und behielten die Leute vor sich im Blick. Auf der anderen Seite des Plateaus hatten sich ebenfalls einige Beamte versammelt, und dorthin, von Norden her, strömten weitere herbei. In der Ferne waren die Rotoren eines Hubschraubers zu hören, der in einigem Abstand über der Ostflanke des Kornbergs schwebte, und Martinshörner verrieten, dass sowohl von Gruibingen als auch von Dürnau her weitere Polizeikräfte im Anmarsch waren.

Das Fernsehen war schon da. Zwei junge Mitarbeiter – ein Mann und eine Frau in ärmellosen Steppwesten – demonstrierten mit Mikrofonen an langen Stativen, warum diese Gerätschaften Tonangel genannt wurden: Sie schienen ständig verwertbare Satzfetzen und Parolen aus der skandierenden Menge fischen zu wollen. Zwei andere Fernsehleute ließen ihre Schulterkameras über die beiden Menschengruppen schweifen, zoomten an besonders lautstarke Protestierer heran oder nahmen ein ums andere Mal Jo Meißner ins Visier, dessen Vater hier vor zwei Tagen tot aufgefunden worden war – was dem Ganzen natürlich einen noch spektakuläreren Anstrich gab. Auch einige Radioreporter hatten sich unter die Anwesenden gemischt und hielten mal der einen, mal dem anderen ihre Smartphones oder Mikrofone vor die Lippen, um O-Töne für ihre Beiträge zu sammeln. Die meisten Kameras und Mikrofone trugen das Logo des Südwestrundfunks, und als sich Lindner gegenüber einem der uniformierten Beamten darüber wunderte, erklärte ihm der, was den Auflauf mit ausgelöst hatte.

»Auf die Storys im Boulevardblatt hin ist heute früh SWR3 auf das Thema eingegangen«, begann der Kollege. »Die haben in ihrer Vormittagssendung Wolfsexperten, Tierschützer, Veganer und viele andere befragt, was ihnen zu dem von Wölfen getöteten Schäfer von Gruibingen so einfällt.«

»Meißner war aber nicht aus Gruibingen, sondern aus Neidlingen.«

»Egal, aber der Kornberg ist auf Gruibinger Gemarkung, und den Ort kennt jeder, der schon mal auf der A 8 unterwegs war. Schäfer von Gruibingen: Wahrscheinlich klingt das halt griffiger. Heute Vormittag wurden, wie gesagt, erst alle möglichen Leute befragt, ganz besonders fanatisch führte sich ein Typ auf, der eigenen Angaben zufolge für eine Organisation namens ›Pro Fera‹ sprach und der sich in eine wahre Tirade über die Ausbeutung der Tiere und die Kapitalisierung der Natur und solches Zeug hineinsteigerte, bevor ihm der Sender den Saft abdrehte.«

Lindner stutzte, weil der Kollege so genau Bescheid wusste.

»Ich hör den Sender, wenn ich im Revier Bürokram erledige«, erklärte der. »Und dann rief die Moderatorin die Hörer dazu auf, doch zu mailen, zu simsen und zu posten, was jeder Einzelne selbst zu dem Thema loswerden möchte. Sie hat wohl unterschätzt, wie groß der Ansturm erst auf die Sendung und deren Social-Media-Kanäle und dann auf den Schauplatz des Gemetzels von Dienstag früh sein würde. Auf Facebook und Twitter wurde der Sender fast überrollt von Beiträgen, und immer mehr Absender haben dafür geworben, heute hier auf den Kornberg zu kommen und gemeinsam zu demonstrieren. Tja, nun sind die Leute da. Aber wie Sie sehen ...« – der Beamte grinste und beschrieb eine Geste, die die wogende Menge rechts des Feldwegs umfasste – »... so ganz einig sind sie sich nicht geworden, wogegen oder wofür sie demonstrieren wollen.«

Zwischen Lindner und den beiden gegnerischen Lagern flitzten außer den Fernseh- und Radioleuten auch Fotografen hin und her, knieten sich mal vor den Demonstranten, mal vor den anderen ins Gras, um die beste Perspektive für ihre Fotos zu finden. Einer der Fotografen hatte sich dabei mit einem Hosenbein in den Resten des umgestürzten Elektrozauns verfangen. Die Drähte standen offenbar nicht mehr unter Spannung, aber als sich der Fotograf aus seiner ungemütlichen Position erheben wollte, brachte ihn der Draht aus dem Gleichgewicht, und er fiel nach hinten. Seine Ausrüstung hielt er im Reflex hoch über sich, und nichts davon nahm Schaden, aber er prellte sich den Rücken, und als er sich wieder aufrappeln wollte, lag er stattdessen eine Weile wie ein wehrloser Käfer auf dem Rücken, bevor einer der Demonstranten zu ihm eilte und ihm aufhalf.

Keiner der Männer um Jo Meißner war dem Fotografen während des Sturzes näher als vier oder fünf Meter gewesen, aber die Menge begann sofort, ihnen die Schuld an dessen Straucheln zu geben. Unmut wurde laut, alle schrien durcheinander. Einer krakeelte: »Wer Tiere frisst, der schlägt auch kleine Kinder!« Die Umstehenden sahen ihn einen Moment lang ratlos an, dann rief ein anderer: »Hinschaun! Abbaun! Umhaun! Weg, weg, weg mit diesem Zaun!« Er wiederholte seinen rumpeligen Reim ein paar Mal, dann fielen andere mit ein, und nach ein, zwei Minuten war die Luft erfüllt von dieser neuen Parole.

Nun machte die Menge einen zaghaften Schritt auf Meißner und seine Mitstreiter zu, dann noch einen, und bevor die Bewegung Tempo aufnehmen konnte, hatte Fritz Aichele schon einigen seiner Kollegen ein Zeichen gegeben. Sieben, acht stämmige Polizisten in Uniform fielen in Laufschritt und hielten auf die Demonstranten zu, die sich schon am weitesten vorgewagt hatten. Der Beamte, der Lindner die Vorgeschichte erklärt hatte, forderte über sein Funkgerät Verstärkung an, blieb aber stehen und beobachtete die Menge.

Auch Lindner hätte sich nicht gerührt, wenn er nicht das Gefühl bekommen hätte, er würde beobachtet. Er drehte sich halb um und sah ein Stück rechts hinter sich seine Mutter Ruth heranwandern, die ihn unverwandt anstarrte. Daneben ging seine Freundin Maria, die sich erst mit sorgenvoller Miene umsah, dann aber – als sie Lindner so unbeteiligt herumstehen sah – eher peinlich berührt und von ihm enttäuscht wirkte. Daraufhin ging ein Ruck durch ihn, und während er sich noch gleichzeitig fragte, woher denn die beiden plötzlich kamen und warum in aller Welt er sich jetzt einer solchen Gefahr aussetzte, rannte er schon Aichele hinterher und brachte auch tatsächlich einige der vorandrängenden Demonstranten zum Innehalten, indem er sie mit kräftiger Stimme anblaffte und zur Ordnung rief. Doch noch bevor Lindner sich umdrehen konnte, um sich zu vergewissern, ob Maria seinen mutigen Einsatz auch zu würdigen wusste, kam schon wieder Bewegung in die Menge der Demonstranten. Sie schoben ihn in Richtung der Weide vor sich her, und ehe er sich's versah, strömten wütende Männer und Frauen auch schon um ihn herum auf Jo Meißner und seine Nebenleute zu.

Lindner hatte genug damit zu tun, auf den Beinen zu bleiben, während immer wieder neue Leute gegen ihn anbrandeten, bevor sie ihm auswichen und weiter nach vorn drängten. Aber manchmal, wenn ihn wieder jemand so heftig an einer Seite anrempelte, dass es ihn um seine Achse drehte, konnte er sehen, dass einige Meter weiter auch Aichele seine liebe Not hatte.

Die meiste Zeit war ihm die Sicht auf mehr als die ihn direkt Umgebenden versperrt. Doch die Geräusche, die er aus Richtung des Schäferkarrens hören konnte, ließen nichts Gutes ahnen. Ganz offenbar war dort eine ausgewachsene Schlägerei im Gange, und als Lindner sah, dass Aichele es aufgab, die Nachrückenden weiter aufzuhalten, und sich nun ebenfalls dorthin umwandte, vermutlich um Jo Meißner oder einem seiner Mitstreiter irgendwie zu Hilfe zu kommen, schubste und drückte und drängelte sich auch Lindner in Richtung des Karrens durch die Masse. Es ging erstaunlich gut, weil sich die vor ihm Marschierenden nicht gegen Druck von hinten gewappnet hatten. Lindner schwamm in der Menge mit, und immer wieder gelang es ihm, die Reihen vor ihm mit ein, zwei beherzten Stößen zu teilen und sich wieder etwas nach vorne zu arbeiten.

Als er schließlich sogar durch die vorderste Linie der Demonstranten brach, bereute er seinen Erfolg sofort. Er stand nun auf einem schmalen Streifen Wiese, der die Grenze zwischen den gegnerischen Lagern markierte und auf dem sich einzelne Männer und Frauen eine spektakuläre Prügelei lieferten. Jo Meißner war natürlich mittendrin, und er teilte mehr aus, als er einstecken musste – allerdings schlug er nicht gezielt zu, sondern ließ seine Fäuste in alle Richtungen schnellen, während er abrupt anderen Schlägen auswich oder sich auch mal willkürlich um sich selbst drehte.

Lindner erkannte er erst, als seine Linke krachend dessen rechte Schläfe getroffen hatte. Meißner erstarrte mitten in der Bewegung, leider zu spät, und wie er so den wankenden Kriminalbeamten betrachtete, überrumpelte ihn ein Demonstrant, dessen Guy-Fawkes-Maske in Fetzen von dem Gummibändel hing, mit der sie an seinem Kopf befestigt war. Meißner kam aus dem Gleichgewicht, kippte nach hinten, schlug noch im Fallen nach seinem Angreifer, und gleich waren die beiden in heftigem Ringen ineinander verkeilt. Lindner bekam das alles nur noch wie durch einen Schleier mit. Zwischen den Rufen um ihn herum wurde das Brummen in seinem Kopf immer lauter, dann spürte er seine Beine nicht mehr und sank zu Boden.

Aichele hatte Lindner kurz aus den Augen verloren, weil er gerade zwei Streithähne voneinander trennen musste. Als er ihn danach nicht mehr stehen sah, pflügte er durch die Kontrahenten, gab hier einem einen heftigen Schubs und zerrte dort einen anderen beiseite – bis er Lindner besinnungslos vor sich auf dem zertrampelten Gras liegen sah. Kurz überlegte er, was jetzt zu tun war, dann sah er sich um, blickte auf das außer Kontrolle geratene Durcheinander, sah manche Kollegen in arger Bedrängnis – und schließlich nestelte er das Holster auf, zog seine Dienstwaffe und hielt sie am ausgestreckten rechten Arm in die Höhe.

Der Schuss peitschte durch die Luft und ließ alle augenblicklich erstarren. Fäuste verharrten zwei Handbreit vor Gesichtern, Männer und Frauen blieben stehen und wichen zurück, aufgerissene Augen fixierten Aichele, der breitbeinig, schwer atmend und immer noch mit erhobener Waffe auf der Wiese stand. Jo Meißner gab dem Mann über ihm, der ebenfalls zu Aichele hinsah, einen letzten Schubs und rollte ihn so von sich herunter. Dann wuchtete er sich hoch und ging ein paar Schritte auf Aichele zu, aber der knurrte ihn nur an: »Sie halten jetzt mal besser etwas Abstand zu mir und meinem Kollegen.«

Mit jedem Schritt, den sich die Menge nun langsam teilte, übernahmen die Polizisten mehr Kontrolle über die Versammlung. Einige Beamte zupften sich die Uniform wieder halbwegs zurecht und klopften sich Gras und Dreck von den Hosen. Sie begannen, Personalien aufzunehmen, und führten Männer und Frauen ab, die sich in der Schlägerei besonders hervorgetan hatten. Niemand wehrte sich. Manche warfen Aichele einen scheuen Blick zu, aber alle folgten den Polizisten bereitwillig und ohne Gegenwehr.

Die Menge um den am Boden liegenden Lindner herum wurde lichter, und schließlich steckte Aichele seine Waffe wieder weg. Maria hatte sich inzwischen durch die Menge gearbeitet, ließ sich sofort auf die Knie sinken und redete besorgt auf Lindner ein. Der bewegte ganz leicht den Kopf nach links und nach rechts, hielt die Augen aber geschlossen. Aichele konnte nicht genau verstehen, was Maria seinem Freund und Kollegen zuflüsterte, während sie ihn mit Küssen bedeckte – aber die Worte »mein Held« kamen immer wieder vor. Nun schlug Lindner die Augen etwas auf, und an Maria vorbei, die sich gerade über ihn beugte und seinen Hinterkopf inspizierte, zwinkerte er Aichele zu und schloss mit einem breiten Grinsen wieder die Augen.

Ruth Lindner, die inzwischen neben Aichele getreten war, hatte das Grinsen bemerkt, aber sie freute sich, dass sie Maria wieder neben ihrem Sohn sah, und dachte nicht daran, ihn zu verpetzen.

* * *

Eine Viertelstunde später saß Lindner im geöffneten Heck eines Krankenwagens, während ihn eine junge Sanitäterin untersuchte und die Platzwunde an seiner rechten Schläfe versorgte. Neben ihm saß Maria, längst nicht mehr wütend, sondern besorgt, und sie ließ es gerne geschehen, dass er sich leicht an sie lehnte. Als er kurz die Augen öffnete, sah er vor sich seine Mutter und neben ihr Fritz Aichele. Der Krankenwagen stand wenige Meter unterhalb von Aicheles Streifenwagen am Feldweg, der von Gruibingen auf den Kornberg führte und den sie selbst vorhin nach oben gefahren waren. Einige andere Sanitäter eilten an ihm vorbei in Richtung des Plateaus, und allmählich drang immer mehr von dem Lärm, der ihn umgab, durch sein Schädelbrummen: Polizeidurchsagen über Megaphon, Martinshörner in der Ferne, startende Motoren, davonknatternde Motorräder und rangierende Autos.

Die Demonstration auf dem Kornberg schien sich aufzulösen; das Ärgste war wohl vorüber und die Lage unter Kontrolle. Hinter den Sanitätern marschierte Thomas Bruch den Hang herauf, Lindners Schulfreund und Hausarzt, und als er sah, wer da mit Platzwunde und schon dunkler werdendem Bluterguss im Heck des Krankenwagens saß, bog er vom Feldweg ab und kam herbei.

»Na, Stefan, das nenn ich jetzt mal wirklich eine Verletzung«, sagte er frohgemut, als er ihm gegenüberstand. »Das ist doch gleich was anderes als dein Muskelkater vom Dienstag, was?«

Er warf der Sanitäterin einen fragenden Blick zu.

»Volltreffer an der Schläfe«, erklärte sie. »Es ist nichts gebrochen, aber der Kopf wird noch eine Weile ordentlich brummen.«

»Mensch! Du und eine Schlägerei?«, wandte sich Bruch wieder an seinen Freund. »Erzähl schon!«

»Na ja, Schlägerei ... Ich muss zugeben, das Ganze war recht einseitig. Ich wollte ein paar dieser Streithähne zurückhalten, da hat mich einer von ihnen umgehauen.«

Bruch betastete mit seinen Fingerspitzen vorsichtig die Schwellungen rund um die Wunde.

»Tut's arg weh?«

Lindner warf Maria einen kurzen Seitenblick zu und lächelte sie an.

»Ach, geht schon«, antwortete er dann.

Das Lachen des Arztes irritierte Lindner, aber der klopfte ihm nur anerkennend auf die Schulter.

»Kaum hätte mein Stefan mal wirklich Grund zum Klagen, hält er es aus wie ein Mann. Sehr gut!«

Bruch sah sich um.

»Was ist hier eigentlich los? Ich hab nur mitbekommen, dass die Krankenwagen aus der ganzen Gegend hier zusammengezogen wurden, und weil ich die Praxis heute Nachmittag erst später aufmache, bin ich mal gekommen, um gegebenenfalls zu helfen.«

»Droben auf dem Plateau wurde demonstriert«, berichtete Aichele. »Die Demonstranten sind sich mit Jo Meißner und einigen anderen in die Haare geraten – warum aber Meißner und seine Mitstreiter da waren, weiß ich noch nicht.«

»Dann bring mich doch gleich mal hinauf, Fritz. Ich schau, wo ich anpacken kann, und du kannst deine Kollegen befragen.«

Damit waren die beiden auch schon weg, und Lindner machte Anstalten, aufzustehen und ihnen zu folgen. Zwei Dinge hielten ihn zurück: der stechende Schmerz, der ihm schon bei der kleinsten Anstrengung durch den Schädel zuckte, und Marias warme, weiche Hand, die seine streichelte.

»Sag mal«, fragte Lindner sie, »woher seid ihr denn so plötzlich gekommen?«

»Wir waren grad auf dem Weg von Schopfloch nach Gammelshausen«, erzählte Maria, »wo wir eine Freundin deiner Mutter besuchen wollten. Als wir die Autobahn auf der Landstraße nach Boll überquert hatten, wollten wir eigentlich nordwestlich am Kornberg vorbei über die Bertaburg und dann wieder hinunter ins Tal – da haben wir mitbekommen, dass Streifenwagen auf den Kornberg fahren und dass auch ein Hubschrauber in der Luft war. Und da haben wir halt einen kleinen Abstecher hier herauf gemacht. Deine Mutter und ich wandern seit Dienstag miteinander, sie hat für uns eine sehr schöne Rundstrecke ausgesucht.« Ein kurzer Schatten huschte über ihr Gesicht. »Du konntest ja nicht mit, weil dich dein Chef aus dem Urlaub holen wollte und du sehr schnell damit einverstanden warst.«

»Du siehst ja selbst, was hier los ist. Und genau so etwas hatte Kollack befürchtet, als er mich angerufen hat.«

»Verhindern konntest du es jedenfalls nicht. Da hätten wir genauso gut unsere Wanderwoche machen können wie geplant.«

Sie wirkte eher traurig als patzig, und er suchte nach einer Bemerkung, mit der er die Wogen noch etwas mehr glätten konnte, da kam ihm seine Mutter schon zuvor.

»Ich hab dir doch schon gesagt, dass du mit meinem wehleidigen Stefan nicht sehr weit gekommen wärst.«

Er wollte schon protestieren, weil der Unterton seiner Mutter so hämisch war wie immer, aber ihr knitzes Lächeln und Marias versöhnliche Reaktion darauf ließen ihn schweigen.

»Hast ja recht, Ruth«, raunte sie und zwinkerte Lindner zu. »Unser Weiberwandern war super, da haben wir nun wirklich keinen Mann vermisst!«

Sie lachte, und Lindner wehrte sich mit aufgesetzter Empörung, bis Maria ihm mit einem Kuss die Lippen schloss. Ruth Lindner stand still daneben und freute sich, dass sich die beiden wieder versöhnten. Sie wartete geduldig, und dann berichtete Maria in groben Zügen, welchen Eindruck sie durch die Gespräche mit Traudl Breetz und Stefans Mutter von Ernst Meißners früherem Liebesleben bekommen hatte.

»Und deine Mutter möchte dir auch noch etwas dazu erzählen. Vielleicht hilft es dir bei deiner Arbeit.«

»Nur zu, Mutter«, ermunterte Lindner sie. »Aber wenn ich Maria gerade richtig verstanden habe, hast du Meißner vor Jahren zum letzten Mal gesehen. Ich bin gespannt, wie uns das heute noch helfen soll.«

»Es geht um seinen Sohn Jo und um dessen Mutter. Weißt du, wer diese Mutter ist?«

»Inzwischen ja, und Jo weiß es nun auch – er hat entsprechende Briefe seines Vaters gefunden.«

»Ach, schade«, gab Ruth Lindner zu. »Ich dachte, ich könnte dir etwas Neues erzählen. Was wisst ihr denn alles über die Mutter?«

»Marlies Honzmann, geborene Greeb. Tochter von Gerlinde und Franz Greeb aus Ehingen. Er war dort ein hohes Tier im Landratsamt, und sie lebt heute dement in einem Ehinger Altenheim. Und verheiratet war Marlies ausgerechnet mit einem früheren Freund von Ernst Meißner, Robert Honzmann. Der lebt heute in Mühlhausen im Täle, und er hat vor einigen Jahren herausgefunden, dass sein Exfreund nicht nur der Liebhaber seiner Frau war, sondern mit ihr auch Jo gezeugt und den Jungen anschließend adoptiert hat.«

Ruth Lindner nickte.

»Da hast du aber ganze Arbeit geleistet, Bub, und das in der kurzen Zeit.«

Sie kramte in ihren Erinnerungen, dann stieß sie auf etwas, das vielleicht doch noch neu für ihren Sohn sein konnte.

»Er hat mir auch erzählt«, sagte sie, »dass er Honzmann mal auf einer Wiese bei Laichingen umgeschubst oder niedergeschlagen hat und ihm bei dieser Gelegenheit die Geschichte mit Jo an den Kopf warf.«

»So hat Honzmann uns dieses Zusammentreffen auch geschildert.«

»Ach, das weißt du auch? Und hat er auch von den anderen Streitigkeiten erzählt?«

Lindner stutzte.

»Welche anderen?«

Auf Ruths faltigem Gesicht breitete sich ein sehr zufriedenes Lächeln aus.

»Honzmann zog einige Zeit nach dem Streit mit Ernst nach Mühlhausen und heuerte im Büro einer kleinen Firma in Weilheim an. Der schnellste Weg dorthin hätte über die A8 geführt und über die Ausfahrt Aichelberg nach Weilheim. Oder durch Gruibingen und auf der Landstraße nach Weilheim. Zwar fahren auch viele Einheimische am liebsten die Strecke durch Wiesensteig, über den Berg, in Kehren hinunter ins Lindachtal und durch Neidlingen – aber viele nehmen wenigstens im Winter bei Schnee und Eis die weniger steile und kurvige Strecke um den Bläsiberg herum. Honzmann nicht – ihn sah Ernst bei jeder Witterung von dr Alb ra kommen und dann immer ganz langsam an der Abzweigung vorbeifahren, die zum Meißnerhof führte. So, als wollte er Ernst beobachten oder einen Blick auf Jo werfen.«

»Davon hat Honzmann nichts erzählt. Er gab zwar zu, dass er ›vielleicht‹ auch deshalb nach Mühlhausen gezogen war, weil er die Nähe zu Jo suchte, aber so konkret ist er nicht geworden.«

»Das wird dich nicht wundern, oder? Jedenfalls hat sich Ernst dieses Getue nicht lange gefallen lassen. Irgendwann wusste er, zu welchen Zeiten Honzmann nach Weilheim und wann er wieder zurückfuhr. Also hat er sich eines Morgens im Wald oberhalb seines Hofes mit seinem Pickup in die Abzweigung zu einem Feldweg gestellt. Die Landstraße beschreibt dort – in Richtung Neidlingen gesehen – eine Linkskurve und verläuft ab da steiler als zuvor aufs Tal zu. Der Feldweg mündet von rechts ein, und als Ernst den Jeep von Honzmann herankommen sah, ließ er seinen Wagen in die Fahrbahn hineinrollen. Erst in diesem Moment ist ihm wohl klar geworden, dass das böse für ihn hätte enden können, wahrscheinlich saß er auch nicht ganz nüchtern hinterm Steuer – darüber hat er natürlich nicht gesprochen. Jedenfalls stieg Honzmann sofort auf die Bremse, und weil das nicht ganz gereicht hätte, um den Zusammenstoß zu vermeiden, wich er nach rechts aus und landete mit seinem Auto an einem Baum. Viel war nicht kaputt. So ein Jeep hält was aus, und er war auch schon beinahe zum Stehen gekommen, als er gegen den Baum prallte. Ernst setzte mit seinem Pickup wieder zurück auf den Feldweg, und dann stieg er aus, zerrte Honzmann vom Fahrersitz und prügelte ihn kreuz und quer über den Feldweg.«

»Hm«, machte Lindner. »Du meintest vorhin, dass es noch zu weiteren Streitereien kam.«

»Ja, immer wieder. Einmal hat Meißner seinen Widersacher erwischt, wie der von einem Jägerstand aus mit dem Feldstecher den Meißnerhof beobachtet hat. Ernst hat es ›observiert‹ genannt, daran erinnere ich mich noch genau, weil er es sonst eigentlich nicht so mit Fremdwörtern hatte. Es war noch früh im Jahr, die Bäume trugen noch keine Blätter, und Honzmann hockte auf dem Ansitz, der ein Stück oberhalb von Meißners Bauernhof hinter einem schmalen Waldstück steht. Zufällig hat Ernst ihn dort entdeckt, er hat sich sofort eine dieser langen Holzstangen geschnappt, mit denen man schwache Äste von Obstbäumen abstützt, und ist auf Honzmann losgegangen.«

»Netter Typ, dein Ernst«, sagte Lindner und grinste.

»Na ja, ›mein‹ Ernst ... Irgendwann zwei, drei Monate später schlich Honzmann ums Wohnhaus herum und lugte durch die Fenster nach drinnen – am Küchentisch saß damals Jo, und Honzmann war so auf ihn konzentriert, dass er nicht bemerkte, wie Ernst von hinten herankam, ihn kurzerhand am Kragen packte, vom Haus wegzerrte und in den Dreck schleuderte. Er gab ihm noch ein paar Tritte mit den Stiefeln mit, bevor sich Honzmann aufrappeln und fliehen konnte. Und Ernst behauptete, dass ihm Honzmann im Wegrennen allerlei Verwünschungen und Drohungen zurief, auf die Ernst aber nicht viel gab. ›So ein Waschlappen‹, sagte er dazu nur, ›was will der mir denn schon antun?‹ Und jetzt hat er es vielleicht doch getan, Bub, oder?«

»Eher nicht. Honzmann lebt zwar allein, aber er wurde in der Nacht auf Dienstag so oft zuhause angerufen und ging jedes Mal dran, dass ich mir nicht recht vorstellen kann, wie er zwischendurch Zeit gehabt haben soll, Ernst Meißner auf dem Kornberg etwas anzutun.«

* * *

Während um ihn herum emsige Betriebsamkeit herrschte, hatte Lindner nichts zu tun. Seine Mutter machte sich mit Maria wieder auf den Weg, allerdings hatten sie zuvor noch Ruth Lindners Freundin in Gammelshausen abgesagt, weil sie jetzt doch lieber direkt nach Boll wandern wollten. Die Frauen würden noch Fleisch und Wurst besorgen, und wenn es Lindner irgendwie einrichten konnte, würden sie am Abend gemeinsam essen und sich über die Erlebnisse der vergangenen Tage austauschen.

Aichele hatte Thomas Bruch aufs Plateau begleitet und war, als der Arzt schon wieder zurückkehrte, noch immer oben unterwegs, um den Kollegen dabei zu helfen, die Personalien der Demonstranten und der Männer aufzunehmen, die den Demonstranten zusammen mit Jo Meißner entgegengetreten waren. Bruch, der nicht mehr auf dem Kornberg gebraucht wurde und demnächst wieder Sprechstunde in der Praxis abhalten musste, bot Lindner an, ihn mit nach Bad Boll zu nehmen – doch Lindner wollte lieber auf Aichele warten und sich von ihm ins Kommissariat nach Göppingen fahren lassen.

Doch Lindner musste länger warten als erhofft, und als er zur Schafweide hinaufging, gab ihm Aichele ein Zeichen, dass er noch gut eine Viertelstunde beschäftigt sein würde. Ein Demonstrant nach dem anderen durfte gehen, und zwei Uniformierte begleiteten Jo Meißner auf einen Streifenwagen zu. Als Meißner Lindner entdeckte, machte er ein paar schnelle Schritte auf ihn zu. Die Beamten wollten ihn im ersten Reflex zurückhalten, doch Lindner beruhigte sie mit einer knappen Geste und ging selbst ein Stück auf Jo Meißner zu.

»Tut mir echt leid, Herr Lindner«, stammelte der junge Schäfer. »Hab ich Sie schlimm erwischt?«

Lindner verzog sein Gesicht zu einem schmerzlichen Lächeln. Vor allem der Bluterguss an der Schläfe machte einigen Eindruck.

»Scheiße …«, brummte Meißner. »Das wollte ich nicht! Bitte, glauben Sie mir das, Herr Kommissar!«

Meißner schien großen Ärger zu befürchten, wenn er sich so unterwürfig zeigte, wo er doch sonst gern auch mal patzig auftreten konnte.

»Ich weiß«, antwortete Lindner. »Es tut trotzdem weh. Was wollten Sie eigentlich hier oben?«

»Nach meinen Schafen sehen. Ich hatte Radio gehört, es ging den ganzen Vormittag schon um den Tod meines Vaters und um Wölfe. Und irgendwann wurde ein Hörer ins Studio durchgeschaltet, so ein ganz Fanatischer, und der rief dazu auf, dass man sofort auf den Kornberg hochgehen und dort gegen die Ausbeutung von Tieren und für den Erhalt der Natur demonstrieren soll, für den Schutz der wild lebenden Wölfe und was weiß ich noch alles. Für mich klang das ziemlich wirr, aber auf der Facebook-Seite des Senders muss danach der Teufel los gewesen sein – jedenfalls klang die Moderatorin nach einer Weile, als wäre ihr nicht mehr wohl bei dem Gedanken an das, was sie da losgetreten hatte.«

»Und Sie wollten sich gegen diese Demo stellen?«

»Nicht allein natürlich. Also habe ich ein paar Kollegen und Bekannte angerufen – die sind auch sofort alle gekommen und haben mich unterstützt. Da waren auch alte Streitigkeiten schnell vergessen. Unter denen, die mir geholfen haben, war sogar Frieder Tennhorst, der mit meinem Vater immer wieder schlimmen Streit hatte – und jetzt, als er durch einen gemeinsamen Bekannten von der angekündigten Demo hier oben hörte, zögerte er keine Sekunde lang, zu mir auf den Kornberg zu kommen. Tja, wie heißt es so schön: In der Not erkennt man seine Freunde. Er meinte gleich zur Begrüßung, dass wir uns mal zusammensetzen sollten, weil er mir unbedingt etwas erzählen müsse. Vielleicht habe ich dem Frieder all die Jahre Unrecht getan. Und die Hilfe von ihm und all den anderen war ja auch dringend nötig: Ihre Kollegen sind erst sehr spät gegen diese Idioten eingeschritten, da war mein Zaun schon niedergetrampelt. Wahrscheinlich hätten die mir alles kurz und klein geschlagen und hätten die Schafe in alle Himmelsrichtungen auseinandergetrieben, wenn ich das nicht verhindert hätte.«

»Ob die Schlägerei, die Sie mitzuverantworten haben, wirklich besser war als ein beschädigter Zaun und ein paar verschreckte Schafe, muss sich erst noch herausstellen.«

Lindner wandte sich an die Beamten neben Meißner.

»Wo bringt ihr ihn denn hin?«

»Nach Göppingen. Roeder will sich mit ihm unterhalten.«

»Okay, Herr Meißner, dann begleiten Sie die Kollegen mal ins Kommissariat. Wir sehen uns dort wahrscheinlich später noch.«

Jo Meißner nickte und deutete noch einmal auf Lindners Schläfe.

»Und das da, das tut mir wirklich leid.«

Kurz darauf konnte sich Fritz Aichele endlich loseisen, und auf der Fahrt nach Göppingen skizzierte er Lindner, was die Aufnahme der Personalien und die ersten kurzen Befragungen ergeben hatten.

»Diese Radiosendung hat eine wahre Lawine losgetreten, und so wie es ausschaut, hatte auch eine Organisation von Tierschutzaktivisten ihre Hände mit im Spiel. Die ist in Stuttgart ansässig und nennt sich Pro Fera e. V., das hat wohl einen Bezug zum lateinischen Wort für ›wildes Tier‹ – behauptet einer der Kollegen. Ich kann kein Latein. Jedenfalls steht den Vereinsvorständen jetzt Ärger ins Haus. Die anderen Demonstranten waren sozusagen als Einzelpersonen hier, sind aber sonst für eine ziemlich bunte Mischung von Organisationen engagiert: für Occupy, Greenpeace und den Tierschutzbund, die demonstrieren für vegane Ernährung und gegen die Haltung von Nutztieren, für den Weltfrieden und das bedingungslose Grundeinkommen …«

Aichele gluckste und warf Lindner dann einen entschuldigenden Blick zu.

»Entschuldige, Stefan, das war nur Spaß – aber wenn ich ›vegan‹ höre, geht's mit mir durch. Du weißt ja, dass …«

»… dass du einen exzellenten Metzger in der Verwandtschaft hast. Ja, das weiß ich. Maria und meine Mutter wollen nachher noch bei ihm einkaufen.«

»Dann ist es ja gut. Aber im Ernst – was einige der Demonstranten dazu gebracht hat, wegen der Wölfe auf dem Kornberg Krach zu schlagen, verstehe ich nicht. Diejenigen aber, die Pro Fera aufgeboten hat, befürchten wohl, dass den frei über die Alb ziehenden Wölfen jetzt der Garaus gemacht werden soll.«

»Dazu müssten sie erst einmal gefunden werden«, antwortete Lindner. »Und das Ministerium, das die Tiere suchen lässt, hat sicher auch anderes im Sinn, als die Wölfe zu töten.«

In Göppingen kam ihnen auf dem Flur schon wieder Wolfgang Roeder entgegen. Er war erneut bester Stimmung, und als er Lindners blaues Auge und die geschwollene Schläfe sah, hob das seine Laune noch weiter.

»Na, Stefan?«, begann er aufgeräumt und klopfte dem Kollegen auf die Schulter. »Wie war's auf dem Kornberg?«

»Siehst du ja. Und hier bei dir läuft alles bestens?«

»Natürlich. Wir haben alle Verdächtigen versammelt, auch Jo Meißner ist inzwischen hier.«

Roeder deutete auf Lindners Schläfe.

»Der war das, oder?«

»Ja, es war aber keine Absicht, da bin ich sicher.«

»Gut, gut. Magst du gleich mitkommen? Wenn du willst, kannst du die Vernehmungen mitverfolgen. Hinter der Scheibe wärst du mir am liebsten, aber wenn du den Leuten selbst auch Fragen stellen willst, nehme ich dich auch mit ins Vernehmungszimmer.«

Lindner war ganz überrumpelt von Roeders unerwarteter Freundlichkeit, und Aichele wirkte ebenfalls irritiert.

»Ach, jetzt komm«, gab sich Roeder versöhnlich. »So kurz vor der Auflösung unseres Falles sollten wir unseren Streit doch mal begraben können, oder?«

»Meinetwegen gern. Aber seid ihr wirklich schon so weit mit euren Ermittlungen?«

»Klar. Und während es im Revier in Geislingen drunter und drüber geht, weil dort diese ganzen Tierschutzaktivisten befragt werden, können wir uns hier in Ruhe darum kümmern, wer von unseren Verdächtigen mit dem Tod von Ernst Meißner zu tun hat.«

»Auf welche Weise auch immer.«

»Was?«

»Auf welche Weise auch immer – oder habt ihr schon geklärt, was diese seltsamen Knochenverletzungen bedeuten und in welcher Form sich Menschen an Ernst Meißner zu schaffen gemacht haben könnten?«

Über Roeders Gesicht huschte ganz kurz ein genervter oder beleidigter Zug; Lindner konnte es nicht genau zuordnen. Aber dann hatte sich Roeder wieder im Griff.

»Also – kommst du jetzt mit oder nicht?«

»Ich kümmere mich mal um diesen Tierschutzverein«, sagte Aichele und ermunterte seinen Freund mit einem Kopfnicken, Roeder zu folgen. »Sobald ich mehr weiß, geb ich dir Bescheid.«

Lindner zögerte noch einen Moment, dann ging er neben Wolfgang Roeder her den Flur entlang. Aus einer der Türen trat Staatsanwalt Hagenbeck, schaute den beiden sonst so zerstrittenen Kollegen nach und ging dann zu Aichele.

»Frieden?«, fragte er.

»Schaut so aus. Keine Ahnung, warum, aber Roeder gibt sich ausgesucht freundlich und hat Lindner angeboten, die Vernehmungen zu beobachten.«

Hagenbeck grinste.

»Dann hat meine kleine Ermunterung von eben ja doch ihren Zweck erfüllt«, sagte der Staatsanwalt.

»Deine Ermunterung?«

»Ja. Ich habe Roeder ins Gewissen geredet, dass er sich endlich mit diesen unnötigen Spitzen unserem Lindner gegenüber zurückhalten soll. Ich hab ihm noch einmal deutlich gemacht, dass Lindner einen guten Ruf hat, überall gut gelitten ist – und dass seine Arbeit diesmal sogar vom Ministerium genau und wohlwollend verfolgt wird.«

Aichele hob die Augenbrauen.

»Ja, ich weiß, Fritz – auf solche Bemerkungen reagiert Roeder gern gereizt. Aber ich habe ihm dann schnell noch ein bisschen Honig ums Maul geschmiert und habe ihm eine Mail vorgelesen, in der Lindners Chef Theo Kollack die Arbeit von Roeder lobt. Dein Stefan hat seinem Vorgesetzten wohl positiver von seiner Zusammenarbeit mit Roeder berichtet, als es der Wahrheit entspricht. Und ich weiß ja nicht, wie gut Kollack in seinem Job ist, weil ich ihn nicht persönlich kenne, aber salbungsvolle Worte – das hat er drauf.«

Lachend machte sich Aichele auf den Weg zu den Kollegen vom Soko-Innendienst, um zu erfahren, was sich inzwischen zum Tod Ernst Meißners an Neuigkeiten ergeben hatte – und wer hinter Pro Fera e. V. steckte.

Lindner saß derweil neben Kriminalkommissar Harald Miller in einem kleinen, abgdunkelten Zimmer hinter einer großen Fensterscheibe, die vom Vernehmungsraum aus wie ein großer Spiegel wirkte, ihnen aber gute Sicht auf Wolfgang Roeder und sein Gegenüber gewährte. An der Tür stand ein uniformierter Beamter, und etwas abseits des Tisches in der Raummitte saß eine junge Kollegin, die Roeder und seinen Gesprächspartner beobachtete.

Roeder war schon in den gemeinsamen Jahren mit Lindner bei der Kripo Göppingen gut gewesen in Vernehmungen, aber inzwischen befragte er noch viel geschickter, schmeichelte mal oder drohte, gab sich gelangweilt, aufbrausend oder verständnisvoll, und stets traf er damit den richtigen Ton und brachte so ziemlich jeden zum Reden. Die vier Verdächtigen, die er nach und nach in den Vernehmungsraum bat, forderten ihm sein ganzes Können ab.

Jo Meißner war traurig und verstockt, reagierte immer wieder mit Gegenfragen und blockte manches wütend ab, indem er auf Roeder schimpfte, weil er ihn mit Fragen behelligte, anstatt ihn in Ruhe trauern zu lassen. Alina Murkmajr war eine zutiefst verunsicherte Frau, nervös und gezeichnet vom Alkohol. Ihre coole Fassade hielt nur wenige Minuten – danach saß sie vor Roeder wie ein Häuflein Elend und bettelte vor allem darum, dass niemand ihrem Sohn von ihrem Nebenjob in Geislingen berichtete. Und Thomas Vanchling bebte die meiste Zeit vor Zorn, wenn er über Ernst Meißner reden sollte. Roeder schürte seinen Ärger noch, und es dauerte nicht lange, da hatte sich Vanchling um Kopf und Kragen geplappert – jedenfalls machte er kein Hehl daraus, dass er dem alten Schäfer die Pest an den Hals gewünscht und sich über die Nachricht von seinem Tod ehrlich gefreut hatte.

Frieder Tennhorst dagegen entpuppte sich als Überraschung.

»Ja«, gab er gleich am Anfang ohne Zögern zu, »ich hatte mit dem alten Meißner Streit, und das nicht zu knapp. Ich wollte meine Herde auf dem Kornberg weiden lassen, aber der Sturkopf ließ mich nicht zum Zug kommen. Dabei hat Meißner jede Menge Weideflächen, den Kornberg brauchte der gar nicht, wie ich damals fand! Während ich kaum Fuß fassen konnte mit meiner Herde und überall nur Gegenwind bekam.«

Er verzog sein Gesicht zu einer leidenden Miene und winkte ab.

»Egal. Ich konnte mich halt nicht gegen ihn durchsetzen, und als er mir dann bei der Schlägerei vor der Kornberghütte die Nase und den Unterkiefer lädierte, hab ich aufgegeben. Das ist jetzt auch schon wieder sieben Jahre her, und seither habe ich mich von Ernst Meißner ferngehalten.«

»Bis zur Nacht auf den ersten Mai?«, schlug Roeder vor.

Tennhorst schüttelte den Kopf.

»Sie glauben, dass ich etwas mit seinem Tod zu tun habe? Droben auf dem Kornberg, das waren doch Wölfe – oder habe ich das falsch mitbekommen? Soll ich die dressiert und auf Meißner gehetzt haben, oder wie stellen Sie sich das vor?«

Sein böses Lachen war kurz und heiser.

»Das werden wir herausfinden, Herr Tennhorst.«

»Na, dann finden Sie das mal heraus. Aber vielleicht kann ich Ihnen die Mühe auch ersparen. Nach der Prügelei habe ich nicht nur aufgehört, gegen Meißner anzukämpfen – ich habe mit der Zeit auch Verständnis für ihn entwickelt.«

»Inwiefern?«

»Ich bin ja Quereinsteiger, was die Schafzucht anbetrifft. Und finanziell bin ich wegen meiner Ersparnisse nicht darauf angewiesen, dass meine Herde etwas abwirft. Meißner dagegen musste von der Schäferei leben. Also brauchte er möglichst viele beweidete Flächen, um möglichst viel Geld für den Landschaftsschutz zu bekommen – deshalb brauchte er aus wirtschaftlicher Sicht durchaus auch den Weidegrund auf dem Kornberg. Und mit der Zeit wurde ich doch noch ein Teil der … na ja … sagen wir: Schäfergemeinschaft, zumindest so weit, dass ich immer mehr aufschnappte, wie es den einzelnen Betrieben so ging. Dass ich mitbekam, dass auch der alte Meißner sein Päckchen zu tragen hatte, als alleinerziehender Vater. Ich bin geschieden, aber ich musste mich nie um ein Kind kümmern. Meißner dagegen … Und was man so hört, hat er vor Jahren mal eine tragische Liebesgeschichte durchgemacht, auch wenn niemand etwas Konkretes darüber weiß oder erzählt. Und wenn Sie ihn gesehen hätten, wie er in den vergangenen Jahren daherkam! Rücken, Knie, Hüfte, alles im Eimer von der harten Arbeit, und die Leber vermutlich auch, so wie er gesoffen hat.«

»Sie hatten also doch noch Kontakt mit ihm?«

»Nein, nicht direkt Kontakt. Aber wir bewegen uns ja in derselben Branche, da bleibt es nicht aus, dass man sich mal begegnet – auch wenn wir uns so gut wie möglich aus dem Weg gegangen sind und auch dann kein Wort gewechselt haben, wenn wir mal dieselbe Veranstaltung besucht haben.«

»Aber ich darf schon feststellen, dass Sie und Ernst Meißner keine Freunde geworden sind über die Jahre?«

Tennhorst lachte.

»Dass Meißner überhaupt Freunde hatte, kann ich mir nicht vorstellen, und mir gegenüber hat sich auch keiner als solcher zu erkennen gegeben. Mit dem Neidlinger Tierarzt saß er, glaube ich, ab und zu auf ein Viertele zusammen, mit Dr. Deiffler – aber der war für alle Schäfer und auch für die meisten anderen seiner Kunden eh so etwas wie ein Beichtvater, wenn das einer mal brauchte. Schade, dass er seine Praxis zugemacht hat, wirklich schade.«

Während Roeder noch überlegte, in welche Richtung seine nächste Frage zielen sollte, wartete Tennhorst auch schon mit der größten Überraschung auf.

»Als im vergangenen September zum ersten Mal Wölfe einige Schafe aus Meißners Herde rissen, hat sich der Alte selten dämlich angestellt, und er hat die Kadaver entsorgt, bevor das Ministerium seine Experten schicken konnte. Sie wissen vermutlich, dass Meißner genau deshalb damals keine Entschädigung bekam.«

Roeder nickte.

»Aus alten Zeiten habe ich noch einige Bekannte in den Landesministerien, und ein Kumpel von mir arbeitet im Ministerium für Ländlichen Raum, das über solche Entschädigungen entscheidet. Den hab ich angerufen, als ich mitbekam, wie blöd das für Meißner gelaufen war. Er hat versprochen, sich dafür einzusetzen, dass der Alte vielleicht doch noch etwas Geld bekommt – das hat aber nicht geklappt, leider.«

»Und trotzdem war Ernst Meißner noch immer sauer auf Sie? Zumindest sein Sohn Jo hat uns gesagt, dass er Sie geradezu hasste.«

Tennhorst winkte ab.

»Der alte Meißner hat doch nie davon erfahren, dass ich mich seinetwegen ans Ministerium gewendet habe. Und es ist ja auch nichts dabei herausgekommen. Hätte ich ihn da anrufen und sagen sollen: Pass auf, Meißner, ich wollte dir helfen, aber ich hab's nicht hinbekommen?«

* * *

Die ursprünglich für vier Uhr nachmittags geplante Besprechung der Soko war wegen der Ereignisse auf dem Kornberg und der Vernehmungen in Göppingen auf sechs verschoben worden. Wolfgang Roeder war nach der letzten Vernehmung in das Büro gegangen, in dem sich Staatsanwalt Hagenbeck eingerichtet hatte, und unterhielt sich mit ihm über die Ergebnisse der Befragungen. Lindner hielt Ausschau nach Fritz Aichele, um sich von ihm aufs Laufende bringen zu lassen. Da bog ein uniformierter Beamter um die Ecke, in Begleitung einer eleganten Frau Anfang vierzig – die Lindner kannte.

»Frau Lommel«, sagte er überrascht, als sie an ihm vorbeiwollte, »was machen Sie denn hier?«

Die Tochter des Tierarztes Konrad Deiffler hatte den Blick auf den Boden vor sich gerichtet, und auch, als sie nun die Augen hob, war sie so tief in Gedanken versunken, dass sie sich einen Moment besinnen musste, wen sie vor sich hatte. Zusätzlich irritiert war sie von der geschwollenen und blutunterlaufenen Stelle an Lindners Kopf.

»Oh … Herr … Herr Lindner?«

Er wechselte einen schnellen Blick mit ihrem uniformierten Begleiter.

»Ich soll Frau Lommel zu Kommissar Roeder bringen«, meldete der schneidig und sah nicht sehr glücklich darüber aus, dass er auf seinem Weg dahin aufgehalten wurde.

»Aha? Und … wieso?«, wandte sich Lindner wieder an Inga Lommel.

»Das wurde mir noch nicht mitgeteilt«, sagte die Frau. Ihre Stimme schwankte zwischen Unsicherheit und Tadel. »Aber ich wurde in meiner Eigenschaft als Vorstandsmitglied von Pro Fera e. V. hierhergebeten.«

»Ach, Sie sind Vorsitzende dieses Tierschutzvereins?«

»Nein, nicht Vorsitzende. Ich bin im Vorstand eine von zwei Sprecherinnen, daneben gibt es noch den Schriftführer, den Vorsitzenden, die …«

»Ja, danke, Frau Lommel«, unterbrach Lindner sie. »Ich bringe Sie zum Kollegen Roeder. Kommen Sie mit.«

Damit ging er ihr voraus zu dem Büro, in dem sich Roeder und Hagenbeck besprachen. Der uniformierte Beamte marschierte hinterher. Die Tür zum Büro stand offen, Lindner klopfte gegen den Türrahmen, und als sich Roeder und Hagenbeck zu ihm umdrehten, sagte er: »Frau Lommel ist da.«

Roeder beugte sich kurz zum Staatsanwalt hin und erklärte ihm leise, um wen es sich bei Frau Lommel handelte, dann federte er auch schon auf den Flur heraus und verabschiedete den uniformierten Kollegen mit einem knappen Dank. Er begrüßte Inga Lommel kühl und wies sie an, ihm zum Vernehmungszimmer zu folgen. Lindner drängte sich neben ihn.

»Wolfgang«, raunte er ihm zu, »diesmal würde ich gerne mit im Vernehmungszimmer sitzen. Ich hab ja schon mal mit ihr gesprochen, als es um ihren Vater ging. Vielleicht kann ich helfen. Einverstanden?«

»Geht klar«, stimmte Roeder nach kurzem Zögern zu, und dann hatten sie den Raum auch schon erreicht.

Roeder hielt der Frau die Tür auf und dirigierte sie zu einem freien Stuhl. Inga Lommel setzte sich mit dem Rücken zur Tür, Roeder nahm ihr gegenüber Platz, und Lindner zog sich einen weiteren Stuhl heran, damit auch er direkt am Tisch zu sitzen kam. Roeder startete das Aufnahmegerät in der Tischmitte und machte fürs Protokoll die Ansage, wer da jetzt um welche Uhrzeit befragt wurde.

»Frau Lommel«, wandte er sich schließlich an sein Gegenüber, »Sie wissen, warum Sie hier sind?«

»Nein, aber Sie werden es mir sicher gleich sagen.«

Sie gab sich Mühe, selbstsicher zu wirken, aber die Zunge, die ab und zu über ihre Lippen zuckte, verriet, dass sie sehr angespannt war.

»Sie sind im Vorstand des Vereins Pro Fera, angemeldet in Stuttgart?«

»Ja.«

»Ihr Verein Pro Fera hat seine Mitglieder dazu aufgerufen, auf dem Kornberg bei Gruibingen zu demonstrieren. Erst hat eines Ihrer Mitglieder im Radio angerufen, dann haben Sie auf Ihrer Homepage und über alle möglichen sozialen Kanäle für die Kundgebung geworben. Im Zug dieser Demonstration kam es zu tätlichen Auseinandersetzungen, es wurden mehrere Personen verletzt – unter anderem mein Kollege Lindner.«

Sie streifte Lindners ramponierte Schläfe mit einem kurzen Seitenblick, starrte dann einen Moment lang vor sich auf die Tischplatte, bevor sie den Kopf wieder hob, die Schultern straffte und Roeder trotzig in die Augen schaute.

»Ich habe noch nicht ganz verstanden, was Ihr Verein mit dieser Demonstration bezwecken wollte, Frau Lommel. Wären Sie so freundlich und würden es mir erklären?«

»Fera ist das lateinische Wort für ›wildes Tier‹, und wir von Pro Fera setzen uns für wild lebende Tiere ein. Wesen, die unsere natürliche Umgebung seit Jahrtausenden ausmachen und lange dominiert haben – und die ein wichtiger Kontrast sind, vielleicht sogar der rettende Gegenentwurf zu dem, was wir heute so zynisch ›Nutztiere‹ nennen.«

»Sie haben also für die Wölfe demonstriert, die auf dem Kornberg Schafe gerissen haben?«

Roeder konnte ein Arschloch sein, plump in seinen Angriffen und manchmal ungeschickt in den Versuchen, anderen eine Falle zu stellen – aber seine sarkastischen Bemerkungen verfehlten selten ihr Ziel. Auch Inga Lommel ließ sich von ihm provozieren. Ihre Gesichtsfarbe wurde etwas kräftiger, und sie presste die Lippen zusammen, bevor sie mit erhobener Stimme antwortete.

»Dass Sie für unsere Ideale kein Verständnis haben, hätte ich mir denken können! Zitieren mich hier zu sich, befragen mich im Zusammenhang mit dem Tod eines Schäfers, anstatt sich zu fragen, für welche Ziele wir uns engagieren, für welche Art von Welt wir kämpfen!«

Je mehr sie sich in Rage redete, desto entspannter wurde Roeder. Er ließ ihren Ausbruch einfach verstreichen, dann sagte er ganz ruhig: »Aber genau das habe ich Sie doch gerade gefragt, Frau Lommel. Was wollten Sie mit Ihrer Demonstration auf dem Kornberg bezwecken?«

Sie blinzelte irritiert und sah kurz zu Lindner hin, der aber auch nur dasaß und auf ihre Antwort wartete.

»Wir ... Schauen Sie, Herr ... Roeder?«

Roeder nickte.

»Schauen Sie, Herr Roeder. Wir von Pro Fera engagieren uns, um Lebensräume für wild lebende Tiere zu erhalten oder zu schaffen. Wir begrüßen die Rückkehr des Wolfs in unser Land, wir freuen uns über jeden Luchs, der in Baden-Württemberg gesichtet wird, und wir möchten solchen Wesen zu Möglichkeiten verhelfen, ihr natürliches Leben hier bei uns, in unserer Nachbarschaft zu führen.«

Roeder wirkte etwas gelangweilt. Er nahm einen Kugelschreiber in die Hand, lehnte sich auf seinem Stuhl zurück und drehte den Stift zwischen seinen Fingerspitzen. Inga Lommel, die erleben musste, wie ihr flammender Appell schon wieder verpuffte, beugte sich nach vorn und wirkte fast, als würde sie dem Kommissar am liebsten über den Tisch hinweg ins Gesicht springen.

»Herr Roeder! Hier geht es um Nachhaltigkeit, Tierschutz, die Erhaltung der Natur! Wir Menschen sind nicht die Krone der Schöpfung, wir sind ihre Geißel! Da tauchen Wölfe auf der Schwäbischen Alb auf – und dann wird einer totgefahren, und auf die anderen wird eine regelrechte Hetzjagd veranstaltet! Diese Boulevardzeitung hat die armen Tiere als blutrünstige Massenmörder dargestellt, das muss doch jemand richtigstellen! Deshalb haben wir zur Demonstration aufgerufen! Und dass das auf dem Kornberg außer Kontrolle geraten ist, das können Sie doch nicht uns anlasten! Wir haben friedlich demonstriert, aber dann wird ein Fotograf von diesen ... diesen ... diesen Tierausbeutern zu Fall gebracht. Unsere Leute sind ihm zu Hilfe geeilt, das wird doch nicht verboten sein, oder? Eine pure Selbstverständlichkeit ist das, Herr Roeder! Man hilft, man schützt, man steht auf, wenn man eine Ungerechtigkeit entdeckt! Das hat uns von Pro Fera bewogen, uns auf diesem Berg zu versammeln und für die armen, gebrandmarkten Geschöpfe einzustehen, die von diesen Sensationsreportern ohne Not als brutale, mordende Bestien karikiert wurden!«

Roeder hörte sich alles an, ohne ein Wort zu erwidern. Dann stand er auf und verließ den Raum. Inga Lommel sah ihm überrascht nach.

»Was ist denn jetzt wieder?«, fragte sie Lindner, aber der konnte auch nur mit den Schultern zucken.

Kurz darauf war Roeder wieder zurück. Er setzte sich und legte eine Mappe vor sich auf den Tisch.

»Ihre netten Wölfe«, begann er bedächtig und öffnete die Mappe, »haben auf dem Kornberg drei Schafe und einen Hund gerissen, und sie haben einen Menschen getötet. Den Tierausbeuter Ernst Meißner, der sich selbst wohl eher als Schäfer bezeichnet hätte.«

»Das weiß ich! Aber …«

Roeder nahm ein großformatiges Foto aus den Unterlagen in der Mappe und schob es Inga Lommel hin. Sie zögerte, bevor sie draufschaute. Dann legte er einige weitere Fotos daneben, bis der ganze Tisch vor ihr mit detaillierten Farbaufnahmen der Tierkadaver und der Leiche von Meißner bedeckt war. Das Durcheinander aus zerfetzten Bäuchen, ausgerissenen Fleischrändern und blutig verschmiertem Grasboden setzte ihr sichtlich zu.

»So sehen die Kadaver aus, die Ihre Wölfe in ihrer nachhaltigen Art, ihr natürliches Leben zu führen, hinterlassen haben.«

Er betonte das Wort »Kadaver« genau im selben Moment, in dem er mit dem Zeigefinger auf ein Bild von Meißners wüst zugerichteter Leiche tippte. Inga Lommel wurde etwas blass, schluckte mehrmals, hielt sich dabei aber kerzengerade.

»Wir wollen die Todesumstände von Herrn Meißner ermitteln, und wir haben keine Wölfe verteufelt und sehen auch keine Notwendigkeit, das zu tun. Aber Sie müssen bitte schon zur Kenntnis nehmen, dass droben auf dem Kornberg niemand totgestreichelt wurde oder durch gutes Zureden ums Leben kam. Es ist Ihnen unbenommen, sich für Ihre Ideale einzusetzen. Es steht jedem in diesem Land frei, sich gegen Tierhaltung oder Jägerei auszusprechen, kein Fleisch zu essen oder bei Vollmond indianische Gesänge anzustimmen.«

Inga Lommel öffnete den Mund, um zu protestieren, aber Roeder brachte sie mit einer knappen Geste dazu, still zu bleiben.

»Was auch immer Ihnen und anderen beliebt, Frau Lommel, das ist alles wunderbar und, wenn es im Rahmen der Gesetze bleibt, schön und gut und nicht zu beanstanden. Heute aber haben Sie einen Tumult verursacht auf einer Wiese, auf der in der Nacht zum Dienstag dieser Woche mehrere Tiere und ein Mensch starben. Auf sehr blutige Weise starben, wie Sie auf diesen Fotos sehen können. Und Sie haben einen Mann unter Druck gesetzt, der in der Nacht auf Dienstag seinen Vater verloren hat. Sie haben in einem frisch verwaisten Sohn Schuldgefühle dafür wecken wollen, dass er arme, wehrlose Schafe ausbeutet oder was immer Sie ihm an den Kopf geworfen haben mögen – stattdessen hätten Sie ihn vielleicht einfach nur in Ruhe trauern lassen sollen.«

Kein Widerwort, den Blick gesenkt auf die Bilder vor sich. Roeder hatte Inga Lommel da, wo er sie haben wollte.

»Und auch die sensationslüsternen Berichte in dieser Boulevardzeitung«, fuhr er schneidend fort, »sollten Sie nicht uns anlasten. Gerade Sie nicht!«

Lindner stutzte. Hatte Honzmann nicht aus dem Ministerium von dem Gemetzel auf dem Kornberg erfahren? Wie war dieser Tierschutzverein darin verwickelt, und was wusste Roeder darüber? Lindner sah den Kollegen an, der – im

Moment von seiner Gesprächspartnerin unbeobachtet – ihm zuzwinkerte und kurz ein Grinsen aufblitzen ließ. Roeder wusste also nichts, sondern pokerte nur hoch. Aber er gewann. Inga Lommel hob langsam den Blick und ließ die Schultern hängen.

»Aber ich konnte doch nicht wissen, dass der blöde Honzmann ausgerechnet dieses Revolverblatt informiert!«

Ihre Stimme war etwas brüchig geworden. Sie sprach nun leise, und ihr Blick bekam etwas Flehendes. Roeder behielt sie fest im Blick, wartete aber schweigend darauf, dass sie weiterredete.

»Ich hatte gehört, dass sich Robert Honzmann mit Wölfen auskennt. Den halten einige unserer Vereinsmitglieder für eine richtige Koryphäe im Bereich Großraubtiere.«

Roeder hob fragend die Augenbrauen.

»Damit sind in unserer Region Luchs und Wolf gemeint. Was lag also näher, als dass er als Erster erfuhr, was sich da droben auf dem Kornberg ereignet hatte? Natürlich nicht von uns direkt, sondern aus dem Ministerium, von einer Quelle, die darauf bestehen sollte, nicht genannt zu werden. Das hat auch HG so gesehen, als wir von Pro Fera mit ihm geredet haben, und er wollte ihn anrufen – die beiden haben regelmäßig Kontakt zueinander, und HG hat Honzmann schon einmal informiert, als es zu einem Wolfsangriff auf eine Schafherde kam.«

»Im vergangenen September«, merkte Roeder an und tat so, als bestätigte Inga Lommels Aussage nur Fakten, die er schon kannte.

»Ja, im vergangenen September. Da rissen Wölfe einige Schafe in der Nähe von Laichingen. HG hat Honzmann damals angerufen.«

»Und der hat seine Info brühwarm an das Boulevardblatt weitergegeben.«

Inga Lommel wirkte zerknirscht.

»Ja, ich … das wusste ich. Um ehrlich zu sein: Wir hatten auch darauf gehofft. Die Sache sollte ans Licht kommen, aber nicht durch uns. Wir wollten erst drauf einsteigen, wenn ein erster Zeitungsbericht erschienen war. Und, glauben Sie mir bitte – vom toten Schäfer hat keiner von uns dem HG etwas erzählt!«

»Das hat der Reporter auch allein herausgefunden«, knurrte Roeder. »Verstehen Sie jetzt, Frau Lommel, dass die von Ihnen so genannte Hetzjagd, gegen die Sie auf dem Kornberg demonstrierten, letzten Endes genau von Ihnen und Ihrem Verein überhaupt erst inszeniert wurde?«

Sie sank noch ein wenig mehr in sich zusammen.

»Und dieser HG, von dem Sie reden – in welchem Ministerium arbeitet der und wie heißt er?«

Inga Lommel sah auf, schluckte und schüttelte dann langsam den Kopf.

»Das ist doch kindisch, Frau Lommel. Trauen Sie uns nicht zu, dass wir diesen Namen auch selbst herausfinden? Wir wissen, dass er im Ministerium arbeitet. Ich darf annehmen, dass er in einem Bereich tätig ist, dessen Zuständigkeit etwas mit Tieren zu tun hat, also ist er im Ministerium für Ländlichen Raum und Verbraucherschutz beschäftigt. Und der Name ... na ja, so vertraut, wie Sie von ihm reden, werden H und G ja nicht die Anfangsbuchstaben von Vor- und Nachname sein, sondern eher ein Kürzel für seinen möglicherweise etwas sperrigen doppelten Vornamen.«

Sie schluckte erneut.

»Hans-Georg, vielleicht? Oder Heinz-Günter?«

»Hans-Günther«, brachte sie schließlich hervor. »Hans-Günther Haage. Er arbeitet im Referat, das Hubert Pfennigwerth leitet, und er ist neben anderen Dingen zuständig für alles, was mit Wölfen und Luchsen zu tun hat.«

»Hubert Pfennigwerth?«, fragte Lindner dazwischen. »Der mit meinem Vorgesetzten Theodor Kollack befreundet ist? So wie Sie auch?«

Inga Lommel wand sich und schaute Lindner entschuldigend an.

»Die Pfennigwerths und die Kollacks treffen sich regelmäßig mit uns zum Essen«, sagte sie. »Mal bekochen wir uns gegenseitig, mal gehen wir zusammen in ein schönes Lokal. Für kommenden Sonntag sind wir wieder verabredet, diesmal bei uns.«

»Oh, da wappnen Sie sich lieber mal für ein schwieriges Gespräch zwischen den Gängen des Menüs.«

Lindner hatte kein Interesse daran, ihr davon zu erzählen, dass ihn sein Chef Kollack auf Bitte des befreundeten Referatsleiters Pfennigwerth auf diesen Fall angesetzt hatte – mit dem vorrangigen Ziel, seinem Freund im Ministerium Ärger und Überstunden zu ersparen. Aber das war auch nicht notwendig, wie Inga Lommels betretene Miene deutlich machte.

»Ihr Spezi HG«, schob er sicherheitshalber noch nach, »hat Ihrem Freund Herrn Pfennigwerth vermutlich ziemlich viel Extraarbeit eingebrockt – das wird er seinem Mitarbeiter übelnehmen, und Ihnen wahrscheinlich auch.«

»Ja, das glaube ich auch«, stimmte sie ihm zu.

»Was wird's denn Feines geben?«, fragte Roeder und machte sich nicht die Mühe, seine schlechte Laune zu verbergen.

»Lammbraten«, sagte sie leichthin und schien froh, das Thema wechseln zu können.

»Sie essen Fleisch?«

»Nein, ich werde mich an die Beilagen halten, wie immer. Aber mein Mann … nun ja … der sieht das anders als ich. Er hat den Braten auch schon eingelegt.«

»Und dann ausgerechnet Lamm!«

»Wieso? Wir … mein Mann … – oh!«

Sie räusperte sich und verstummte. Roeder stand auf und sah böse auf sie hinunter.

»Vielleicht sollten Sie das Lamm vorher durch den Wolf drehen.«

* * *

Als ab drei viertel sechs nach und nach die Teilnehmer der nächsten Soko-Besprechung eintrudelten und Platz nahmen, saßen Roeder und Staatsanwalt Hagenbeck auf ihren Plätzen und unterhielten sich mit gedämpfter Stimme. Lindner war zusammen mit Roeder gekommen, und er beobachtete seinen Kollegen: Er wirkte etwas weniger euphorisch als vor den Vernehmungen, aber aus den wenigen Worten, die Lindner bei dessen Gespräch mit Hagenbeck verstehen konnte, schien Roeder immer noch davon auszugehen, dass sie der Lösung des Falls schon sehr nahe waren.

»So, Kollegen«, eröffnete er die Besprechung und nickte in die Runde. »Wir haben jetzt alle Verdächtigen, die wir bisher ermitteln konnten, befragt, und es sieht danach aus, als könnten wir uns ab sofort auf zwei bis drei Personen beschränken.«

Er skizzierte das Ergebnis der Befragungen, beschrieb Honzmanns Alibi mit den Anrufen bei ihm zuhause die ganze Nacht hindurch, und gab eine launige Zusammenfassung des Gesprächs mit der Tierschutzaktivistin Inga Lommel. Einige lachten. Aichele klappte demonstrativ die Plastikdose vor sich auf und biss herzhaft in das Leberwurstbrot, das er mitgebracht hatte.

»Spaß beiseite«, wechselte Roeder grinsend das Thema. »Thomas Vanchling haben wir hierbehalten, auch Jo Meißner bleibt erst einmal bei uns. Alina Murkmajr haben wir laufen lassen – aber nur, weil wir uns davon versprechen, dass sie einen Fehler macht, so nervös, wie sie in der Befragung war.«

Hagenbeck nickte dazu.

»Der guten Frau geht die Düse«, höhnte Roeder. »Und vermutlich braucht sie dringend wieder einen Schluck. Wie auch immer – vielleicht beschert sie uns eine nützliche Spur. Sie wird jedenfalls rund um die Uhr observiert. Im Moment folgen ihr zwei Kollegen, sie scheint auf dem Weg nach Amstetten zu sein, wo sie wohnt.«

»Gut«, sagte Hagenbeck und schaute sich um. »Wer hat was Neues?«

Miller meldete sich zu Wort.

»Wir sind noch nicht ganz durch mit Ernst Meißners Unterlagen, aber eins ist jetzt schon klar: Jo Meißner ist nicht sein leiblicher Sohn.«

»Was?«

»Die Kollegen werden alles sichten und haben da noch viel vor sich, aber sie haben erst einmal die Briefe von und an Meißner senior durchgearbeitet. Vor ein paar Jahren hat er DNA-Proben von sich und Jo an ein Labor geschickt, das in mehreren Zeitschriften inseriert hat, darunter auch in einem Nacktmagazin, das Meißner senior wohl gelegentlich kaufte. Das Ergebnis ist eindeutig: Ernst und Jo Meißner können nicht Vater und Sohn sein.«

»Das ist ja ein Ding!«, entfuhr es Roeder. »Wusste Jo Meißner davon?«

»Das wissen wir natürlich nicht sicher, aber der Bericht des Labors lag ganz unten in einem Karton, den Jo Meißner anscheinend noch nicht durchgearbeitet hatte. Und einen Brief, in dem Ernst Meißner seinem Adoptivsohn von dem Laborergebnis berichtet, haben wir nicht gefunden. Oder genauer: keinen fertigen Text. Direkt über dem Laborbericht lagen mehrere angefangene Briefe, in denen er versucht hat, darüber zu schreiben – weit ist er aber nie gekommen.«

Es ging noch eine Weile hin und her, aber niemand hatte mehr wichtige Neuigkeiten.

»Gut, dann wollen wir mal wieder an die Arbeit gehen«, sagte Roeder. »Wir brauchen noch ein paar Kollegen, die bei der Observierung von Alina Murkmajr helfen. Der Innendienst checkt zur Sicherheit gerade die Nummern, von denen aus Honzmann in der Nacht zum Dienstag angerufen wurde – reine Routine, aber man kann ja nie wissen. Und irgendjemand sollte mal mit diesen Wolfsexperten sprechen. Ich hätte mir da längst vernünftige Ergebnisse gewünscht, aber die Herrschaften sind wohl damit zufrieden, durch Wald und Tann zu streifen.«

Er lachte, stand auf, und dann eilten alle wieder an ihre Schreibtische. Hagenbeck packte ein paar Unterlagen in seine Tasche und verabschiedete sich, und Lindner und Aichele gingen zu Aicheles Streifenwagen, um nach Bad Boll zurückzukehren.

* * *

Ruth Lindner erzählte mit vollem Mund, und noch bevor sie die nächste Pointe gesetzt hatte, schob sie etwas Schweinehals nach. Maria lachte Tränen, bestätigte ab und zu Details, die Lindner nicht glauben mochte, und mit leckerem Essen, kühlem Bier und einem munteren Gespräch ging der späte Nachmittag an der Gruibinger Straße in Bad Boll in den frühen Abend über.

Dann klingelte Lindners Handy. Er wollte es erst gar nicht beachten, und als er kurz aufs Display lugte, wurden weder die Einträge »Roeder« noch »Aichele« angezeigt. Doch bevor er das Gespräch wegdrücken konnte, stupste ihn seine Mutter mit dem Finger an.

»Geh schon hin, Bub«, brachte Ruth Lindner schließlich kichernd hervor und versuchte dabei, keinen Bissen zurück auf den Teller fallen zu lassen.

Lindner hob ab und meldete sich. Zora Wilde war dran. Er entschuldigte sich bei den anderen mit einer Geste, dann ging er ins Wohnzimmer hinüber.

»Ich hoffe, ich störe nicht.«

»Nein, nein, alles gut. Was gibt's denn?«

»Mir geht dieser tote Schäfer nicht aus dem Kopf, Herr Lindner. Und vor allem die Verletzungen innen an seinen Rippen und an der Wirbelsäule.«

»Die sind seltsam, stimmt. Wir haben in der Soko bisher noch keine Erklärung dafür gefunden.«

»Vielleicht ist mir ja was eingefallen, das Ihnen weiterhelfen könnte.«

»Ja? Das wäre super. Was denn?«

»Kennen Sie ›Pakt der Wölfe‹, diesen Kinofilm?«

Lindner war etwas enttäuscht, weil er sich nicht recht vorstellen konnte, wie ihnen ausgerechnet ein Kinofilm jetzt helfen sollte.

»Nein«, sagte er. »Ich bin nicht so der Kinogänger. Warum fragen Sie?«

»In diesem Film geht es um eine Bestie, die im achtzehnten Jahrhundert eine Gegend in Frankreich in Angst und Schrecken versetzte.«

»Und?«

»Es gehen Berichte ein, denen zufolge es sich um eine Art Wolf handeln soll, der immer wieder Menschen aus der Region tötet und entsetzlich zurichtet. Augenzeugen beschreiben diesen ›Wolf‹ als riesiges Monster – und irgendwann kommt der Held des Films diesem Wesen auf die Spur. Es ist ein abgerichtetes Raubtier, das ihr Herr und Meister in eine Metallrüstung gesteckt hat – um es vor Verletzungen zu schützen und um es grausiger aussehen zu lassen.«

Lindner hörte nur halb hin. Spätestens jetzt wusste er wieder, warum es ihn nicht ins Kino zog. Hinter ihm knackte eine Holzdiele. Er drehte sich um und sah Maria mit fragendem Blick in der Tür stehen. Er deckte das Handy ab und sagte leise: »Jemand aus der Soko. Es geht um diese seltsamen Spuren an Meißners Rippen.«

»Komm dann wieder zum Essen, ja? Deine Mutter hat noch einen Nachtisch für uns.«

Damit ging sie wieder in die Küche, und Lindner konzentrierte sich wieder auf Zora Wildes Stimme.

»… hab ich mir gedacht, ob Sie das vielleicht mal überprüfen lassen«, beendete sie gerade ihre Ausführungen.

»Oh, tut mir leid«, gab er ganz zerknirscht in die entstehende Pause hinein zu. »Ich war kurz abgelenkt – jetzt habe ich nicht alles mitbekommen.«

»Kein Problem. Dieser Film, hatte ich gerade gesagt, hat mich auf eine Idee gebracht. Was wäre, wenn auch bei diesem Wolfsangriff auf dem Kornberg in irgendeiner Form Metall im Spiel gewesen wäre?«

»Sie meinen, wie bei diesem falschen Wolf in der Rüstung, der im Kinofilm vorkommt?«

»Ich weiß, wie blöd sich das anhört, Herr Lindner. Aber die Kerbe und die Kratzer könnten wirklich von etwas Metallischem stammen. Und wenn jetzt ... ach, ich weiß auch nicht, aber ...«

Sie machte eine Pause.

»Haben Sie denn inzwischen schon eine Vermutung, in welcher Reihenfolge den Opfern die Wolfsbisse und diese seltsamen Kerben zugefügt worden sein könnten?«

»Nein.«

»Was wäre, wenn es gar keine Reihenfolge gegeben hätte?«

»Wie?«

»Na, wenn beides gleichzeitig entstanden wäre. Als Spuren ein und desselben Vorgangs.«

»Frau Dr. Wilde, ich fürchte, mit irgendwelchen Wölfen, die eisern gepanzert auf der Alb herummarschieren, kommen wir hier nicht weiter.«

»Jetzt machen Sie sich bitte nicht lustig über mich. Eigentlich denke ich nur laut, und wenn Sie doch selbst auch noch keine Erklärung haben ...«

»Entschuldigung, ich wollte Ihre Idee nicht lächerlich machen. Aber wie stellen Sie sich das vor, dass die Wolfsbisse und die Verletzungen durch diese ominösen Metallgegenstände gleichzeitig oder beinahe gleichzeitig entstanden?«

»Nicht lachen, Herr Lindner, aber denken Sie sich eine Spange über dem Wolfsgebiss oder so etwas Ähnliches. Oder gleich eine Art Werkzeug, das ... wie soll ich sagen? ... das an den Opfern Bisswunden erzeugt, die nach Wölfen aussehen?«

»Wir haben aber auch DNA von Wölfen an den Bisswunden gefunden, und auf dem Kornberg gab es überall Pfotenabdrücke von Wölfen. Wie passt das mit einer … Maschine zusammen?«

»Keine Ahnung, Herr Lindner. Und wahrscheinlich ist das wirklich alles nur Blödsinn. Vergessen Sie's, bitte. Und erzählen Sie meine schrägen Einfälle nicht weiter, ja? Nicht, dass ich noch zur Lachnummer werde unter den Kollegen.«

Sie lachte mit ihrer kehligen Stimme, und in Lindners Nacken stellten sich Härchen auf.

* * *

Natürlich konnte Lindner das Gespräch nicht vergessen. Er war für den Rest des Abends nicht ganz bei der Sache, und irgendwann schickte ihn Maria ins Wohnzimmer, damit er sich vor dem Fernseher ablenken lassen und endlich mal an etwas anderes denken konnte als immer an diesen blöden Fall. Während die beiden Frauen am Küchentisch ein Fläschchen Wein öffneten und sich prächtig unterhielten, ließ sich Lindner Maria zuliebe von einem faden Film berieseln, der ständig zwischen Streit und Versöhnung pendelte, dabei aber stets auf die imposante Alpenkulisse im Hintergrund achtete. Als nach einer Weile eine sympathische Nebenfigur auftrat – eine Art Ranger, der kein Geld, aber ein großes Herz für Wölfe hatte –, hatte sich die Ablenkung erledigt.

Seine Gedanken kreisten sofort wieder um den toten Schäfer auf dem Kornberg. Um die Bisswunden. Um die anderen Verletzungen. Um die Wolfs-DNA in den Wunden.

DNA. Schon einmal hatte er in einem Fall mit DNA zu tun, die nicht zu den übrigen Spuren passen wollte. Vielleicht musste man wirklich ganz neu an den Fall herangehen? Die Umstände von Ernst Meißners Tod noch einmal ganz anders denken?

Lindner ließ den Fernseher laufen, schlich zur Tür und horchte. Seine Freundin und seine Mutter hatten in der Küche eine gute Zeit, das war nicht zu überhören. Leise ging er die Treppe hinauf, achtete darauf, nicht auf die Stufen zu treten, die knarzten, und oben in seinem Zimmer zog er das Handy hervor und rief den Chef der Kriminaltechnik an. Auch Schopf war in Gedanken offenbar noch bei der Arbeit, und auch bei ihm lief im Hintergrund ein Fernsehfilm – womöglich derselbe, zu dem sich Lindner gelangweilt hatte.

»Kein Problem, Herr Lindner«, versicherte Schopf, als Lindner sich für die späte Störung entschuldigte. »Ich bin ganz froh, dass Sie mich anrufen. Mir geht dieser Fall auch nicht aus dem Kopf. Ich habe vorhin noch versucht, jemanden von diesen Fährtenlesern zu erreichen. Aber da geht keiner ans Handy, und auch im Hotel sind sie nicht zu erreichen. Das muss also dann wohl bis morgen warten. Das macht mich ganz verrückt. Ich würde am liebsten durcharbeiten, aber meine Frau …«

Er lachte.

»So, was haben Sie für mich?«

»Ich habe vorhin mit Frau Dr. Wilde gesprochen. Sie hat Ernst Meißner obduziert, Sie erinnern sich, und ihr sind diese seltsamen Kratzer und Kerben an den Rippen aufgefallen.«

»Ja. Noch so eine blöde Sache, die nirgendwo reinpasst. Und?«

Lindner zögerte einen Moment, aber es half ja nichts.

»Sie … Sie hat da eine Idee, etwas schräg vielleicht … aber wenn wir sonst keinen Ansatz haben, lohnt es sich womöglich, der Sache nachzugehen.«

»Immer her damit.«

»Kennen Sie den Film ›Pakt der Wölfe‹?«

»Klar. Etwas blutig, etwas abgedreht, aber tolle Actionszenen. Warum fragen Sie?«

Noch bevor Lindner weiterreden konnte, kam Schopf selber drauf.

»Ach, die Bestie in dieser Metallrüstung! Ja, stimmt: Metall könnte die Kerben an den Rippen erklären. Aber wie stellt sich Frau Wilde das vor?«

»Sie dachte an eine … nun ja: eine Spange am Wolfsgebiss oder etwas in der Art, oder an eine … nennen wir es: Maschine, die nur den Eindruck erweckt, dass Meißner von Wölfen getötet wurde.«

Schopf schwieg, und als ihm die Pause zu lang wurde, sagte Lindner: »Klingt absurd, oder?«

Am anderen Ende war noch immer nichts als das Hintergrundgeräusch aus dem Fernseher zu hören, dann ein kurzes Lachen.

»Lassen Sie mich mal machen, Herr Lindner«, erklärte Schopf. »Keine Ahnung, ob das zu was führt, aber wir haben bei uns in der KT einen Technikfreak, so was wie ein Nerd in altmodisch, der statt mit Computern mit allem Mechanischen zaubern kann. Den ruf ich gleich mal an und frage ihn, was ihm dazu einfällt. Wenn er mich auslacht, vergessen wir's. Und wenn er anbeißt, hat er vermutlich schon morgen früh etwas dazu ausgebrütet.«

»Aber um diese Zeit …?«

»Nein, nein, das macht der gern. Er ist Single und macht gern mal eine Nacht durch, wenn er eine besonders interessante Nuss zu knacken hat.«

* * *

Irgendwann wurde Lindner klar, dass auch er in dieser Nacht wohl kaum in den Schlaf finden würde. Und als er sich auf ein Bier im Hirschen von seiner Freundin und seiner Mutter verabschiedete, waren die beiden schon so gut beieinander, dass ihn nicht einmal Maria dafür tadelte, dass er schon wieder ohne sie aus dem Haus wollte.

Im Hirschen war fast Feierabend, aber Wirtin Chiara hätte ihm trotzdem noch ein spätes Bier gezapft – doch als sie erzählte, dass Fritz Aichele heute Abend mehr als eine Stunde lang vor seinem Weizen gesessen hatte, ohne es auch nur anzurühren, dass er die ganze Zeit geschwiegen hatte und schließlich ganz in Gedanken und ohne zu bezahlen nach draußen gegangen war, verabschiedete sich Lindner schnell wieder, um nach seinem Freund und Kollegen zu sehen.

Aichele wohnte nicht weit entfernt vom Polizeiposten Bad Boll, den er seit Jahren leitete, aber Lindner musste gar nicht bis zu seinem Haus laufen: Der Polizist lehnte am Streifenwagen, der vor dem Posten geparkt war, rauchte und sah nachdenklich den Wolken hinterher, die er in die Nachtluft paffte.

»Mensch, Fritz«, sprach Lindner ihn an, »kannst du auch nicht schlafen?«

»Nein. Und das wird heut wohl auch nichts mehr werden. Und was machst du hier?«

»Chiara hat mir erzählt, dass du dein Bier nicht getrunken und den Hirschen ganz in Gedanken verlassen hast.«

»Oh, Mist – ich hab noch nicht einmal bezahlt!«

»Chiara lässt dir ausrichten, dass das Weizen, das du nicht getrunken hast, aufs Haus geht.«

Aichele lachte.

»Da siehst du mal: Ich lass mein Bier stehen – so weit hat mich dieser seltsame Fall schon gebracht.«

Lindner lehnte sich neben ihm an den Wagen und atmete den würzigen Duft des Zigarillos ein.

»Zora Wilde hat mich vorhin angerufen«, sagte Lindner nach einer Weile.

»So, so«, antwortete Aichele.

Lindner sah ihn an, um herauszufinden, ob er das so spöttisch gemeint hatte wie nach der Obduktion. Aber Aicheles Miene verriet nichts. Er hatte den Kopf gehoben und blies eine neue Rauchwolke in die Nacht. Lindner erzählte ihm von ihrer Idee und auch davon, dass Schopf einen Kollegen darauf ansetzen wollte.

»Da können wir also nur bis morgen warten«, brummte Aichele.

Er stieß eine neue Wolke aus und wirkte nicht sehr zufrieden mit dieser Aussicht.

»Ich jedenfalls kann heute Nacht kein Auge zumachen«, stellte Lindner fest. »Vorhin lag ich auf dem Sofa und habe zu einem langweiligen Film halb geschlafen – jetzt bin ich hellwach und weiß nichts mit mir anzufangen.«

Aichele schmauchte noch ein wenig an seinem Zigarillo, dann räusperte er sich und sah Lindner nachdenklich an. Der erwiderte seinen Blick, und dann grinsten sich die beiden an.

»Eine Nacht lang wach bleiben«, sagte Aichele. »Das klingt ganz nach Observierung, was?«

»Stimmt. Und du hast an dasselbe gedacht wie ich?«

»Alina Murkmajr wird observiert. Ich kann die Kollegen mal anrufen, wo die gerade ist, und dann könnten wir da mal vorbeischauen. Entweder wir lösen die anderen mal für eine Weile ab, oder es tut sich sonst was.«

Lindner nickte, und wenig später wussten sie, wohin sie zu fahren hatten.

* * *

»Billy's Bierbar« – natürlich mit unnötigem Apostroph im Namen – befand sich in einer weniger schönen Gegend von Geislingen. Die umstehenden Häuser hatten ramponierte Fassaden und verdreckte Jalousien, entlang der Straße standen Autos, deren Besitzer sich vermutlich nicht allzu sehr auf den nächsten TÜV freuten, und der Gehweg sah nicht nur schmutzig aus, sondern er roch auch so.

Der Verkehr auf der B10, der um diese Zeit spärlicher floss, war hier nur noch schwach zu hören, dafür schepperte durch die Buntglasfenster der Bar Siebziger-Jahre-Rock, und als zwei Männer die Tür öffneten, drang die Musik für kurze Zeit ziemlich laut aus der Kaschemme, untermalt vom Gegröle angetrunkener Gäste. Im ersten Stock gab es einige Fenster mit zugezogenen Vorhängen, hinter einem brannte rötlich schimmerndes Licht. Mal sah man die Silhouette einer Frau zwischen Lampe und Fenster auf und ab gehen, dann wieder regte sich für eine Weile nichts hinter dem Vorhang. Der Beschreibung der Kollegen nach war das das Zimmer, in dem sich Alina Murkmajr etwas dazuverdiente.

Lindner und Aichele waren mit Lindners Kombi nach Geislingen gefahren, jetzt stand der Wagen mit heruntergelassenen Seitenfenstern ein paar Parkplätze von der Bar entfernt und fügte sich, alt und klapprig wie er war, gut in die Umgebung ein. Die beiden Kollegen, die Alina Murkmajr observierten, standen in der Gegenrichtung ähnlich weit von der Kneipe entfernt. Sie hatten ihre Schicht erst angetreten und deshalb das Angebot abgelehnt, von Lindner und Aichele abgelöst zu werden. Nun standen beide Fahrzeuge am Straßenrand, und natürlich nahmen die Insassen keinen Kontakt zueinander auf.

Die beiden Männer, die gerade die Bar verließen, waren recht unsicher auf den Beinen. Einer stützte sich nach ein paar Schritten an der Hauswand ab und übergab sich, bevor sein Kumpel ihn lachend unterhakte und ihn weiterzog. Sie passierten Lindner und Aichele, achteten aber nicht auf die Männer im dunklen Wageninneren. Im Rückspiegel sah Lindner, wie sie mit einiger Mühe einen alten BMW aufschlossen, sich in den Wagen setzten, mit stotterndem Motor aus der Parklücke krochen und dann in sanften Kurven auf der schnurgeraden Straße zu bleiben versuchten. Aichele hatte längst das Handy gezückt und die Kollegen vom hiesigen Revier gebeten, einen alten BMW anzuhalten, der in Richtung Stadtmitte unterwegs war. Mehr war nicht zu tun. Aichele und Lindner konnten beruhigt auf ihrem Posten bleiben.

Der nächste Zwischenfall ließ sie dann aber doch den Wagen verlassen.

Das Fenster im ersten Stock war inzwischen geöffnet worden, und Alina Murkmajr lehnte mit dem Oberkörper auf dem Fensterbrett, rauchte eine Zigarette und sah in die Nacht hinaus. Ein untersetzter Mann mit Geheimratsecken kam auf dem Gehweg auf die Bar zu und rückte, als er die Frau am Fenster bemerkte, etwas näher an die Hauswand heran. Sie sah ihn nicht kommen. Er warf noch schnelle Blicke nach links und nach rechts, bevor er ins Haus huschte. Lindner konnte vom Auto aus nicht sehen, ob er in die Bar ging, aber die Musik erklang durchgehend in gedämpfter Lautstärke, also hatte er die Tür zur Kneipe wohl nicht geöffnet.

Kurz darauf wandte sich Alina Murkmajr oben an ihrem Fenster um, und sie schien etwas nach drinnen zu rufen. Dann verließ sie ihren Platz und war von der Straße aus nicht mehr zu sehen. Lindner behielt das Fenster im Auge, und wenig später erkannte er, dass sich Alina Murkmajr rückwärts dem Fenster näherte, offenbar in Angst vor jenem Mann, der gerade das Haus betreten hatte und ebenfalls in Lindners Blickfeld auftauchte – und der sie allem Anschein nach bedrängte.

Aichele hatte den Besucher der Frau ebenfalls bemerkt, und weil Alina Murkmajr allem Anschein nach in Gefahr war, sprangen er und Lindner eilig aus dem Wagen. Mit dem einen Besucher würden sie zu zweit gut fertig werden, deshalb gaben sie den Kollegen im Losrennen ein Zeichen, dass sie nicht auch noch eingreifen mussten – und stürzten an der Eingangstür zur Bar vorbei in den Hausflur. Eine unangenehme Mischung aus altem Zigarettenqualm, Schweiß, Moder und Urin schlug ihnen entgegen, und das Flurlicht, das Lindner anknipste, war so schummrig, dass sie einen Moment brauchten, um sich in der düsteren Umgebung zurechtzufinden.

Rechts von ihnen führte die Treppe in den ersten Stock, nach hinten raus ging eine Tür, und am Sockel der Treppe gab es eine weitere Tür – dem Geruch nach zu urteilen waren dahinter die Toiletten untergebracht. Aichele arbeitete sich eilig die Treppe hinauf. Er nahm immer zwei Stufen auf einmal und war beweglicher und schneller, als man es ihm mit seiner stämmigen Figur zugetraut hätte. Lindner jedenfalls hatte alle Mühe, ihm auf den Fersen zu bleiben.

Die erste Tür in dem schmalen Flur, der oben an der Treppe nach links abging, stand offen, und dahinter waren Alina Murkmajr und ihr Besucher zu sehen. Die Frau war inzwischen bis ganz ans Fenster zurückgewichen, und der Mann drang auf sie ein, hielt sie an den Schultern und schüttelte sie. Dazu schrie er sie an. Er schien geradezu verzweifelt zu sein, denn seine Stimme kippte immer wieder nach oben weg.

Lindner konnte nicht genau erkennen, ob es der Mann beim Zupacken und Anschreien belassen würde, aber Aichele ging auf Nummer sicher, rannte direkt auf ihn zu, packte ihn an den Oberarmen, wirbelte ihn mit einem kräftigen Ruck herum und schubste ihn mit Schwung auf das breite Bett, das links von ihm stand. Der Mann war so verblüfft über Aicheles Attacke, dass er sich nicht wehrte und sich nicht einmal mit den Armen abzustützen versuchte, als er rücklings auf die Matratze fiel. Er lag einfach da, die Augen vor Schreck geweitet, das Gesicht noch rot vor Aufregung, die Stirn mit Schweißperlen bedeckt, und sein Atem ging schwer und schnell.

Alina Murkmajr wiederum lehnte am Fenster, ließ die Arme hängen und starrte mal Aichele und Lindner, mal ihren aufgebrachten Besucher an. Ihre Haare waren zerzaust, ein Ärmel der Bluse war knapp unterhalb der Schulter eingerissen, und neben ihr auf dem Boden glomm noch die Zigarette, die sie hatte fallen lassen. Lindner trat die Kippe aus und führte die Frau zu einem Stuhl, der gegenüber dem Bett in der Ecke neben einem Spiegelschrank stand. Sie ließ sich auf den Stuhl sinken, sah Lindner aber so ängstlich an, dass der schnell seinen Ausweis zeigte und sich und Aichele vorstellte.

»Scheiße!«, kam es daraufhin vom Bett her. »Das jetzt auch noch.«

Der Fremde rappelte sich mühsam auf und saß nun kopfschüttelnd auf dem Bett. Unter ihm lag die zerknautschte, goldfarbene Decke, über, hinter und neben ihm Spiegel in allen Größen und Formen. Dazu ein paar Poster mit Detailaufnahmen weiblicher Körper, zwei hässliche Bodenvasen mit leicht verstaubten Plastikblumen und ein Regal voller Sexspielzeug. In einer Ecke des Zimmers war an der Decke ein Beamer befestigt, und an der gegenüberliegenden Ecke war eine Leinwand aufgehängt.

Das Fenster stand zwar nach wie vor offen, aber die Luft wirkte trotzdem noch abgestanden. Lindner konnte Zigarettenrauch riechen, auch einen schweren Duft nach Patschuli – woher die anderen Aromen herrührten, wollte er sich lieber nicht vorstellen. Alina Murkmajr wirkte nicht gerade wie frisch geduscht, und auch der Mann auf dem Bett sah ziemlich fertig aus und verströmte keinen Veilchenduft.

»Wer sind Sie und warum haben Sie Frau Murkmajr angegriffen?«, herrschte Lindner ihn an.

»Angegriffen? Ich habe sie doch nicht angegriffen! Ich wollte mit ihr reden, ich … meine Familie …«

»Können Sie sich ausweisen?«

Der Mann nestelte umständlich einen flachen Geldbeutel aus der Gesäßtasche und zog den Personalausweis heraus.

»Ach, Sie sind das?«, sagte Lindner, als er den Namen des Familienvaters aus Donzdorf las, der in der Nacht vor Ernst Meißners Tod die Dienste von Alina Murkmajr in Anspruch genommen, aber nicht in vollem Umfang bezahlt hatte.

»Und was wollten Sie jetzt noch von Frau Murkmajr? Den Rest bezahlen?«

Lindner deutete auf den Geldbeutel.

»Sie haben doch sicher genügend Geld dabei, um Ihre Schulden zu begleichen, oder?«

Er sah zu Alina Murkmajr hin, die immer noch apathisch auf dem Stuhl saß, auf Lindners Blick hin aber müde abwinkte.

»Ihre sauberen Kollegen haben mich zuhause befragt, ob ich Alinas Aussage wegen unseres Streits bestätigen könne. Das habe ich gemacht, warum auch nicht? Ich bezahle für Alina, und wenn sie nicht macht, was ich –«

»Das müssen wir nicht wissen«, schnitt ihm Lindner das Wort ab. »Aber der Streit hat so stattgefunden, das haben Sie bestätigt. Das ist aus unserer Sicht erst einmal alles.«

»Ja, schön, aus Ihrer Sicht – Klasse! Und was mache ich? Ich musste daheim ganz schön rumeiern, damit meine Frau nicht dahinterkommt, dass ich manchmal hierher ... ich meine ...«

Er tätschelte die Matratze neben sich, versuchte ein Lächeln, das ihm aber ziemlich misslang – vermutlich auch deshalb, weil Lindner keine Anstalten machte, seine eisige Miene aufzuhellen.

»Schauen Sie«, versetzte er stattdessen, »wenn Sie die Dienste einer Prostituierten in Anspruch nehmen, kann es halt auch sein, dass andere davon erfahren. Ihr Risiko, würde ich sagen.«

»Na, toll! Jedenfalls wollte ich heute Abend nur noch einmal mit Alina reden. Ihr Alibi hat sie ja jetzt, da muss sie mich doch nicht noch weiter mit reinziehen, oder? Meine Frau muss das doch nicht erfahren. Wer hätte denn etwas davon?«

»Ihre Frau vielleicht?«, schlug Lindner vor.

Alinas Freier presste die Lippen zusammen, verstummte und schaute finster vor sich hin.

»So, Frau Murkmajr«, wandte sich Lindner an die Frau, die noch immer reglos auf dem Stuhl saß. »Geht es Ihnen so weit gut?«

Sie zuckte mit den Schultern.

»Wollen Sie Anzeige erstatten? Hat er Sie verletzt, bedroht, bedrängt?«

»Ach, lassen Sie«, murmelte sie schließlich. »Wenn er sonst zu mir kam, ging's auch nicht zimperlich zu.« Sie nickte zu einem Regalfach hinüber, in dem eine Lederpeitsche, Handschellen und ähnliche Utensilien lagen. »Dass Sie mich ›Prostituierte‹ genannt haben, tut fast mehr weh.«

Lindner räusperte sich und wich ihrem Blick aus. Aichele zog den Freier vom Bett hoch und sah noch einmal fragend zu Alina Murkmajr hin. Die schüttelte nur den Kopf, und Aichele scheuchte den Mann aus dem Zimmer.

»Lassen Sie sich hier lieber mal eine Weile nicht blicken«, rief er ihm noch hinterher, dann hörte man schon seine schnellen Schritte auf der Treppe.

Lindner beugte sich aus dem Fenster und sah den Mann eilig in der Nacht verschwinden. »Können wir noch etwas für Sie tun?«

Sie schüttelte erneut den Kopf, dann stutzte sie. »Sagen Sie mal, Herr Kommissar: Wieso waren Sie eigentlich so schnell zur Stelle, als er mich am Fenster packte und auf mich einredete? Werde ich etwa von der Polizei observiert?«

»Nein«, sagte Lindner schnell. »Wir wollten Ihnen nur noch ein paar Fragen stellen, und als das Fenster noch zu und der Vorhang vorgezogen war, konnten wir ja nicht sicher sein, ob Sie allein sind. Wir haben drunten ein bisschen gewartet, dann sind Sie zum Rauchen ans Fenster gekommen und – na ja, dann haben wir mitbekommen, was hier oben vor sich ging.«

»Sie wollten mich noch was fragen? Um diese Uhrzeit?«

»Na ja, der Fall treibt den Kollegen Aichele und mich ziemlich um. Wir konnten nicht schlafen, und wir dachten, dass wir Sie vielleicht auch so spät am Abend noch hier oben antreffen können.«

Aichele wandte sich ab, damit niemand sah, wie er die Augen verdrehte. Lindner drohte, sich um Kopf und Kragen zu plappern, und wenn er noch eine Weile so weitermachte, konnten die beiden Kollegen drunten im Auto auch genauso gut nach Hause fahren.

»Na gut, letztendlich kann ich ja froh sein.«

Lindner atmete auf, aber seine Erleichterung hielt nicht lange an.

»Also«, fragte Alina Murkmajr nach einer Weile: »Was wollen Sie von mir wissen?«

Aichele war ein wenig im Zimmer herumgegangen, und nun besah er sich auf einem kleinen Schränkchen einige Zettel, die dort neben einem altmodischen Telefonapparat lagen. Als Lindner auf Alina Murkmajrs Frage keine sinnvolle Antwort einfiel, versuchte es Aichele auf gut Glück mit einem der Zettel. Auf die kleine, gelbe Klebenotiz war eine Telefonnummer gekritzelt, die Vorwahl lautete »07335«, wie sie für Anschlüsse in Gruibingen, Wiesensteig und einigen anderen Ortschaften vergeben wurde.

»Hier steht«, setzte er an und hielt den Zettel hoch, »dass Sie diese Nummer anrufen sollen, auf jeden Fall, egal wie spät Sie hier eintreffen.«

»Äh … ja, und?«

Alina Murkmajr sah verwirrt zwischen den beiden Beamten hin und her.

»Das wollten Sie mich fragen? Aber von diesem Zettel haben Sie doch gerade erst erfahren, und …«

»Ja, sicher«, schwindelte Lindner zügig drauflos, »das ist natürlich Zufall, dass das jetzt so gut passt, aber es ging tatsächlich um die Frage möglicher Telefonate, die Sie in der Nacht von Ernst Meißners Tod geführt haben könnten. Über Ihr Handy gab es in der fraglichen Zeit keine Gespräche, das ist geklärt, aber wenn Sie eventuell über den Festnetzanschluss hier im Zimmer mit jemandem gesprochen haben … Auch andere Verdächtige konnten so ausgeschlossen werden – und vielleicht verhilft Ihnen das ja doch noch zu einem Alibi, wer weiß?«

Sie war noch immer irritiert, aber ihr Misstrauen schien zu schwinden, deshalb setzte Lindner nach.

»Hat der Zettel denn mit einem Telefonat zu tun, das Sie in der Nacht zum Dienstag geführt haben?«

Sie ließ sich das Stück Papier geben und überlegte.

»Ja«, sagte sie dann. »Dort habe ich am frühen Morgen angerufen.«

Alina Murkmajr wirkte, als würde sie sich nicht gern an das Telefonat erinnern.

»Worum ging es?«

»Na ja … üblicherweise halt um so kleine Schweinereien. Der Mann mit dieser Nummer ist ein treuer Kunde, der immer prompt bezahlt und nichts Ekliges von mir will, wenn er mich hier besucht. Da wollte ich ihm natürlich den Gefallen tun – das erste Mal seit langer Zeit wieder mal übers Telefon, sonst kam er zuletzt immer hierher. Aber obwohl ich weiß, was er mag, hat's diesmal nicht geklappt. Vielleicht, weil es schon so spät war. Vielleicht hatte er auch einfach aus einem anderen Grund keine Lust mehr. Das Gespräch dauerte jedenfalls höchstens eine Minute oder zwei. Ich hab mich noch gewundert, weil er die ganze Zeit auf und ab gegangen ist – zumindest hörte es sich für mich so an. Ich hab ihm dann eine gute Nacht gewünscht und hab aufgelegt.«

»Dürfen wir den Zettel mitnehmen?«, fragte Aichele.

Sie gab ihm die Notiz zurück.

»Klar. Die Nummer hab ich eh in meinem Adressbüchle notiert.«

»Und wessen Nummer ist das?«

»Die von Robert Honzmann. Wohnt in Mühlhausen, ein treuer Kunde, wie gesagt, seit vielen Jahren.«

Dass Lindner nach der Heimfahrt von Geislingen und einem längeren Gespräch mit Fritz Aichele vor dessen Haus erst recht spät daheim eintraf, bekam Maria nicht mit. Sie lag zu diesem Zeitpunkt längst im Bett und schlief. Dass er nach einem Glas Bier zu ihr unter die Decke schlüpfte, quittierte sie mit einem kurzen Grunzen und drehte sich zur Seite. Aber als er ihr am nächsten Morgen berichtete, was er und Aichele herausgefunden hatten – und vor allem: wen sie wo und wann dafür hatten befragen müssen – das nahm sie nicht besonders gut auf.

»Interessant, Stefan«, knurrte sie und sah zu, wie sich eine Kopfschmerztablette sprudelnd im Wasserglas auflöste, »du kannst nicht schlafen und schiebst deshalb mit Fritz Aichele eine freiwillige Nachtschicht – ohne mir was davon zu sagen!«

»Tut mir ja leid, der Fall treibt mich halt um. Immerhin konnten wir eine Verdächtige befragen, nachdem wir verhindert haben, dass ein wütender Freier sie verprügelt hat.«

»Das mit dem Freier konntet ihr ja noch nicht wissen, als ihr losgefahren seid.«

»Ach, du weißt doch, Fritz hat eine Schwäche für Action und für Aufgaben, die mit spektakulären Fällen zu tun haben. Und da wir beide eh keine Ruhe gefunden haben …«

Er lächelte sie an, streichelte ihr über den Handrücken, und sie ließ es geschehen. Mehr war im Moment nicht zu erreichen, das wusste Lindner. Und so hatte er sich schon unter Versprechungen und Küsschen von Maria verabschiedet, bevor sie ihr Glas ganz ausgetrunken hatte.

Als er in Göppingen eintraf, war er für die Soko-Besprechung, die wie üblich um zehn Uhr beginnen sollte, noch viel zu früh dran. Die verbleibende Zeit nutzte er, um sich in einem Büro, das für die Mitglieder der Soko zur Verfügung stand, durch die neu angelegten Akten zu arbeiten. Außerdem notierte er sich noch einmal die Uhrzeiten und die Sprechdauer aller Telefonate, die Robert Honzmann in der Nacht auf Dienstag geführt hatte. Inzwischen hatten die Kollegen auch ermittelt, zu wem die beiden Telefonnummern gehörten, die Honzmann gestern nicht erkannt haben wollte.

Die eine war als Nummer in Alina Murkmajrs Geislinger »Arbeitszimmer« registriert – die Information, um wessen Anschluss es sich dabei handelte, war nur noch nicht zu Lindner vorgedrungen. Um etwa drei Uhr früh hatte Alina Murkmajr ihn für weniger als zwei Minuten am Apparat. Das passte zu ihrer Aussage, und selbst das kurze Telefonat reichte, um Robert Honzmann als Verdächtigen weitgehend auszuschließen – denn der Bericht aus der Rechtsmedizin datierte den Todeszeitpunkt von Ernst Meißner auf drei Uhr am Dienstagmorgen, plus minus eine halbe Stunde.

Außerdem war gegen halb eins ein Anruf bei Honzmann eingegangen, die Nummer des Anrufers gehörte zum Festnetzanschluss von »Billy's Bierbar«. Falls Billy etwas mit Honzmann zu besprechen hatte und Honzmann bei dieser Gelegenheit nach Alina fragte, würde das erklären, warum er nicht direkt auf ihrem Zimmer angerufen hatte – denn ihre Nummer hätte er sicher parat gehabt. Er war alleinstehend, es sprach also nichts dagegen, dass er sich einen Anschluss, unter dem er gelegentlich Telefonsex hatte, irgendwo notierte.

Aber was hatte Billy von Honzmann gewollt? Warum fiel das Gespräch mit nur gut einer Minute sehr kurz aus? Und warum hatte Honzmann behauptet, der Anrufer sei falsch verbunden gewesen und die Nummer habe ihm nichts gesagt?

Zunächst war es noch möglich gewesen, dass Honzmann von einem Gast der Bar angerufen worden war, den er wirklich nicht kannte – und er sich bei der Nummer des Anrufers nichts gedacht hatte. Doch der Wirt war natürlich von den Kollegen befragt worden. Er bestätigte seinen Anruf bei

Honzmann, gab sich aber wortkarg, was den Inhalt des Telefonats anging. Er könne sich nicht erinnern, gab er auf alle Fragen zu Protokoll – vermutlich seine Standardaussage, denn schließlich hatte die Polizei in Geislingen über Billy eine ansehnliche Akte mit ganz unterschiedlichen krummen Dingern vorliegen, mit denen der Kneipier wohl den Umsatz seiner Kaschemme aufbesserte.

Über diese beiden Telefonate dachte Lindner noch nach, als Fritz Aichele den Kopf zur Tür hereinstreckte.

»Stefan, die Soko-Besprechung geht gleich los. Kommst du?«

Roeder musterte Lindner und Aichele, als sie den Besprechungsraum betraten. Natürlich waren die beiden erkennbar müde, aber als Lindner zu ihm hinsah, begegnete Roeder ihm mit einem Blick, der eher respektvoll als spöttisch wirkte.

»Die Kollegen«, begann er dann auch gleich seine einführenden Bemerkungen und deutete auf Aichele und Lindner, »haben heute Nacht wahrscheinlich Frau Murkmajr vor einer Abreibung bewahrt – und sie zugleich aus dem Kreis der Verdächtigen gekegelt. Sie hat ein Alibi, weil sie ziemlich genau zu Ernst Meißners Todeszeitpunkt telefoniert hat – mit Robert Honzmann, der ja in dieser Nacht ziemlich oft am Telefon war.«

Lindner skizzierte den Verlauf des Besuchs in Geislingen, und gerade wollte Miller mehr zu den Telefonaten Honzmanns sagen, da meldete sich einer der Wolfsexperten zu Wort, ein etwas stiernackiger Endvierziger namens Hartmut Birdener. Er saß neben Ferdinand Kapprodt, der am Stromberg bei Tripsdrill die Wölfe betreute, und wirkte nicht besonders gut gelaunt.

»Wenn ich mal kurz dazwischengehen dürfte? Danach ist meine Anwesenheit hier vermutlich auch nicht mehr erforderlich. Bis auf meinen Kollegen Ferdinand suchen die anderen aus unserem Team ja noch immer draußen nach einer brauchbaren Fährte, aber ich für meinen Teil bin fertig mit dieser Geschichte«, brummte er. Er sprach ein nur leicht eingefärbtes Hochdeutsch, sein »r« allerdings wirkte wie aus dem Englischen entliehen. »Ich würde Ihnen allen raten: Lusst's gutt senn, wie man bei uns in der Oberlausitz sagt.«

»Und warum sollen wir es gut sein lassen?«, fragte Staatsanwalt Hagenbeck. »Die gesicherten Spuren der Wölfe sind doch eindeutig, oder nicht?«

Birdener schob die Unterlippe vor und schnaubte.

»Geht so. Lage und Abstand der Trittsiegel, also der einzelnen Pfotenabdrücke, zueinander deuten darauf hin, dass die Tiere direkt vor dem Pferch noch im geschnürten Trab unterwegs waren – das ist die Gangart, in der Wölfe zügig und energiesparend weite Strecken zurücklegen. Ich hätte dagegen erwartet, dass sie so dicht vor ihrem Ziel schon langsamer geworden sind, sich anschleichen. Oder eben schon in den Galopp fallen, um ihre Beute zu überrumpeln. Was mich an den Abdrücken noch stutzig macht: Wir haben in fast allen Fällen so klar definierte Trittsiegel, dass dort eigentlich unmöglich sowohl eine Vorder- als auch eine Hinterpfote an derselben Stelle auf den Boden gekommen sein kann – aber genau das ist das Merkmal des geschnürten Trabs.«

Hagenbeck und viele andere am Tisch machten nicht den Eindruck, als könnten sie den Ausführungen wirklich folgen. Nur Kapprodt nickte die ganze Zeit zustimmend.

»Ebenfalls seltsam finde ich«, fuhr Birdener ungerührt fort, »dass wir weder auf der Weide selbst noch direkt daneben eine wirklich durchgängige Fährte gefunden haben. Wir haben gleich am Mittwoch mit der Suche angefangen, und Ihre Kriminaltechniker haben ja auch zuvor schon alles sehr sorgfältig gesichert. Es gibt dort grasbewachsene Stellen, auf denen eine Wolfspfote keine ausreichend deutlichen Abdrücke hinterlässt, aber meiner Ansicht nach hätten wir auf der Weide und in der direkten Nachbarschaft des Pferchs trotzdem mehr Spuren finden müssen. Einige kahle Flecken auf der Wiese würden exakt zu den Schrittlängen von Wölfen im geschnürten Trab passen – aber die Stellen waren unberührt.

Und dann sind wir auf das Seltsamste gestoßen, zumindest meiner Einschätzung nach.«

Er ließ eine kleine Pause, um die Spannung zu erhöhen.

»Kein Trittsiegel, das wir gefunden haben, ist weiter als ein paar Meter von der Weide entfernt. Und wir haben wirklich gründlich gesucht, rundum und in allen Richtungen ein Stück den Hang hinunter. Es gibt keine weiterführende Fährte im Wald und keine auf der Wiese, selbst auf den Wegen, die auf den Pferch zuführen, haben wir gesucht – vergeblich.«

»Und das heißt?«

»Schwer zu sagen, aber wenn es nicht so absurd wäre, würde ich behaupten: Die Wölfe sind erst in nächster Nähe zur Weide auf ihren Pfoten unterwegs gewesen.«

Aichele sah verwundert zu Lindner hin, der konnte aber auch nur mit den Schultern zucken. Nur ein Kollege, den Lindner nicht kannte und der neben KT-Chef Schopf saß, gönnte sich ein leichtes Grinsen. Die anderen: ratlos. Noch bevor jemand ihn danach fragen konnte, legte Hartmut Birdener dar, welche Schlüsse er daraus zog.

»Fliegen können die Tiere ja wohl nicht«, brummte er. »Strümpfe oder Schuhe ziehen sie sich für gewöhnlich auch nicht über, und im Wagen werden sie sich ebenfalls nicht haben fahren lassen.«

»Also?«, fragte Hagenbeck.

»Tja … ich habe keine Ahnung, wie das zugegangen sein soll. Mir jedenfalls kommt die ganze Sache komisch vor, und meinen Namen als Wolfsexperten mag ich mit öffentlichen Kommentaren zu dieser eigenartigen Geschichte nicht beschädigen. Ich fahre jetzt wieder nach Hause, und was oder wer auch immer auf diesem Kornberg getötet und Spuren hinterlassen hat – Wölfe waren das meiner Meinung nach nicht.«

Alle saßen bedröppelt in der Runde. Schließlich stand Birdener auf, bat Roeder und Hagenbeck, ihm nach Abschluss der Ermittlungen auf jeden Fall Bescheid zu geben, was sich auf dem Kornberg wirklich ereignet hatte, und verließ den Besprechungsraum. In die folgende Stille hinein erteilte Roeder dem neben ihm sitzenden Miller das Wort, der nun endlich zum Zug kam.

»Wir haben die Nummern überprüft, von denen aus Honzmann in der Nacht zum Dienstag angerufen wurde«, dozierte er. »Der Anruf um halb eins aus Geislingen: Billy's Bierbar. Der Anruf gegen drei, ebenfalls aus Geislingen: Alina Murkmajr. Dazu hat Herr Lindner ja vorher schon etwas gesagt. Bleiben die beiden Telefonate um kurz nach zehn und um kurz nach zwei Uhr. Sie kamen tatsächlich aus der Schweiz, von Honzmanns Bekanntem – und ihm hat er um halb neun auch wirklich auf den Anrufbeantworter gesprochen. Das stimmt also alles mit den Zeiten überein, die Honzmann uns genannt hat.«

»Außer der Tatsache«, fügte Lindner hinzu, »dass er behauptet hat, dieser Geislinger Wirt und Alina Murkmajr hätten sich verwählt und ihre Nummern hätten ihm nichts gesagt.«

»Genau. Aber zurück zu dem Schweizer, einem Mann namens Markus Remmer. Das ist nicht nur ein Bekannter von Honzmann, sondern auch sein Geschäftspartner. Er züchtet in einem kleinen Dorf im Kanton Graubünden Schäferhunde, und zwar ganz spezielle: Maremmano Abbruzzese heißen die, und sie werden in Italien, der Schweiz und einigen anderen Ländern eingesetzt, um Schafherden zu hüten und vor Angreifern zu beschützen. Nach dem, was mir Remmer über seine Hunde erzählt hat und was ich dazu auf YouTube finden konnte, würde ich behaupten: Hätte Meißner solche Schäferhunde gehabt, hätten die Wölfe auf dem Kornberg keinen Stich gemacht.«

»Wenn es Wölfe waren«, warf Hagenbeck ein.

»Äh … ja, wenn …« Einen Moment lang war Miller aus dem Konzept gebracht, bevor er seinen Bericht fortsetzte. »Remmer war einige Jahre lang ganz ordentlich im Geschäft, dann wollte er die Zucht vergrößern und hat sich dabei finanziell übernommen. Honzmann und er haben sich vor Jahren während eines Urlaubs kennengelernt, den Honzmann in Graubünden verbrachte. Seither hat er Remmer immer wieder besucht, und vor vier Jahren – damals musste Remmer für seine Hundezucht fast Insolvenz anmelden – stieg Honzmann als Teilhaber bei ihm ein.«

»Komisch«, sagte Lindner. »Mir gegenüber hat Honzmann davon gesprochen, dass er finanziell keine großen Sprünge machen kann.«

Miller lächelte und blätterte kurz in seinen Unterlagen.

»Vor fünf Jahren hat die Gemeinde Heroldstatt ein neues Baugebiet ausgewiesen. Honzmann, der ja viele Jahre lang in Heroldstatt gewohnt hat, hatte innerhalb des Baugebiets ein größeres Wiesengrundstück, der Verkauf hat ihm eine hübsche Summe eingebracht – und dieses Geld hat er etwa ein Jahr später in Remmers Hundezucht investiert. Ich kann die jeweiligen Beträge gern noch einmal überprüfen, aber es dürfte in etwa so hinhauen, dass Honzmann das Bauland verkauft hat und fast den gesamten Verkaufserlös in Remmers Zucht steckte. Dann wäre er, was die flüssigen Mittel angeht, derzeit tatsächlich genauso klamm wie vor dem Grundstücksverkauf.«

»Und wie steht es heute um Remmers Schäferhunde?«

»Nicht schlecht eigentlich. Der Betrieb hat sich berappelt, er ist in den schwarzen Zahlen, wenn auch nur knapp. Ausschüttungen an Honzmann hat es laut Remmer bisher nicht gegeben – dafür müsste es noch etwas besser laufen. Vor allem in Deutschland tun sich Züchter wie Remmer schwer. Deutsche Schäfer scheinen von den Maremmano Abbruzzese bisher nicht viel zu halten. Und das Argument, dass diese Hunde die Herde gegen Räuber wie Wölfe schützen würden, zieht vor allem in Süddeutschland natürlich nicht, solange dort nicht mit Wolfsangriffen zu rechnen ist.«

»Künftig könnte das Argument natürlich eher wirken«, sagte Lindner, mehr zu sich selbst als zu den anderen.

»Wir könnten Honzmann dazu befragen«, regte Hagenbeck an.

»Was immer auf dem Kornberg vorgefallen ist – er hat für Meißners Todeszeitpunkt offenbar ein Alibi«, gab Lindner zu bedenken. »Und was sich aus dem ergibt, was uns Herr Birdener vorher über seine Zweifel an der Existenz von Wölfen auf dem Kornberg gesagt hat, wissen wir auch noch nicht. Im Moment würde ich Honzmann noch in Ruhe lassen. Und noch wissen wir genauso wenig, wie Ernst Meißner zu diesen ominösen Kratzern an den Rippen kam.«

»Dann sollte mein Kollege doch mal schildern, was er für möglich hält«, warf Roland Schopf ein, der Leiter der Kriminaltechnik, »was er zumindest in technischer Hinsicht für möglich hält. Und, bitte, hört es euch zu Ende an, auch wenn es euch zunächst etwas ... nun ja ... speziell vorkommt, okay?«

Alle sahen gespannt zu Schopfs Kollegen. Der smart wirkende Mittdreißiger mit kurzen Haaren, kräftigen Oberarmen und Händen, die aussahen, als könnten sie ordentlich zupacken, saß ganz entspannt da. Er wirkte ziemlich müde, lächelte aber zufrieden.

»Daniel Netzer«, stellte er sich vor, nickte freundlich in die Runde und schnippte einen USB-Stick über die Tischplatte zu dem Kollegen hin, der den Beamer bediente. Kurz darauf war eine schematische Zeichung auf der Leinwand zu sehen. Netzer stand auf und erläuterte einige Punkte der Darstellung.

»Ich habe mir gestern Abend von den Innendienst-Kollegen die exakte Position der Kratzer und Kerben geben lassen, die an den Innenseiten von Ernst Meißners Rippen und seiner Wirbelsäule festgestellt worden waren. Die Stellen sind markiert, drumherum habe ich ganz grob den Brust- und Bauchraum des Toten skizziert. Wenn wir – wie bisher – davon ausgehen, dass Wölfe Meißners Bauch aufgebissen und die Innereien herausgerissen haben, fehlt uns eine Erklärung für die Kratzer. Nur die Kerbe vorne an einer der Rippen könnte von einem Messer herrühren, entstanden durch einen Stich in Meißners Herz – so habe ich es in dem Gesprächsprotokoll gelesen, das Herr Lindner nach der Obduktion und seiner Besprechung mit Frau Dr. Wilde erstellt hat.«

Lindner nickte.

»Aber Messer und Wölfe – das passt nicht besonders gut zusammen. Vielleicht können wir uns dem Thema mal ganz anders nähern – und wir legen unseren Überlegungen auch die Zweifel zugrunde, die Herr Birdener vorhin geäußert hat. Er hat ja vieles gefunden, was gegen die Existenz von Wölfen auf dem Kornberg in der Nacht auf Dienstag spricht.«

Netzer blickte noch einmal in die Runde.

»Ich habe die Positionen der Kratzer genauer untersucht und könnte mir ein Werkzeug oder eine Maschine vorstellen, mit der sie verursacht wurden.«

Er nickte dem Mann am Beamer zu. Ein neues Bild war zu sehen, wieder eine schematische Zeichnung des toten Meißner, wieder mit Markierungen an den Stellen der seltsamen Kerben – diesmal waren aber zusätzlich geschwungene Pfeile zu sehen, die offenbar Bewegungen innerhalb des Brustkorbs und des Bauchraums darstellten. Er fuhr die Pfeile mit den Fingern nach.

»Wenn eine metallische Vorrichtung ungefähr solche Bewegungen ausgeführt hat, könnte man alle gefundenen Kerben mit dieser Vorrichtung erklären.«

Noch ein Nicken, das nächste Bild.

»Und so stelle ich mir diese Vorrichtung vor – wieder nur schematisch, die Maße sollten allerdings in etwa passen, und vermutlich gibt es auch für das Grundprinzip der Konstruktion keinen allzu großen Spielraum.«

Eine Art Zange war zu sehen, wobei die Griffe im Bildvordergrund nur mit ein paar groben Strichen angedeutet waren. Das Gelenk saß etwa zwölf oder dreizehn Zentimeter vom vorderen Ende des Geräts entfernt – und die beiden recht breiten Backen waren mit Zacken in unterschiedlicher Form und Länge bestückt, angeordnet in zwei etwa parallel verlaufenden Reihen und einer dritten, die die Vorderseiten von beiden Reihen verband. Die Konstruktion lief nach vorne etwas schmaler zu und endete mit einer Breite von vier Zentimetern, an den Ecken mit insgesamt vier spitzen, besonders langen und leicht nach hinten gebogenen Zacken versehen. Kurz: Sie hatten die Darstellung eines aus Metall nachgebauten Raubtiergebisses vor sich. Eines Wolfsgebisses.

»Wenn Sie sich dieses … Werkzeug bitte mit metallischen und sehr scharfen Zähnen oben und unten und mit zwei recht langen Griffen vorstellen, damit ausreichend Hebelwirkung für die notwendige Kraft vorhanden ist, mit der die beiden künstlichen Kiefer zubeißen – dann lässt sich damit alles erklären, was wir an Ernst Meißners Leiche vorgefunden haben.«

Netzer machte eine Pause, und auch sonst sprach niemand ein Wort, bis Hagenbeck sich ein paar Mal über die Stirn rieb und dann fragte: »Sie wollen damit sagen, dass irgendjemand Meißner mit so einem Ding getötet, ihm den Bauchraum geöffnet und die Innereien herausgerissen haben könnte?«

»Ja, so seltsam sich das vielleicht auch anhört. Wobei … zuvor könnten die Opfer mit einem Messer getötet worden sein – dazu würde die Kerbe an Meißners Rippen passen. Eine Einstichstelle war nicht mehr festzustellen, weil über der betreffenden Lücke zwischen den Rippen das Fleisch abgerissen war. Und dieses Werkzeug hier würde die übrigen Kratzer erklären. Eine solche … ich nenne es mal ›Wolfszange‹, ist natürlich nicht so wendig, wie Kiefer und Kopf eines echten Wolfes. Und wenn der Bediener damit im Bauchraum herumfuhrwerkt, um auch ja alle gewünschten Innereien zu erwischen, damit das Opfer möglichst authentisch so aussieht wie nach einem Angriff durch Wölfe, dann bleibt es nicht aus, dass er mit den metallischen Ecken und Kanten, auch mit den künstlichen Fang- oder Schneidezähnen an der Innenseite von Rippen und Wirbelsäule hängen bleibt.«

Hagenbeck runzelte die Stirn, und Netzer zuckte mit den Schultern.

»Mir ist heute Nacht jedenfalls keine andere Möglichkeit eingefallen, wie sich diese Kerben sonst erklären lassen. Gut, man könnte sich noch vorstellen, dass die Wölfe ihre Opfer getötet und ausgeweidet haben, und dass danach jemand kam und den Opfern die Kerben und Kratzer noch beigebracht hat, zum Beispiel mit einem Messer oder Schraubenzieher – aber wozu sollte das gut sein? Warum sollte jemand mit Absicht Spuren herstellen, die von der Theorie ablenken, dass es Wölfe waren? Wölfe, das ist doch super: Da sind wir als Polizei irgendwann raus. Am Ende wäre es ein grausiger, aber letztendlich tragischer Akt der Natur – fertig, keine Ermittlungen mehr, alles kommt ins Archiv und niemand muss weitere Nachforschungen fürchten.«

»Und die Pfotenabdrücke?«, fragte Hagenbeck. »Die Wolfs-DNA an den Wundrändern?«

»Die Abdrücke kamen Herrn Birdener seltsam vor«, merkte Lindner an. »Und DNA kann man auch als falsche Fährte anbringen.«

Hagenbeck nickte und wirkte nun sehr nachdenklich.

»Gut«, sagte er schließlich. »Dann machen wir uns mal wieder an die Arbeit. Eine Frage noch, Herr Netzer: Muss man körperlich sehr stark sein, um ein solches Ding zu bedienen?«

»Wenn die Griffe lang genug sind, reicht es sicher, wenn man normal kräftig ist. Da braucht's keinen Topathleten, aber etwas zupacken sollte man schon können.«

»Also gehen wir alle Verdächtigen noch einmal unter diesem Aspekt durch. Und wahrscheinlich sollte derjenige oder diejenige auch handwerklich geschickt genug sein, so ein Ding zu bauen – wer das allein zustande bringt, muss in dieser Hinsicht keine Mitwisser fürchten. Dann mal viel Erfolg, Kollegen!«

* * *

Lindner ging mit Aichele eine Kaffee trinken. Die meiste Zeit saßen sie schweigend beieinander, nahmen ab und zu einen Schluck und stierten vor sich auf den Tisch. Als beide Tassen leer waren, unterbrach die Kellnerin die Stille mit der Frage, ob sie noch etwas bringen könne. Lindner bezahlte und verließ das Bistro, ganz in Gedanken versunken.

»Und jetzt?«, fragte Aichele, auf den Lindner gar nicht mehr geachtet hatte. Entsprechend lange dauerte es deshalb auch, bis er ihm antwortete.

»Ich versuche noch immer, mir klarzumachen, dass wir jetzt die Ereignisse auf dem Kornberg aus einer ganz anderen Perspektive betrachten müssen. Bisher sind wir davon ausgegangen, dass Meißner von Wölfen getötet wurde – und hatten keine Ahnung, wie dazu die Kerbe und die Kratzer an den Rippen passen könnten. Jetzt könnte es sich bei Meißners Tod plötzlich um Mord handeln, wir haben einige Verdächtige, und wir müssen schauen, wer von ihnen für den Einsatz und vielleicht auch den Bau dieser seltsamen Zange infrage kommt. Immer gesetzt den Fall, Kollege Netzer hat recht mit seiner seltsamen Vermutung.«

Sie gingen ein Stück, schlenderten auf dem breiten Gehweg auf die Stadtkirche zu und mussten ab und zu kleineren Gruppen von Müßiggängern ausweichen, die plaudernd beisammenstanden, manche mit einem Eis in der Hand, manche mit dem Smartphone am Ohr.

»Und wer könnte da reinpassen?«, fragte Aichele nach einer Weile. »Tennhorst vielleicht, mit dem sich Meißner immer gestritten hat? Auch wenn er am Ende angeblich mit ihm seinen Frieden gemacht hatte?«

»Der hat zwei linke Hände, zumindest könnte er eine solche ›Wolfszange‹ auf keinen Fall selbst gebaut haben. Trotzdem sollte es nicht allzu schwer sein, dass Hagenbeck den Kollegen genehmigt, sich mal auf seinem Hof nach einem Werkzeug umzusehen, wie es Netzer skizziert hat.«

»Und Vanchling?«

»Ist nach wie vor verdächtig, und er hat während des Hausbaus in Neidlingen viele Arbeiten selbst ausgeführt – der könnte ein solches Ding gebastelt haben. Auch in diesem Fall wird Hagenbeck nichts dagegen einzuwenden haben, dass sich jemand bei ihm umsieht.«

Aichele blieb vor der Kirche stehen und sah zur Turmspitze hinauf.

»Jo Meißner«, fuhr Lindner fort, »kann ich mir dagegen beim besten Willen nicht dabei vorstellen, wie er seinen Vater mithilfe einer metallenen Armatur tötet und ausweidet. Die beiden hatten sicher häufig Streit, vermutlich mochten sie sich nicht sehr – aber so brutal gegen den Mann vorgehen, bei dem man aufgewachsen ist? Ich würde Jo Meißner von der Liste streichen.«

»Roeder hat ihn dabehalten, weil er ihn für verdächtig hält – und er wird mindestens darauf bestehen, dass der Meißnerhof nach einer solchen Zange durchsucht wird.«

»Klar, dagegen spricht ja auch nichts.«

»Und wer von den dreien wird es am ehesten gewesen sein, Stefan, was meinst du?«

»Ich weiß nicht recht«, brummte Lindner. »Mir geht Honzmann nicht aus dem Sinn. Die alte Geschichte mit Jo und seiner Mutter. Jetzt auch noch die Geschäftsbeziehung mit dem Schweizer Hundezüchter. Schäferhunde, ausgerechnet!«

»Honzmann hätte auch allen Grund, Ernst Meißner übel mitzuspielen«, pflichtete Aichele ihm bei. »Und Honzmanns Häuschen und sein Garten sehen aus, als würde er handwerklich viel selbst machen – der könnte sich so eine Zange womöglich gebastelt haben. Durch die Anrufe hat er allerdings ein Alibi. Aber vielleicht haben wir da etwas übersehen. Und er hat uns immerhin vorgeschwindelt, dass er zwei der Anrufer gar nicht gekannt habe.«

»Da kann er sich damit rausreden, dass es ihm peinlich gewesen sei, uns gegenüber zuzugeben, dass er Alina Murkmajr regelmäßig aufgesucht oder angerufen hat.«

»Stimmt schon, aber ich würde ihm trotzdem gern noch einmal auf den Zahn fühlen.«

»Gut, Fritz, das machen wir. Vielleicht haben wir ja Glück, und er verplappert sich.«

Wenig später waren Aichele und Lindner auf dem Weg nach Mühlhausen.

* * *

Honzmann begrüßte sie überrascht, aber nicht unfreundlich. Er bot ihnen Kaffee an. Nach etwas Smalltalk schob er seine Tasse ein Stück weg und sah Lindner mit gerunzelter Stirn an.

»Und was wollen Sie diesmal von mir wissen, Herr Kommissar?«

»Warum haben Sie zunächst behauptet, dass Sie zwei der Anrufer nicht kannten, obwohl Sie den Geislinger Wirt Billy sehr wohl kannten und Alina Murkmajr ja noch um einiges näher?«

Das Räuspern Honzmanns und sein genantes Getue wirkten aufgesetzt, und die Antwort, die dann kam, war die erwartete: »Können Sie sich nicht denken, dass es mir peinlich ist, solche Dienste in Anspruch zu nehmen?«

Lindner sah ihn ruhig an. In Honzmanns Augen blitzte Interesse auf.

»Und überhaupt: Was wollen Sie denn mit solchen Fragen bezwecken? Sie eiern schon die ganze Zeit rum und fragen nach Alibis, unterstellen mir ein Motiv, Ernst Meißner schaden zu wollen. Ja: Ich habe ihn nicht gemocht – und ich finde, dass ich dafür durchaus nachvollziehbare Gründe habe. Aber Ernst wurde von Wölfen totgebissen. Sie haben die Wunden gesehen, Sie haben vermutlich DNA gefunden, ich nehme an, es gibt Trittsiegel überall dort droben auf dem Kornberg. Was wollen Sie also von mir? Seh ich aus wie ein Wolf?«

Er war laut geworden, und auf seinem rot anlaufenden Kopf zeichneten sich erste Schweißperlen ab.

»Sagen wir es so, Herr Honzmann: Es gibt ein mögliches Szenario, in dem auch ein menschlicher Täter seinen Platz hätte. Sie zum Beispiel.«

Lindner fand seine Ausdrucksweise selbst etwas geschraubt, aber Honzmann machte sich nicht über die geschwollene Formulierung lustig, sondern er schluckte. Lindner entschied sich, noch einen draufzulegen.

»Sie haben uns erzählt, dass Sie handwerklich recht geschickt sind. Das ist in diesem Zusammenhang ebenfalls von Interesse.«

Honzmanns Blick flackerte für einen Moment. Dann hatte er sich wieder im Griff, und er stand auf.

»Sie beide gehen jetzt. Und bevor Sie nichts Handfestes haben, möchte ich auch nicht mehr, dass Sie mich belästigen. Ihre Unterstellungen und Andeutungen sind unerträglich, das muss ich mir nicht mehr länger bieten lassen!«

Lindner und Aichele erhoben sich ebenfalls, nickten Honzmann knapp zu und verließen das Haus. Draußen konnten sie aus dem Augenwinkel sehen, dass der Hausherr durch ein Fenster beobachtete, wie sie in Aicheles Streifenwagen stiegen und davonfuhren.

An der übernächsten Abzweigung bog Aichele wieder von der Straße ab und fuhr langsam zurück in Richtung Honzmanns Haus. An der Ecke Schul- und Wiesensteiger Straße parkte er den Streifenwagen halbwegs gut versteckt und so, dass sie es sehen mussten, wenn Honzmann wegfuhr. Lindner rief Roeder an und gab ihm Bescheid, wo sie waren und dass sie darauf lauerten, dass Honzmann aus Ärger über das Gespräch oder aus Sorge darüber, dass ihm die Polizei womöglich auf den Fersen war, vielleicht etwas Unbedachtes unternahm oder sie auf eine neue Spur brachte.

»Und wenn er nicht reagiert«, brummte Roeder, »dann könnt ihr ihn von der Liste der Verdächtigen streichen. Hab ich jedenfalls längst gemacht, der Mann hat schließlich ein Alibi.«

»Das du noch einmal überprüfen solltest«, merkte Lindner an.

Sie mussten fast zwei Stunden warten, dann sahen sie tatsächlich Honzmanns Jeep das steile Sträßchen von seinem Haus her heraufrollen. Das Röhren des Motors konnten sie durch die offenen Seitenfenster hören, und um die Steigung und zugleich die Kurve in Richtung der Landstraße nehmen zu können, gab Honzmann noch mehr Gas und ließ die Kupplung schleifen. Dann bremste er abrupt, der Jeep rollte ein kleines Stück zurück und blieb stehen. Durch die Frontscheibe des Geländewagens glaubte Lindner zu erkennen, dass Honzmann zu ihnen hersah. Und wirklich lenkte er nun um, fuhr wieder an, kam auf sie zu und stoppte den Jeep wenige Meter vor dem Streifenwagen.

Dass er vor Wut kochte, war schon zu sehen, noch bevor er aus dem Fahrzeug geklettert war. Mit stapfenden Schritten kam er heran, und Lindner ließ die Beifahrertür aufschwingen und stieg ebenfalls aus.

»Was wollen Sie denn jetzt schon wieder?«, knurrte Honzmann ihn an und blieb schwer atmend und mit geballten Fäusten vor dem Kommissar stehen.

Er war keine besonders imposante Erscheinung, weder kräftig noch sportlich, also blieb Lindner ganz ruhig und erwiderte seinen Blick.

»Um ehrlich zu sein«, antwortete er, »warten wir hier, ob Sie nach unserem Gespräch von vorhin vielleicht ganz dringend etwas zu erledigen haben.«

Honzmann schnaufte und schnaubte, er fuhr sich mit der rechten Hand über die feuchte Oberlippe und schüttelte entrüstet den Kopf.

»Dass ich mich bei Ihren Vorgesetzten über Sie beschweren werde, ist Ihnen wohl klar, oder?«

Lindner zuckte mit den Schultern.

»Hauen Sie ab hier und lassen Sie mich in Ruhe! Ein für alle Mal!«

Lindner verschränkte die Arme vor der Brust und lehnte sich an den Wagen. Aichele war inzwischen auch ausgestiegen und kam um das Auto herum, um eingreifen zu können, falls Honzmann auf seinen Kollegen losgehen würde. Doch der stand noch eine Weile stumm und wütend da, öffnete und schloss seine Fäuste und wandte sich schließlich ab. Er marschierte zum Jeep, kraxelte auf den Fahrersitz und ließ den Motor an. Ein paar Mal heulte der Motor auf, dann setzte er ein Stück zurück. Krachend wurde jetzt ein Vorwärtsgang eingelegt, Honzmann trat das Gaspedal durch, ließ ziemlich ruppig die Kupplung kommen, und mit einem Satz schoss der Jeep schneller nach vorn, als man das dieser alten Karre zugetraut hätte.

Kurz sah es so aus, als wollte Honzmann einfach abhauen – doch dann steuerte der schneller werdende Jeep aus der Straßenmitte wieder in Richtung Rand, und Lindner wurde klar, dass Honzmann genau auf ihn zuhielt. Mit einem schnellen Satz weg vom Auto brachte er sich in Sicherheit, der Geländewagen verpasste ihn nur um Haaresbreite. Dafür rammte er mit voller Wucht die Seite des Streifenwagens. Die Beifahrertür wurde aus den Angeln gerissen, und die Motorhaube des Jeeps bohrte sich tief in die Flanke des Polizeiautos.

Honzmann setzte zurück und jagte seine Karre ein zweites Mal in den Streifenwagen. Diesmal erwischte er den Kühler, der auch prompt zischend und dampfend alles Wasser von sich ließ. Aichele war gerade noch rechtzeitig ausgewichen, musste aber nun hilflos mitansehen, wie Honzmann mit seinem bulligen Fahrzeug den Streifenwagen vor sich herschob und ihn schließlich krachend gegen die nächste Hauswand drückte. Als der Jeep zurückrollte, blieb das Polizeiauto demoliert an der Mauer liegen. Wieder gab Honzmann Vollgas, achtete nicht weiter auf die beiden Beamten, sondern rauschte an ihnen vorbei in den Ort, den wilden Blick starr nach vorn gerichtet.

Das Röhren des Motors war noch kurz zu hören, dann kurvte der Jeep um die nächste Ecke, und es wurde leiser um den demolierten Streifenwagen. Hinter den aufgerissenen Fenstern der umliegenden Häuser standen die Leute und gafften, manche grinsten schadenfroh, andere konnten nicht fassen, was sie da gerade gesehen hatten.

»Scheiße!«, schimpfte Aichele und besah sich das Elend. »Wollte der uns über den Haufen fahren?«

Lindner kam mit schlotternden Knien näher und zuckte mit den Schultern.

»Kann sein, aber er wird es abstreiten und behaupten, dass er nur unser Auto aus dem Verkehr ziehen wollte, damit wir ihn nicht verfolgen können.«

Aichele kratzte sich am Kopf und sah in die Richtung, in der Honzmann verschwunden war.

»Verfolgen – und wohin?«

»Gute Frage«, sagte Lindner und rief Roeder noch einmal an.

»Der hat – was?«

Wolfgang Roeder hatte so laut gesprochen, dass ihn sogar Aichele noch hören konnte.

»Und wo ist er hin?«

»Das wüsste ich auch gern. Aber verdächtig ist er jetzt auch in deinen Augen, oder?«

»Allerdings. Ich schick einen Streifenwagen, der euch aufsammelt.«

Aichele zog einen Zigarillo hervor, und als er anzündete, bemerkte Lindner, dass die Hand des Kollegen leicht zitterte. Er sog den Rauch eilig ein und paffte ein paar Mal. Doch bald hatte er sich wieder halbwegs beruhigt, während Lindner noch immer unruhig hin und her tigerte. Die Leute an den Fenstern hatte er längst vergessen, auch das Wrack des Streifenwagens nahm er nicht mehr richtig wahr. Und dann fiel ihm wieder ein, wonach er in seiner Erinnerung gesucht hatte.

Aichele fiel sofort auf, dass sich Lindners Miene aufhellte. »Hast du was?«, fragte er.

»Vielleicht. Du erinnerst dich doch noch daran, wie uns Honzmann gestern von dem alten Bauernhaus in Heroldstatt erzählt hat, in dem er unterkam, nachdem er sich den Neubau in Ehingen nicht mehr leisten konnte?«

»Klar.«

»Dass es dort damals immer reingeregnet hat, dass die Heizung kaputt war und all das.«

»Ja.«

»Ich kann mir nicht helfen, aber ich glaube mich zu erinnern, dass er gesagt hat: ›Der Bauernhof in Heroldstatt *ist* eine ziemliche Bruchbude.‹ – ›Ist‹, verstehst du?«

Aichele verstand sehr wohl, und als der neue Streifenwagen kurz darauf eintraf, hatten sie die letzten offenen Fragen telefonisch geklärt und wussten, wohin sie gebracht werden wollten. Die Wiese in Heroldstatt, die Honzmann als Bauland zu Geld gemacht hatte, war Teil des Bauernhofs gewesen, den ihm seine Schwiegermutter zugeschustert hatte – doch die Hofgebäude selbst standen noch, wenn auch seit Jahren offenbar ungenutzt, und Honzmann war nach wie vor als Eigentümer eingetragen.

Der Fahrer des Streifenwagens legte ein ordentliches Tempo vor, und unter ausgiebigem Einsatz des Martinshorns waren sie in weniger als zwanzig Minuten vor Ort. Für den Fall des Falles war auch schon Verstärkung unterwegs. Alle sollten sich auf dem letzten Wegstück möglichst unauffällig nähern.

Das Anwesen war wirklich so heruntergekommen, wie Honzmann es beschrieben hatte, und im Kontrast zu den schmucken Häusern im Neubaugebiet gab der Bauernhof ein jämmerliches Bild ab. Zwischen den neuen Gebäuden und Honzmanns Hof stand dichtes Buschwerk, und der Hof war von der Umgehungsstraße zu erreichen, ohne dass man zuvor eines der Wohnhäuser passieren musste. Wie in Mühlhausen besaß Honzmann auch hier ein Refugium, das durch Büsche, Bäume und allerlei kleinere Nebengebäude von außen kaum einsehbar war.

Der Streifenwagen rollte ganz langsam auf das Gelände zu, und der Beifahrer gab über Polizeifunk durch, dass Honzmanns Jeep tatsächlich vor dem halb verfallenen Wohnhaus stand. Der Streifenwagen hielt, und die beiden uniformierten Beamten gingen neben ihm in Stellung, um Honzmann diesen Fluchtweg abzuschneiden. Lindner und Aichele gingen zügig, aber leise auf den Jeep zu und konnten zwischen den Gebäuden des Bauernhofs hindurch sehen, wie sich von allen Seiten andere Beamte näherten und Deckung hinter Büschen oder Bäumen suchten.

Lindner schaute zum Wohnhaus. Es wirkte verlassen, die Tür war geschlossen und die verwitterten hölzernen Fensterläden hingen teils schräg in ihren Angeln. Die Fenster waren blind vor Dreck, eine der Scheiben war zerschlagen und lag in Scherben auf dem Boden. Das zweite große Gebäude des Hofs, eine geräumige Scheune, hatte ein schweres Schiebetor aus verwittertem Holz. Auch dieses Tor war geschlossen.

Offen stand dagegen die Tür eines kleinen Schuppens, der sich zwischen Wohnhaus und Scheune im hinteren Bereich des Grundstücks befand. Die Tür sah verhältnismäßig neu aus, und in einer Metallöse neben dem Türgriff baumelte ein geöffnetes, großes Vorhängeschloss.

Aichele und Lindner hatten sich gerade in Richtung Schuppen in Bewegung gesetzt, als aus dem dämmrigen Innenraum der Rücken Honzmanns auftauchte, der offenbar etwas hinter sich herschleifte. Er trat rückwärts ins Sonnenlicht und zerrte am oberen Ende eines offenbar gut gefüllten Jutesacks.

»Na, Bescherung, Herr Honzmann?«, rief Aichele, der mit einigen schnellen Schritten bei ihm war und ihn ohne viel Federlesen kräftig bei den Schultern packte. Honzmann wirbelte herum und funkelte ihn wütend an.

»Nicht, dass Sie wieder auf dumme Gedanken kommen, wie vorhin!«

Den Sack hatte Honzmann vor Schreck losgelassen, er starrte finster vor sich hin und bewegte die Lippen, als würde er lautlos vor sich hin fluchen. Lindner beugte sich hinunter und schlug die Öffnung des Sacks auf. Dann nickte er Aichele zu, streifte sich Handschuhe über und zog mehrere Gegenstände heraus.

Minuten später waren Kriminaltechniker auf dem Weg nach Heroldstatt, und um Honzmanns Handgelenke schlossen sich die Fesseln.

* * *

»Und wann kommt Ihr Kollege nun endlich mit meinem Mandanten?«

Der Anwalt, den Robert Honzmann noch von Heroldstatt aus angerufen hatte, wurde allmählich unleidig. Weil er es nicht weit zum Kriminalkommissariat Göppingen hatte, traf er eine ganze Weile vor seinem Mandanten ein.

»Muss jeden Moment so weit sein«, sagte Roeder und rührte in seinem Kaffee.

Fünf Minuten später war Honzmann da – kreidebleich und verschwitzt. Roeder ließ ihn und seinen Anwalt in ein Büro führen, in dem sie sich besprechen konnten. Als sie wiederkamen, sah Honzmann nicht viel besser aus als zuvor, und sein Anwalt wirkte etwas verwirrt. Trotzdem ging er sofort zum Angriff über.

»Ich will jetzt – zunächst! – gar nicht groß auf diese durchaus kritikwürdige Aktion in Heroldstatt eingehen«, begann er. »Sie legen meinem Mandanten offenbar zur Last, etwas mit dem Tod von Ernst Meißner zu tun zu haben. Dabei hat er Ihnen schon gesagt, dass er in der Nacht von Montag auf Dienstag zuhause war und telefonierte.«

Roeder nickte gleichmütig.

»Herr Meißner starb gegen drei Uhr früh, sagte mir Herr Honzmann soeben. Das ist richtig?«

Roeder nickte wieder.

»Ziemlich genau zu dieser Zeit hat mein Mandant telefoniert. Er ist angerufen worden, zuhause. Und das haben Sie ja wohl überprüft, richtig?«

»Ja, haben wir«, versetzte Roeder. »Und wir wissen deshalb auch, dass Herr Honzmann uns angelogen hat, was zwei der Telefonate betrifft. Unter anderem verleugnete er das Gespräch mit Alina Murkmajr und sprach von einer unbekannten Person, die sich verwählt hatte.«

Der Anwalt zuckte mit den Schultern.

»Das wird ihm peinlich gewesen sein. War es Ihnen doch, Herr Honzmann, oder? Sehen Sie: So war es. Welcher Mann gibt schon gerne zu, dass er für Sex bezahlen muss? Oder dass er Telefonsex hatte?«

»Zu den Telefonaten kommen wir gleich noch«, sagte Roeder. »Aber zunächst sollten Sie sich das hier anschauen.«

Er deutete auf das Smartphone, das Lindner nun über den Tisch schob. Das Display zeigte einige der Gerätschaften, die sich in dem Sack befunden hatten. Lindner wischte durch die Bildergalerie. Einige Bilder zeigten mehrere Metallstangen, jeweils etwa einen Meter lang, jede am unteren Ende mit einer ovalen, gut handgroßen Metallplatte versehen. Auf den anderen Bildern war eine seltsame Apparatur zu sehen – eine »Wolfszange«, sehr ähnlich dem Modell, das Kriminaltechniker Daniel Netzer als Lösung für die mysteriösen Kratzer an Ernst Meißners Rippen ins Gespräch gebracht hatte. Der Anwalt schien aus den Fotos nicht recht schlau zu werden und sah Lindner fragend an.

»Herr Honzmann«, sagte Lindner, »wollen Sie Ihrem Rechtsbeistand nicht erklären, was diese Fotos zeigen?«

* * *

Der Zusammenbruch Robert Honzmanns sorgte für eine Unterbrechung der Befragung, noch bevor sie richtig begonnen hatte. Nachdem er ärztlich versorgt worden und wieder halbwegs zu Kräften gekommen war, unternahm sein Anwalt noch einen Versuch, den Hals seines Mandanten aus der Schlinge zu ziehen.

»Fassen wir zusammen: Sie haben Herrn Honzmann dabei beobachtet, wie er einen Jutesack aus seinem Schuppen zerrte. Einen Jutesack, in dem sich diese seltsamen Gegenstände befanden. Gegenstände, die Sie – zu Recht oder nicht – mit dem Tod von Ernst Meißner in Verbindung bringen. Sie haben sein Grundstück betreten, obwohl er Sie kurz zuvor aufgefordert hatte, ihn in Ruhe zu lassen. Sie haben ihn tätlich angegriffen und körperlich bedroht, möglicherweise durch festes Zupacken sogar leicht verletzt – und das alles ohne Durchsuchungsbeschluss, ohne Haftbefehl und meines Erachtens auch ohne Gefahr im Verzug.«

»Er hat in Mühlhausen unseren Streifenwagen mit seinem Jeep zu Klump gefahren«, wandte Lindner ein.

»Möglicherweise hat er die Kontrolle über sein Fahrzeug verloren, und es handelt sich um einen bedauerlichen Unfall. Er hat mir berichtet, dass Sie ihn kurz zuvor sehr stark unter Druck gesetzt haben.«

»Schöner Unfall, wenn Herr Honzmann zwischendurch sogar extra Anlauf nimmt für einen zweiten Rammstoß.«

Der Anwalt sah überrascht zu seinem Mandanten hin, der aber ganz in Gedanken versunken vor sich auf den Tisch starrte.

»Wie auch immer: Sie haben Gegenstände gefunden, die sich zwar auf Herrn Honzmanns Grundstück befanden, die aber nicht ihm gehören müssen. Sie haben ihn mit Handschellen zu einer Befragung abgeführt, zu der er sicher auch freiwillig mitgegangen wäre. Das und manches mehr scheint mir nicht verhältnismäßig, zumal er sich bisher immer kooperativ gezeigt und alle Ihre Fragen beantwortet hat. Auch sehr persönliche, wie er mir versichert hat.«

Der Anwalt ließ eine kleine Pause, und es war absehbar, dass er nun das Argument vorbrachte, das er für das stichhaltigste hielt.

»Und das alles«, sagte er, »obwohl mein Mandant mehrere Anrufe ziemlich genau zum Todeszeitpunkt von Ernst Meißner bei sich zuhause – also kilometerweit vom Fundort von Meißners Leiche – entgegennahm.«

Er machte Anstalten, sich zu erheben und seinen Mandanten ebenfalls zum Aufstehen zu ermuntern. Roeder hob abwehrend die Hände.

»Nicht so schnell«, bremste er den Anwalt. »Ich hatte Ihnen ja schon gesagt, dass wir noch auf die Telefonate zurückkommen werden. Wir haben inzwischen auch Herrn Honzmanns Handy-Account überprüft und dabei festgestellt, dass seine Festnetzanrufe in dieser Nacht aufs Handy umgeleitet worden waren – und das Handy war zum Zeitpunkt von Ernst Meißners Tod in eine Funkzelle eingeloggt, in deren Bereich auch die Schafweide auf dem Kornberg liegt.«

Der Anwalt blinzelte, dann sah er fragend zu seinem Mandanten hin. Honzmann war zusammengesunken und atmete schwer. Nach einer Weile hob er den Kopf, sah erst Roeder, dann Lindner an, und schließlich sagte er zu seinem Anwalt: »Ich glaube, Sie können jetzt gehen. Sie werden nicht mehr viel für mich tun können.«

»Wie bitte?«

»Ich werde jetzt die ganze Geschichte erzählen.«

Der Anwalt zögerte, dann nickte er.

»Gut, Herr Honzmann, aber ich bleibe trotzdem hier.«

Er wandte sich an die Kommissare.

»Ich halte fest, dass mein Mandant aus freien Stücken alles erzählen will, und ich hoffe, dass ihm das zugutegehalten wird.«

Dann holte er einen Stift und einen Collegeblock aus seiner Aktentasche und machte sich bereit, Honzmanns Aussage mitzuschreiben. Er bekam ordentlich zu tun. Honzmann holte sehr weit aus und erzählte eine geradezu grotesk verschlungene Geschichte. Lindner musste Roeder einige Male mit Blicken dazu ermahnen, den Mann ausführlich erzählen zu lassen und sich aller ungeduldigen Kommentare zu enthalten.

Lange ging es um den Schmerz, den Honzmann nach dem Tod seiner Frau gespürt hatte, um die Wut auf Ernst Meißner, ihren ehemaligen Geliebten, und um die zwiespältigen Gefühle für Jo, den Sohn seiner Frau, den er zur Adoption freigegeben hatte. Mit den Jahren – vor allem nach dem Zusammentreffen mit Ernst Meißner in der Nähe von Heroldstatt – wurde aus der Wut blanker Hass, und manche Details, die sich Honzmann oft nur nach Gutdünken zurechtlegte, wurden von Vermutungen zu Gewissheiten und schließlich zu für wahr gehaltenen Teilen seiner Erinnerung.

Als Honzmann nach Mühlhausen zog, waren die Gedanken an Jo und dessen Adoptivvater Ernst Meißner längst zum Fixpunkt in seinem Denken geworden. Er beobachtete die beiden, wann er konnte, er observierte manchmal geradezu den Meißner'schen Hof oberhalb von Neidlingen, und als er während eines Urlaubs in Graubünden den Hundezüchter Markus Remmer kennenlernte, freundete er sich auch deshalb bald mit ihm an, weil ihn zu diesem Zeitpunkt bereits alles rund um Schafe interessierte – so sehr kreisten seine Gedanken um die beiden Meißners und deren Leben.

Er verkaufte das Bauland in Heroldstatt, und als Remmer ihm von seinen finanziellen Schwierigkeiten erzählte, investierte er den Erlös in dessen Hundezucht. Von nun an vertiefte sich Honzmann in das Thema Schafzucht, er ließ sich von Remmer alle Argumente nahebringen, die für dessen Schäferhunde sprachen, und er suchte die Nähe zu Organisationen, die eine Rückkehr des Wolfs nach Deutschland herbeisehnten.

Auch mit vielen Schäfern sprach er, die meisten davon in Bayern oder im Südosten Baden-Württembergs, und er pries ihnen gegenüber die Vorzüge von Remmers Hunden. Der eine oder andere kaufte tatsächlich Maremmano-Abruzzese-Hunde von Remmer, und mit einigen Fernseh- und Radioberichten über die tollen Hunde, die ihre Herde vor Räubern schützen und sich dabei selbst als Teil der Schafherde begreifen, wurden die ersten von Remmers Welpen, die zur Eingewöhnung und Prägung mit Herden in Bayern aufwuchsen, recht populär. Doch das Medieninteresse entpuppte sich als Strohfeuer, und die Zahl der nach Deutschland verkauften Hunde sank wieder.

Da stieß Honzmann auf die Geschichte des jungen Wolfsrüden, der auf der A5 bei Lahr überfahren wurde und den genetischen Analysen zufolge einem in der Calanda-Region lebenden Rudel entstammte. Der Gebirgszug liegt nordwestlich von Chur, und schon im Spätsommer desselben Jahres begann Honzmann mit Streifzügen durch dieses Gebiet. Er hatte sich mit Betäubungsmunition ausgestattet und legte sich bis in den späten November hinein immer wieder ein Wochenende lang auf die Lauer, bis er das Rudel endlich aufgespürt und einen jungen Wolfsrüden geschossen hatte. Das betäubte Tier schaffte er in seinen Jeep, stellte es unterwegs immer wieder ruhig, machte aus Interesse an dem schönen Tier noch Gipsabdrücke von dessen Pfoten und fuhr mit ihm auf die Alb, wo er den Wolf in einem kleinen Wald nahe Merklingen ablegte.

Die Stelle war nicht zufällig gewählt: Ernst Meißner ließ in diesem Jahr seinen Schafstall bei Neidlingen umbauen, und als Ausweichquartier hatte er von einem Schäferkollegen einen Stall angemietet, der zwischen Laichingen und Merklingen unweit der A8 lag. Honzmann hoffte darauf, dass der Wolf die Witterung der Schafe aufnehmen und einige von Meißners Tieren – ausgehungert wie er war – reißen würde. Doch bald konnte er in der Zeitung lesen, dass sich »sein« Wolf für die falsche Richtung entschieden hatte und – vielleicht noch benommen von der Narkose – auf die A8 getrottet war, wo ihn ein Fahrzeug erfasst und getötet hatte.

Einige Monate lang versuchte Honzmann danach in Gesprächen mit Schäfern, Remmers Hundehandel anzukurbeln, und tatsächlich schien der auf der A8 überfahrene Wolf einige von ihnen nachdenklich zu machen. Als diese Gespräche Ernst Meißner zu Ohren kamen, suchte er Honzmann auf, beschimpfte ihn und drohte ihm mit einer Abreibung, wenn er nicht endlich damit aufhöre, mit seinem Gerede von Wölfen auf der Schwäbischen Alb die ganze Zunft verrückt zu machen.

In einer der folgenden Nächte wurde im Fernsehen der französische Action-Thriller »Pakt der Wölfe« wiederholt, und bald darauf war Honzmanns neue Idee geboren: Er würde keinen neuen Wolf aus Graubünden heranschaffen – er würde sich einen eigenen »Wolf« bauen. Er brachte seine alte Werkstatt im Heroldstatter Schuppen auf Vordermann, beschaffte das nötige Material und machte sich an die Arbeit. Nach einigen Fehlversuchen brachte er ein Werkzeug zustande, das an Tieren ähnliche Verletzungen hervorrufen konnte wie ein Wolfsgebiss. Er baute sich außerdem mehrere »Stempel« aus stabilen Metallstangen und mit jeweils einer ovalen metallenen Platte am unteren Ende – auf diese Platten montierte er Kopien der Wolfspfoten, die er aus den Gipsabdrücken des bei Merklingen überfahrenen Rüden erstellt hatte.

Im September hatte er alles fertig vorbereitet. Er fand heraus, wo Meißners Herde stand – nahe Laichingen –, und machte sich eines Nachts auf den Weg zum Pferch. Die Weide lag verlassen, sie war aus der Umgebung nicht einsehbar, und Meißner hatte keinen seiner Hunde bei den Schafen zurückgelassen, weil der Elektrozaun ausreichte, die Tiere beisammenzuhalten. Nachdem Honzmann alles ausgekundschaftet hatte, holte er seine Ausrüstung aus dem Jeep. Er öffnete den Zugang durch den Elektrozaun, tötete drei Schafe durch Stiche ins Herz, riss den Kadavern anschließend mit seiner »Wolfszange« den Hals und die Bäuche auf, zerrte die Innereien heraus und entsorgte alles in großen Müllsäcken. Danach verteilte er mit seinen Spurenstempeln Pfotenabdrücke zwischen den toten Schafen und dem Zugang zum Pferch – doch als der Regen immer stärker wurde, ließ er davon ab und stahl sich davon.

Durch seine Kontakte zu Tierschützern und zum Ministerium konnte er sich einem Reporter als Informant und Experte andienen, der über den vermeintlichen Wolfsangriff schreiben wollte. Doch der Wirbel legte sich wieder, und auch diesmal hatte Remmer im Gefolge der entstandenen Aufregung nur wenige seiner Hunde an deutsche Schäfer verkaufen können.

Als Ernst Meißner in der Zeitung lesen musste, dass ausgerechnet sein alter Widersacher als Experte in den Berichten über die gerissenen Schafe zu Wort kam, platzte ihm der Kragen – zumal die ganze Sache für Meißner auch finanziell so unglücklich geendet hatte. Er beobachtete Honzmanns Haus in Mühlhausen, und als Robert Honzmann am Morgen in seinem Jeep davonfuhr, folgte er ihm bis in die Gegend von Deggingen, wo Honzmann seinen Wagen abstellte und eine kleine Wanderung begann. Meißner folgte ihm und stellte ihn nach ein paar hundert Metern. Es kam zum Streit, dann zu Handgreiflichkeiten, und schließlich schlug Meißner den anderen nieder, beschimpfte den am Boden Liegenden, bespuckte ihn und machte sich davon.

Die blauen Flecke waren noch nicht verschwunden, da hatte Robert Honzmann schon beschlossen, dass er sich Meißners Schafe noch einmal vornehmen würde. Als er erfuhr, dass Ernst Meißners Herde von Ende April an auf dem Kornberg bei Gruibingen weiden würde, machte er sich an die Vorbereitungen für einen zweiten fingierten Wolfsüberfall. Er hatte aus den Gipsabdrucken weitere Spurenstempel erstellt und die Pfotenabdrücke dafür abgewandelt – dem fiktiven zweiten Tier hatte er eine Kralle und einen Teil des Zehenballens entfernt, um die Trittsiegel klar unterscheidbar zu machen.

In der Nacht zum Dienstag, dem zweiten Mai, war er mit dem Jeep von Süden her den Feldweg zum Kornberg-Plateau hinaufgefahren, hatte den Wagen unter Bäumen auf dem Weg stehen lassen und zunächst wie im Herbst zuvor die Lage sondiert. Alles wirkte ruhig, wie beim ersten Mal.

Auch diesmal zog Honzmann Gummihandschuhe über und holte seine Ausrüstung. Er legte alles neben dem Zugang zur Weide ab, öffnete den Zugang, näherte sich einigen Schafen und tötete drei von ihnen schnell mit Messerstichen ins Herz.

Doch dann ging alles schief.

Vom Schäferkarren her, der noch immer unbeleuchtet auf der Weide stand, knarrte es, und mit großen Sätzen sprang ein Hund auf Honzmann zu. Er erledigte das Tier mit einem gut gezielten Stich, da fiel ihm auf, dass Ernst Meißner mit offenem Mund auf der obersten Stufe seines Schäferkarrens stand.

»Du Drecksau!«, schrie der Schäfer plötzlich los, er rumpelte die Stufen herunter und kam dann auf Honzmann zu, dabei schwankte er wie Schilf im Wind und rief mit schwerer Zunge immer wieder: »Du Drecksau! Du elende Drecksau!«

Honzmann packte ihn. Er roch den sauren Atem des Betrunkenen und wäre mit ihm auch ohne Messer leicht fertig geworden – doch Meißner, der in seinem Suff merkte, dass er gegen den Eindringling in seinem Zustand wenig ausrichten konnte, begann Honzmann wieder zu beschimpfen. Er verhöhnte ihn als Schlappschwanz, er schubste ihn von sich weg, verspottete ihn weiter und schwärmte ihm vor, wie schön es mit seiner Frau im Bett gewesen sei. Honzmann kochte vor Wut, aber er ließ alles geschehen, ballte nur die Fäuste, wehrte sich aber kaum.

Dann lachte Meißner plötzlich auf.

»Weißt du eigentlich, du Schlappschwanz, dass deine Frau außer mir noch mindestens einen weiteren Liebhaber hatte?«

Honzmann stand wie vom Donner gerührt, und der betrunkene Meißner aalte sich in der Bestürzung seines Widersachers.

»Ja, du impotente Pfeife, du hast richtig gehört: Ich bin gar nicht der leibliche Vater von Jo. Vor einiger Zeit habe ich einen Gentest machen lassen – keine Übereinstimmung. Und du hast ja eh keinen Sohn zustande gebracht, du Lutscher. Also ist deine Marlies auch mit anderen ins Bett gestiegen. Und einer von denen hat ihr den Jo gemacht.«

Meißners Stimme war bitter geworden, sein Gesicht war zu einer Fratze entgleist, aber Honzmann hatte keinen Blick und kein Ohr mehr dafür, wie sehr auch sein Gegenüber unter dieser Entdeckung litt. Er ging zu Meißner, packte ihn mit der linken Hand an der Schulter und stach ihm das Messer seitlich zwischen dem vierten und fünften Rippenknochen durch die Lunge und ins Herz. Meißner hatte das Messer noch aufblitzen sehen und den linken Arm zur Abwehr gehoben, aber die Bewegung kam zu spät und zu langsam. Zwar traf er noch Honzmanns Arm, aber um mehr als ein paar Zentimeter konnte er den Stoß nicht mehr ablenken. Meißner stöhnte auf, sank zu Boden, und Honzmann erwiderte seinen überraschten Blick, bis er brach.

Im ersten Reflex wollte Robert Honzmann fliehen, doch als er schon auf dem Weg zum Wagen war, überlegte er es sich anders und brachte sein grausiges Werk zu Ende. Die Zange fraß sich mit hässlichen Geräuschen in die toten Tiere und in Meißners Bauch. Dann fügte er Meißner noch Verletzungen am linken Unterarm und an beiden Händen zu, wo ein Wolf ihn wohl bei heftiger Gegenwehr gebissen hätte. Vom verschlossenen Schäferkarren her war die ganze Zeit über der zweite Hund zu hören, der wie von Sinnen immer wieder gegen die Tür sprang und bellte und knurrte und heulte, ohne aber aus dem Karren herauszukommen.

Dann schleifte Honzmann die Innereien in Plastiksäcken zum Jeep und setzte mit den Stempeln Trittsiegel zwischen dem Schäferkarren, dem Zugang zum Pferch und ein Stück weit in Richtung Waldrand. Verschwitzt und außer Atem schaffte er seine Geräte in den Wagen und fuhr rückwärts auf dem Weg, um ja keine Reifenspuren auf dem angrenzenden Gelände zu hinterlassen. Erst ein ganzes Stück vom Plateau entfernt, wo der schmale Feldweg in einen zweiten mündete, wendete er den Jeep und fuhr in die Nacht davon.

Schon vorher hatte er sich für alle Fälle mit Telefonaten und einer Weiterschaltung von seinem Festnetzanschluss in Mühlhausen aufs Handy ein Alibi für die Zeit des »Wolfsangriffs« zu verschaffen versucht – was die Polizei inzwischen durch die Überprüfung von Honzmanns Handy-Account herausgefunden hatte. Diese Information hatte Lindner in einem der Aktendeckel mit in den Vernehmungsraum gebracht.

Dass Alina ausgerechnet kurz nach Meißners Tod anrief, als Honzmann den Stumm-Modus seines Handys wieder ausgeschaltet hatte, war ein glücklicher Zufall. Umso mehr, als er für den Mord an Meißner natürlich viel dringender ein Alibi brauchte als für die paar toten Tiere, die sein ursprünglicher Plan vorgesehen hatte.

Roeder und Lindner hörten sich die ganze Geschichte schweigend an. Sie fragten erst nach, als Honzmann nach seiner ausführlichen Schilderung in brütendem Schweigen versunken war. Er beschrieb ihnen die Stellen, an denen die Innereien entsorgt worden waren, und er schilderte, wie er dem betäubten Wolf aus Graubünden mit Wattestäbchen Speichel entnommen hatte, um hinterher an den Opfern DNA-Spuren platzieren zu können.

Alles bestätigte sich im Lauf des Nachmittags. Die Innereien wurden gefunden und in die Rechtsmedizin gebracht, allerdings war an ihnen nicht mehr viel Hilfreiches festzustellen. Und nach einigen zusätzlichen Recherchen und Befragungen war der Tod des Schäfers Ernst Meißner schließlich lückenlos aufgeklärt.

Samstag, 6. Mai

Staatsanwalt Hagenbeck hatte für fünfzehn Uhr eine Pressekonferenz einberufen, und der Raum im Kriminalkommissariat Göppingen platzte an diesem Nachmittag fast aus allen Nähten. Fernsehen, Radio, Tageszeitungen – und mittendrin Ferry Hasselmann, der vor Stolz glühte, weil seine reißerische Story von mordenden Wölfen nun sogar in einen richtigen Mordfall gemündet war. Immer wieder lobte Hagenbeck die Leistung der Soko Kornberg, er hob die gute Zusammenarbeit der Kriminalpolizei mit dem Landeskriminalamt hervor und erwähnte, dass es einzig dem herausragenden Einsatz der Beamten zu verdanken sei, dass dieser anfangs so mysteriös erscheinende Fall innerhalb von nur sechs Tagen aufgeklärt worden sei.

Das wollte Ferry Hasselmann schon nicht mehr hören. Er war aus dem Raum geeilt, als die ärgsten Details der Tat bekanntgegeben waren, und schusterte noch im Wagen auf seinem Tablet eine erste schnelle Geschichte zusammen. Das Boulevardblatt dankte und druckte, und Hasselmann hoffte, dadurch endlich wieder besser ins Geschäft zu kommen.

Lindner bekam direkt nach der Pressekonferenz einen Anruf von Theo Kollack, der sich bei ihm für sein Engagement bedankte. Er schien recht zufrieden, obwohl der Fall weit mehr Staub aufgewirbelt hatte, als es sich Kollack und sein Freund im Ministerium gewünscht hätten. Nach einigen umständlichen Lobhudeleien und einer gezielten Gegenfrage von Lindner lachte Kollack laut auf und erklärte ihm seine gute Laune.

»Mein Freund Hubert hat in den vergangenen Tagen zwar zwei Golfrunden verpasst, aber das kann er leicht verschmerzen. Als sich herausstellte, dass sein Mitarbeiter Haage derjenige war, der unter der Hand Informationen an Honzmann herausgab und damit letztlich für die Presseveröffentlichungen ... äh ... verantwortlich war, war es nicht mehr besonders schwer, Haage zu einem Versetzungsgesuch zu überreden. Der Typ war Hubert schon lange ein Dorn im Auge – ein recht unangenehmer Mensch, einer von denen, die immer wieder für Ärger sorgen und einem ganzen Team die Atmosphäre versauen können. Das hat sich für Hubert jetzt also erledigt, und ich darf Ihnen deshalb auch in seinem Namen noch einmal ausdrücklich danken.«

Kollack lachte wieder, und Lindner überlegte schon, wie er das Telefonat möglichst schnell beenden könnte, da schob sein Chef noch eine Frage nach.

»Sagen Sie mal, Lindner: Wollten Sie nicht in der vergangenen Woche mit Ihrer Freundin wandern?«

»Ja, wieso?«

»Nun ... holen Sie das doch jetzt einfach nach. Ich kümmere mich gleich am Montag darum, dass Sie die kommende Woche frei haben – und Sie spannen mal richtig aus. Na, wie klingt das?«

Lindners Freude hielt sich in Grenzen, denn ab Montag musste Maria wieder zum Dienst. Doch dann hellte sich seine Miene wieder auf. Sie war ja schon mit seiner Mutter gewandert, und er würde dann einfach mal für ein paar Tage die Beine hochlegen und vielleicht noch einmal wegen der Schmerzen, die ihm zu Beginn der Woche so zugesetzt hatten, in der Praxis seines Schulfreunds vorbeischauen. Er streckte die Knie etwas stärker durch, hob danach erst das eine, dann das andere Bein an und wippte schließlich ganz vorsichtig auf den Fußballen auf und ab. Im Moment war kein Schmerz zu spüren. Roeder kam aus dem Soko-Raum, warf ihm einen kurzen, verwunderten Blick zu, eilte aber weiter.

»Sind Sie noch da, Lindner? Hallo?«

Kollack hatte er ganz vergessen.

»Ja, das klingt prima«, sagte Lindner. »Wenn Sie das möglich machen könnten ...«

»Kein Problem für mich, Lindner«, versicherte Kollack jovial. »Also dann: Schnüren Sie schon mal die Wanderschuhe, nicht wahr?«

Lindner bedankte sich, und als er das Gespräch wegdrückte, breitete sich ein Lächeln auf seinem Gesicht aus. Wandern? Von wegen. Er sah schon entspannte Tage in seinem Jugendzimmer vor sich, muntere Abende im Hirschen und zwischendurch ein, zwei Besuche beim Hausarzt.

Dieser Traum platzte keine halbe Stunde später, als er zuhause ankam: Kollack hatte sofort nach dem Anruf bei Lindner auch Maria telefonisch mitgeteilt, was er für seinen verdienten Mitarbeiter zu regeln gedenke. Ob aus schlechtem Gewissen, weil Kollack die ursprünglich geplante Wanderwoche verdorben hatte, oder weil er auch ihr gegenüber protzen wollte, wie sehr er sich für das Wohl seiner Leute einsetzte – jedenfalls tauschte Maria daraufhin einige Dienste und organisierte es binnen Minuten, dass sie ab Mittwoch frei hatte.

»Aber sicher freue ich mich«, versicherte Lindner ihr immer wieder. Und hoffte, dass es nicht gar so lahm klang.

ENDE

... wobei ...

Einige Tage später

Den frühen Nachmittag des Mittwochs verbrachten Maria und Lindner auf dem Neidlinger Friedhof. Sie waren zusammen mit Fritz Aichele zu Ernst Meißners Bestattung gefahren und hielten sich etwas abseits von der übrigen Trauergemeinde. Die Beerdigung verlief ruhig und in würdigem Rahmen. Jo Meißner wirkte blass, aber halbwegs gefasst. Und als Lindner ganz am Ende der Reihe in langsamen Schritten das offene Grab erreichte, Jo Meißner die Hand drückte und ihm ernst zunickte, konnte er erkennen, warum der Schäfer für seinen Adoptivvater genau diese Stelle ausgesucht hatte. Jo folgte Lindners Blick über das vor ihm im Tal liegende Neidlingen hinweg zum Hang gegenüber. Er lächelte traurig und nickte.

»Genau, Herr Lindner. So kann ich das Grab meines Vaters von zuhause aus sehen. Ein Baum direkt neben dem Haus war im Weg, den habe ich gestern umgemacht.«

Er deutete auf seinen Hof.

»Ich kann dann drüben sitzen und herüberschauen und mir vorstellen, wie hier am Abend die Vögel so laut singen und zwitschern, dass man es kaum glauben mag.«

Jo Meißner schaute wieder auf das Grab hinunter.

»Ist schon eigenartig. Erst wusste ich nicht, wer meine Mutter ist. Jetzt weiß ich nicht, von welchem Mann meine Mutter schwanger wurde, und ich werde es wohl auch nie erfahren. Aber mein Vater … mein Vater bleibt doch er. Seine Briefe haben mir eine ganz andere Seite von ihm gezeigt. Eine Seite, die ich gerne gekannt hätte, bevor er …«

Er sah Lindner an.

»Sagen Sie Ihren Kollegen bitte vielen Dank, dass das mit den Unterlagen so schnell ging.«

Dann drückte er dem Kommissar noch einmal die Hand.

»Danke, dass Sie sich dafür eingesetzt haben, dass ich meine Oma im Seniorenzentrum in Ehingen besuchen darf. Ich werde wohl morgen oder übermorgen hinfahren.«

Sie verabschiedeten sich, und Jo Meißner harrte noch am Grab aus, als alle Trauergäste und die Mitarbeiter des Bestattungsinstituts dem einsetzenden Nieselregen gewichen waren. Als Aichele auf der Straße aus Neidlingen hinaus und die Alb hinauf Gas gab, sah Lindner zum Seitenfenster hinaus – und er bildete sich ein, noch immer die schlanke Gestalt des jungen Schäfers in seinem schwarzen Mantel und dem breitkrempigen Hut zu sehen, wie er drüben auf dem Friedhof stand.

In dieser Nacht träumte er immer wieder von Meißner, dem Vater und dem Sohn, und meistens sah er sie starr auf einer Weide stehen, den Mantelkragen hochgeschlagen, den Hut gegen Wind und Regen ins Gesicht gezogen, die Hände auf den Schäferstab gestützt.

Der letzte Traum endete jäh. Maria schüttelte ihn, bis er endlich die Augen aufschlug und müde ins Sonnenlicht blinzelte, das in sein Jugendzimmer schien.

»Aufstehen, du Faulpelz«, sagte sie und lachte.

Der Radiowecker neben dem Bett stand auf halb acht. Maria war schon vollständig angezogen und roch frisch geduscht. An der Wand lehnten zwei gepackte Rucksäcke, an denen zwei zusammengerollte Regenjacken befestigt waren. Mehr als ein schnelles Frühstück im Vorbeigehen gestand sie ihm nicht zu, dann scheuchte Maria ihren postgelben Zweisitzer nach Gruibingen hinauf, durch Mühlhausen und Wiesensteig, und stellte ihn schließlich auf der Anhöhe zwischen Wiesensteig und Neidlingen ab. Unterwegs hatte sie ihren Freund noch gefragt, ob es ihm etwas ausmache, dass sie ausgerechnet dort wandern würden, wo er zuletzt zu ermitteln hatte – aber ihm war alles recht, wenn sie es nur während der Wanderung mit Steigungen gnädig machen würde.

Und so marschierten sie durch Wald und Wiesen. Ab und zu zogen etwas dickere Wolken auf, aber es blieb trocken. Sie kamen am Neidlinger Wasserfall vorbei, genossen den Blick auf die Burgruine Reußenstein und natürlich auch die spektakuläre Aussicht von der Anlage hinunter ins Tal und über Neidlingen hinweg nach Weilheim.

Lindner horchte immer wieder in sich hinein, aber sein Körper schien die Belastung recht gut wegzustecken. Keine Schmerzen in den Muskeln, kein beängstigendes Knacken in den Gelenken – nur Kopfschmerzen bekam er allmählich. Maria redete in einem fort auf ihn ein. Es ging um neue Tapeten für sein Zimmer und darum, ob sie nicht besser gleich eine gemeinsame Wohnung beziehen sollten, dann um einen anstrengenden Kollegen Marias und um den neuesten Tratsch aus Göppingen, um eine Bar, die man unbedingt mal besuchen, um ein exotisches Rezept, das sie unbedingt mal ausprobieren sollten. Lindner nickte von Zeit zu Zeit mechanisch oder brummte zustimmend, ansonsten bemühte er sich, wegzuhören und ihr andauerndes Plappern wie eine Dauerwerbesendung über sich ergehen zu lassen.

Er konzentrierte sich auf das Rauschen des Windes in den Ästen, auf den Ruf des Eichelhähers und auf das Motorengeräusch eines Traktors, der irgendwo hin und her fuhr. Dann wieder war es – von Maria abgesehen – so still, dass man kaum glauben mochte, dass es in keiner Himmelsrichtung weiter als drei, vier Kilometer bis zum nächsten Ort war.

Ein entferntes Heulen drang leise an Lindners Ohr, und während Maria gerade von einer Flugreise schwärmte, die sie gerne mit ihm unternehmen würde, schaute er in die Richtung, aus der das Geräusch gekommen war. Er suchte mit seinen Blicken den Waldrand ab, und schließlich sah er, wie ein Hund durchs Unterholz brach und ein, zwei Schritte aus dem Wald trat.

Das Tier hatte – soweit es Lindner auf die Entfernung erkennen konnte – ein dichtes Fell mit dunkelgrauem Rücken und einem rötlichen Braun an den Seiten, das im Sonnenlicht förmlich leuchtete. Der Hund sah edel aus, er ähnelte einem Schäferhund, war aber von kräftigerer, etwas gedrungenerer Statur. Die Ohren waren aufgestellt, der Schwanz deutete nach unten, und der schöne Kopf wandte sich von einer Richtung in die andere, als suchte er etwas. Dann begegnete sein Blick dem von Lindner. Die Zeit schien zu gerinnen. Lindner blieb stehen und war sich nicht mehr sicher, ob er wirklich einen Hund vor sich hatte oder doch eher einen …

Er hatte das Wort »Wolf« noch nicht zu Ende gedacht, da hob das Tier ein wenig den Kopf, als wollte es dem Menschen auf dem Wanderweg zeigen, wer hier draußen das Sagen hatte. Dann wandte es sich ab und verschwand wieder im Dickicht. Maria bemerkte erst jetzt, dass Lindner nicht mehr neben ihr war. Sie drehte sich zu ihm um, folgte seinem Blick, der noch immer wie gebannt am Waldrand hing.

»Alles gut, Stefan?«, fragte sie schließlich, als sie nichts Ungewöhnliches entdecken konnte.

»Wie? Was?«

Lindner schaute drein wie ein Schlafwandler, der geweckt worden war.

»Äh, ja … ich …«, brachte er schließlich hervor. »Ich … nein, alles gut.«

Maria sah ihn noch einmal forschend an, aber dann zuckte sie die Schultern und machte sich wieder auf den Weg. Lindner trottete neben ihr her, hörte wie bisher nur halb hin und sah noch ein paar Mal zum Waldrand. Aber dort war kein Tier mehr zu sehen.

Und ob er wirklich noch einmal ein leises Heulen hörte oder ob er sich das nur einbildete, konnte er später nicht mehr mit Sicherheit sagen.

* * *

Dank

Danke an alle, die sich auch seltsame Fragen gefallen ließen und die diesem Buch informative und skurrile Details bescherten – wenn Sie Fehler finden, kreiden Sie sie einfach mir an.

Sollte sich jemand in diesem Buch wiedererkennen, danke ich für das (unverdiente) Lob: Wie in Krimis üblich, sind Handlung und Personen frei erfunden. Nur zwei Tiere, die erwähnt werden, gab es wirklich: die beiden überfahrenen Jungwölfe auf den Autobahnen bei Merklingen und Lahr.

Und schließlich wünsche ich den Mitgliedern der Weidegemeinschaft Goißatäle auch weiterhin viel Erfolg: Sie helfen rund ums Täle mit Schafen und Ziegen dabei, eine naturnahe Landschaft mit vielseitiger Pflanzenwelt zu erhalten. Danke, dass sie und der wirklich auf dem Kornberg weidende Schäfer mir für meinen Krimi ein paar Wiesen »ausgeliehen« haben.

Jürgen Seibold